50

DER GROSSE LIEBESROMAN

Von der selben Autorin erschienen außerdem
als Heyne-Taschenbücher

Schatten im Zimmer · Band 03/2082
Hinter den finsteren Scheiben · Band 03/2105

DOROTHY DANIELS

Die Schwestern von Valcour

ROMAN

Deutsche Erstveröffentlichung

WILHELM HEYNE VERLAG
MÜNCHEN

DER GROSSE LIEBESROMAN
Band 28/80
im Wilhelm Heyne Verlag, München

Titel der amerikanischen Originalausgabe
THE SISTERS OF VALCOUR
Deutsche Übersetzung von Horst Heuring

Printed in Germany 1984
Umschlagfoto: Harry Bennet South Kent / USA
Umschlaggestaltung: Atelier Ingrid Schütz, München
Gesamtherstellung: Ebner Ulm

ISBN 3-453-84080-1

1

Virginia Hammond betrachtete die dreistöckige, mit grünen Fensterläden geschmückte Häuserreihe, die entlang dem Hafen an der East Battery in die Höhe ragte und allmählich außer Sichtweite rückte.

Sie stand am Bug eines flachbodigen Frachtkahns, an dessen Rudern vier kräftige Sklaven saßen. Der leichte Wind vom Ozean her wehte stark genug, um ihr Kleid sanft zu umfächeln, wodurch ihre schlanke und geschmeidige Figur deutlich sichtbar wurde. Während sie mit einer Hand ihren Federhut fest auf den Kopf drückte und somit der bereits verwendeten Hutnadel Nachdruck verlieh, drehte sie sich vom Festland ab und richtete ihren Blick auf Valcour, die Insel vor der Küste South Carolinas, die in Kürze aus dem leichten Nebel auftauchen mußte, der das Festland noch nicht erreicht hatte.

Neben ihr stand die Sklavin Belle, die kaum einen Meter sechzig maß, mindestens aber einhundertachtzig Pfund wog. Sie war sittsam in Grau gekleidet und trug einen von ihrer Herrin abgelegten Hut. Ein breites Gesicht und ein mächtiger Nacken thronten auf ihrem weit ausladenden Körper, und sie besaß ein Gesicht, das zum Lachen bestimmt war, wenn sie auch nicht gerade oft dazu Anlaß hatte.

Virginia sagte: »Wie ging es Nanine, als du die Insel verlassen hast?«

»Schlecht, aber sie macht Fortschritte, Missy. Phoebe paßt prima auf sie auf. Phoebe is besser als der Doc, den Ihr Papa immer kommen läßt.«

»Phoebe ist ein sehr tüchtiges Mädchen«, gestand Virginia zu. »Sehr fähig.«

»Sicher auch Papas Liebling, und das macht die Sache leichter.«

»Ich sagte, Phoebe ist für eine Sklavin ein bemerkenswertes Mädchen«, erwiderte Virginia gereizt. »Und jetzt sei still! Ich möchte die Insel in Sicht kommen sehen, ohne wie gewöhnlich durch dein Geschwätz abgelenkt zu werden.«

»Jawoll, Missy«, sagte Belle ohne Groll.

Die Insel war immer deutlicher zu erkennen. Von Virginias Warte aus, eineinhalb Meilen vom Festland entfernt, erweckte sie den Eindruck, als wäre sie eine andere Welt. Virginia sah sie mit einer Faszination auftauchen, die sie jedes Jahr aufs neue verspürte. Sosehr sie auch das aufregende Charleston liebte, die Plantage auf der Insel war doch ihre Heimat.

Ohne darauf zu achten, daß sie Belle den Mund verboten hatte, sprach Virginia so, als führe sie ein Selbstgespräch. »In diesem Sommer mache ich Willowbrook zum aufregendsten Ort des Südens. Ich werde Abendgesellschaften geben, sooft ich kann, und große, feierliche Tänze, auf denen sich jeder so anzieht, daß er die anderen zu übertreffen sucht. Während des Winters habe ich viel dazugelernt und werde heuer im Sommer zur Schau stellen, woraus meine neuen Erkenntnisse bestehen.«

»Jawoll«, stimmte Belle bei. »Schätze, es gibt niemand, der sich mit Ihnen messen kann.«

»Sieh nur!« Virginias Stimme überschlug sich vor Freude. »Die Insel ist immer klarer zu sehen. Ach, Belle, was ist Valcour doch für ein wunderbarer Ort. Ich muß feststellen, daß ich bereits Farben erkennen kann. Einige Blumen müssen schon in Blüte stehen. Dabei ist es doch erst März.«

»Das ist doch jedes Jahr so, Missy.«

Virginia hörte sie gar nicht.

Gemäß allen geltenden Maßstäben und gemäß den Artikeln der Gesellschaftkolumnisten im Süden erscheinender Zeitungen zählte sie zu den seltenen Schönheiten des alten Südens. Die leichte Brise bewegte jetzt die Locken unter ihrem Hut. Mit einer Hand schützte sie ihre Augen vor dem grellen Glanz der Wasseroberfläche. Diese Augen seien so violett wie das Blatt eines Stiefmütterchens, hatte ihre ältere Schwester Nanine behauptet. Sie standen weit auseinander, erschienen verblüffend klar und hielten einen feixenden Teufel in sich versteckt. Sie spiegelten ihr zwiegespaltenes Wesen wider, das meist in freudiger Erregung tanzte, doch gelegentlich zu finsterem Zorn neigte.

Ihr rundes Gesicht paßte zu der kleinen Nase und dem recht großen Schmollmund. Im Sonnenlicht wirkte ihr Haar ziemlich hell, beinahe goldbraun, doch in Wirklichkeit war es kastanienbraun und stand ihr gut.

Auch Belle sah die Insel größer werden, als sie sich ihr näherten. Sie empfand dasselbe Gefühl, daß sie nach Hause käme, denn sie war dort geboren und lebte dort mit ihrem Mann Moses, der als Vorarbeiter auf der Plantage die Sklaven zum Arbeiten antrieb.

Jedes Jahr wurde sie auf das Festland zur größeren Plantage in der Nähe von Charleston geschickt, um Virginia dabei behilflich zu sein, ihre Koffer zu packen und ihre Rückkehr auf die Insel vorzubereiten.

Als das Boot nun auf den kleinen Anlegeplatz zutrieb, wurden Virginia und Belle noch stärker von der Schönheit der Insel hingerissen. Virginia hatte schon lange mit ihren Versuchen aufgehört, die Blumen in den symmetrisch angelegten Gärten auf ihre Art hin zu untersuchen, aber später im Sommer erkannte sie die Rosen, den Spanischen Flieder, die Rhododendren und Kamelien wieder, wenn sie in Blüte standen. Die blühenden alten Ulmen, Magnolien, Pappeln und Ahornbäume verschönerten die grünen, peinlich genau gepflegten Rasenflächen.

Als James Hammond dieses herrschaftliche Wohnhaus von seinem Vater erbte, fügte er umgehend zwei Seitenanbauten an und errichtete unabhängig vom Haus eine Küche, zu der man auf einem eigens angelegten Gehweg gelangte. Er hatte die Stallungen erweitert, zusätzliches Ackerland gekauft und die Plantage vergrößert, auf der er mit die beste Baumwolle in der Umgebung anbaute. Die Sklavenunterkünfte waren ebenfalls ausgedehnt und auf einen gewissen Standard gebracht worden. Immerhin besaßen die Hütten Holzböden, was auf der Festlandplantage nicht häufig der Fall war.

Der Insel jetzt näher, sah sie ihren Vater und ihren Bruder, die zum Ankerplatz herunterkamen. Jemand hatte das Boot entdeckt, worauf sie sie abholten. Virginia bedauerte, daß sie ihre ältere Schwester Nanine in deren Begleitung nicht ausmachen konnte, denn das bedeutete, daß Nanine noch immer zu krank sein mußte, um das Haus verlassen zu können.

Belle zeigte auf den Berg von Schachteln und Taschen, der sich im Heck auftürmte. »Soll das alles auf Ihre Zimmer, Missy?«

»Aber natürlich.« Virginia hob beide Arme und winkte hingebungsvoll. »Außer der Schachtel, auf der Nanines Namen steht. Ich habe ihr Gelee und Marmelade mitgebracht. Danach ist sie ganz verrückt.«

»Sie möchten bestimmt wieder groß rumprotzen«, merkte Belle an. »Denke, da hab'n Sie 'n Dutzend neuer Kleider dabei, noch mehr Hüte, Handschuhe, Schuhe und all den anderen Firlefanz, den eine Frau wie Sie zu tragen hat. Meinen Sie, ich kann einen von den alten Hüten haben?«

»Ich werde dich höchstens auf die Felder schicken, wenn du

weiterhin versuchst, mich auszunutzen«, sagte Virginia. »Trage jetzt Sorge dafür, Papa das Seil zuzuwerfen, damit wir festmachen können.«

Belle bewegte sich mit dem Seilende in der Hand bugwärts. Sie warf es, James Hammond fing es geschickt und machte das Boot fest. Martin streckte seinen Arm aus, um die Hand seiner Schwester zu erfassen und ihr an Land zu helfen. Sie umarmte und küßte ihn, aber ihre Hauptaufmerksamkeit widmete sie ihrem Vater. Sie hing an ihm und lachte vor Glück.

Mit seinem kräftigen, kurzgeschnittenen, für sein Alter bereits ungewöhnlich hellen Haar, das sich den Nacken hinabkräuselte, erinnerte er an einen durch die Jahre erfahrenen Staatsmann. Klare blaue Augen und ein makelloser Gesichtsausdruck verbargen sein wahres Alter.

Belle brüllte die drei jungen Sklaven an, die sich mühsam zum Anlegeplatz vorbalancierten.

»Bewegt eure Glieder und schafft alles aus dem Boot«, befahl sie. »Und beeilt euch damit, verstanden?«

Virginia, von ihrem Vater und Bruder flankiert, lief freudig den Weg zum Herrenhaus hinauf. Martin war sechs Jahre älter als Virginia, und der gesellschaftliche Stellenwert und Wohlstand seines Vaters verliehen ihm Ausgeglichenheit und Selbstbewußtsein. Er ähnelte mehr seiner älteren Schwester. Wie Nanine hatte er dunklere Haare, und seine Augen besaßen das dunkle Braun ihrer Mutter. Sein Körperbau verriet sowohl Kraft als auch anmutige Beweglichkeit. Wie immer war er modisch angezogen; diesmal trug er einen dunkelblauen Jagdrock, den er auf der Jagd benutzte, eine rote Weste und eine hellbraune Hose. Wie üblich bei ihm, glänzten seine Stiefel, denn wenn das nicht der Fall war, wurde ein Sklave zur Strafe in die zum Auspeitschen bestimmte Hütte geführt. Alles in allem war er ein ansehnlicher junger Mann.

»Wie geht es Nanine?« fragte Virginia. »Belle sagte mir, es ginge ihr besser.«

»Sie wird bald gesund sein«, antwortete James Hammond. »Eine Zeitlang sah es ein bißchen ernst aus, doch sie erhielt eine ausgezeichnete Pflege.«

»Durch Phoebe, nehme ich an?«

»Durch wen sonst? Du warst nicht hier, und deine Mutter hielt sich ebenfalls auf dem Festland auf. Natürlich hat Phoebe sie gepflegt.«

Als ob sie dieses Thema als erledigt betrachtete, wendete sie sich ihrem Bruder zu. »Ich habe eine kleine Abendgesellschaft mit Tanz vorbereitet, die in acht Tagen stattfinden wird. Ich habe nur Freunde von der Insel eingeladen, ungefähr zwanzig. Die Einladungen verschickte ich bereits auf dem Festland. Damit werden die gesellschaftlichen Veranstaltungen der diesjährigen Sommersaison auf der Insel eröffnet. Ich bin immer gerne die erste.«

»Ich werde dasein, falls du es mir aus diesem Grunde sagst. Dazu besteht übrigens kein Anlaß, weil es bereits jeder weiß. Aber Spaß beiseite, Virgie, die Zeiten sind nicht mehr dieselben. Es liegt Ärger in der Luft.«

»Er meint Ärger wegen der Wahl Lincolns«, ergänzte James Hammond. »Es ist alles stark übertrieben. Wer wird schon für die Sache unserer Nigger kämpfen? Das ist nur großes Gerede von seiten der Politiker.«

»Das ist nicht bloßes Gerede«, warnte Martin. »Ich schwöre, daß es noch großen Ärger geben wird. South Carolina ist vor Weihnachten von der Union abgefallen, und der gesamte Süden folgt ihm nach.«

»Und ich bleibe dabei, daß es reiner Unfug ist«, sagte James halb ärgerlich. »Ich beabsichtige nicht, solches Geschwätz zuzulassen, wenn es meinem Geschäft oder Wohlergehen schadet.«

»Ich vernahm so manchen Tratsch«, fügte Virginia an. »Man erzählt sich, Mr. Lincoln reise inkognito, weil er sich so sehr davor fürchte, einem Attentat zum Opfer zu fallen.«

»Was Mr. Lincoln tut, interessiert mich nicht«, sagte James im Brustton der Überzeugung. »Wann kehrt deine Mutter auf die Insel zurück?«

»Sie hatte noch einige Einkäufe zu erledigen.«

»Sie stürzt mich eines Tages noch in den Ruin. Wie ich sehe, hast auch du nicht allzu bescheiden eingekauft.«

»Du hast zu uns gesagt, wir dürften einkaufen, was wir möchten.«

»Das habe ich gesagt, stimmt. Nun ja, ich glaube, damit werden wir gerade noch fertig.«

»Der Krieg kommt«, merkte Martin mürrisch an, »du wirst alles brauchen, was du bekommen kannst.«

Ein gutes Stück hinter ihnen hatte Moses seine Frau mit einer zaghaften Umarmung begrüßt, und sie liefen gerade auf den Hintereingang des Herrschaftshauses zu.

»Was reden die von Krieg, Belle?« fragte Moses.

»Da gibt's viel Gerede drüber. Einige sagen, er kommt hundertprozentig. Andere sagen, er wird nich kommen, weil der Norden doch nicht so sehr viel auf die Sklaven gibt.«

»Der kümmert sich drum«, sagte Moses. »Ja, Frau, kümmert sich bestimmt um uns. Letzte Woche hatten wir einen Prediger hier, un der sagt, da is viel Gerede vom Krieg, vor allem in Richmond. Er sagt, einige von den Generalen und Soldaten von West Point verlassen den Norden, um hierher zurückzukommen und sich auf 'n Krieg vorzubereiten. 's wird zuviel gequasselt, Belle.«

»Mag sein. Die quatschen aber schon so lange, da kommt sicher Ärger auf uns zu. Aber Missy Virginia, die is gar nich besorgt. Hat 'ne Menge Tanzgesellschaften und Essen für den Sommer vor. Meinst du, der Norden kommt hier runter, und wir werden alle freie Menschen?«

»Das sagen die, daß es so sein wird. Kann nichts dagegen tun, un dann haben wir alle den Ärger am Hals.«

»Auf welcher Seite stehst du, Moses?«

»Du weißt, ich hasse es, ein Sklave zu sein. Aber ich hasse es auch, alles kaputtgehen zu sehen, was wir bis jetzt gehabt haben. Ich hab' verdammt große Angst davor, was bald passieren kann.«

»Er kommt, er kommt ganz bestimmt«, sagte Belle achselzukkend. »Schätze, wir können da nichts machen. Wie geht's Missy Nanine?«

»'s geht ihr gut, wie ich höre. Der Doc kommt nich mehr. Nur Phoebe paßt auf sie auf.«

Belle wiegte langsam ihren Kopf von einer Seite zur anderen. »Diese Phoebe! Ich frage mich, was passiert, wenn das mit ihr rauskommt.«

»Mag sein, wir kriegen unsern Krieg«, antwortete Moses mit dem Anflug eines freudlosen Lachens.

Sie liefen weiter und bogen vom Hauptweg auf den Pfad ab, der um das Haus herum zum Hintereingang führte.

»Wie denkt man hier über die Befreiung?« fragte Belle.

»Keiner sagt viel. Sie wissen, daß sie kommt, aber niemand weiß genau, was dahintersteckt. Ich rechne, sie werden unruhig. Sie wissen, daß sie nur abwarten können, und je länger das dauert, desto unruhiger werden sie.«

»Wird weiter ausgepeitscht?«

»Wollte mit dir darüber sprechen. Massa Martin sagt, ich soll den jungen Dilly auspeitschen, den Hausjungen. Erwischte ihn dabei, wie er von Massas Whisky nippte. Er sagt mir, ich soll ihn zur Hütte bringen und ihm zwanzig geben. Belle, ich konnte es einfach nicht tun. Steckt nich in mir, meine Brüder und Schwestern zu peitschen. Hab's Hunderte Male gemacht, aber jedesmal is es schwieriger, un ich sage Massa Martin, ich werde es nich tun, weil Dilly eh nich alle Tassen im Schrank hat. Weiß nich, was er die ganze Zeit tut. Sage Massa Martin, Dilly gehört nich ins Herrenhaus. Un Massa Martin sagt, wenn ich's nich mache, dann macht er's, un ich krieg' fünfzig.«

»Moses«, schrie Belle entsetzt auf. »Das bringt dich um, wenn er's tut, da genügen ja schon zwanzig.«

»Sag' ihm dann, er soll anfangen damit, doch er schaut mich komisch an un sagt, zur Hölle damit. Weiß nich, was ich halten soll davon. Gibt einfach nach. Kein Theater, kein Nichts, un hat seitdem nichts mehr davon erwähnt.«

»Wo is Dilly jetzt?«

»Auf den Feldern, wo er hingehört. Mußte ihn meine Peitsche spüren lassen, damit er anständig arbeitet. Aber er hat keine Hiebe gekriegt un ich auch nich.«

»Versteh auch nich, was das bedeuten soll«, gab Belle zu.

»Die Lage verändert sich, Belle. Passiert alles Schritt für Schritt, daß du's kaum merkst. Bis der Tag kommt, an dem alles durcheinandergerät.«

»Du hast sicher schon über alles nachgedacht«, gab Belle kund.

»Hab' nich gerade viel nachgedacht, Belle. Der Prediger da aus dem Norden, letzten Sonntag nach dem Gottesdienst sprach er in der Kirche mit mir. Sagte, die Weißen sollen lieber das Denken anfangen, es gibt vier Millionen Sklaven im Süden. Vier Millionen!«

»Das is was, was der Massa uns wirklich nie gesagt hat. Viele Prediger reden jetzt so offen, es gibt bestimmt Ärger.«

»Kann nich viel sagen, solange er predigt. Is immer ein weißer Massa zur Stelle, der zuhört, was er sagt. Aber wenn die Predigt und die Messe vorbei ist, kann er die Botschaft verbreiten, wie zum Beispiel, daß jetzt viele davonlaufen.«

»Das macht nur ein Narr, daß er jetzt fortläuft«, sagte Belle. »Wenn die Befreiung kommt, und wir alle frei sind, können wir hingehen, wohin wir wollen, un niemand kann uns daran hindern.«

»Vier Millionen, das sagt er. Das bringt einen schon dazu, daß man nachdenklich wird.«

»Ich denk' sicher nich darüber nach. Jetzt gehst du zurück auf die Felder, und ich treff' dich nach der Arbeit. Muß die Sachen von Missy Virgie auspacken.«

Sie trennten sich, Belle ging zum Hintereingang, Moses lief in Richtung der großen Felder, wo die Sklaven seit dem bei Morgengrauen ertönenden Hornsignal des Aufsehers damit beschäftigt waren, die Baumwollpflanzen aufzuhacken. Moses fühlte sich plötzlich alt, als er zu der Stelle stapfte, wo sein Pferd angebunden war. Im Sattel wirkte er eindrucksvoller, als er die Reihen der Baumwollpflanzen entlangritt und Obacht gab, daß sich niemand vor der Arbeit drückte.

Im Herrschaftshaus hastete Virginia die Treppe hinauf, um Nanine zu grüßen. Sie rannte in das Schlafzimmer, rief Nanine beim Namen und ließ die geschmeidige, hübsche Sklavin von ihrem Stuhl in der Nähe des Fensters aufstehen. Das Buch, aus dem sie der Frau im Bett vorgelesen hatte, rutschte ihr vom Schoß und fiel auf den Boden.

Sie stand ganz still da, als Virginia ihre Schwester umarmte und küßte, die, mit Kopfkissen abgestützt, aufrecht im Bett saß.

»Nun, Nan, ich glaube, man hat mich angelogen, als man mir sagte, du wärest krank. Du schaust wirklich gut aus, hübsch wie immer.« Virginia blickte hinüber zur Sklavin. »Hallo, Phoebe.«

»Missy«, sagte Phoebe und machte einen Knicks.

»Nan«, Virginia richtete ihre Aufmerksamkeit wieder auf ihre Schwester, »du mußt bald aus dem Bett heraussein, weil ich bereits Vorbereitungen für eine Abendgesellschaft getroffen habe. Nein, es ist mehr eine Art Kotillon. Es kommen nicht viele Leute, nur von der Insel. Aber du mußt unbedingt dabeisein. Ohne dich wäre doch jede Gesellschaft unvollständig.«

»Ich werde es versuchen«, versicherte ihr Nanine.

Im geheimen dachte Virginia, daß ihre Schwester schwach und zerbrechlich aussehe. Ihre Lippen hatten kaum Farbe, und das Rouge und der Puder, welche sie aufgetragen hatte, stellten ihre Blaßheit nur noch stärker heraus. Ihr dunkles Haar war in der Mitte gescheitelt, über ihren Brauen trug sie eine lockige Ponyfrisur. Locken lagen auf ihren Schultern, und gab den blumigen Duft eines wertvollen Eau de Cologne von sich. Sie erinnerte Virginia an eine Kamee, wie sie so auf ihren Kissen saß und die dunklen Augen ihre Schwester voller Freude anblickten.

»Ich stelle fest, du trägst dein schönstes Nachthemd«, sagte Virginia und berührte leicht die eng aneinandergearbeiteten

Spitzeneinfassungen, die den Halssaum und die kurzen Puffärmel zierten.

»Ich zog es für dich an«, sagte Nanine. »Und Phoebe hat mein Haar frisiert, abgesehen davon, daß sie sich um mich gekümmert hat.«

Virginia drehte sich noch einmal um und dankte: »Danke schön, Phoebe, für all deine Dienste.«

»Ich habe nur getan, was man mir aufgetragen hat«, antwortete Phoebe ohne den geringsten Einschlag eines Sklavenakzentes. »Der Doktor war vorgestern da und sagte mir, es gebe zur Besorgnis keinen Anlaß mehr.«

»Dank sei Gott«, sagte Virginia mit ernster Miene. »Ich habe dir ein neues Frühjahrskleid gekauft, Phoebe. Ich werde es dir später zeigen.«

»Danke, Missy«, sagte Phoebe. »Falls ich nicht mehr gebraucht werde, darf ich dann ... Es tut mir leid, ich muß natürlich um Erlaubnis fragen.«

Virginia begab sich an ihre Seite und drückte sie innig. »Phoebe, du bist nicht bloß ein Hausnigger, sondern ein Teil der Familie. Ich mag dich. Es ist schön, dich bei uns zu haben.«

»Danke schön, Missy«, antwortete Phoebe höflich.

»Du bist ja beinahe eine Weiße. Ich erkläre hiermit, daß man dich leicht als Weiße ansehen könnte. Meinst du nicht auch, Nanine?«

»Virginia, bitte ...«, bat Nanine.

»Was ist denn schlimm daran, wenn ich sage, daß Phoebe anders als die übrigen Nigger ist? Sie ist so reinlich wie ich. Sie stinkt nie und wurde so gut erzogen wie ich. Weißt du, was das bedeutet, Phoebe?«

»Glaube ja, Missy.«

»Das bedeutet, daß Pa sich dem Risiko aussetzte, das Gesetz zu brechen, und er dafür in das Gefängnis hätte kommen können. Das soll nicht heißen, ich sei nicht glücklich darüber, daß er es tat. Ich bin froh. Manchmal denke ich, Papa sollte dir die Freiheit schenken, aber dann hätte ich dich nicht mehr bei mir und ich würde dich vermissen.«

»Danke schön, Missy.«

»Virgie.« Nanine sprach so leise, wie es ihre Schwächlichkeit gebot. »Phoebe war nun fast zwei Wochen nur für mich da, hatte kaum einen Moment für sich und hat sehr wenig geschlafen. Phoebe, du darfst in dein Zimmer gehen und schlafen, bis du wieder vollkommen ausgeruht bist.«

Phoebe lächelte Nanine voll Dankbarkeit an. »Jawohl, Madam. Ich bin müde.«

»Sieh nur zu, daß du morgen früh um zehn Uhr wach bist«, sagte Virginia. »Ich will reiten gehen und werde jemanden brauchen, der mir bei meiner Reitausrüstung hilft.« Sie legte die Arme um sich und lächelte. »Vielleicht brauche ich mehr Unterstützung, als ich meine, denn ich habe ein paar Pfund zugenommen.«

»Ich werde da sein, Missy«, versprach Phoebe. »Rufen Sie mich, Missy Nanine, falls Sie etwas benötigen.«

»Danke, Phoebe. Geh jetzt, ehe du noch im Stehen einschläfst.«

Phoebe nickte, lächelte Virginia zu und ging gelassen mit hocherhobenem Kopf aus dem Zimmer.

»Sie ist ein wunderbares Mädchen«, sagte Nanine. »Manchmal glaube ich, sie hat mir das Leben gerettet.«

»Ich habe sie schon immer gemocht. Du weißt, daß wir fast zur gleichen Zeit geboren wurden. Ich wuchs mit ihr als meiner Spielgefährtin auf, und wir verbrachten herrliche Stunden miteinander, soweit ich mich erinnere. Als wir natürlich älter waren ...«

»Natürlich«, sagte Nanine. »Man durfte sich nicht mit einem farbigen Mädchen Haschen spielen sehen lassen.«

»Ich möchte gern wissen, wie viel Farbe eigentlich in ihr steckt«, träumte Virginia vor sich hin. »Wenn man sich ein paar Farbtöne wegdenkt, wäre sie weiß. Es muß schrecklich sein, in einem solchen Maße beinahe weiß zu sein und trotzdem ... ein Nigger. Nun denn, das ist ihre Angelegenheit, und ich glaube, sie kommt gut damit zurecht.«

»Hast du das ernst gemeint? Daß du Papa bittest, sie in die Freiheit zu entlassen?«

Virginia setzte sich hin und nahm ihren Hut ab. Sie legte ihn auf das Fußende des Bettes. »Nun ... gerne würde ich sie nicht verlieren. Wenn man ihr die Freiheit schenkte und sie ginge, wohin würde sie wohl gehen? Ihre eigenen Leute würden sie nicht aufnehmen. Unter Weißen hingegen wäre sie jemand, der kohlrabenschwarz ist. Ich denke, hier geht es ihr besser als anderswo.«

»Vielleicht hast du recht, aber ich würde darüber nicht in ihrer Gegenwart sprechen. Stelle dir nur vor, wonach dir zumute wäre, wenn du eine Sklavin wärest und dahingehend Andeutungen hörtest, freigelassen zu werden, obwohl sie überhaupt nicht ernstgemeint sind.«

»Wahrscheinlich sind sie es auch nicht. Hast du den lieben Jordie kürzlich gesehn?«

»Wie könnte ich? Ich liege seit einem Monat krank im Bett. Jordie besucht keine Kranken. Er sagt, das mache ihn deprimiert.«

Virginia kuschelte sich auf dem Bett in eine bequeme Lage. »Ich glaube, er wird mir einen Antrag machen.«

»Dich zu heiraten?« fragte Nanine entsetzt.

»Was denn sonst? Dreimal kam er auf das Festland und auf den Tanzveranstaltungen bestand er auf mehr Tänzen mit mir, als mit jeder anderen. Ich habe ihn recht gerne.«

»Um ihn zu heiraten«, erklärte Nanine in strengem Ton, »mußt du ihn lieben. Gewiß weißt du das.«

»Naja, vielleicht tue ich es. Das beansprucht noch Zeit. Er ist gutaussehend, sicherlich nicht arm und tanzt wirklich ausgezeichnet. Jedes Mädchen priese sich glücklich, ihn sein eigen nennen zu können.«

»Nicht jedes Mädchen«, mahnte Nanine sie zur Vorsicht. »Du kannst es dir leisten zu warten, und er ebenso. Wenn es nicht einen Krieg gibt. Dr. Thornton spricht die ganze Zeit davon. Ich habe den Eindruck, daß er Angst hat.«

»Aber Dr. Thornton ist doch mindestens fünfzig Jahre alt«, spottete Virginia. »Er müßte nicht in den Kampf ziehen. Um Himmels willen. Nan, du bist ganz aufgeregt.«

»Ich hoffe, es wird nicht schlimmer kommen. Aber glaube mir, Virgie, morgen oder übermorgen stehe ich wieder auf. Ich bin wieder völlig hergestellt und will mich wieder bewegen.«

»Du wirst also bei meinem Kotillon dabeisein. Es wäre ein Fehler, ihn zu veranstalten, wenn du nicht teilnehmen könntest, und ich sage dir, wenn du noch nicht wieder gesund bist, dann verschiebe ich alles, bis du in guter Verfassung bist.«

»Jetzt stelle dich nicht so an, Virgie. Es geht mir prima. Ziehe endlich deine Reisekleider aus und bringe alles, was du gekauft hast, herein, damit ich es bestaunen kann.«

»Es ist so viel.« Virginia machte sich vorsichtig vom Bett herunter. »Und ich habe auch etwas für dich. Du bist dünner geworden, nicht wahr?«

»Ich denke schon, ich weiß es nicht genau.«

»Nun, es wird sowieso passen. Falls es nicht passen sollte, muß es Phoebe eben umändern, das kann sie ja so gut.« Sie hielt an der Kommode inne, auf der zwei Öllampen standen, und fuhr mit dem Finger über den Zylinder einer Lampe. »Phoebe muß nachlässig geworden sein. Da liegt zuviel Ruß.«

»Ich habe dir doch gesagt, sie ist erschöpft. Außerdem gehört eine derartige Arbeit zu den Pflichten eines Hausjungen. Mach schnell, bitte, ich werde ein bißchen müde.«

Virginia ging zum Bett zurück und küßte ihre Schwester, bevor sie sich auf den Weg zurück zu ihren zwei Zimmern machte. Sie betrat den Salon und stand, durch seine Schönheit geblendet, wie versteinert da. Das in Rosa gehaltene Chaiselongue strahlte so kräftig wie an dem Tage, als es aus dem Geschäft kam. Die Vorhänge und Gardinen waren makellos, der Teppich dick und weich. Die zwei Polsterstühle sahen gemütlicher aus als alles, was in ihren Zimmern auf der Festlandplantage stand. Alles war schon ausgepackt und hing entweder im langen Wandschrank, oder war in den Schubfächern der Kommode verstaut.

Zwar liebte Virginia die größere Plantage und auch das größere Haus, doch hier war alles anders. Hier auf der Insel erschien alles kleiner. Hier gab es nur wenig mehr als einhundert Sklaven, während es auf dem Festland siebenhundert gab, von denen jedoch jeder einen kleinen Unruheherd darstellte. Auf der Insel waren die meisten Sklaven älter, hatten schon einige Zeit bei der Familie verbracht, und viele waren auf der Insel geboren. Hier war alles anders – ruhiger, fast gelassen. Und bei weitem angenehmer. Die Hauptplantage war mehr eine Art Geschäftsabenteuer. Hier jedoch lag das Zuhause.

Sie umarmte sich in einem wahren Sinnenstaumel und freute sich, jung zu sein, glücklich mit ihrem Leben und voller Zuversicht, daß sich die Zeiten nie ändern würden – was immer die Spielverderber auch redeten.

2

Jordan Crawford zählte mit seinen einundzwanzig Jahren zwei Jahre mehr als Virginia, doch sein auf beiden Seiten herabhängender Schnurrbart machte ihn dem Aussehen nach ein wenig älter. Er war groß, grob genommen auch gutaussehend und trug seinen Jagdrock so würdevoll, wie er jede andere Kleidung trug.

Er hatte eine modische Kniebundhose an, und sein Gehrock, bis zum umgeschlagenen Samtkragen nach oben zugeknöpft, stellte das Talent seines Schneiders unter Beweis.

Man erkannte sofort, daß er ein guter Reiter war, wenn er auf seinem kastanienbraunen Hengst saß. Neben ihm wirkte Virginia immer winzig, ob sie zu Pferd oder zu Fuß unterwegs waren. Sie kannte Jordan, solange sie lebte, doch in letzter Zeit führten Virginias Reisen auf das Festland dazu, daß sie sich fast voneinander entfremdet hatten. Jordan verließ die Insel nie, außer wenn es äußerst ungewöhnliche Umstände erzwangen. Er lebte auf einer anderen, mittelgroßen Plantage eine halbe Meile entfernt mit seiner verwitweten Mutter, die, zumindest nach eigenem Ermessen, die führende Gesellschaftsdame auf der Insel war und zweifellos die wichtigste Quelle für Klatsch und feine Lebensart. Man war geneigt, im Zusammenhang mit Mrs. Harrison Crawford das Wort *königlich* zu verwenden.

»Ich hoffe, du kommst am Samstagabend zu meinem Kotillon«, sagte Virginia, als sie und Jordan Seite an Seite ritten.

»Nicht ein einziger der geladenen Gäste wird ihn auslassen, Virgie. Es könnte sich nur eine Möglichkeit auftun, die uns daran hindern würde.«

»Ach?« Sie warf ihm flüchtig von der Seite einen Blick zu. »Darf ich fragen, was das sein könnte?«

»Krieg«, sagte er knapp.

Sie lachte ein bißchen. »Ach, Jordie, kann denn nicht mal jemand von etwas anderem als dem verdammten Krieg reden? Auf dem Festland hält man anscheinend nicht viel von diesem Palaver.«

»Vielleicht wollen die nicht darüber nachdenken. Weißt du denn nicht einmal, daß wir uns im letzten Dezember von der Union losgesagt haben? Bist du nicht informiert darüber, daß wir jetzt Mitglied der Konföderierten Staaten von Amerika sind und daß Jeff Davis jetzt unser Präsident ist?«

»Natürlich habe ich das alles erfahren. Papa sagt, das sei nur eine Art Effekthascherei.«

»Nein, Virgie, die Lage ist ernst. Wir exerzieren schon monatelang auf der Insel. Wir besitzen Uniformen und Gewehre. Wir versuchen gerade, an die neuartigen Springfield-Büchsen heranzukommen. Wir haben Märsche unternommen, biwakiert und Scheingefechte durchgeführt. Das ist kein Witz.«

»Ich weigere mich, das für ernst zu nehmen, Jordie. Man redet schon lange vom Krieg – seit Jahren. Aber gekommen ist er nie. Ich denke wie Papa, daß der Norden nicht herunterkommen wird und alle Sklaven freiläßt. Das ist doch einfach ... einfach unvorstellbar, weiter nichts.«

Jordan hielt sein Pferd neben dem Musikpavillon in der Mitte des kleinen Parkes an. Die meisten Inselbewohner zog es im Sommer zu Ausflügen und Picknicks hierher, besonders um der Musikkapelle der Insel zuzuhören. Nachdem sie die Pferde angebunden hatten, setzten sich Virginia und Jordan auf eine der Bänke, die der Haupttribüne gegenüberlagen.

»Du bist bezaubernder denn je«, sagte er.

»Sei bitte anständig«, rügte sie ihn. »Ich weiß, was den Komplimenten folgt.«

»Ich meine es ernst. Vielleicht bist du ein wenig erwachsener geworden. Weißt du, warum ich dir von diesen Scherereien erzählte, die uns belästigen? Ich habe einen Grund dafür.«

Sie schaute ihn an und berührte zart seine Wange. »Natürlich will ich wissen, um was es sich handelt, lieber Jordie. Geht es darum, daß du in den Krieg ziehen mußt und wünschst, daß ich dich vorher heirate?«

Verärgert knurrte er kurz, aber vernehmlich. »Warum weißt du immer schon im voraus, was ich sagen will? Ja, genau das habe ich gemeint. Mir wäre es lieber gewesen, du hättest mir die Chance gegeben, es selber zu sagen, als zuzugeben, daß du richtig geraten hast.«

»Ich habe es mir schon vorher durch den Kopf gehen lassen«, sagte sie. »Du weißt, welch gute Freunde wir immer waren. Ich verspreche dir, es mir noch einmal zu überlegen.«

»Diesmal bleibt keine Zeit. Wir bekommen schneller Ärger, als du glaubst. Du meinst zwar, daß der Krieg nicht mal im Anmarsch ist, aber ich kann dir versichern, daß er kommt, und wenn er da ist, besteht die Wahrscheinlichkeit, daß wir uns für Monate nicht sehen werden. Bevor ich gehe, möchte ich dich meine Frau nennen können. Ich weiß, daß du mich liebst. Du hast es mir oft genug gesagt und weißt genau, wie sehr ich dich liebe.«

Sie beugte sich nach vorne und küßte seine Wange. »Frage mich nach dem Kotillon.«

»Wenn es einen Kotillon gibt«, sagte er nüchtern. »Die Lage kann sich schnell ändern, doch keiner will es begreifen.«

»Also gut. Ich glaube, was du sagst, aber ich schätze, du wirst nicht vor Samstagabend in den Krieg ziehen. Jetzt laß uns weiterreiten und deine Mama besuchen. Sie hat dich immerhin losgeschickt, um mich abzuholen.«

Er nickte und stand langsam auf. Virginia packte seine Hand, riß ihn nach hinten auf die Bank und legte ihre Arme um seinen Hals. Sie küßte ihn mit unverhüllter Leidenschaft und ließ den Kuß lange andauern. Seine Hände ruhten auf ihrer Brust, bewegten sich dann und fummelten an den Knöpfen ihrer Reitjacke herum. Sie stieß ihn weg.

»Jordie, um Himmels willen, doch nicht hier. Am hellichten Tage! Für wen hältst du mich?«

Er ließ sofort von ihr ab. »Es tut mir leid. Wenn du mich so küßt, dann... dann verliere ich die Kontrolle über mich. Ich wußte nicht, was ich tat. Verzeihe mir.«

»Das will ich dieses Mal noch tun«, sagte sie ernst. »Aber nur, weil ich dich liebe. Für das, was du vorhast, wird es einen Ort und einen Zeitpunkt geben.«

»Hoffentlich sehr bald, Virgie. Wenn ich von hier weggehen müßte, ohne... dich vorher so gesehen zu haben, wie es einem Ehemann gebührt, wüßte ich nicht, wie ich es aushalten sollte. Ich würde vielleicht sogar desertieren und zurückkommen.«

»Also, ich will bestimmt nicht, daß du das tust«, sagte sie gelassen. »Wir brauchen uns den Kopf deswegen nicht zu zerbrechen, ehe der Kotillon noch nicht vorüber ist. Ich gebe dir das Versprechen, daß ich mich dann entscheiden werde. Schließlich muß ein Mädchen mit seinem Papa und seiner Mama über eine solche wichtige Entscheidung sprechen. Danach werden wir viele Pläne schmieden müssen.«

Er half ihr auf, geleitete sie zu ihrem Pferd und unterstützte sie beim Aufsitzen. Sie ritten jetzt wortlos auf das Herrschaftshaus zu, wo Jordan mit seiner Mutter lebte.

Virginia beruhigte sich nach ein paar Minuten. Jordan war ein hartnäckiger Mann, und sie brachte es nicht fertig, sich seiner Leidenschaft zu verschließen. Einige Male befand sie sich bereits kurz davor, ihm eine Gefälligkeit zu erweisen. Sie genoß dieses Spiel und wußte, daß sie kaum fähig sein würde, ihm nochmals zu widerstehen. Sie liebte ihn. Es war angenehm, in seiner Gesellschaft zu sein. Er sah gut genug aus, um die Eifersucht zu erwecken, die sie so gerne in den Gesichtern der anderen Mädchen auf der Insel entdeckte. Er war reich. Die Crawford-Plantage auf dem Festland übertraf die von Virginias Vater an Größe.

Mit Jordan hätte sie für den Rest ihres Lebens Sicherheit. Es würde so viele Kotillons, Bälle und üppige Festessen geben, wie sie wollte. Zwar gab es, wenn sie ehrlich zu sich selber war, jetzt bereits genug davon, doch Vater wurde wegen der anfallenden Kosten immer empfindlicher. Sobald sie alt genug wäre, könnte sie bei Jordan einziehen und den Platz von Jordans Mutter in der feinen Gesellschaft der Insel einnehmen.

Viele Gründe sprachen dafür, Jordie zu heiraten, und dennoch zögerte sie. Sie fühlte, daß sie zu jung war, um sich bereits häuslich niederzulassen. Es gab zu viele Dinge, die sie vorher noch erledigen wollte. Zum einen wollte sie Europa bereisen. Bessie Tadburn war im Ausland gewesen und konnte bei ihrer Rückkehr ein wenig Italienisch sprechen. Reisen bildete einen Menschen, aber Reisen zusammen mit einem Ehemann wäre wahrscheinlich weniger aufregend. Sicherlich könnte sie nicht flirten, und das war doch ein Bestandteil ihres Glückes, jung zu sein.

Ungefähr zu dem Zeitpunkt, als sie ihre Pferde an der Stange vor Jordans Herrschaftshaus festbanden, hatte sie sich entschlossen zu warten. Es konnte ihn unmöglich verletzen. Sie war sicher, daß Jordan übertrieben hatte.

Mrs. Harrison Crawford, wie sie sich noch anreden ließ, obschon ihr Mann mehr als sieben Jahre tot war, kam heraus, grüßte Virginia und begleitete sie nach drinnen. Jordans Mutter war groß, eine prächtig aussehende Frau, deren Sitten ganz ihrer Erscheinung entsprachen. Sie trug ein hellblaues Kleid, welches ihren hellblauen Augen noch mehr Ausdruck verlieh. Ihr Schmuck bestand aus einer halblangen, farblich wunderbar abgestimmten Perlenkette und aus mit Perlen besetzten Ohrringen, die als ihre auserlesenen Kennzeichen galten. Ihr rotes Haar hatte sie hochgesteckt, wodurch ihre Größe und ihr königliches Auftreten noch mehr an Geltung gewannen. Sie hatte ein dünnes Tuch um ihren Hals gehängt, der die ersten Spuren des Alters offenbarte. Virginia fiel auf, daß Mrs. Crawford ihren Hals nicht so übertrieben pudern sollte.

Sie beugte sich vor und gab Virginia einen flüchtigen Kuß auf die Wange. »Du siehst vorzüglich aus, meine Liebe«, sagte sie. »Das Festland scheint dir besser zu bekommen als mir. Ich hasse es, dorthin zu fahren. Wie geht es deinem Papa und deiner entzückenden Mama?«

»Es geht ihnen gut, danke der Nachfrage. Mama ist noch nicht zurückgekehrt, aber sie wird zu meinem Kotillon am Samstag rechtzeitig eintreffen.«

»Und Nanine?«

»Ihr geht es auch gut.« Virginia gab die passende Antwort, denn sie wußte, daß Mrs. Crawfortd mehr aus Höflichkeit denn Anteilnahme fragte. »Ich hoffe, Sie geben sich am Samstag auf meinem Kotillon die Ehre«, fügte Virginia hinzu.

»Ich werde kommen, außer ich bekomme wieder so furchtbare Kopfschmerzen. Außerdem habe ich auch den Wunsch, daß die Gesellschaftssaison heuer die beste wird, die wir je auf der Insel hatten. Ich stelle mir eine Veranstaltung vor, die sich über drei Tage erstreckt, bei der man im Freien kocht und tanzt ... und alle möglichen Spiele macht.«

»Gewiß werden Mama und Papa sich darauf freuen«, sagte Virginia. »Und ich natürlich auch.«

»Danke schön, meine Liebe.« Mrs. Crawford drückte eine Hand an ihre Stirn. »Ich würde mich noch gerne weiter mit dir unterhalten, aber ich bekomme schon wieder so rasende Kopfschmerzen.« Sie vergaß ihren gepflegten Ton und erhob ihre Stimme zu einem kräftigen Schrei. »Matty! Matty, komm her! Auf der Stelle, hörst du?«

Eine etwas fünfzehnjährige Sklavin in einer ansehnlichen Dienstmädchenkleidung rannte in das Zimmer und blieb vor Mrs. Crawford stehen. Sie machte eine beunruhigte und ängstliche Miene.

»Wo ist das Eistuch, das du mir bringen solltest? Hole es sofort, du dumme Göre!«

»Jawoll, Missy, ich hol's gleich.« Sie hastete davon.

Mrs. Crawford seufzte. »Ich kann mich nicht erinnern, wann diese Nigger einmal so hohlköpfig gewesen sind wie in letzter Zeit. Sie scheinen einem alles übelzunehmen, was man ihnen zu erledigen aufträgt. Mein Aufseher hat es nicht einfach mit den Plantagenarbeitern, und ich habe mit den Hausangestellten alle Hände voll zu tun. Jordan, falls du herausfinden kannst, welcher hirnlose Kerl meine Narzissen ausgebuddelt hat, so wünsche ich, daß er ausgepeitscht wird. Und zwar ordentlich. Es sind meine Lieblingsblumen, und er hat sie ohne jeden Grund ausgegraben. Welche Unverschämtheit!«

Jordan gab keine Antwort, noch schien Mrs. Grawford eine zu erwarten.

Matty kam mit einem kleinen Handtuch auf einem Silbertablett zurück. Jordans Mutter drückte es sich auf die Stirn. Ein wenig von dem Eiswasser, in dem es sich vollgesaugt hatte, lief ihr das

Gesicht hinab. Sie schleuderte das Tuch auf die Sklavin. Es traf sie auf dem Brustkorb und fiel als klitschiger Klumpen auf den Boden.

»Ich habe dir tausendmal erklärt, daß du das Tuch auswringen mußt. Verstehst du kein Englisch? Hole mir ein frisches Tuch, das anständig ausgewrungen ist. Auf keinen Fall dieses hier.« Sie zeigte gebieterisch mit ihrem Finger auf das am Boden liegende Tuch. »Hörst du?«

»Jawoll, Missy. Ich verstehe. Bin gleich zurück.« Sie hob das tropfende Tuch auf und rannte aus dem Zimmer. Sie hatte das Tuch so fest in der Hand, daß Wasser auf den polierten Fußboden spritzte.

Mrs. Crawford stöhnte verzweifelt und tupfte ihr Kleid ohne Erfolg mit einem Spitzentaschentuch ab. Zur gleichen Zeit rief sie dem Dienstmäden nach, das Tuch auf ihr Schlafzimmer zu bringen.

Sie stand auf, und Virginia und Jordan liefen beide zu ihr, um ihr behilflich zu sein. Mit einem gequälten Lächeln winkte sie sie beiseite.

»Ich komme schon zurecht, aber ich sage euch, diese Kopfschmerzen bringen mich noch eines Tages in das Grab. Virginia, sage bitte deiner Mutter, daß sie mich sofort besuchen soll, wenn sie ankommt. Bitte vergiß das nicht.«

»Ich werde es nicht vergessen, Mrs. Crawford. Und ich hoffe, daß Ihre Kopfschmerzen verflogen sind, wenn Sie sich ausgeruht haben.«

»Danke schön, meine Liebe. Jordan, vergiß nicht deinen Anstand. Virginia mag sicher gerne ein Glas frische Limonade. Habe ich recht, meine Liebe? Aber natürlich habe ich das.«

Sie verließ bereits das Zimmer und war in dem Empfangszimmer, so daß Virginia noch Jordan hätte antworten müssen, allerdings schüttelte Virginia kurz mit dem Kopf in Richtung Jordan.

Erst jetzt nahm sie Platz, wozu sie eines der kleinen Sofas auswählte. Jordan setzte sich unverzüglich neben sie und legte ihr einen Arm um die Schulter.

»Warum kannst du mir jetzt nicht antworten, Virgie, mein Schatz? Was soll diese Warterei? Wenn du ja sagen wirst, warum dann nicht gleich?«

»Jordie, was macht das denn für einen Unterschied?«

»Das macht einen riesengroßen Unterschied. Wenn du zustimmst, dann besteht keine Gefahr darin, daß wir... unser Übereinkommen zu einer Art Abschluß führen. Uns steht das ganze Haus zur Verfügung. Mam rührt sich oft stundenlang nicht. Ich brauche dich, Virgie. Ich ziehe bald in den Krieg und komme vielleicht nicht zurück. Da wird scharf geschossen...«

»Unsinn!« sagte sie schnell. »Du bist total aufgehetzt.«

»Du hast keine Ahnung«, gab er mit ernster Miene klein bei.

»Das habe ich nicht so gemeint«, wies sie ihn zurecht. »Ich meine dieses Gerede vom Krieg, daß du weggehst und erschossen wirst...«

»Ich will dich jetzt«, wiederholte er. »In diesem Augenblick.«

Sie zog ihn zu sich und küßte ihn erneut mit der gleichen Inbrunst wie zuvor, die nur dazu führen konnte, ihn noch stärker zu erregen; sie selbst mußte sich im Zaum halten, was nicht gerade einfach war. Er beugte sich über sie, drängte sie mit seinem Körper rückwärts gegen die Armlehne des Sofas, bis sie laut aufschrie. Jordan ignorierte ihre Anstrengung und fuhr mit einer Hand unter ihr Gesäß, ließ sie dadurch nach oben fahren und drückte sie gegen sich. Ein leiser leidenschaftlicher Laut kam über ihre Lippen, den Jordan fälschlicherweise als Einwilligung deutete. Sein Kuß forderte immer mehr und seine Hände bewegten sich wissentlich in bestimmte Gegenden, um sie noch weiter zu erregen. Ohne Erfolg versuchte sie, ihn von sich zu stoßen. Als das fehlschlug, nahm sie seine Unterlippe zwischen ihre Zähne und biß so fest zu, daß es blutete. Es zeitigte die von ihr gewünschte Wirkung.

»Verdammt noch mal, Virgie«, rief er laut, wobei seine Leidenschaft schnell Zorn wich. »Du bist ein verdammtes Weib. Weißt du das eigentlich?«

»Mein Rücken, Jordie!« rief Virginia in vorgetäuschter Empörung aus. »Du hattest mich in solch eine Lage gebracht, daß ich meinte, meine Wirbelsäule bräche entzwei.«

Mehr frustriert als verärgert warf er sie auf das kleine Sofa zurück. »Zum Teufel damit. Ich werde eben warten. Bis zum Kotillon – aber danach... Wenn du mich liebst, solltest du mich nicht so an der Nase herumführen, denn ein zweites Mal kann ich mich nicht wieder beherrschen.«

»Das wäre Vergewaltigung, Jordan«, sagte sie entrüstet. Sie glättete ihren Rock, der ein wenig in Unordnung geraten war.

»Das geschähe dir ganz recht«, erwiderte er ihr. Seine Augen zeigten wie die Virginias keinerlei Gefühle. »Dich muß man erst mal zähmen, unbedingt. Du bist imstande, einen Mann mit deiner Flirterei in den Wahnsinn zu treiben.«

»So etwas tue ich nicht«, sagte sie und wendete ihre Augen von ihm ab.

»Das tust du, und du weißt es genau. Daß mir das egal ist, liegt einzig und allein daran, daß ich dich liebe und daß ich glaube, daß auch du mich liebst, ob du es nun zugibst oder nicht. Auch wenn du es mir nie gesagt hättest, würde ich dies glauben.«

»Mächtig eingebildet bist du«, gab sie zur Antwort.

»Mag sein«, gab er zu. »Aber ich liebe dich und ich werde dich heiraten.«

»Ich habe nicht gesagt, daß ich dich heiraten würde«, sagte sie ihm spitz. »Du nimmst immer alles einfach als selbstverständlich hin, Jordie.«

Er tat seinen Unwillen mit einem Seufzer kund. »Einmal sagst du ja, und dann wieder sagst du nein. Entscheide dich, Virgie. Ich ziehe bald in den Krieg. Wenn ich mich aufmache, will ich sichergehen, daß es jemanden gibt, der auf mich wartet, wenn ich heimkehre. Falls das je der Fall ist«, sagte er mit feierlicher Miene.

»Ich bat dich lediglich darum, bis zum Kotillon zu warten. Das kannst du sicherlich tun.«

»Aber ja«, sagte er. »Ich kann warten. Virgie, manchmal würde ich vor Gott beschwören können, daß du außer zum Necken zu nichts zu gebrauchen bist. Erst erregst du die Männer und machst hernach einen Rückzieher.«

»Vor allen Dingen! Mit anderen Männern mache ich nicht, was ich mit dir tue. Niemals habe ich das getan. Ich betrachte das, was du soeben zu mir gesagt hast, als das Unverschämteste, was je zu mir gesagt wurde.«

Er kam schnell wieder zu Sinnen, denn er wußte, daß dieses Mädchen mit äußerster Sorgfalt behandelt werden mußte. »Entschuldige. Ich habe es nicht so gemeint, wie es sich angehört hat. Aber ich sehe keinen Grund, warum du mir nicht jetzt schon die Antwort geben kannst. Du wirst deine Meinung sicherlich nicht in vier oder fünf Tagen ändern.«

»Du bist zu impulsiv«, protestierte sie. »Nach dem Kotillon. Und jetzt gehe ich, ehe wir uns so sehr streiten, daß wir uns alles kaputtmachen.«

»Schon gut«, sagte er, »ich reite mit dir zurück.«

»Das wird nicht notwendig sein«, sagte sie ihm in einem Ton, den Nanine schullehrerinnenhaft zu nennen pflegte. »Ich bin durchaus in der Lage, selbständig zurückzureiten. Das ziehe ich vor.«

»Werde ich dich vor dem Kotillon noch mal sehen?«

»Ich weiß nicht. Wie soll ich das denn wissen können?«

»Ich reite vielleicht einmal vorbei.«

»Tu, was dir beliebt, aber wenn du kommst, will ich nicht, daß du erneut mit diesem schrecklichen Gerede anfängst, nach dem du so verrückt bist. Das Kriegsgerede meine ich. Guten Morgen, Jordie.«

Sie schritt wütend aus dem Zimmer und wäre um ein Haar mit dem Dienstmädchen zusammengestoßen, das ein neues Erfrischungstuch hatte holen sollen. Das Mädchen machte mit geübter Beweglichkeit einen Schritt zur Seite, wobei sie sogar mehr Geschick an den Tag legte, weil sie noch ein Tablett vor sich hertrug. Ihre Miene verriet neuerlich Angst, als sie Virginias verärgertes Gesicht erblickte, und sie flüchtete die Stufen zu Mrs. Crawfords Zimmer hinauf.

Draußen band Virginia ihr Pferd los, stieg mit gewohnter Leichtigkeit in den Sattel und drehte das Pferd, als Jordan herauskam und sich tieftraurig und schweigend an den Pfeiler neben der Verandatreppe lehnte. Er sah sie wegreiten. Sie schaute sich nicht um.

Über die Jahre hinweg hatte der Verkehr zwischen den zwei Plantagen einen ausgetretenen Pfad geschaffen, auf dem Virginia ritt. Sie saß gut und selbstsicher auf dem Pferd, wenn sie auch noch ein bißchen von dem Ärger über Jordan verspürte und wohl auch ein bißchen enttäuscht darüber war, daß sie ihm nicht einmal teilweise seinen Willen ließ. Sie war wegen seiner Annäherungsversuche auf ihn böse, und noch böser war sie, weil er sie nicht energisch weiterverfolgte.

Sie sah einen Sklaven in Richtung der Sklavenunterkünfte dahinschlurfen. Der Ziehweg führte jetzt an der Plantage entlang; auf den Feldern pflegten die Sklaven die neuen Pflanzen, hielten den Erdboden locker und eröffneten den zarten Schößlingen jede Möglichkeit anzugehen.

Der Sklave wandte sich um, als er das Pferd nahen hörte. Er machte einen schnellen Schritt zur Seite, blieb stehen und nahm seinen altmodischen Hut ab. Virginia hielt an.

»Wohin des Weges?« fragte sie forschend.

»Bin krank, Missy. Bin zur Krankenhütte unterwegs.«

»Du siehst aber nicht unbedingt krank aus. Ich glaube, du hast vor abzuhauen.«

»Nein, Missy, ich renn' nich davon.«

»Wie heißt du?«

Seine Haltung änderte sich allmählich. Er hatte seinen Kopf gehoben und blickte ihr genau in die Augen. Glühender Haß stand in seinen Augen.

»Lyden, Missy.« Seine Stimme enthielt eine Bissigkeit, die sich für Sklaven nicht schickte. »Man nennt mich auch Sambo, Missy. So heiß' ich zwar nicht, aber die nennen mich Sambo.«

»Du wirst langsam frech, Sambo. Auf diese Weise fleht man um eine ordentliche Abreibung mit der Peitsche.«

»Jawoll, Missy«, sagte er mürrisch.

Er kam näher, das Pferd scheute leicht zurück. Als der Sklave nach dem Zügel griff, riß Virginia ihm mit der Reitergerte das Gesicht auf.

»Laß deine Hände von meinem Pferd«, schrie sie laut. »Geh fort! Entferne dich, oder ich lasse dich noch vor Sonnenuntergang auspeitschen.«

»Bloß versucht, das Pferd zu halten.«

»Unterstehe dich, Widerrede zu geben! Gehe nun augenblicklich auf die Felder zurück!«

»Bin krank...«, legte er Protest ein. »Lüg' nich, Missy. Hab's nich bös gemeint.«

»Du brauchst nicht mehr auf die Felder zurückzugehen. Begib dich zur Auspeitschhütte und warte dort... Nein! Bleibe, wo du bist. Ich sehe Moses zu uns herreiten.«

Mit besorgter Miene hielt Moses an. Er gab dem Sklaven ein Zeichen, sich etwas zu entfernen.

»Ich verlange, daß dieser Mann ausgepeitscht wird«, sagte Virginia. »Er war frech und unverschämt. Mir gefällt sein Umgangston nicht. Ich mag ihn nicht. Gib ihm zwanzig Schläge.«

»Missy«, nahm Moses seinen Strohhut ab und verbeugte sich, »ich habe ihn zum Doktor geschickt. Glaube, er hat Bauchweh, 's wird immer schlimmer. Sieht wohl so aus, daß er schnell 'nen Doc braucht.«

Virginia schaute auf den Sklaven herab. »Ich dachte, daß du schwindelst. Du siehst in der Tat nicht sehr krank aus.«

»Missy, er ist sicher krank. Er ist ein ordentlicher Bursche und arbeitet hart. Er ist sicher krank. Schwöre, daß es keinen Grund gibt, ihn durchzubleuen, dafür is er eh zu krank.«

»Das nächstemal«, sprach Virginia zu dem jungen Sklaven, »sei anständiger und benimm dich gebührlich. Du wirst nicht ausgepeitscht. Gehe in das Krankenhaus und lasse dich vom Doktor untersuchen, wenn er vorbeikommt. Das ist alles, was ich dir zu sagen habe. Und nun verschwinde.«

Der Sklave nickte mit dem Kopf, doch das Funkeln in seinen Augen war noch da. Er drehte sich um und schlurfte zu den Sklavenquartieren zurück.

»Danke Ihnen, Missy«, sagte Moses. »Er ist bestimmt krank, der Junge.«

»Er beleidigte mich jedoch. Er widersprach mir. Geben denn jetzt alle Widerrede?«

»Einige sin störrisch wie die Esel. Das bedeutet aber nichts Schlimmes. Dieses ganze Gerede von der Befreiung. Alle denken dran, und deswegen fühlen sie sich irgendwie unwohl. Gibt aber keinen Grund zur Beunruhigung, Missy.«

»Ich vertraue dir in diesem Punkt. Du kannst jetzt gehen.«

Virginia berührte mit der Reitpeitsche die Flanke des Pferdes und hatte den Sklaven rasch eingeholt. Er schaute über seine Schulter, als befürchte er, niedergeritten zu werden. Dann fiel er plötzlich auf die Knie, schlug die Arme um seinen Bauch und sackte nach vorne zusammen.

Virginia drehte das Pferd wieder um. »Moses!« schrie sie, so laut sie konnte. »Moses!«

Er gab seinem Pferd die Sporen, weil er erkannte, daß ihr Schreien eine Notlage anzeigte. Als er bei ihr ankam, kniete sie bereits neben dem schmerzgeplagten Mann. Moses stieg ab und lief zu ihr hin.

»Er ist *tatsächlich* krank«, sagte sie. »Er ist fürchterlich krank. Bleibe bei ihm, während ich ihm eine Kutsche besorgen gehe. Er kann nicht laufen und sicherlich genausowenig reiten. Ich beeile mich.«

»Ja, Missy ... Beeilen Sie sich. Er is bestimmt krank. Finde, Sie sin verdammt nett, daß Sie ihm so helfen.«

»Er ist achtzehnhundert Dollar wert«, erinnerte ihn Virginia.

Sie ritt, so schnell ihr Pferd es erlaubte, davon. Moses merkte, daß der Sklave keinem Schmerzanfall mehr ausgeliefert war und half ihm, sich auf dem Rücken liegend auszustrecken.

»Es kommt schon Hilfe«, beruhigte ihn Moses. »Hast sicher 'nen verdammt verdorbenen Magen. Missy holt 'ne Kutsche.«

»Um achtzehnhundert Dollar zu retten«, sagte der Sklave

schwach. »Nicht, um mich zu retten. Nur wegen der achtzehnhundert Dollar. Nie gewußt, daß ich so wertvoll bin, Moses.«

»Ruhig jetzt. Sei still und reg niemand auf.«

»Wir werden frei sein«, sagte Lyden. »Frei wie die Vögel. Wir werden frei sein, das kommt, schwöre, daß ich's erlebe.«

»Du bist jung und stark wie ein Bär. Was hast du vor – in den Norden gehen?«

»Ich bleibe hier, wo ich hingehöre, aber als freier Mann. Und ich wette, ich krieg' Missy Virginia irgendwann einmal ganz alleine, ohne jemand dabei, und dann schnapp' ich sie mir. Ich werde ihr das heimzahlen, was sie und ihre Angehörigen uns angetan haben. Das schwör' ich.«

»Sicher ein Mordsvorhaben«, sagte Moses. »Ja, Sir, und ich hoffe, du genießt es zu baumeln, wenn sie dir einen Strick um deinen Narrenhals geknüpft haben.«

»Kein Strick um meinen Hals, Moses. Zu dem Zeitpunkt bin ich schon frei. Ich kann dann tun, was ich will, und keiner kann mich davon abhalten.« Er krümmte sich erneut zusammen. »Wenn ich diesen Tag noch erlebe.«

Belle saß auf der Ladeklappe des Wagens, der heranfuhr. Sie half Lyden auf die Kutsche und machte es ihm so gemütlich wie möglich. Der Fahrer begab sich wieder auf seinen Sitz.

»Fahr ganz vorsichtig«, befahl sie ihm. »Wo der Weg schlecht wird, fahr langsamer. Hat keinen Sinn, ihn tot zurückzubringen. Der Doktor kommt gleich, sagt Missy.«

Sie und Moses sahen den Wagen entschwinden. In eine Decke eingehüllt und bequem auf ein Kopfkissen aus alten Leinensäkken gebettet fuhr Lyden zur Krankenhütte.

»Was, glaubst du, fehlt ihm, Mo?«

»Hat Fieber auf einer Seite im Körper. Doc schneidet ihn bestimmt auf. Vielleicht stirbt er, wäre kein großer Verlust. Er wird uns eines Tages nur Scherereien machen.«

»Hab' dein Essen dabei.« Belle deutete auf den mit einem Tuch zugedeckten Kübel. »Setz dich zum Essen hin, dann können wir uns unterhalten.«

Sie suchten sich einen schattigen Fleck neben der großen Eiche aus. Moses aß Speck und Bohnen, saugte mit der Brotkruste die Soße auf und seufzte voller Zufriedenheit.

»Schätze, daß es schlimmere Orte gibt«, sagte er. »Auf das Gerede hier bei uns kann man nicht viel geben, soweit ich's sehe.«

»Frei ist nun mal frei«, sagte Belle. »Ich kann's kaum erwarten.«

»Frei sein bedeutet eigenes Essen und eigene Hütten. Möchte das auch, kommt auch eines Tages, aber es wird nicht so sein, wie sich das jeder vorstellt. 's wird schlechter, als wir es jetzt haben. Das weiß ich.«

»Natürlich hoff' ich, daß du unrecht hast, aber selbst wenn's stimmt, was du sagst, dann müssen wir bestimmt den Kopf nicht mehr verbeugen, und wir geben freche Antworten, wenn's uns paßt.«

»Wird sich nicht viel ändern«, sagte Moses. »Massa kann ohne uns die Felder nich bestellen, und wir müssen ihm dabei helfen. Was anderes bleibt uns nicht übrig.«

»Und's gibt keine Hütte mehr zum Peitschen«, erinnerte ihn Belle.

»Darüber wird keiner 'ne Träne verlieren.«

»Hörte Gerede auf dem Festland«, erzählte ihm Belle. Weiß' nich immer, was es bedeutet, aber 's is ziemlich sicher, daß die runterkommen und uns befreien. Ruhmreich soll der Tag sein, an dem sie kommen.«

»Da wird's nich viel Ruhm geben. Schüsse werden fallen, und Menschen werden getötet. Da gibt's kein Deuteln, Belle. Und bis heute gibt's noch keine Patronenkugel, die schwarz und weiß auseinanderhalten kann.«

»Rechnest du damit, es gibt hier auf der Insel einen Aufstand?«

»Vielleicht. Will das nich. Sicherlich sind wir genug, um uns den Massas zu widersetzen, aber wenn wir die killen, kommen mehr, um uns abzumurksen.«

»Glaubst du?« fragte Belle wieder ganz aufgeregt.

»Das weiß ich. Wir stecken mittendrin und kriegen auch unsere Kugel ab. Wünschte, es käme nie so weit. Die Lage wird sich noch mords verschlechtern, und wenn alles vorbei ist, kommen harte Zeiten auf uns zu, wie wir's nie erlebt haben. Wir und die Massas auch. Diesmal wird keiner geschont.«

»Hab' eine Fleischpastete aus der Küche geklaut«, sagte Belle. »Die gibt's zum Abendessen, komm also nich zu spät.«

»Wenn's Fleischpastete gibt, vertrödel' ich garantiert keine Sekunde. Belle, hab' mir Missy Virginia mal angeguckt, is 'n ganzes Stück älter geworden.«

»Flirtet mit allen Männern auf der Insel rum«, sagte Belle. »Dieser Crawford-Junge ist hinter ihr her. Schätze, das heißt nichts.«

»Sobald der Norden kommt, wie man behauptet, dann heißt das garantiert nichts mehr. Dann geht der Junge nämlich in den Krieg. Seh' ihn und die andern Jungen beim Exerzieren. Sie marschieren und schreien laute Befehle. Sie reiten un fuchteln mit ihren Schwertern rum, als ob sie welche vom Norden erstechen.«

»Spielereien«, sagte Belle. »Hab' sie auch auf dem Festland gesehen. Auf den großen Plantagen quälen sich die jungen Kerle und kämpfen. Glaubst du, Massa muß in 'n Krieg?«

»Er ist recht alt. War nie im Militär, soweit ich weiß.«

»Massa Marty muß wohl gehen.«

»Er sehnt sich danach. Er sagt, er bringt mehr Yankees um, als ich je sehe. Großes Gerede. Weiß gar nich, was Krieg is.«

»Woher weißt du es, Moses? Warst doch nie in 'nem Krieg.«

»Hab' mit Leuten geredet, die sich da auskennen. Hab' Massa und seinen Freunden zugehört. Die kennen das, aber die Jungen, die denken, das sei nur Spaß.«

»Hab' überlegt, was es bedeutet, wenn wir frei sin. Hab' über Phoebe nachgedacht.«

Moses schüttelte den Kopf. »Sie is so weiß, daß man sie als Weiße anerkennen würde, aber das macht sie nich. Sie is wie ihre Mama. Richtig stolz und schämt sich nich, schwarz zu sein.«

»Hab' die beiden Mädchen großgezogen, Phoebe und Missy Virginia. Wenn du mich fragst, welche von beiden ich nehmen würde, dann nur Phoebe.«

»Wie kommst du darauf?«

»Phoebe sorgt sich um Nan wie ein Doc. Phoebe kann kochen und nähen und das Haus sauberhalten. Sie kann reiten und genausogut reden wie eine weiße Missy. Und sie schaut auch prima aus. Glaube, sie braucht keine Sorge haben, wenn sie frei is.«

»Nun, was paßt dir an Missy Virginia nich, daß du so an Phoebe hängst?«

»Missy Virginia kann nich kochen, nich nähen, kann keinen Haushalt führen. Sie kann nur flirten, tanzen und unternehmen, was ihr in den Sinn kommt. Was findest du da gut dran? Missy Virginia kann überhaupt nichts.«

»Besteht für sie kein Anlaß dazu. Wir tun ja alles.«

»Das stimmt, aber was is, wenn wir frei sin un nich mehr das tun, was sie uns sagt. Außer ihr is dann niemand mehr da, und sie kann es nich. Glaube, sie tut mir leid. Irgendwie ... Ich weine mir nich die Augen aus, aber irgendwie tut sie mir leid. Sie wird es schlecht haben, Moses. Sie wird garantiert verhungern, wenn für sie niemand kocht.«

»Jeder wird's schwer haben, Belle.« Er wischte den Eimer mit einem Büschel hoher Gräser aus und legte vorsichtig das Leinentuch obendrauf, das den Eimer bedeckte. »Muß jetzt zurück. Seh' schon, daß sie wieder herumbummeln. Schlechte Zeiten. Denken nur noch ans Freisein und arbeiten nur so hart wie nötig. Hab' nich mehr den Schmiß, sie anzutreiben, doch Massa sieht, daß sie nich mehr arbeiten un gibt mir die Schuld. Seh' dich, sobald ich hier Schluß mache und alle in die Unterkunft bringe.«

»Das Mädel is mir keinen Heller wert«, dachte Belle laut nach.

»Welches Mädel? Meinst du Missy Virginia?«

»Ja, die mein' ich.«

»Laß niemanden dich so hören. Mass James gebraucht die Peitsche, wenn er Lust hat. Halt dir die Prügel von deinem alten Leib. Halt deinen Mund!«

»Weiß schon«, sagte sie. »Red' ja nur mit dir. Ich sage dir, Mo, ich kann mich dran erinnern, als sie mit dem kleinen Baby zu mir kamen und sagten, es muß an meine Brust. Und den Jungen, den du und ich aufgezogen haben, verkauften sie, damit mehr Milch für ihr eigenes Kind da is. Ja, dann kamen sie noch mit Phoebe, und ich sollte sie abstillen. Aber ich ließ sie an der Brust, als wäre sie unser Sohn. Einfach verkauft haben sie ihn. Armes Kind hat weder Mama noch Papa. Weiß nich mal, wer er is, aber ich mußt' die zwei Babys versorgen, wie Massa sagte, sonst hätte er mich ausgepeitscht. Meinst du wir sehen den Jungen je mal wieder, Mo?«

»Würdest ihn nich erkennen, wenn er dir über 'n Weg läuft, und er kennt uns nich. Vergiß es, Belle. Wir können nichts tun. Konnten nie was ausrichten.«

»Ich konnte weinen, immerhin. Mein eigener Junge, keiner weiß, wo er ist, und keiner macht sich Sorgen um ihn, außer uns.«

»Hab's dir schon mal gesagt, Belle«, sagte Moses freundlich. »Halt deinen Mund!«

3

Der Fahnenschmuck war schließlich nach Virginias Geschmack hergerichtet. Pflanzen in Holztöpfen wurden von schwitzenden Sklaven vom Freien in das Haus neben das Musikpodium geschleppt. Da es keine allzu große Abendgesellschaft werden sollte, reichte man das Abendessen im Speisezimmer, das geräumig genug für über zwanzig Personen war. Das Essen jedoch stand im Einklang mit Virginias Ruf, stets hervorragende Menüs anzubieten. Auf dem Speiseplan stand verlorener Lachs, Waldhuhn und Wildbret, die mit frischem Gemüse serviert und von einer Süßspeise als Nachtisch abgerundet wurden, welche Belle besser als jede andere Köchin zubereiten konnte.

Nanine war auf den Beinen, wenn auch noch recht schwach, und beschränkte sich auf Virginias Geheiß darauf, die Arbeiten zu überwachen, ein paar Vorschläge zu machen und Ratschläge zu geben, wenn man sie darum bat, was zumindest nach Belles Meinung unter Beweis stellte, daß Nanine in diesen Angelegenheiten sich geschickter anstellte als Virginia.

Als man alles fertig hatte und die Sklaven fortgeschickt, setzte sich Virginia neben ihre Schwester auf das Sofa und umarmte sie vor Freude.

»Es wird der erste und der beste Kotillon auf den Inseln«, erklärte sie. »Sieht nicht alles wunderschön aus?«

»Und ist es nicht ein Glück, daß wir ein großes Haus besitzen«, warf Nanine ein.

»Im Sommer«, fuhr Virginia verträumt fort, »gebe ich einen Ball und ein Essen, das alles bisher Dagewesene in den Schatten stellt. Teils im Freien, teils im Haus. Ich habe mir das den ganzen Winter über auf dem Festland überlegt.«

»Das macht dir wirklich viel Spaß«, fügte Nanine an. »Du bist ganz deine Mutter. Sie versucht unablässig etwas Besseres zu machen als jeder andere, aber ich möchte behaupten, daß du größere Qualitäten darin hast, als sie je hatte.«

Virginias Stimme wurde leiser. »Mama kommt heute zurück.«

»Ich freue mich, sie wiederzusehen«, sagte Nanine. »Seit dem letzten Male sind schon viele Wochen vergangen. Ich weigerte mich, ihr über meinen schlechten Zustand zu berichten. Du weißt, daß Mama sich immer gleich solche Sorgen macht.«

»Jetzt bist du wieder gesund«, erklärte Virginia. »Du mußt

nur noch zu Kräften kommen, aber das ist eine Kleinigkeit. Bitte überanstrenge dich heute abend nicht.«

»Zerbreche dir nicht deinen zierlichen Kopf darüber«, meinte Nanine mit gequälter Miene. »Ich wage einen Tanz und nicht einen mehr. Danach setze ich mich zu den Mauerblümchen.«

»Auf meinen Gesellschaften gibt es keine Mauerblümchen. Das dulde ich nicht. Erinnerst du dich, daß ich dir sagte, Jordie würde mich vielleicht darum bitten, ihn zu heiraten? Er hat es wirklich getan.«

»Virgie, hast du ernsthaft vor, ihn jetzt zu heiraten?«

»Nun, ich weiß nicht recht.« Virginia streckte ihre schlanken Beine aus und sank ein bißchen tiefer in das Sofa. »Ich nehme an, daß ich ihn liebe.«

»Annahme allein genügt nicht, Virgie.«

»Vielleicht weiß ich nicht mal, was Liebe bedeutet. Nan.«

»Das ist nur zu wahrscheinlich.«

»Was weißt du darüber?«

Nanine seufte tief. »Nichts. Ich wurde davon in Kenntnis gesetzt, daß ich zu schwach sei und chronisch krank, weshalb ich niemals würde heiraten können. Ich bin nicht sicher, ob ich das überhaupt wollte, aber du bist ganz anders. Du bist attraktiv, frohen Mutes und voller Lebensgeist. Aber dennoch bin ich davon überzeugt, daß, wenn du dich verliebst, du es sofort spürst und nicht bloß annimmst, du seiest verliebt.«

»Das werde ich mir merken. Doch es verhält sich jetzt anders. Ich dachte schon immer, daß ich Jordan eines Tages heiraten würde und... er muß in den Krieg. Ich weiß so wenig darüber! Und ich kann schon bald nichts mehr hören davon.«

»Virgie«, sagte Nanine ernst, »heirate Jordan nicht, nur weil er in den Krieg ziehen muß. Du könntest keinen größeren Fehler begehen.«

»Er wäre nicht lange weg, das hat er mir gesagt.«

»Meine liebe, unwissende kleine Schwester, in Kriegen werden Menschen getötet, und alles wird zerstört. Jordie kommt vielleicht nie zurück.«

»Ach, das glaube ich nicht«, sagte Virginia und fügte dann in ernstem Ton hinzu, »es wäre schrecklich, in meinem Alter eine Witwe zu sein, nicht wahr?«

»Vor allen Dingen, wenn Jordan in den Krieg zieht, fällt und dich mit seinem Kind hinterläßt. Das ist möglich, weißt du.«

»Ich muß schon zugeben, daß du eine besondere Art hast,

einem alles zu verderben, Nan. Ich dachte immer, heiraten mache viel Spaß. Wie immer es auch sei, ich habe dir ja bereits gesagt, daß ich stets dachte, ich würde ihn heiraten.«

»Überdenke das noch einmal«, riet Nan. »Und wenn ich du wäre, würde ich für heuer nicht zu viele gesellschaftliche Veranstaltungen planen. Papa bleibt ständig auf dem laufenden und macht sich Sorgen, daß es einen langen Krieg geben könnte. Der könnte bis zu uns hierher kommen.«

»Auf die Insel!« spottete Virginia. »Hier bietet sich doch kaum ausreichend Platz für eine anständige Jagd. Wir könnten da nie hineingezogen werden. Hier gibt es für niemanden etwas.«

»Ich hoffe, du hast recht, zweifle aber daran. Liebe Virgie, dies ist jedenfalls nicht der Tag, an schlechtere Zeiten zu denken. Falls sie einmal kommen sollten, dann ist es gut, jetzt das Beste daraus zu machen, was wir haben, damit wir später wenigstens gute Erinnerungen haben. Kümmere dich jetzt darum, was du anziehen wirst. Du hast deine Kleider noch nicht anprobiert und weißt, daß sie bisweilen nicht gut passen.«

»Phoebe sorgt sich darum, doch du hast recht. Ich will, daß alles in Ordnung ist, ehe Mama heute nachmittag zurückkommt. Und vergiß nicht, daß auch du dich anziehen mußt. Ziehe bitte das hellblaue Kleid an, das ich dir mitbrachte. Ich weiß, daß du fantastisch darin aussehen wirst.«

»Geh nur zu, Virgie, ich finde mich schon allein zurecht.«

Virginia eilte treppauf. Phoebe war im Schlafzimmer und staubte die Möbel ab.

»Ich probiere meine Kleider an«, sagte Virginia. »Wasche am besten deine Hände, ehe du mir hilfst, wenn du mit dem Abstauben fertig bist.«

»Ja, Missy«, sagte Phoebe. »Das wollte ich soeben tun.«

»Wenn du dich gewaschen hast, bringe das primelfarbene Kleid. Ich will es als erstes anprobieren.«

»Das magentarote würde besser zu Ihnen passen, wegen Ihrer hellen Haut«, schlug Phoebe vor.

»Jetzt fange nicht an, mir zu erzählen, was ich anzuziehen habe«, sagte Virginia verärgert. »Ich muß mir schon genug von Nan und Mama anhören. Tu, wie ich dir gesagt habe.«

»Hatte nie die Absicht, etwas anderes zu tun, Missy.« Phoebe lief in das Badezimmer, während Virginia ihren schlanken Rükken eingehend betrachtete und sich fragte, ob diese Bemerkung als unverschämt oder nur als frech gedeutet werden konnte. Auf dieselbe Weise sprach auch Belle mit ihr – immer im Kommandoton. Doch der nahm es keiner übel. Bei Phoebe verhielt es sich anders. Aus einer Laune heraus rief Virginia Phoebe zu, sie solle auch das magentarote Kleid mitbringen.

Phoebe legte beide Kleider auf das Bett, während Virginia ihr Morgenkleid ablegte und eine frische Krinoline anzog. Sie überflog das primelgelbe Kleid mit dem tiefen Ausschnitt und den Reihen langettierter Borten, deren Kanten mit winzigen Seidenröschen besetzt waren, die überraschend echt wirkten. Der Unterrock aus seidenem Taft raschelte, wenn sie lief, obwohl er durch die Krinoline vom Körper weggehalten wurde. Das magentarote Kleid bestand aus glänzendem Satin, der violette Verzierungen aufwies und zum Farbton ihrer Augen paßte. Die Satinärmel waren gepufft und mit Tüll bedeckt.

Virginia erinnerte sich an die ablehnende Haltung Belles, als sie es ausgewählt hatte, indem sie sagte: »Das steht nur 'nem Flittchen, und so siehst du auch aus drin.«

Virginia lächelte innerlich, denn sie fragte sich, was für eine Wirkung es auf Jordan haben würde. Weil aber Phoebe das magentarote empfohlen hatte, entschied Virginia sich dazu, das primelgelbe anzuziehen. Sie studierte sich eingehend im Standspiegel. Es sah zwar schön aus, doch irgendwie gab sie Phoebe recht, die mit wie immer unergründlicher Miene hinter ihr stand.

Virginia sagte: »Nun, was meinst du?«

»Es muß unter den Armen etwas abgenommen werden. Auch die Ärmel müssen mehr gerafft werden.«

»Du hast recht, Phoebe.« Virginia berührte die Bereiche, die Phoebe erwähnt hatte. »Das heißt, daß ich das magentarote tragen muß, wenn es nicht auch einiger Umänderungen bedarf.«

»Das macht nichts, Missy. Ich kann beide in wenigen Stunden abändern.«

»Ich versuche mal das magentarote.« Virginia stand mit leicht ausgebreiteten Armen da, um anzuziegen, daß Phoebe ihr das Kleid aufhaken solle.

Das dauerte nicht allzu lange, denn Phoebes Bewegungen waren genauso sicher wie anmutig. Sie zog ihr das Magentakleid an und trat zurück. Virginia gab unwillkürlich einen lauten Freudenschrei von sich, als sie diesmal ihr Spiegelbild erblickte. Das Kleid paßte ihr wie angegossen. Ihre Augenbrauen erhoben sich fragend, als sie Phoebe im Spiegel anblickte. Das junge

Mädchen nickte beipflichtend, machte jedoch kein wörtliches Kompliment.

»Kannst du denn nichts sagen, Phoebe?« fragte Virginia gereizt.

»Es ist großartig, Missy, und paßt Ihnen ausgezeichnet.«

Virginia schaute flüchtig auf ihren zum Teil entblößten Busen. »Gewagt, meinst du nicht auch?«

»Ja«, antwortete Phoebe höflich. »Aber nicht für eine Dame wie Sie.«

»Was meinst du damit?« fragte Virginia, als sie wieder zu Sinnen kam.

»Nichts Schlechtes, Missy. Ihre Schönheit ist für ein so extravagantes Kleid durchaus angemessen.«

»Danke schön, Phoebe«, sagte Virginia ruhig. Sie wußte, daß Phoebe aufrichtig gesprochen hatte, da sie doch mit Komplimenten sehr sparsam umging. Sie führte ihre Pflichten in aller Ruhe aus, wenn man sie nicht anredete. Das war nicht immer so gewesen, und zwar erst, seitdem sie aufgehört hatten, miteinander zu spielen, und Phoebe die Tatsache klargemacht worden war, daß sie eine Sklavin war und ab sofort als solche behandelt würde. Virginia drehte sich langsam um und ließ ihre Augen Phoebes Figur kritisch prüfen. Sie näherte sich Virginia, um ihr aus dem Kleid zu helfen.

»Bewege dich nicht«, sagte Virginia. »Ich bin wirklich erstaunt.«

»Ja, Missy?« stand Phoebe regungslos da.

»Komisch, daß ich es noch nie bemerkt habe. Du hast den gleichen Körperbau wie ich. Du mußt meine Maße haben.«

»Die Kleider, die sie mir gegeben haben, paßten mir immer ganz genau«, sagte Phoebe sachlich.

»Dann müssen wir dieselbe Größe haben. Probiere das primelgelbe an. Ich möchte sehen, ob das Mieder und die Ärmel auch an dir geändert werden müssen.«

Phoebe äußerte sich nicht dazu. Sie legte die schwarze Dienstmädchenuniform ab, die sie für gewöhnlich trug. Ihr Unterkleid war schneeweiß und an einigen Stellen geflickt, doch trotzdem sehr hübsch. Sie schlüpfte in das bauschige Kleid. Virginia knöpfte es zu und schritt zurück. Phoebe machte unabsichtlich einen Schritt vor den Kommodenspiegel, hob die Arme und frisierte ihr Haar um. Sie hatte nicht das feste, krause Haar einer Schwarzen, sondern weiches, dunkles braunes Haar von feiner

Beschaffenheit. Als sie sich umdrehte, damit Virginia sie begutachten konnte, war ihr Haar in der Mitte gescheitelt und ähnlich wie Virginias zurechtgemacht.

»Es steht dir ganz prima«, gab Virginia zu. »Aber es ist an denselben Stellen wie bei mir zu weit. Einen Moment mal. Dreh dich leicht nach links. Ich möchte dich im Profil sehen.«

Phoebe gehorchte in gewohnt ruhiger Manier. Virginias Gesicht nahm die Gestalt reiner Verwunderung an, gemischt mit dem plötzlichen Ausdruck, daß sie einer Sache gewahr wurde. Sie lief auf die Seite der Sklavin und drehte sie barsch um, so daß sie in den Spiegel schaute. Virginia stand jetzt neben ihr, näherte sich mit ihrem Kopf dem Phoebes, damit sie beide im Spiegel reflektiert wurden.

»Siehst du, was ich sehe?« fragte Virginia. Schrecken saß in ihrer Stimme.

»Ich sehe uns beide, sonst nichts, Missy.«

»Guck noch mal hin, du dummes Ding. Schau in deine Augen. Sie haben die gleiche Form wie meine. Deine Nase ... sieht aus wie mein Ebenbild. Die Nase eines weißen Mädchens, obwohl du doch angeblich schwarz bist. Und dein Haar ist wie meines, dein Mund auch und deine Gesichtsform. Siehst du das denn nicht? Bist du nicht nur dumm, sondern auch noch blind?«

Phoebes passiver Gesichtsausdruck begann sich zu verändern. Virgie hatte recht. Jetzt, in einem Abendkleid mit offenem Haar, wie es Virginia trug, und den Köpfen nahe aneinander, war es offensichtlich, daß sie sich fast bis auf das letzte Haar ähnelten.

»Nun?« sagte Virginia wütend. »Habe ich recht oder nicht?«

»Missy ... es stimmt.« Phoebe glitt mit den Händen ihr Gesicht hinab und blickte genauer in den Spiegel. »Ja, es ist wahr.«

»Es ist so offensichtlich, daß es nicht purer Zufall sein kann. Phoebe, wer ist deine Mutter?«

»Ich weiß nicht, Missy.« Phoebe wandte sich vom Spiegel ab. »Ich lernte sie nie kennen.«

»Rede nicht so. Du mußt sie kennen oder über sie wissen. Lüge mich nicht an, Phoebe. Das lasse ich mir nicht gefallen.«

»Ich habe Sie nie angelogen«, sagte Phoebe ruhig. »Gleich nach meiner Geburt wurde meine Mutter verkauft.«

»Was ist mit deinem Vater?«

»Ich habe nie ein Wort über ihn erfahren, Missy.«

»Aber irgend jemand muß ihn gekannt haben ...«

»Falls das zutrifft, so hat ihn niemand erwähnt.«

»Wie könnte das sein? Natürlich gibt es Aufzeichnungen über deinen Vater und deine Mutter. Das muß doch der Fall sein.«

»Missy, wir sind Sklaven. Da gibt es keine Hochzeitsfeier. Eine Frau lebt nur, um hart zu arbeiten und so oft und so schnell wie möglich zu gebären. Da wird nichts aufgezeichnet. Ich habe nie erfahren, wer mein Vater und meine Mutter sind. Es schien mir nie wichtig, das zu wissen. Was spielt das bei einer Sklavin für eine Rolle?«

Virginia hörte zu, wobei ihr Zeigefinger zwischen den Zähnen steckte und ein Schreckbild immer weiter anwuchs, das jeden Moment deutlicher wurde. Sie packte Phoebes Arme und drehte sie um, damit sie erneut in den Spiegel blickte, betrachtete lange und genau ihre Spiegelbilder, ehe sie sich zurückzog, um sich schwerfällig in einen Sessel sinken zu lassen. Phoebe folgte ihr nach, hielt inne und stand vor ihr. Sie war jetzt so sehr erregt, daß sie ihr Sklavendasein vergaß. Genauso beunruhigt wie ihre Herrin, tat sie ihr Bestes, dieses Beunruhigtsein nicht zu zeigen.

»Setze dich«, herrschte Virginia sie an. »Stehe nicht herum wie ein Dummkopf. Wir haben viel zu bereden, und ich muß dir gestehen, daß mir angst und bange wird.«

Phoebe saß voller Grazie auf einem der beiden Stühle und ließ ihre nach oben gedrehten Hände übereinandergelegt auf ihrem Schoß liegen. Sie trug noch immer das kunstvolle Kleid, doch weder sie noch Virginia schien das zu bemerken.

»Ich weiß, woran Sie jetzt denken, Missy«, sagte sie.

»Woran denke ich denn?« Virginias Stimme klang recht grob.

»Ich hätte es lieber, wenn Sie diese Feststellung träfen, Missy. Es ist nicht meine Aufgabe, sie zu machen.«

»Sind wir Schwestern?«

»Wer kann das sagen? Wir sehen uns ähnlich, aber das könnte reiner Zufall sein.«

»Wie könnte es Zufall sein?«

»Ich sagte nur, es könnte sein.«

»Wir wurden nicht weit auseinander geboren«, dachte Virginia logisch. »Mein Geburtstag ist im Juni. Wann wurdest du geboren?«

»Man erzählte mir, es sei im September gewesen, Missy. Das genaue Datum entzieht sich meiner Kenntnis.«

»Wir wurden von derselben Mammy gestillt. Aus welchem Grund? Es ist nicht gewöhnlich, daß ein weißes Baby und ein Sklavenbaby von derselben Frau entwöhnt werden. Sklavenbabys gibt man normalerweise an all die Frauen in der Kinderstätte.«

»Ja, Missy, das stimmt.«

»Und du wurdest zusammen mit mir aufgezogen. Ich wußte noch nicht einmal, daß du ein Sklavenmädchen bist, bis ich erwachsen war und erfuhr, daß wir nicht länger zusammensein könnten. Ich dachte nur, deine Farbe sei ein bißchen anders. Das fiel auch nicht sonderlich auf. Auch jetzt sticht es nicht ins Auge.«

»Schätze auch, Missy.« Phoebe hatte ihre Gefühle nun wieder unter Kontrolle, hörte zu und sprach so teilnahmslos, wie es sich für eine Sklavin geziemte.

»Da ist noch etwas. Ach ja, ich erinnere mich. Wir wurden gemeinsam erzogen, und man sagte mir, ich müsse fleißig lernen, um notenmäßig mit dir mithalten zu können. Als ich älter wurde und erfuhr, daß du nur eine Sklavin warst, die von denselben Lehrern unterrichtet wurde wie ich, kam mir klar zu Bewußtsein, daß ich mich besonders anstrengte, weil es Zeiten gegeben hatte, in denen du mich ausstachst. Dann wollte ich dich immer auf die Felder schicken. Das wird mir nun noch klarer.«

»Soll ich Ihnen etwas sagen, was sehr wahr ist, Missy?«

»Raus damit – erzähle es mir ruhig. Schlimmer kann es nicht mehr kommen.«

»Ich strengte mich auch sehr an. Ich wollte besser sein als Sie und war es auch ab und zu.«

»Warum strengtest du dich so an?«

»Nicht, um Sie zu überflügeln, Missy. Nur deswegen, um mir zu beweisen, daß ich so viel leisten konnte wie Sie.«

Virginia spürte einen Hauch von Mitleid, den sie schnell unterdrückte. »Nun, ich nehme doch an, daß das rechtens von dir war.«

»Ich konnte nicht anders, Missy.«

»Ich weiß nicht, was aus all dem werden wird. Falls wir Halbschwestern sind, dann liegt das entweder daran, daß meine Mutter von einem Sklaven geschwängert wurde, oder daran, daß mein Vater eine Sklavin als Konkubine nahm.«

»Missy, Ihre Mutter muß Sie ausgetragen haben, als ich empfangen wurde. Wenn es stimmt, was Sie glauben, dann sind Ihr Vater und mein Vater derselbe Mann.«

Virginia erhob sich und lief wieder zum Spiegel hinüber. Sie musterte genau ihre Züge. »Komm her«, rief sie laut. Phoebe gehorchte, und neuerlich studierten sie ihre Ähnlichkeit.

»Wir sehen uns ähnlich«, stellte Phoebe fest.

Virginias violette Augen erkalteten. »Wir werden davon nicht mehr reden. Ziehe das Kleid aus, bevor du es ruinierst.«

»Ja, Missy«, sagte Phoebe. Sie legte vorsichtig das Kleid ab, nachdem Virginia die Haken gelöst hatte. Phoebe hängte das Kleid auf und ging in das Schlafzimmer zurück.

»Soll ich Ihnen helfen, Ihres auszuziehen, Missy?«

»Ja, aber laß mich vorher erst kurz eine Feststellung treffen.« Virginia sprach in absoluter Ruhe. »Höre mir gut zu. Wenn davon ein Sterbenswörtchen nach draußen dringt, lasse ich dich an einen Händler verkaufen, der dich mit einem Schiff auf die Zuckerrohrfelder nach Louisiana bringt, wenn er mit dir fertig ist. Sieh dich vor!«

»Ich werde nie davon sprechen«, sagte Phoebe ruhig. »Es ist möglich, daß ich gar nicht mal stolzer darauf bin als Sie.«

»Du bist unverschämt«, sagte Virginia bissig. »Erfülle nun deine Pflichten. Kein Wort...«

»Ja, Missy.«

»Ich werde diese Sache klären. Ich war in meinem Leben noch nie so gedemütigt. Mache mein Kleid auf.«

Virginia zog sich hastig an und stürmte aus dem Zimmer. Sie lief nach unten und direkt nach draußen über den überdachten Verbindungsweg zur abgetrennten Küche. Belle saß auf einem Hocker, zog Bohnen ab und summte zufrieden vor sich hin.

»Stehe auf«, sagte Virginia. Sie schaute sich in der Küche um und sah die Küchenmädchen und die Hausangestellten bei ihren zugewiesenen Arbeiten. »Schert euch alle zum Teufel!« befahl sie.

Sie stoben alle zur Hintertür hinaus, wobei sie sich in der Eile gegenseitig anstießen. Belle stellte die Schüssel zur Seite, in die sie die Bohnen gelegt hatte. Ihre Miene war so starr wie die Virginias.

»Weiß was kommt«, sagte sie. »Wußte, daß es kommen mußte, noch zu Ihren Lebzeiten.«

»Wovon sprichst du?«

»Wußte, daß Sie kommen und mich fragen, was ich über Sie und Phoebe weiß.«

»Sprich weiter.« Ihre Hände hatte sie in die Hüften gerammt, die Augen glühten vor Ärger.

»Missy, ich sehe euch zwei wachsen, und jedes Jahr seht ihr euch ähnlicher. War klar, daß Sie es merken. Wollen Sie wissen, wer Phoebes Papa is?«

»Nun, du hast für mich bereits die Frage gestellt. Beantworte sie gleich.«

Belle zuckte mit den Achseln. »Was weiß ich schon, Missy. Sie vergessen, ich war eine Sklavin damals und ich weiß gar nix. Is nich gut, wenn ich was weiß.«

»Belle, ich warne dich, stelle mich nicht auf die Geduldsprobe. Wer war Phoebes Mutter?«

»Warum fragen Sie mich?«

»Ich habe schon genug davon, daß ich dich fragen muß. Ärgere mich nicht, Belle. Wer ist Phoebes Mutter?«

»Name is Fannie Dawkins, wenn ich mich recht entsinne.«

»Wer ist sie?«

»Weiß ich nich, Missy. Schwöre vor Gott, daß ich's nich weiß. Sie wurde gleich verkauft... nachdem Phoebe geboren war.«

»Wenn du lügst...«

»Ich schwör', daß ich nich lüge. Es passierte, wie ich sage.«

»Weißt du, wer Phoebes Vater ist?«

Belle atmete schwerfällig aus. Das war die Frage, die sie befürchtet hatte. »Missy, da habe ich keine Ahnung. Ich weiß nur, daß Phoebe direkt nach Ihnen geboren wurde und daß ich Sie und Phoebe abstillte. Mehr weiß ich nich.«

»Du weißt, wer es ist. Jetzt höre mir mal genau zu. Wenn du irgend jemandem davon erzählst, und wenn du auch nur Andeutungen machst, dann lasse ich dich nicht nur durchgerben, sondern ich lasse dich ausschiffen, ohne daß Moses dich begleiten darf. Verstehst du, was ich meine?«

»Ja, ich versteh'. Hab' nich das Recht, was zu sagen. Ich schwöre es.«

»Es ist schwer, euch zu glauben, aber dieses Mal muß ich es wohl. Es wird sich nichts ändern, nichts wird anders sein. Phoebe ist ein Nigger und eine Sklavin, und nur das zählt. Wenn du nur deinen Mund darüber in ihrer Gegenwart öffnest, kommt sie auf Befehl zu mir. Und das besiegelt dein Schicksal.«

Virginia drehte sich um, lief aus der Küche und ging den überdachten Verbindungsweg zum Herrschaftshaus zurück. Ihre Wut war an einem Punkt angelangt, an dem es wirklich unerheblich erschien, was geschah. Sie sah Nanine im Gesellschaftszimmer damit beschäftigt, einige Veränderungen in den Dekorationen anzuordnen. Nanine bemerkte sie nicht. Virginia steuerte schnurstracks auf die Bibliothek zu, weil sie wußte, daß dort ihr Vater mit der Plantage in Verbindung stehende geschäftliche

Angelegenheiten erledigte. Sie zögerte jedoch, bevor sie eintrat. Sie änderte ihren Plan und eilte in den Empfangsraum, von wo aus sie die Treppe hinaufging, lief im ersten Stock den Flur hinab zur steilen, schmalen Treppe, die zur Dachstube und zu den wenigen Zimmern führte, die den Haussklaven zugewiesen waren. Ohne anzuklopfen, warf sie die Tür zu Phoebes Zimmer auf.

Phoebe lag auf ihrem Bett und weinte fast unhörbar in ihr Kopfkissen. Sie zuckte zusammen, als die Tür sich öffnete, und setzte sich auf Virginias Geheiß auf.

»Ja, Missy«, sagte sie.

»Warum weinst du?« fragte Virginia forsch. »Du kannst dich doch glücklich schätzen. Ich habe Grund zur Klage – *du* hast keinen Anlaß zu weinen.«

»Ich weine wegen allem«, sagte Phoebe. »Am liebsten möchte ich gleich sterben.«

»Weil so viel weißes Blut in dir fließt? Das ist glatter Unsinn. Höre zu, Phoebe, diese Sache darf nie erwähnt werden. Ich habe mit Belle gesprochen. Wenn sie etwas verrät, wird sie dafür büßen. Es wird sich nichts ändern. Du bist noch immer ein Nigger und eine Sklavin und wirst es bleiben. Falls Belle ein Wort zu dir sagt oder sich auffällig verhält, sagst du mir unverzüglich Bescheid. Ich will dein Ehrenwort.«

»Ja, Missy. Ich werde mich genau daran halten.«

»Gut, dann wird es keinen Ärger geben.«

»Ich bitte nur um eines, Missy. Falls Sie mir die Erlaubnis geben zu fragen.«

»Was ist es?«

»Ich will auf den Feldern arbeiten.«

»Bist du verrückt? Natürlich schicke ich dich nicht auf die Felder. Nanine und ich brauchen dich. Ich habe keine Lust, ein ahnungsloses Mädchen einzuarbeiten.«

Phoebe gab keine Antwort, legte sich indessen wieder hin, als Virginia hinausgegangen war. Dieses Mal schluchzte sie nicht, lag auf dem Rücken, hatte die Augen weit geöffnet, starrte an die Decke und machte sich Gedanken darüber, was aus all dem wohl werde. Sie hatte lange Zeit Vermutungen angestellt, ob es eine besondere Bewandtnis damit habe, daß Virginias Vater Wert darauf gelegt hatte, daß sie in den Genuß einer ebenso guten Erziehung kam wie Virginia. Weiße machten so etwas normalerweise nicht ohne Grund, aber sie hatte sich darüber erst gewundert, als sie erwachsen war.

James Hammond hatte immer ein übriges getan, um nett zu ihr zu sein. Ziemlich oft steckte er ihr einen Silberdollar zu, damit sie sich etwas kaufte, oder gab ihr heimlich ein Seidentaschentuch oder ein altes Halstuch. Dabei warnte er sie stets, die Sachen nie in der Nähe der Hausangestellten zu tragen.

Sie hatte sich unablässig gefragt, ob ihre Abstammung jemals geklärt werde. Vor langer Zeit schon war ihr ihre Ähnlichkeit mit Virginia aufgefallen. Nanine oder Martin sah sie nicht im entferntesten gleich, doch Virginia ähnelte sie unheimlich. Weil sie dies wußte und den Grund vermutete, hatte sich Phoebe immer nach besten Kräften darum bemüht, daß nur niemand dies bemerkte, besonders Virginia nicht. Sie versuchte alles, ihr Haar anders zu tragen, eine unbewegte Miene aufzusetzen, nie die gleiche Farbe wie Virginia anzuhaben oder ihr auf irgendeine andere Art nachzueifern.

Es war nur geschehen, als sie dieses Kleid anprobierte. Einen kostbaren Augenblick lang hatte sie sich im Geiste an Virginias Platz gesehen und, ohne nachzudenken, ihr Haar heruntergelassen, um es wie Virginia zu tragen. Diese einfache Veränderung und der Unterschied in ihrer gefühlsmäßigen Haltung hatten sie radikal dem Aussehen Virginias angenähert.

Jetzt war es zu spät, etwas dagegen zu unternehmen. Die Verhältnisse wandelten sich. Sie wußte, daß das nicht daran lag, daß sie und Virginia aller Wahrscheinlichkeit nach Halbschwestern waren.

Der Krieg war im Anmarsch. Diese Information hatte sich wie ein Lauffeuer unter den Sklaven verbreitet, und sie hatte es ebenfalls aus den Mündern weißer Plantagenbesitzer vernommen, die sich mit James Hammond darüber unterhielten.

James Hammond! Sie atmete tief durch und schloß die Augen. James Hammond, der sie besaß, als wäre sie nichts anderes als eine Kuh, ein Schwein oder ein Hund. Und doch war er ihr Vater.

4

Virginia betrat die Bibliothek, knallte laut die Türe zu, trat eilig vor ihren Vater und blickte ihn an, als er hinter seinem Schreibtisch saß.

»Du Hundesohn«, sagte sie mit bebender, doch entschlossener Stimme.

James Hammonds Mund zog sich auf die Begrüßung seiner Tochter hin zusammen. Erst erhob er sich, nahm jedoch auf halber Höhe stoppend seinen Platz in dem Ledersessel mit der hohen Lehne wieder ein, nachdem er sie gedankenvoll gemustert hatte. »Du hast es also erfahren.«

»Natürlich habe ich es erfahren. Wie konntest du nur so wenig Achtung vor deiner Familie haben, daß du dich zu einer solchen Niedertracht herabgelassen hast?«

»Irgendwie«, bemerkte Mr. Hammond, »steht dir diese hochheilige Miene gar nicht besonders gut, Tochter.«

»Genausowenig paßt auf dich Verantwortungsbewußtsein«, sagte Virginia höhnisch. »Hast du nie an deine Familie gedacht?«

»Ich würde meinen, daß ich meiner Familie jede mögliche Überlegung gewidmet habe. Besonders dir.«

»Das sehe ich anders.«

»Du denkst immer nur an dich. Das ist ein Charakterzug, den ich an dir nicht gerade bewundere. Und wenn du sagst, ich hätte nie an meine Familie gedacht, so gehe ich davon aus, daß du dich auf deine eigene Person beziehst. Ich muß nur in dein Nebenzimmer gehen oder eine deiner vielen Schubladen in deinem Zimmer öffnen, um deine Feststellung zu widerlegen.«

»Im Moment verachte ich dich so sehr, daß ich meine Sachen packen möchte und von hier verschwinden.«

Mr. Hammond konnte sich ein Kichern nicht verwinden. »Ich schätze doch, du würdest dir die Zeit nehmen, zuerst noch deine Damenunterwäsche einzupacken?«

»Würdest du mir meine Besitztümer vorenthalten?« Seine Bemerkung hatte sie erstaunt.

»Niemals. Doch ich schlage dir vor, du überlegst dir eine derartig überhastete Idee noch einmal. Wohin solltest du gehen? Was für Geld solltest du benutzen? Wie solltest du leben? Du kannst keinen Stich nähen, du kannst nicht einmal Geschirr abspülen, du hast nicht die leiseste Ahnung davon, wie man sich ernährt. Jetzt rege dich erst einmal ab und sage mir zuallererst, ob Phoebe Bescheid weiß.«

»Ja«, sagte Virgie widerspenstig.

»Wie hast du das herausgefunden?« Mr. Hammond schob seine Hauptbücher auf die Seite und langte mit ausgestrecktem Finger nach dem Brandy-Inhalierer. Er hielt seine Hand schalenförmig um den unteren Teil des Apparates, der sich genau unterhalb der Nase befand. Er kostete die Düfte, die er inhalierte.

Virginia geriet in Versuchung, ihm diesen Apparat aus der Hand zu schlagen, doch es gelang ihr, sich zurückzuhalten.

Mr. Hammond nahm einen kleinen Schluck vom Brandy und betrachtete seine Tochter. Er wußte, daß sie sowohl gebildet, als auch verzogen war und er die alleinige Verantwortung dafür trug. Jetzt war es zu spät, an ihr noch Veränderungen vornehmen zu wollen.

»Ich warte immer noch auf eine Antwort«, sagte Mr. Hammond.

»Ich konnte mich nicht entschließen, welches Kleid ich tragen sollte. Ich ließ Phoebe eines anprobieren. Durch Zufall stellte ich fest, daß wir die gleichen Figuren hatten. Ich war mir dessen sicher, als eines der Kleider, welches mir zu groß war, ihr an denselben Stellen ebenfalls nicht paßte.«

Mr. Hammond zuckte leicht mit der Schulter. »Das muß nichts bedeuten.«

»Das ist noch nicht alles«, fuhr Virginia fort. »Phoebe stellt sich geschickt dabei an, Haare zu frisieren, sogar wenn sie nur die Finger dazu benutzt. Jedenfalls sah sie sich im großen Spiegel von oben bis unten an, fummelte dann so in ihrem Haar herum, daß es genauso aussah wie meines. Außer der Tatsache, daß ihre Haut um einige Nuancen dunkler war als meine, war sie mir so gleich, daß ich dachte, ich sähe mich im Spiegel.«

»Sie muß sehr hübsch ausgesehen haben, meine Liebe.« Mr. Hammond setzte sein Glas ab und klatschte in die Hände, die er auf seinem Bauch ruhen ließ.

»Machst du dich lustig über mich, Papa?«

»Sicherlich nicht, Tochter. Ich habe dich immer für sehr hübsch gehalten. Ich habe viele Komplimente wegen deiner Attraktivität bekommen.«

»Hast du auch wegen Phoebe Komplimente erhalten?«

»Nein. Auch Ärger hat sie hier noch nicht verursacht.«

»Das wird sie auch nicht.« Virginias Wut brauste erneut auf. »Ich habe ihr gesagt, wie sie sich zu benehmen hat, oder ich lasse sie verkaufen.«

»Ich verkaufe hier die Sklaven, Virginia«, sagte Mr. Hammond ruhig. »Und ich kaufe sie. Übernimm dich nicht, meine Liebe. Ich habe dich nie gemaßregelt. Weil ich dich zu sehr liebte, vermute ich. Jetzt erkenne ich, daß dies vielleicht ein Fehler war.«

»Du hast dich über das Phänomen der Liebe lustig gemacht. Du hast Mama einfach mißachtet.«

»Hast du das mit ihr diskutiert?«

»Nein, ich redete mit Belle, weil sie Phoebe und mich stillte, aber sie behauptete, sie hätte keine Ahnung. Doch ich traue ihr nicht.«

»Ich schlage dir vor, daß du das deiner Mutter gegenüber nicht erwähnst. Sie bemerkte diese Ähnlichkeit schon vor Jahren, hat aber schon lange nicht mehr davon gesprochen.«

»Ich würde es Mama niemals sagen. Es würde ihr Herz zerbrechen, wenn sie nicht gar ganz daran zugrunde ginge. Und ihre Freundinnen – Gott behüte, daß sie es erfahren.«

»Das wird nicht eintreten, wenn du deinen Mund hältst«, sagte Mr. Hammond ernst.

»Dessen kannst du sicher sein«, sagte Virginia.

»Gut«, sagte Mr. Hammond. »Hast du mit deiner Schwester oder mit deinem Bruder darüber gesprochen?«

»Noch nicht.«

»Beabsichtigst du es?«

»Vielleicht. Ich würde gerne wissen, was sie davon halten.«

»Wovon?« fragte Mr. Hammond.

»Von deiner Selbstsucht, in der du die ganze Familie vergessen hast.«

Mr. Hammond haute mit der flachen Hand auf den Schreibtisch. »Wenn du wünschst, in Ruhe mit mir zu diskutieren, so bin ich dazu bereit. Falls das nicht möglich ist, laß mich wieder in meinen Hauptbüchern arbeiten und tue du, was dir in den Sinn kommt.«

Virginia kämpfte gegen die Tränen an, die an die Oberfläche zu treten drohten. »Es ist nur so, daß ich das Gefühl habe, dir nie wieder trauen zu können.«

»Bist du zu mir gekommen, um herauszufinden, wie es geschah?«

»Ich weiß nicht, ob es mich interessiert«, erwiderte sie.

»Setz dich«, sagte Mr. Hammond barsch. »Ich erzähle es dir sowieso früher oder später.«

Der plötzliche Wandel in seinem Verhalten erwischte Virginia unvorbereitet. Sie war für den Augenblick um Worte verlegen und gehorchte, indem sie sich vorsichtig in einem wuchtig geschnitzten Stuhl mit runder Rückenlehne, der vor dem Schreibtisch stand, niederließ.

»Zuallererst verrate ich dir, daß ich die Ähnlichkeit zwischen dir und Phoebe schon vor langer Zeit entdeckte. Ich fragte mich nur, wann du das wohl herausfinden würdest.«

Er hielt inne, fuhr jedoch fort, als Virginia keine Antwort gab. »Deine Mutter trug ein Kind aus. Das Kind warst du. Sie wollte nichts mit mir zu tun haben, weigerte sich, mit mir zu schlafen. Ich bin ein Mann, der es ohne die Annehmlichkeiten einer Frau nicht lange aushält. Ich konnte es nicht riskieren, zu einer von Mutters Freundinnen zu gehen, obwohl es genug darunter gab, die mich haben wollten und sich hernach damit gerühmt hätten. Also ging ich zu Fannie. Das ist Phoebes Mutter. Ich hatte Fannie schon einige Zeit in meinem Besitz, ehe ich ihr beischlief. Sie war zumindest eine Halb-Weiße. Ich kaufte sie von einem Freund, der sich mit Sicherheit auch ihrer bemächtigt hatte. Als ich zu ihr ging, war sie nicht abgeneigt, mich zu sehen. Ich kam also und sie begrüßte mich und ... Das Ergebnis ist Phoebe.«

»Ich kann immer noch nicht verstehen, wie du so etwas tun konntest, Papa.«

Er lehnte sich nach hinten, stützte seine Füße gegen die Tischkante und lachte stillvergnügt in sich hinein. »Sag mal, Virgie, bin ich ein ansehnlicher Mann?«

»Natürlich bist du das«, sagte sie steif. »Und dessen vollkommen bewußt.«

Ein Lächeln war in seinen Mundwinkeln zu erkennen. »Und besitze ich genug Grips, um mich intelligent nennen zu können?«

»Ja«, antwortete sie noch total im unklaren darüber, worauf er hinauswollte.

»Ich bin kerngesund. Nicht die Spur von etwas Negativem steckt in der Familie.«

»Nur deine Untat.«

»Du wirst das nie kapieren, aber in Anbetracht all meiner Qualitäten glaube ich das Recht zu besitzen, meinen Samen überall dort zu pflanzen, wo er willkommen ist.«

»Vor allen Dingen ...«, schnappte Virginia in neuerlicher Empörung nach Luft.

»Es ist mir Ernst damit. Ich bin kein Moralist. In mir befindet sich zuviel Mann, als daß ich mit einer Frau zufrieden sein könnte. Obwohl ich zugeben muß, daß es in letzter Zeit immer anstrengender wird. Ich werde eben älter.«

Virginias Miene drückte eine flammende Mischung aus Zorn und Verwirrung aus. Sie machte Anstalten, sich zu erheben. »Ich will nichts mehr davon hören.«

»Setze dich hin«, befahl er streng. »Du wirst mir zuhören und vielleicht einen Nutzen daraus ziehen, was ich zu sagen habe. Du bist ein hochnäsiges Fräulein, falls du das noch nicht wissen solltest. Du bist zu einer schönen und begehrenswerten, jedoch überaus selbstherrlichen jungen Dame herangewachsen. Immer habe ich dir gegeben, was du haben wolltest, und oft sogar noch mehr als das. Ich habe dir sogar eine Halbschwester geschenkt und, verdammt noch mal, ich bestehe darauf, daß du sie akzeptierst.«

»In aller Öffentlichkeit? Papa, du bist ja verrückt.«

»Das will ich ja auch gar nicht. Ich will nur, daß du und Phoebe Bescheid wißt. Aber ich bestehe darauf, daß du sie gut behandelst. Sie ist ein sehr kluges Mädchen. Um ein Riesenstück heller im Kopf als du, wage ich zu behaupten. Ich dulde es nicht, daß sie auf irgendeine Weise schlecht behandelt wird. Dieses Mädchen kann kaum mehr als zwanzig Prozent Niggerblut in seinen Adern haben.«

»Sie ist immer noch ein Nigger und eine Sklavin. Ich verspreche, sie nicht anders als bisher zu behandeln, doch ich werde ihr nicht schmeicheln. Sie wird tun, was ich sage, oder ich trage Sorge dafür, daß sie für jede Ungehorsamkeit entsprechend bestraft wird.«

»Bevor du über eine Strafe entscheidest, kommst du zu mir. Ist das klar?«

»Du brauchst gar nicht lauter zu werden. Das zählt natürlich nur unter der Voraussetzung, daß du nicht willst, daß der Rest der Haussklaven erfährt, was ich soeben herausgefunden habe.«

»Ich wollte es von dir nur verstanden wissen. Da ist noch etwas, wir haben kritische Zeiten vor uns. Du scheinst nicht so recht daran zu glauben. Ich jedoch nehme es für bare Münze und versichere dir, daß dieses Leben, welches wir schon so lange genießen, eventuell zu einem abrupten Ende kommt. Du wirst kaum darauf vorbereitet sein, doch du wirst wenigstens wissen, was es ist, sobald es sich einstellt. Ich gebe hiermit lediglich der Hoffnung Ausdruck, daß du mit dieser Situation zurechtkommen wirst, obgleich ich da so meine Zweifel hege.«

»Ist das alles, Vater?«

»Ich stelle fest, daß du mich Vater nennst, sobald du deine

Verachtung mir gegenüber auszudrücken wünscht. Willst du jetzt etwa noch sagen: ›Geh dahin, Vater, und sündige nicht mehr!‹?«

»Geh zur Hölle«, sagte Virginia. »Das habe ich zu sagen.«

Sie schoß auf und aus dem Zimmer hinaus und schmiß hinter sich die Türe zu, wodurch sie das Hohngelächter ihres Vaters teilweise dämpfte. Als Reaktion auf das Zuhauen der Türe kam Nanine aus dem Gesellschaftsraum und benötigte nur einen Blick in das Gesicht ihrer Schwester, um ihren Ärger zu spüren.

»Was ist los, Virginia?« fragte Nanine, die sich sehr unbehaglich fühlte. Sie haßte jede Art von Streit, während Virginia dabei geradezu aufzublühen schien.

»Alles ist hin. Jede verdammte Sache in dieser Welt – wenigstens in meiner Welt – ist in einem ekelerregenden Chaos. Wußtest du, daß Phoebe unsere Halbschwester ist?«

In diesem Augenblick empfand sie keine Verpflichtung ihrem Vater gegenüber und zögerte nicht, ihrer Schwester das zu erzählen, was sie soeben erfahren hatte.

»Bist du sicher?« schien Nanine unberührt zu sein.

»Papa hat es gerade zugegeben.«

»Wer ist Phoebes Mama?«

»Jemand namens Fannie. Papa sagt, sie sei fast eine Weiße. Hättest du Papa so etwas zugetraut, während Mama mich austrug?«

»Was geschehen ist, kann man nicht ungeschehen machen«, sagte Nanine weise. »Ich kann mich an kein Dienstmädchen namens Fannie erinnern. Weißt du, ob sie noch da ist?«

»Nein, aber das werde ich schon noch herausfinden. Und zwar sofort.«

Sie lief geschwind auf die Tür zur Bibliothek zu und öffnete sie. Nan war hinter ihr. Ohne nach drinnen zu gehen, sprach sie wütend.

»Ist es zuviel, wenn ich danach frage, wer Phoebes Mutter ist?«

»Warum denn?« sagte er freundlich. »Ich konnte sie nicht hierbehalten, nachdem du geboren warst. Sie stellte eine zu große Versuchung dar; deswegen schickte ich sie fort.«

»Du hast sie verkauft?«

»Nein. Ich ließ sie frei und ermöglichte ihr den Einstieg in ihr Geschäft.«

»Lebt sie hier in der Nähe?« fragte Virginia, die ob einer solchen Vorstellung bestürzt war.

»Aber nein. Ich habe sie in ihrem eigenen Freudenhaus in New Orleans untergebracht. Soviel ich weiß –«

Virginia knallte wieder die Türe laut zu. Sie wandte sich zu Nan und fiel in ihre Arme.

Hinter der Türe beendete James Hammond seinen Satz: »Soviel ich weiß, geht es ihr gut. Sie wird reich.«

Nanine und Virginia liefen die Treppe hinauf zu Virginias Gemächern, wo sie ungestört bleiben konnten. Dort setzten sie sich beide auf das Sofa, Nanine legte ihrer jüngeren Schwester trostspendend einen Arm um den Hals und drängte sie, mit dem Weinen aufzuhören, damit sie sich unterhalten könnten.

»Was gibt es da zu unterhalten?« fragte Virginia. »Ich bin ruiniert. Einfach – ruiniert. Ich wollte Jordie heiraten. Wie könnte ich das jetzt tun? Wo Niggerblut in unserer Familie fließt?«

»Natürlich fließt keineswegs Niggerblut in den Adern unserer Familie. Du übertreibst mal wieder, Virgie.«

»Also, da ist ein Nigger in unserer Familie. Das kannst du nicht leugnen.«

»Das kann schon sein, aber niemand muß davon erfahren. Ich bezweifle, daß Phoebe es für wünschenswerter hält, es bekanntzumachen, als du. Wo ist Phoebe überhaupt?«

»Woher soll ich das wissen? Wahrscheinlich aalt sie sich gerade in ihrer Freude. Ich hasse sie.«

»Unverschämt, was du da sagst. Virgie, höre mit deinen Kindereien auf! Laß alles so weitergehen wie bislang. Du kannst sowieso nichts ändern. Falls du jetzt etwas änderst, werden die Leute viel schneller etwas spitzkriegen, als wenn du alles beim alten beläßt.«

Es klopfte an der Tür. Nan machte auf, und Marty, in seinen Reitsachen leicht nach Pferden riechend, trat ein und machte ein verdutztes Gesicht.

»Was geht vor? Als ich ins Haus kam, hörte ich Papa wie einen Wahnsinnigen lachen, und als ich ihn fragte, was los sei, sagte er mir, ich solle dich fragen, Virgie.«

»Wenn Papa das sagt, dann kannst du es auch wissen«, sagte Virginia steif. »Wir haben soeben entdeckt, daß Phoebe ... daß Papa ...«

»Phoebe ist unsere Halbschwester«, erklärte Nanine. »Papa zeugte sie mit einer der Sklavinnen, die wir nicht kannten. Er schickte sie fort, nachdem Virginia auf die Welt gekommen war.«

Marty sagte: »Verdammt noch mal.«

»Das sagen wir alle«, stöhnte Virginia.

»Es ist komisch«, fuhr Marty fort, »wirklich komisch. Ich habe Phoebe schon immer gemocht. Erst jüngst habe ich überlegt, sie zu belästigen und als Konkubine zu benutzen. Könnt ihr euch das vorstellen? Meine eigene Schwester! Ich bin froh, daß ich dies noch rechtzeitig erfahren habe.«

»Ist das alles, was du zu sagen hast?« fragte Virginia ungehalten. »Daß es dir leid tut, daß du es nicht mehr in Betracht ziehen kannst, sie als deine Mätresse zu nehmen? Oder sie zu vergewaltigen?«

»Ja«, sagte Marty offen. »Ich hätte sicherlich meine Freude mit ihr gehabt, egal wie.«

»Ich nehme an, du lädst sie jetzt zu allen gesellschaftlichen Veranstaltungen ein.«

»Nein, das werde ich nicht machen, das werde ich ihr gegenüber nicht einmal erwähnen. Ich glaube es wenigstens. Falls darin ein wenig Trost liegt, so bin ich froh, daß sie so hell ist. Stell dir vor, sie sähe so aus wie Belle.«

»Keiner von euch hat einen Sinn für Stolz«, sagte Virginia wütend. »Ihr nehmt das einfach so auf die leichte Schulter. Ich aber nicht. Dennoch habt ihr recht. Wir können überhaupt nichts machen. Außer wenn Phoebe meint, sie könne diese Situation ausnutzen. Wenn sie das wagt, schwöre ich, daß ich etwas unternehmen werde.«

»Sie wird es nicht ausnutzen«, sagte Marty. »Sie ist zu vernünftig. Das Beste, was du tun kannst, ist, es zu vergessen. Und wir denken jetzt besser daran, zum Anlegeplatz herunterzugehen, um Mama abzuholen.«

Virginia warf einen flüchtigen Blick auf die Standuhr auf der Kommode. »Du lieber Himmel! Mama kehrt jetzt zurück und in drei Stunden beginnt der Kotillon. Wie kann ich rechtzeitig angezogen sein?«

»Hole dir Phoebe«, sagte Nanine. »Laß sie dir wie gewöhnlich helfen.«

»Ich werde sie nicht rufen. Falls sie kommt, dann von selbst. Doch für sie wäre es besser, sie käme her.«

»Ich muß aus diesen Kleidern raus und mich baden«, sagte Marty. »Bis in fünfzehn Minuten. Wir werden rechtzeitig unten sein, um Mama abzuholen.«

Nanine verließ als erste das Zimmer und begab sich in das oberste Stockwerk. Sie klopfte an Phoebes Tür und betrat das Zimmer, als sie dazu aufgefordert wurde.

Phoebe stand vor dem Spiegel auf der antiken Kommode und betrachtete ihr entstelltes Spiegelbild. Zu ihren Füßen lagen lange Locken ihres Haares. In der Hand hielt sie noch die Schere, mit der sie ihr Haar so kurz wie das eines Jungen geschnitten hatte. Sie drehte ihr verweintes Gesicht Nanine zu.

»Ich mußte es tun, Missy. Mir blieb kein anderes Wahl.«

»Ach, Phoebe!« Im Klang der Stimme Nanines lag so viel Betrübnis wie in der Miene Phoebes. »Es war so schön.«

Phoebe legte die Schere vorsichtig auf die Kommode und wandte sich Nanine zu. »Was soll ich denn tun?« fragte sie. »Wie kann ich hierbleiben? Missy Virginia haßt mich.«

»Mache dir wegen Virginia keine Gedanken. Ich habe die Sache mit ihr ausgefochten. Alles wird weitergehen wie bisher. Nichts wird darüber geredet und nichts wird sich ändern. Papa erlaubt das nicht.«

»Ja, Missy.«

»Phoebe, du und ich haben denselben Vater. Du bist also meine Schwester. Doch trotzdem bist du eine Sklavin.«

»Das ist mir klar.«

»Ich wünschte, ich könnte das ändern. Ich werde Papa darum bitten, dich so bald wie möglich freizulassen. Ich weiß, daß er gut für dich sorgen wird, was immer du danach zu tun dir auswählst. Ich hoffe, du wirst bei uns bleiben. Aber nicht als Sklavin. Als ein freier Mensch, der kommt und geht, wann er will.«

»Das könnte nie eintreten. Ihre Mama darf es nie erfahren.«

Nanine nickte. »Du hast recht. Wenn wir jedoch unter uns sind, betrachte mich als deine Schwester und nicht als deine Herrin. Ach, Phoebe, was rede ich da nur für ein wirres Zeug. Wir beide sind Schwestern. Ich freue mich. Ich bin glücklich darüber.«

Einer plötzlichen Regung folgend umarmte sie Phoebe. Als sie sie wieder losließ, glänzten Phoebes Augen, in denen dicke Tränen standen. Nanines Gesicht leuchtete vor Freude.

»Wußtest du es, Phoebe?«

»Nicht genau, Missy. Nur die letzten paar Jahre fragte ich mich ernsthaft – besonders, wenn ich Miß Virginia anschaute. Es kam mir vor, als schaute ich mich selber an. Miß Virginia ist wunderschön.«

»Du auch, Phoebe.«

»Danke schön, Missy. Ich meine ihre Kleider.«

»Eines Tages wirst du die gleichen Kleider tragen wie sie.«

Phoebe schüttelte ungläubig den Kopf.

»Ich habe es im Gefühl«, sagte Nanine ruhig, »daß die Dinge sich ändern. Eigentlich sollte ich Angst davor haben, aber ich weiß genau, daß es so sein muß. Ich will, daß dieser Tag kommt. Du weißt, worüber ich rede, stimmt's?«

Phoebe senkte ihre Augen und nickte einmal kaum merklich mit dem Kopf. »Weiß Ihr Bruder Bescheid?« fragte sie ängstlich. »Über mich?«

»Ja. Mama aber nicht. Oder hat sie mal eine Anspielung gemacht, wenn ihr unter euch wart?«

»Nie, Missy. Aber ich sehe sie nicht oft. Vielleicht deswegen.«

»Vielleicht«, stimmte Nanine ihr zu. »Ich hoffe, daß du das in ihrer Gegenwart nie erwähnen wirst, selbst wenn die Zeiten sich ändern.«

»Ich gebe Ihnen mein Wort, Miß Nanine«, sagte Phoebe ernst.

»Hast du einmal etwas von deiner Mama erfahren?«

»Nein. Ich habe oft darüber nachgedacht, tue es auch jetzt noch häufig.«

»Papa schenkte ihr die Freiheit und half ihr dabei, ein Geschäft zu eröffnen. Sie lebt in New Orleans, und Papa hat gehört, daß es ihr gut geht. Falls es dein Wunsch ist, sie zu besuchen, wird Vater es wohl zulassen.«

»Nein, bitte nicht. Ich brauche ein wenig Zeit, um mich an diese Situation zu gewöhnen.«

»Bringe Vater keinen Haß entgegen.«

»Nie könnte ich ihn hassen. Ich kann mich nur daran erinnern, daß er liebenswürdig zu mir gewesen ist. Jetzt kenne ich den Grund dafür, doch das tut meiner Dankbarkeit keinen Abbruch. Ich frage mich nur, wie ich ihm gegenübertreten soll.«

»Phoebe, warum gehst du nicht in die Bibliothek und trittst ihm auf der Stelle gegenüber? Ich glaube, er hätte das gerne. Er kennt dich und er weiß, daß du verständig sein wirst.«

Phoebes Augen traten vor Angst und Schrecken hervor. »Das könnte ich nicht.«

»Vielleicht willst du es irgendwann einmal tun, tue es jetzt. Er wird dir nicht böse sein. Ich glaube, daß er dich so sehr liebt, wie Virgie, Marty und mich, aber er darf es nicht zeigen. Wenn er nett zu dir gewesen ist, dann hast du jetzt die Möglichkeit, ihn wissen zu lassen, daß du ihm nichts übelnimmst. Bitte, mache es um deinetwillen und um seinetwillen.«

Phoebe war jedoch immer noch nicht davon überzeugt. »Er wird vielleicht sehr böse sein und verbannt mich auf die Felder.«

»Das würde er dir nie antun.«

»Er kann mich als Tochter nicht akzeptieren.«

»Nicht öffentlich«, gab Nanine ihr recht. »Gehe jetzt nach unten zu Papa.«

Phoebe nahm eine Bürste in die Hand und glitt mit ihr durch das Haar. Sie benutzte einen Besen, um ihr Haar auf eine Kehrichtschaufel zu fegen. Nanine unterließ es bewußt, ihr zu sagen, sie solle damit bis später warten, und blieb geduldig stehen, bis Phoebe eine frische Schürze angezogen hatte. Sie führte sie in den ersten Stock, hinter ihr folgte Phoebe. An der Treppe blieb Nanine stehen und gab Phoebe mit einem Zeichen zu verstehen, sie solle weitergehen.

In Phoebes Augen stand noch immer Angst geschrieben, doch Nanine nickte ihr aufmunternd zu. Sie beobachtete die Sklavin, die mit hochgehaltenem Kopf langsam die Treppe hinabging. Unten angelangt, steuerte sie auf die Bibliothek zu, stoppte für einen Moment und bewegte sich dann mit einem entschlossenen Schritt weiter. Sie hielt vor der Bibliothekstür inne, atmete tief durch und klopfte zaghaft.

»Tritt ein, Phoebe.« James Hammond sprach so sanft, daß sie ihn kaum vernahm.

Sie blieb, kaum daß sie im Zimmer war, stehen. James Hammond stand von seinem Schreibtischstuhl auf, lief um ihn herum und direkt auf sie zu, streckte seinen Arm aus und schloß die Tür.

»Wer hat dich hierhergeschickt?«

»Miß Nanine, Herr«, sagte sie. »Sie sagte, ich sollte kommen. Ich fürchtete mich davor.«

»Das ist nicht notwendig«, sagte er freundlich. Er prüfte vorsichtig ihr Gesicht, wobei er feststellte, daß ihre Augen denselben violetten Schimmer hatten wie Virginias.

»Warum bist du gekommen?«

»Um Ihnen dafür zu danken, daß Sie so freundlich zu mir sind«, sagte sie leise.

»Wenn ich rot werden könnte, würde ich es tun«, sagte James Hammond. »Ich habe mich wie ein Feigling benommen. Ich habe dich nicht erkannt, noch nicht einmal heute.«

»Nein, Herr, ich hätte nicht kommen sollen.«

»Doch, natürlich. Nanine hatte recht, dich zu schicken.« Seine Hände ruhten sanft auf ihren Schultern. »Du hast dein Haar abgeschnitten, damit du Virginia weniger ähnlich siehst, nicht wahr?«

»Ja, Herr.«
»Es steht dir.«
»Danke schön, Herr.«
»Ach, wenn du mich nur Papa nennen könntest, aber das kannst du nie machen, wie du weißt.«
»Ich weiß, Herr.«
»Komme herüber und setze dich hin.« Sein Arm schloß sich um ihre Schulter, und er führte sie hinüber zu dem Stuhl, den Virginia gerade erst geräumt hatte.
Er nahm wieder den Stuhl auf der anderen Seite des Schreibtisches ein und blickte ihr in das Gesicht. »Was hat Virginia dir erzählt?«
»Ich habe sie nicht gesehen, Herr.«
»Dann hat Virginia Nanine über unsere Unterredung erzählt.«
»Ich weiß nicht, was Miß Virginia sagte. Miß Nanine kam in mein Zimmer und sagte, ich sollte hier heruntergehen und mit Ihnen reden.«
»Wußtest du vorher darüber?«
»Nicht wirklich, Herr.«
»Aber du dachtest darüber nach.«
Phoebe nickte.
»Hat Nanine über deine Mama geredet?«
»Nur, daß Sie sie freiließen.«
Mr. Hammond nickte. »Es geht ihr gut. Willst du zu ihr gehen?«
»Wollen Sie, daß ich von hier verschwinde?« fragte Phoebe.
»Nein. Ich hätte es gerne, wenn du bliebest, doch ich würde dich freilassen, wenn du es wünschest«, sagte Mr. Hammond.
»Falls mich meine Mama wollte, hätte sie Sie nicht darum gebeten, mich freizulassen?«
»Weiß ich nicht.«
»Ich werde hierbleiben, Herr. Ich weiß, daß ich hier gebraucht werde.«
»Gebraucht und benötigt. Wenn es dich nicht gäbe, wäre Nanine heute nicht mehr am Leben.«
»Doch, Herr. Belle hätte sich dann um sie gekümmert.«
»Stimmt«, sagte er in Gedanken. »Aber ich war froh, daß du es warst, die sich um sie kümmerte. Sage mir, hast du dich so hingabevoll um sie gekümmert, weil du wußtest, daß sie deine Schwester ist?«
»Nein, Herr. Ich wußte es nicht – mit Bestimmtheit. Miß Nanine war immer nett zu mir. Sie ist es zu jedem.«

»Und Virginia?«

»Sie hat mich noch nie schlecht behandelt«, sagte Phoebe diplomatisch. Sie ließ Virginias Drohung, sie zu verkaufen, falls sie es aufdeckte, daß sie Geschwister waren, unerwähnt.

Doch weil er Virginia kannte, vermutete Mr. Hammond, daß sie Phoebe gedroht hatte. »Mache dir keine Sorgen darüber, verkauft zu werden. Laß dich nicht von Virginia ärgern. Sie ist verzogen, wofür ich verantwortlich bin. Sie ist so schön, daß ich ihr einfach nichts versagen kann. Das bedeutet natürlich, da du ihr so ähnelst, daß auch du wunderschön bist. Deine Mama war eine bezaubernde Frau.«

»Warum haben Sie sie freigelassen, Sir?«

»Zum Teil wegen dir. Sie war fast weiß, so wie du. Ich hatte nicht das Gefühl, daß sie hierbleiben sollte, nachdem du geboren warst.«

»Das wäre auch vollkommen falsch«, sagte Phoebe leise, »falls Sie mir diese Worte verzeihen. Ich denke da vor allem an die Herrin.«

»Ich bin froh, daß du das verstehst«, sagte Mr. Hammond. »Weil du aber ein Teil von mir warst und so ein bezauberndes Baby, wollte ich sichergehen, daß dir die richtige Erziehung zuteil würde. Falls dich deine Mutter mitgenommen hätte, wäre ich mir da nicht so sicher gewesen.«

Phoebe fragte sich, ob ihre Mama überhaupt ein Baby haben wollte. Sicherlich hatte sich Mr. Hammond an ihr erfreut. Sein Gesicht schien weicher zu werden, sobald er auf sie zu sprechen kam, doch Phoebe wußte, daß die Anziehung rein körperlicher Natur gewesen war. Deshalb hegte sie insgeheim Unbehagen ihrem Vater gegenüber, wenn sie auch wie stets darauf bedacht war, ihr Mienenspiel unergründlich zu belassen. Auch ihrer Mama gegenüber verspürte sie keine allzu große Zuneigung, obwohl sie sich überlegte, daß sie vielleicht dasselbe getan hätte. Und es hatte sich auch gelohnt, denn obschon sie eine Sklavin war, so war sie wenigstens eine gebildete Sklavin und eines Tages ...

Als hätte Mr. Hammond ihre Gedanken lesen können, fragte er: »Hast du irgend etwas vom Krieg gehört?«

Sie blickte ihm geradewegs in die Augen, ohne zu erwidern.

Er lächelte. »Natürlich kannst du mir nichts sagen, doch ich kenne das Gerede der Sklaven. Jedenfalls wird sich bald einiges von Grund auf ändern. Vielleicht brauche ich dich nie freizulassen. Wir befinden uns bereits in einem kriegsähnlichen Zustand, wenn auch der Süden den Ernst der Lage noch nicht erkannt hat. Wenn die Kämpfe ausbrechen, werden viele junge Männer aus den besten Familien getötet. Im Moment betrachtet man das noch als ruhmreiches Unternehmen. Ein Abenteuer. Die Abspaltung vom Norden, Unabhängigkeit, ein neuer Staat. Sie haben ihn schon gebildet. Bald wird jemand den ersten Schuß abgeben, und dann geht es los.«

»Allein der Gedanke an ein solches Ereignis macht mir angst und bange«, sagte Phoebe. »Ich habe Ihre Zeitungen gelesen, vor allem den *Charleston Mercury*. Mir ist klar, was vor sich geht. Ich habe mit anderen Sklaven nie darüber geredet.«

»Sie wissen davon wie du, aber vielleicht kennen sie noch nicht die Ausmaße von dem, was später kommen wird. Sie wissen, daß Präsident Lincoln geschworen hat, ihnen die Freiheit zu schenken, aber ihnen sind die Folgen daraus nicht bewußt.«

»Das stimmt, Sir. Deswegen hoffen sie zwar alle darauf, wissen aber nichts davon.«

»Ich bin froh, das zu hören. Die meisten Plantagenbesitzer haben Angst vor Aufständen, wenn die Kämpfe ausbrechen. Natürlich glaubt jeder an die Unschlagbarkeit des Südens. Ja, weil wir alle Baumwolle der Erde hier haben. Baumwolle ist obenauf. Sie glauben, wir können sie in das Ausland verkaufen, damit wir unsere Armee unterhalten und unseren Lebensstil aufrechterhalten können. Aber da gibt es etwas, das wir nicht tun können, Phoebe. Wir können keine Baumwollkugeln aus Kanonen schießen.«

»Glauben Sie, die Yankees kommen auf die Insel?«

»Es ist unmöglich, beim jetzigen Stand etwas vorherzusagen. Wir müssen abwarten. Ich kann dir sagen, daß es auf der ganzen Insel keinen Pflanzer gibt, der auch nur im entferntesten an den Spuk glaubt, daß man hier einfallen könnte. Aber keiner hat mit den Yankees darüber gesprochen.«

»Was auch passiert, ich hoffe, ich bleibe hier.«

»Das schätze ich sehr. Ich wünschte mir nur, ich könnte mit meinen anderen Kindern so reden. Nan ... nun, sie hört zu und versteht mich, aber Virgie und Marty sind zu egozentrisch, um über ihre kleinlichen Eigeninteressen hinauszudenken. Komme zu mir, wenn du etwas auf dem Herzen hast, Phoebe.«

Er stand auf, ging um den Tisch herum und ließ seine Hände sanft auf ihren zarten Schultern ruhen, als er sie anlächelte.

»Ich bin froh, daß wir uns unterhalten haben. Komm zu mir, wenn du irgendwelche Sorgen hast.«

»Danke schön, Sir.«

Einen Moment lang schien es, als wollte sich James Hammond hinunterbeugen und sie küssen. In der Tat ging sein Kopf nach unten, doch dann streckte er sich und öffnete die Türe.

Phoebe drehte sich um und lief mit ausdrucksloser Miene in die Empfangshalle. Sie hatte gehofft, er würde sie küssen. Immerhin war er ihr Vater, auch wenn sie eine Sklavin war. Dadurch, daß er sich davor zurückgehalten hatte, wurde in ihr eine Flamme aus Ärger angezündet. So hatte sie ihm gegenüber sonst nie empfunden. Vielleicht lag das daran, daß er die Verwandtschaft nie anerkannt hatte und sie sich nie sicher gewesen war. Da sie nun diese Sicherheit besaß, kam ihr die Bedeutung zu Bewußtsein, mit Leib und Seele von einem weißen Mann besessen zu werden, einem weißen Manne, der seinen Samen in eine schwarze Frau gepflanzt hatte, welche er einst kaufte, damit er Spaß an ihr fand. Und sie, Phoebe, war die Frucht ihres Vergnügens. In diesem Moment haßte sie beide Eltern. Durch ihre Erziehung kannte sie die Bedeutung des Sklavendaseins, doch bis zu diesem Zeitpunkt hatte sie nicht gewußt, wie entwürdigend es war.

Als sie Virginias auffordernder Stimme gewahr wurde, drehte sie sich um, vertrieb den Gedanken aus ihrem Kopf und eilte treppauf ihrer Herrin zu Diensten. Einer Herrin, der sie seit dem Moment grollte, als Virginia und sie erwachsen geworden waren und sie von Virginia aufgeklärt wurde, daß sie eine Sklavin sei und die Jahre ihrer Freundschaft enden müßte.

5

Kurz vor vier Uhr schritten Virginia, Nanine und ihre Mutter Lenore Hammond auf die Veranda. Alle drei waren wunderschön gekleidet. Virginia trug das magentarote Kleid, Nanine das hellblaue, welches ihre Schwester vom Festland mitgebracht hatte. Ihre Mutter trug ein dunkelgrünes Spitzenkleid mit einem kastanienbraunen Unterrock. In ihren weit ausladenden Reifröken und mit den prächtig frisierten Haaren boten sie einen bezaubernden Anblick. Phoebe hatte in der kurzen Zeit, die ihr zur Verfügung stand, wahre Wunder vollbracht, doch, wie Virginia gesagt hatte, legte Phoebe bei Haaren ein erstaunliches Geschick an den Tag. Von ihren Handgelenken baumelten Fächer herab, die farblich mit den Kleidern abgestimmt waren. Ihre Hände ruhten sanft auf ihren Röcken. Vor dem Hintergrund aus unterschiedlich hohen Topfpflanzen in vollduftiger Blüte stellten sie ein hinreißendes Bild dar.

Lenore betrachtete ihre ältere Tochter mit einiger Besorgnis. Vor langer Zeit hatte sie bereits die Hoffnung aufgegeben, daß Nanine je einen Mann bekommen würde, wenngleich sie sich darüber wunderte. Nanine war eine liebenswürdige Person voll Wärme und Zuneigung, also der Frauentyp, der zu seinem Ehemann aufschaute. Außerdem besaß sie eine gewisse Schönheit, die sie von ihrer Mutter geerbt hatte, deren Schönheit allerdings zugegebenermaßen im Verwelken begriffen war.

Sicher würde Nanine nie die Anmut Virginias erlangen. Vielleicht lag darin das Problem. Sobald Virginia das Parkett betrat, nahmen ihr forscher Esprit und ihre fröhliche Art die Verehrer gefangen. Nicht, daß Virginia das absichtlich so machte, dachte Mrs. Hammond bei sich. Virginia liebte Nanine, und diese Liebe erwiderte Nanine durchaus. Welche Kotillon oder welche Abendgesellschaft sie auch besuchten, Virginia übertraf stets die übrigen schönen Damen; sie war die am meisten begehrte Frau.

Lenore blickte flüchtig hinüber zu ihrem Mann und zu ihrem Sohn, die auf der gegenüberliegenden Seite der Veranda in gepolsterten Schaukelstühlen saßen. Sie beneidete die beiden nicht nur um ihre Gemütlichkeit, sondern auch um ihre mit Bourbon und Wasser gefüllten Gläser, die sie in den Händen hielten. Insgeheim hegte sie Groll gegen die Ansehnlichkeit ihres Mannes. Er schien mit zunehmendem Alter immer blendender auszusehen, doch er war ihr treu, insofern als es ihre Freundinnen anging, von denen einige gierige Blicke auf ihn geworfen hatten, worüber sie sich im klaren war. In bezug auf die schwarzen Frauen war sie sicher, daß er sich immer ein paar zur Verfügung hielt. Allerdings übte sie Umsicht darin, niemals darauf zu sprechen zu kommen oder etwa eifersüchtig oder bösartig aufzutreten. Sie kannte James Hammond zu gut, um ihn zu ärgern. Er würde immer im verborgenen bleiben, solange sie Unwissenheit vortäuschte oder er glaubte, sie würde seine Triebe nicht bemerken, aber wenn sie ihm Untreue vorwürfe, würde er das nicht nur zugeben, sondern wahrscheinlich eine Sklavin ins Haus nehmen, um seinen sexuellen Hunger zu stillen.

Am Anfang hatte sie ihre intimen Beziehungen genossen. James war ein leidenschaftlicher Liebhaber, doch nach Virginias Geburt hatte sie nicht mehr das Verlangen, die Pein einer Kindesgeburt durchzustehen, und deswegen unternahm sie die ersten Ausweichmanöver, indem sie zu Beginn Kopfschmerzen vorschob. Als sie das nicht länger als Ausrede benutzen konnte, griff sie zu Müdigkeit oder Schmerz, der sie irgendwo im Körper drückte. Nach einer Weile wollte James zunehmend weniger von ihr. Sie fragte sich, während sie ihre Augen die volle Länge seines ausgestreckten Körpers entlangwandern ließ, ob sie ihn auf eine bestimmte Weise nicht vielleicht bestrafte. Einige Male hatte sie sich ihm zugewandt, erweckte mit ihren Händen seine Leidenschaft und rüttelte ihn langsam wach. Sie hatte wie er die Beziehung genossen, bis sie eben an eine weitere Schwangerschaft zu denken gezwungen war.

Sie wußte, daß sie Glück gehabt hatte. Keines ihrer drei Kinder hatte ihr Sorgen bereitet. Sie war sicher, daß Nanine noch Jungfrau war. Und das war auch die schöne Virginia noch, obwohl sie sich gegen einige Liebhaber hatte durchsetzen müssen.

Die Männer bewegten sich unruhig. Sie mußten schon zu lange warten. Sie kippten ihre Getränke hinunter und setzten die Gläser auf einen kleinen Tisch zwischen ihren Stühlen.

Lenore verlagerte ihre Aufmerksamkeit, um nach einem Zeichen ihrer Gäste zu suchen. Sie wußte, daß sich James' Ungeduld in Verärgerung verwandeln konnte. Er hatte diese Veranstaltung sowieso nicht gewollt und sagte, die Zeiten seien nicht die richtigen für so etwas. Ob richtig oder falsch, Virginia hatte wieder einmal ihren Willen durchgesetzt. Lenore war das egal. Sie liebte das Gesellschaftsleben im selben Maße wie ihre Tochter. Was sonst gab es schon für sie?

»James, sie sind im Anmarsch«, sagte sie leise, doch ein Anflug von Freude in ihrer Stimme war nicht zu leugnen. Sie hatte einige Damen entdeckt, die den schmalen Weg heraufkamen.

»Gut«, antwortete er.

Beide Männer hatten sich erhoben. »Was, zum Teufel, soll das denn heißen?« fragte James.

Keiner kümmerte sich darum, was er gesagt hatte. Der entfernte Trommelschlag war bereits klar hörbar. Doch alles, was er, oder die anderen, sehen konnten, waren Damen. Als diese die Veranda erreichten, kamen die Trommeln näher. Ebenso deutlich sichtbar war die Ankunft von Männern, die sich noch in einiger Entfernung befanden.

Sie marschierten im Takt der Trommeln. Etwa fünfzig Mann gehörten zu der Abteilung. Sie trugen Stiefel und Sporen und über ihren Uniformjacken gelbe Schärpen. Auf einem kräftigen Ackerpferd führte sie ihr Oberst an.

»Ich freß 'nen Besen«, sagte James Hammond, »wenn das nich Curtis Mannering auf diesem Pferd da ist. Was, zum Teufel, tut der denn hier?«

»Kam vom Festland rüber«, sagte Martin. »Die jungen Männer auf der Insel üben schon seit Wochen.«

»Was, zum Teufel, haben die auf dem Kopf?« fragte James und blinzelte in die Sonne, um die vergoldeten Knöpfe, die goldenen Tressen und die hohen, mit Federn geschmückten Tschakos besser begutachten zu können.

»Hat ein bißchen was gekostet«, sagte Martin. »Ich weiß das. Ich habe mir dieselbe Uniform gekauft.«

»Da hast du also deine ganze Zeit vergeudet. Verdammt noch mal, mein Sohn, wenn ihr die Uniform im Krieg tragt, dann sterben die Yankees vor Lachen und nicht wegen eurer Kugeln.«

»Nun ja, es war schon recht lustig«, schenkte Marty seinem Vater Vertrauen. »Ich gehe jede Wette ein, daß in unseren Feldlagern mehr Champagner getrunken wurde, als sonstwo auf diesen Inseln.«

James kniff erneut die Augen zusammen, als die Kolonne auf das scharfe Kommando Mannerings stehenblieb. »Sohn, sind das Musketen, was die da auf den Schultern haben?«

»Das Beste, was wir kriegen konnten«, gab Marty zu. »Auch die waren schon recht teuer.«

»Die Flinten hat Napoleon benutzt. Zum Teufel! Mein Sohn, die haben eine Reichweite von nicht einmal dreißig Meter.«

»Sogar noch weniger. Aber man hat uns britische Gewehre in Aussicht gestellt, die fünfmal so weit schießen.«

»All diese Kriegsvorbereitungen begünstigen einen früheren Kriegsbeginn als geplant. Nach ihren stolzen Mienen zu schließen, halte ich diese Jungens für tolle Kerle, die jede Sekunde dazu bereit sind, gegen jeden zu kämpfen.«

»Genau das ist unsere Idee, Papa. Auch ich habe diese Vorstellung. Falls die Yankees irgend etwas anzetteln, sind wir die Burschen, die es zu Ende führen.«

»Das hoffst du.«

»Du klingst nicht sehr zuversichtlich, Papa.«

»Das kannst du schriftlich haben. Aber wenn es so weit kommt, ziehe auch ich eine Uniform an.«

»Papa, ich denke nicht, daß man dich brauchen wird.«

»Weil ich zu alt bin? Höre mich an, Sohn, ehe das vorbei ist, werden wir nicht nur alte Männer benötigen, sondern auch Sklaven. Junge und alte Sklaven.«

»Um zu kämpfen? In der Uniform? Papa, das ist Blödsinn! Gib den Niggern Gewehre in die Hand, und sie erschießen *uns*, nicht die Yankees.«

»Vielleicht«, gestand James ein. »Was weißt du Neues von Fort Sumter?«

»Es wird befestigt und verstärkt, habe ich erfahren.«

»Mit diesem Fort können sie den Hafen kontrollieren. Deine Mutter und deine Schwester winken uns zu. Wir müssen uns der Begrüßung der Mädchen anschließen. Sag mal, da sind ein paar recht hübsche darunter.«

Martin unterstrich die Aussage seines Vaters mit einem Schmunzeln.

Sie gesellten sich rechtzeitig zu den Damen, um die Gäste willkommen zu heißen. Offensichtlich gehörten diejenigen aus der Kolonne, die nicht eingeladen waren, zu den unteren Dienstgraden, weshalb sie zum Marsch der Trommeln von dannen zogen.

Virginia sagte: »Ist das nicht ein herrlicher Anblick? Die Uniformen sind zauberhaft.«

»Sie bringen mich an den Rand der Tränen«, sagte Nanine düster.

»Warum denn?« fragte ihre Mutter.

»Mama, Uniformen bedeuten Krieg, und Krieg bedeutet Töten. Diese Jungen... Es ist möglich, daß viele von ihnen nicht zurückkehren werden.«

»Ich glaube, du machst dir einfach zu viele Sorgen, Nan. Virgie sieht das Leben viel optimistischer als du.«

Nachdem alle Hände geschüttelt und alle Bekannten geküßt waren, füllte sich der jetzt in einen Ballsaal umfunktionierte Gesellschaftsraum bald mit Tanz, Musik und fröhlichem Lachen. Sogar Nanine nahm daran teil, doch sie tanzte nur einmal und zog sich in einen Sessel zurück, der eigens für ihr Wohlbefinden hereingetragen worden war.

Phoebe reichte in einem ungemusterten schwarzen Dienstkleid mit weißer Schürze jedem Gast Champagner. Nanine bemerkte, mit welcher Anmut sich das Mädchen bewegte. Sie bemerkte ebenfalls, daß viele der jungen Männer sie mehr zu beobachten schienen als die Mädchen, die sie selber mitgebracht hatten. Virginia bemerkte ihrerseits, daß Phoebe mit derart kurzem Haar ihr nicht mehr so stark ähnelte.

Das Abendessen wurde um sechs Uhr serviert, und die Fröhlichkeit setzte sich am langen Tisch fort. Diener in Uniformen, gepuderten Perücken und weißen Handschuhen waren unablässig damit beschäftigt, die Gänge aufzutragen. Man redete über Krieg und die Unfähigkeit des Nordens.

»Die kriegen unsere Baumwolle nicht«, sagte ein junger Mann, »also machen ihre Spinnereien bald zu. Wir verkaufen unsere Ernte nach England und Frankreich.«

»Das ist ein loses Gesindel da oben«, sagte ein anderer. »Dort gibt es jede Nationalität. Hier unten gibt es nur eine Nation, wir wissen, wie man kämpft, und wir sind auch bereit dazu. Da kannst du drauf wetten, daß es im Norden anders ist. Lincoln wird sie nicht zum Kämpfen motivieren können.«

Marty, der neben Nanine saß, sprach leise: »Die sind mords zuversichtlich, was? Ich gehöre zu ihnen, aber ich bin nicht so verrückt zu glauben, daß der Norden untätig herumsitzen wird und sich einen Dreck um den Krieg schert. Das werden sie nicht tun. Sie werden kämpfen.«

»Wirst du gleich mit den ersten losziehen, Marty?«

»Wir werden uns alle auf den Weg machen. Da kann man sich nicht davonstehlen, will man seinen Ruf als echter Gentleman des Südens aufrechterhalten. Was ist zwischen Virgie und Jordan? Er stiert sie an, als wäre er verhext.«

»Er ist verliebt«, sagte Nanine. »Virgie glaubt, er fragt sie, ob sie ihn heiratet.«

»Die wäre eine Törin, wenn sie das täte. Jordan ist ein Raufbold. Wenn er in den Kampf zieht, wird er versuchen, die Yankeearmee im Alleingang aufzumischen, und dabei wird er sicherlich den kürzeren ziehen. Als Soldatenwitwe hat man nicht gerade einen Anspruch darauf, glücklich zu sein, und das sollte Virgie wissen.«

»Das tut sie auch, aber die romantische Zeit der Liebe hat sie momentan fest im Griff.«

»Später, wenn es dunkel ist, wird er sie mit nach draußen in den Garten nehmen und ihr einen Heiratsantrag machen«, prophezeite Marty.

»Sie ist so blauäugig, daß sie vielleicht einwilligt.« Nanine beobachtete Virginia aufmerksam.

Marty sollte recht behalten. Man hob nach dem herzhaften Mahl wieder zu tanzen an, doch noch erfreuten sich nicht allzuviele daran. Jordan erfaßte Virginias Hand und führte Virgie in die kühle Abendluft hinaus, jedoch nicht zu weit vom Hause weg. Er nahm sie sofort in die Arme. »Es bleibt nicht viel Zeit«, sagte er. »Ich bin sicher, daß Fort Sumter bald angegriffen wird, und das bedeutet Krieg. Sobald es passiert, werden wir auf das Festland gerufen, und wann wir dann zurückkommen, weiß ich nicht. Heirate mich morgen, Virgie. Bitte, heirate mich, damit wir wenigstens zwei Nächte zusammensein können.«

»Also, Jordie, du drängst mich zu sehr. Ich kann nicht so einfach mir nichts, dir nichts ja sagen. Hochzeiten brauchen ihre Zeit. Ich bin sicher, daß sie dich eigens auf die Insel zurückkommen lassen würden, falls ich zustimmen würde, dich zu heiraten.«

»Das werden sie nicht tun. Wir werden direkt zum Kampf übergehen. Vielleicht werde ich getötet oder so schlimm verwundet, daß ich nie mehr wieder zu etwas zu gebrauchen sein werde. Wir können es uns nicht leisten zu warten.«

Sie befreite sich aus seiner Umarmung und wandte ihm den Rücken zu.

»Es tut mir wirklich sehr leid, Jordie, aber ich kann dich nicht heiraten. Nicht jetzt und nicht zu einem späteren Zeitpunkt. Ich kann niemanden heiraten.«

»Was sagst du da? Wieso nicht?«

»Aus persönlichen Gründen. Das will ich lieber nicht erzählen und erklären. Du mußt mir glauben, Jordie. Ich kann und werde dich nicht heiraten. Ich wünsche dir viel Glück und hoffe, du kommst gesund zurück, aber selbst wenn das der Fall ist, erwarte bitte auch dann nicht, daß ich dich dann heirate.«

»Was ist los mit dir, Virgie? Bist du verrückt geworden?«

»Ich gehe wieder nach drinnen. Meine Pflichten als Gastgeberin rufen mich.«

»Pfeif' auf die Pflichten. Wenn du mich schon nicht heiraten wirst, willst du dich mit mir an meinem Haus treffen, wenn das hier vorüber ist? Dort steht ein unbenutztes kleines Gästehaus...«

»Jordie, ich kann nicht.«

»Nimmst du mir sogar das? Ich ziehe in den Krieg. Ich werde vielleicht getötet.«

»Jordie, ich weiß nicht... ich... will... wirklich... aber, aber... ach, wenn du nur meine Gründe kennen würdest.« Sie wandte sich ihm zu und kam näher.

»Um Himmels willen, sag mir doch, was es ist«, sagte er verzweifelt.

»Ich versuche dazusein. Ich kann mich davonstehlen, vielleicht um ein Uhr früh. Ich will es tun, Jordie.«

»Laß mich nicht im Stich«, warnte er sie. »Wenn du das tust, werde ich dich nie wieder beachten. Ich liebe dich, aber mehr kann ich nicht aushalten. Das mußt du verstehen, Virgie.«

»Ja, das verstehe ich, ehrlich. Ich werde dasein, wenn ich kann. Ich verspreche es dir.«

Sie rannte weg von ihm, ehe sie ihren Gefühlen und Begierden freien Lauf ließ, deren Ursache sie nicht ergründen konnte. Drinnen fand sie schnell einen Tanzpartner und blieb den ganzen Abend hindurch auf Distanz zu Jordan.

Als nach Beendigung der beschwingten Feier der letzte Gast gegangen war und die Diener mit dem Aufräumen beschäftigt, begab sich Virginia auf ihre Zimmer. Phoebe befand sich darin.

»Ich brauche dich heute abend nicht mehr«, sagte Virginia.

»Jawohl, Missy. Dann gehe ich jetzt ins Bett.«

»Tue, was du willst. Laß mich nur in Ruhe.«

Phoebe ließ sich nichts anmerken. Sie schloß gefühlvoll die Tür und lief hinauf zu ihrem Zimmer im Dachgeschoß. Sie fühlte Trauer und Sorge wegen Virginias Benehmen. Diese Betrübnis hielt sie lange wach, auch als sie schon für das Bett hergerichtet war. Schließlich setzte sie sich in die Nähe des offenen Fensters und versuchte, dadurch in den Schlaf zu sinken, daß sie in die Nacht hinausblickte.

Virginia verließ das Haus nach ein Uhr. In einen schweren Umhang eingehüllt, lief sie im Dunkeln die Treppe hinab. Sie entriegelte die Tür, schloß sie sachte hinter sich zu und floh in die Nacht den Weg zu den Ställen hinab. Sie weckte einen Stalljungen, ließ ihn ein Pferd satteln und ermahnte ihn, nichts über ihren Ritt zu erzählen, oder sie würde ihn halb totpeitschen lassen.

Sie ritt schnell, um ihr Treffen mit Jordan möglichst bald herbeizuführen. Als sie das kleine Gästehaus erblickte, schrie sie laut vor Freude auf, da sie schwaches Licht im Fenster brennen sah. Sie band gerade ihr Pferd an, als Jordan auftauchte. Seine

Arme breiteten sich aus und sie rannte auf ihn zu. Sie küßte ihn so feurig, daß es ihm den Atem nahm. Beide Lippen waren weich und feucht, als sie sich sanft bewegten und weiter ihre Gefühle erregten. Jordans Hände streichelten liebevoll ihre Brust, glitten tiefer nach unten und erregten sie noch mehr, als sie ihren Körper erforschten. Als ihr ein leidenschaftlicher Schrei entfuhr, nahm er sie schwungvoll in seine Arme und küßte ihr Gesicht ab, als er sie hineintrug. Das Mieder ihres Nachthemdes hatte sich gelöst, und ihre festen Brüste lagen völlig entblößt. Er hob sie höher und drückte sein Gesicht dagegen.

»Jordie, bitte, laß mich herab und lösche die Lampe aus«, flüsterte Virginia. »Es könnte jemand kommen.«

»Ich will, daß die Lampe brennt, damit meine Augen dich verschlingen können.« Er zog ihr bereits das Nachthemd über den Kopf.

Bevor er sie umarmen konnte, langte sie hinüber zur Lampe und blies sie aus.

»Verdammt!« schrie er. »Warum hast du das getan?«

»Schließe die Türe ab«, antwortete sie. »Ich will hier nicht erwischt werden.«

»Ich würde es mir wünschen«, erwiderte er. »Dann müßtest du mich heiraten.«

Er sprach, während er sich auszog. Virginias Auge hatte sich noch nicht an die Dunkelheit gewöhnt, aber sie hörte seine Kleider auf den Boden fallen. Er streckte sich nach ihr und drückte ihren nackten Körper gegen seinen. Ohne sie loszulassen, geleitete er sie hinüber zum Bett, auf das er sie behutsam legte. Sie hing fest an ihm und entdeckte, daß sie genauso begierig wie er darauf war, Liebe zu machen – leidenschaftliche Liebe, von ihrer Jugend und Lebenskraft beseelt. Sie schwelgte in seinen Armen und sagte sich, sie tue nichts Böses. Schließlich fiel ihr ein, daß dies nichts anderes sei, als das, was ihr eigener Vater mit einer Sklavin gemacht hatte. Ihre Arme schlossen sich fester um Jordans Hals.

Kurz vor der Morgendämmerung ritt sie zurück, um dem Tageslicht zuvorzukommen, wenn die Sklaven bereits auf den Beinen waren. Sie ließ das Pferd im Stall, lief leichten Fußes zum Herrenhaus, die Stufen zur Veranda hinauf und erreichte die Tür. Sie war verschlossen.

Verzweifelt erwog sie, hinter das Haus zu rennen und den Kücheneingang zu benutzen, doch ehe sie sich entfernte, hörte sie die Tür klicken, die dann offenstand. Phoebe ging zur Seite, um sie hereinzulassen.

»Zur Hölle mit dir«, sagte Virginia heiser flüsternd. »Du hast mich ausspioniert und hast die Türe zugesperrt.«

»Nein, Missy. Ich konnte nicht einschlafen. Ich war vorher schon hier unten und sah die entriegelte Türe; deshalb verriegelte ich sie, weil ich nicht wußte, das irgendwer das Haus verlassen hatte. Dann sah ich Sie zurückkommen. Ich versuchte, unten zu sein, bevor Sie an der Tür waren. Ich habe nicht spioniert.«

»Wenn ich denken würde, daß du...«

»Denken Sie von mir, wie Ihnen beliebt, Missy. Ich habe jedenfalls nicht spioniert. Falls dies der Fall wäre, hätten Sie nie erfahren, daß ich wach war. Die ganze Sache tut mir leid. Gute Nacht, Missy.«

»Bleibe bei mir, bis ich in meinem Zimmer bin.«

»Ja, Missy.«

Virginia befahl ihr, auf den Stufen vorauszugehen. Sie waren ein gutes Stück auf dem Korridor gelaufen, als Virginias Mutter besorgt rief: »Wer ist da? Wer ist da?«

»Es ist Phoebe, Missy«, redete Phoebe im vernehmbaren Flüsterton. »Ich kam herunter, um nachzusehen, ob die Tür verriegelt war.«

»Ah, sehr gut. Gehe jetzt in dein Bett, Phoebe, und wecke die Leute nicht durch dein Herumstreunen auf.«

»Ja, Missy, es tut mir sehr leid.«

Phoebe und Virginia standen unbeweglich da, bis sie sich wieder sicher genug wägten, einen Schritt zu gehen. Virginia kam nahe an Phoebe heran.

»Wenn du irgend jemand davon erzählst, werde ich dir nie verzeihen. Dann mache ich dir dein Leben zur Hölle.«

»Missy, alles, was ich weiß, ist, daß ich herunterkam und die Tür zuschloß. Gute Nacht.«

Virginia ging in ihr eigenes Zimmer, zündete die Lampe auf der Kommode an und setzte sich auf einen Stuhl. Sie hob die Knie, umschlang sie und dachte an Jordan und daran, wie sie sich geliebt hatten. Ihr Gesicht entspannte sich, als ihr klar wurde, daß sie sich nicht länger fragen müsse, wie es denn nun sei.

Sie wünschte sich, Jordan wäre jemand anderes gewesen, obwohl sie nicht wußte, wer. Doch sie ging zu Bett und schlief ohne ein Gefühl der Reue fest und tief.

6

Zu einer für sie recht ungewöhnlich frühen Zeit, nämlich um zehn Uhr morgens, begaben sich Virginia und ihre Mutter auf ihren Ausritt. Als sie die Felder entlangritten, hielten die Sklaven mit der Arbeit inne, drehten sich zu ihnen hin, nahmen die Hüte ab und verbeugten sich, ohne dabei aufzuschauen. Nur Moses ritt auf seinem Pferd herüber und hielt sie auf. Auch er nahm geschwind seinen alten, abgetragenen Hut ab.

»Morgen, Miß Virginia. Morgen, Missy. Kann ich was für Sie tun?«

»Im Moment nicht«, sagte Lenore. »Aber bald benötige ich eine hilfreiche Hand. Wir werden hier eine Fuchsjagd veranstalten, sobald alles arrangiert werden kann.«

»Fuchsjagd?« fragte er. »Aber, Missy, hier auf der Insel gib's keinen Fuchs, von dem ich wüßte.«

»Natürlich gibt es hier keine Füchse. Wir werden welche importieren. Ebenso werden wir Master und einige schnelle Reitpferde auf die Insel bringen. Von dir wünsche ich, daß du dich um das Aufstellen von Sprunghindernissen kümmerst. Es wird ebenfalls eine scharfe Prüfung auf die Reitkunst werden, weswegen wir wenigstens ein Dutzend Sprünge benötigen.«

»Jawohl«, sagte Moses, obwohl er keine Ahnung davon hatte, was sie meinte. Da wollte er dann beim Master James nachfragen. Missy war ungenießbar, wenn man sie zuviel fragte, dachte er bei sich, als er auf die Felder zurückritt.

Virginia überkam eine gewisse Nervosität wegen der Pläne ihrer Mutter. Sie selber war nie auf einer Jagd mit Sprüngen geritten.

»Mama, glaubst du, unsere Freunde haben damit genug Erfahrung?«

»Natürlich. Da gehört wirklich nicht viel dazu. Ich nahm im letzten Jahr an zwei derartigen Jagden teil. Sie schufen sehr viel Aufregung und sind im Moment die neueste Mode.«

»Bist du selbst mitgeritten?«

»Nun, nein. An beiden Tagen fühlte ich mich nicht sehr wohl, weshalb ich nur so mitritt, ohne an der Jagd oder den Sprüngen teilzunehmen. Aber es sieht einfach aus.«

»Mama, also du kommst aber auch auf alle möglichen Ideen, um Unterhaltung zu haben...«

»Nun, bin ich nicht auch deswegen hier? Und was gibt es sonst zu tun, als so viel Spaß wie möglich zu haben? So, jetzt suchen wir Stellen, wo man Zäune und Hecken errichten kann. Ich wünschte mir, die Insel wäre eine Meile länger, doch es muß auch so genügen. Hast du Papier und Bleistift dabei, wie ich dir aufgetragen habe?«

»Ja, Mama. Sage mir, was ich aufschreiben soll.«

»Ich soll es dir sagen? Also, zeichne einfach auf, wo die Hecken und Zäune sein sollen, damit Moses weiß, wo er die Sklaven hinschicken muß, um die Hindernisse zu errichten. Mache daraus bitte keine Doktorarbeit.«

Sie ritten von einem Ende der Insel zum anderen und machten währenddessen zweimal halt, um mit anderen Plantagenbesitzern einen Plausch zu halten. Es war ein herrlicher Aprilmorgen, und Lenore geriet durch das Pläneschmieden für die Jagd immer mehr ins Schwärmen. Als sie schließlich denselben Weg zurückritten, sahen sie, daß die Sklaven auf den Feldern alle untätig herumstanden und in die Richtung des Herrenhauses blickten. Moses war nicht in Sicht, niemand tat etwas.

»Da ist etwas passiert«, sagte Virginia. »Ich sehe, ob ich etwas herausfinden kann.«

Sie ritt auf die Felder und hielt neben einer Gruppe Sklaven an. »Warum arbeitet ihr nicht?« fragte sie. »Wo ist Moses?«

»Kamen Leute, die schrien und riefen, Missy, und Moses ritt hin, um nach dem Rechten zu sehen. Weiß selbst nich, Missy, aber da waren bestimmt Schreie.«

»Auf jetzt, zurück an die Arbeit«, befahl sie. »Was es auch ist, es betrifft euch nicht.«

Während sie sich über ihre Hacken beugten, ritt sie zu ihrer Mutter zurück. »Sie wissen nicht, was los ist. Sie haben mir nur gesagt, daß jemand geschrien und gebrüllt hätte, woraufhin Moses davonritt, um nach dem Rechten zu sehen.«

»Nun, er ist sehr tüchtig. Er macht das schon. Sage mir, Virgie, wie denkst du über Jordan Crawford?«

Virginia würdigte ihre Mutter eines kurzen scharfen Blickes. »Was meinst du?«

»Ist er mit dir so eng befreundet, daß du vielleicht böse mit mir wärst, wenn ich seine Mutter nicht auf die Jagd einlüde?«

»Ich weiß nicht, Mama. Dennoch, ich kenne Jordan schon mein Leben lang. Am Abend des Kotillon machte er mir einen Heiratsantrag.«

»Oh, meine Liebe, das hatte ich befürchtet.«

»Mama, natürlich habe ich nicht eingewilligt.«

»Gut so. Ich mag seine Mutter nicht sonderlich. Sie gibt immer ihr Bestes, um unsere Essen und Veranstaltungen zu übertreffen, so daß ich erwog, sie dadurch ein wenig zu entmutigen, daß ich sie zur Jagd nicht einlade.«

»Mama, sie ist aber doch gut mit dir befreundet«, protestierte Virginia.

»Nicht wirklich, sie kam nicht zum Kotillon.«

»Sie war außerstande. Sie ließ ihr Bedauern darüber durch Jordie ausdrücken. Du weißt, daß sie immer so furchtbare Kopfschmerzen hat.«

»Sie zaubert ihre Kopfschmerzen aus dem Hut wie keine Zweite.«

»Ich glaube mich daran erinnern zu können, daß auch du in diesem Metier eine Meisterin bist, besonders wenn Papa mit dir irgendwohin will, wo es dir nicht gefällt.«

»Du bist aber wieder unfreundlich zu mir heute, Tochter«, sprach Lenore streng. »Und wahr ist das auch nicht.«

»Schon gut, Mama«, sagte Virginia geduldig. »Dann habe ich mich eben getäuscht.«

»Mit Sicherheit«, fuhr Lenore zurück. »Du weißt ganz genau, daß Jordies Mama eifersüchtig ist, weil meine gesellschaftlichen Anlässe die ihrigen bei weitem übertreffen.«

»Mir war unbekannt, daß zwischen euch eine solche Rivalität besteht«, sagte Virginia. »Je mehr gesellschaftliche Veranstaltungen wir haben, desto glücklicher sind wir. Die Männer mögen sie genauso wie wir. Aber du und Jordies Mama legt Wert auf den Versuch, die andere zu überflügeln, so daß ihr jedesmal schon erschöpft seid, wenn die Veranstaltung losgeht.«

»Vielleicht ist dem so.« Lenore gab das zu. »Aber jedenfalls komme ich, auch wenn ich erschöpft bin. Und jedenfalls reitet sie nicht mit. Und dann ist da noch ihr Alter.«

»Mama, sie ist nicht älter als du.«

»Vielleicht nicht, doch sie sieht so aus. Ich habe nicht die Absicht, deine Freundschaft mit Jordan zu beeinträchtigen. Oder ist sie schon weiter fortgeschritten?«

»Was soll das heißen?« fragte Virginia bissig.

»Sind seine Absichten ernsthafter Natur?«

»Seine ja, aber meine nicht.«

»Das erleichtert mich«, antwortete Lenore energisch.

»Warum denn?«

»Ach, Virginia, ich bin des Zankens müde.« Lenore streckte ihren Arm aus und deutete zum Anlegeplatz hinüber. »Was könnte da los sein?«

Virginia sagte: »Es sind nur Papa, Nanine, Marty und zwei Männer.«

»Das sehe ich, aber warum kommen die fast im Laufschritt auf uns zu? Nanine sollte nicht rennen.«

Virginia beobachtete die sich nahende Gruppe genauer. Sie konnte die Stimmen der Männer hören, die bis zu ihnen getragen wurden und erregt klangen. Zudem war ihre Unterhaltung von Handbewegungen begleitet, so als wollten sie das Gesagte noch betonen.

Marty lag jetzt in Führung und, als er zu seiner Mutter und Virginia kam, schrie er: »Er ist gekommen! Endlich hat er angefangen!«

»Ach, weswegen schreist du?« fragte Lenore.

»Fort Sumter ist beschossen worden und hat ein Ultimatum erhalten, sich zu ergeben. Der Krieg hat angefangen.«

»Ach, schon wieder die alte Leier.« Lenore betrachtete das Thema als erledigt.

Nanine entfernte sich von der Gruppe, um zu ihrem Bruder zu gelangen. »Mama, jeder hat darauf gewartet, daß der erste Schuß fällt, und der ist jetzt gefallen. Sie beschießen Fort Sumter, und die Yankees sind gezwungen, ihrerseits zurückzuschießen. Wie Marty sagte, der Krieg hat begonnen.«

»Und es ist höchste Zeit.« Jordan hatte sich zu ihnen gesellt. »Ich muß schnell nach Hause laufen und meine Uniform anziehen. Man wird uns bald holen.«

»Euch holen?« fragte Lenore.

»Lenore«, sagte James, »Jordan ist Mitglied einer Abteilung junger Männer, die zu Soldaten ausgebildet wurden. Sie werden auf das Festland geholt, um zu kämpfen.«

»Ach, mein Lieber, es tut mir leid, daß du nicht hier sein wirst, um an unserer Fuchsjagd teilzunehmen, Jordie.«

»Fuchsjagd?« fragte Jordan mit hochgezogenen Augenbrauen.

»Virginia und ich sind schon den ganzen Morgen über mit den Planungen beschäftigt. Ich werde in den nächsten Tagen Moses und einige Sklaven benötigen, um Hindernisse für die Sprünge zu errichten.«

»Mutter«, sagte Marty, »hast du kein Wort von dem verstanden, was soeben gesagt worden ist? Der Krieg hat begonnen. Es wird keine Fuchsjagd geben und auch keine gesellschaftlichen Veranstaltungen mehr. All diese Dinge werden bis nach Kriegsende verschoben.«

»Warum sollte das unsere Pläne berühren?« fragte Lenore. »Wir brauchen dafür doch nicht Tage und Wochen. Es dauert lediglich einen Nachmittag.«

»Mama«, sagte Nanine, »allein die Tatsache, daß für die Jagd keine jungen Männer hier sein werden, wird dir doch als Grund dafür ausreichen, daß die ganze Sache unmöglich ist.«

»Ich kann es nicht glauben«, sagte Lenore. »Ich kann es einfach nicht glauben. Ich weigere mich, es auch nur für ein paar Wochen aufzuschieben. Virgie, ich verlange, daß du dich mit Nanine sofort an die Arbeit machst, die Einladungen zu schreiben. Den genauen Termin teile ich euch später mit. James, mit dir möchte ich mich über die finanziellen Angelegenheiten beraten. Jetzt bin ich recht müde, entschuldigt mich bitte.«

Sie drehte ihr Pferd herum und ritt zum Herrschaftshaus, wo sie einen Sklaven rief, der sich des Tieres annahm. James und Martin sahen sie wegreiten.

»Sie weigert sich rundweg, irgend etwas zu sehen, das Sorge oder Umstände verursacht«, sagte James mürrisch. »Wovon, zum Teufel, redet sie, Virgie? Eine Jagd? Wofür?«

»Sie will Reitpferde herschaffen, Master und Füchse will sie auch importieren«, versuchte Virginia zu erklären. »Es hört sich recht verrückt an.«

»Zur jetzigen Zeit ist das wirklich verrückt«, sagte Marty. Er schaute schnell zu James hinüber. »Ich mache meine Sachen zurecht. Wir werden bald unterwegs sein, Jordie. Warte auf mich.«

Jordan nickte und wandte sich Virginia zu. »Kann ich ein paar Minuten mit dir reden?«

»Wenn du willst. Marty, sei mir beim Absteigen behilflich und paß bitte auf das Pferd auf.«

Sobald sie Boden unter den Füßen hatte, nahm Jordan sie am Arm und führte sie außer Hörweite für die anderen. »Virgie, wir können heiraten, vielleicht schon morgen. Wenn ich heute noch auf das Festland gerufen werde, versuche ich die Erlaubnis zu erhalten, zurückzukommen ...«

»Ich lehnte dein Heiratsangebot ab«, sagte sie kurz angebunden.

»Das ist richtig, aber nach dem, was zwischen uns passiert ist, dachte ich, wir seien verliebt ineinander und würden heiraten.«

»Jordie, das wollte ich damit nicht sagen. Ich sagte nur, daß ich dich möglicherweise eines Tages heiraten werde, doch das heißt nicht, heute schon. Ich heirate keinen Mann, der gerade in den Krieg zieht. Du mußt deine Rückkehr auf jeden Fall abwarten.«

»Vielleicht komme ich nie zurück. Siehst du das denn gar nicht?«

»Jordie, das ist nicht die richtige Einstellung. Natürlich wirst du zurückkommen. Wir können es uns leisten zu warten. Wir sind jung – wir haben unendlich viel Zeit.«

Er stieß einen tiefen Seufzer aus. »Ich glaube, ich habe damit gerechnet, aber nachdem wir uns so sehr geliebt haben, du dich so gegeben hast und so liebevoll warst...«

»Das war alles nur, weil ich dich nicht enttäuschen wollte. Du nanntest mich eine Frau, die die Männer neckt und hernach einen Rückzieher macht.«

Er nickte resignierend. »Wartest du auf mich, Virgie?«

»Aber natürlich«, sagte sie. »Ich werde mit Stolz erfüllt sein, einen Verlobten zu haben, der im Krieg seinen Mann steht. Und alles wird um so schöner sein, wenn du heimkehrst.«

»Damit werde ich mich wohl zufriedengeben müssen.« Laut rief er Marty zu: »Ich gehe jetzt nach Hause und mache mich fertig. Falls du eine Nachricht erhältst, schicke einen Sklaven vorbei, ja?«

»Alles klar. Ich glaube nicht, daß sie noch lange warten.«

Nanine nahm ihre Schwester in den Arm, und gemeinsam liefen sie auf das Herrenhaus zu. »Hoffentlich hast du nicht eingewilligt«, sagte Nanine.

»Er fragte mich schon wieder, ob ich ihn heiraten würde, doch ich beschied ihn damit, daß wir abwarten sollten«, gab Virginia zur Antwort und warf den Kopf zurück. »Er hat keine Geduld. Sind denn alle Männer so wie er?«

»Ich wünschte mir, ich wüßte das«, sagte Nanine verbissen lächelnd. »Ich bin froh zu hören, daß du ihm einen Korb gegeben hast. Wenigstens jetzt. Ich befürchte, daß wir stürmische Zeiten vor uns haben. Die Männer, die herüberruderten, um uns über Fort Sumter zu berichten, meldeten, daß der gesamte Süden mobil mache.«

»Nun, das wundert mich nicht. Wenn die Yankees denken, sie könnten all unsere Sklaven freilassen, dann haben die wohl nicht alle Tassen im Schrank. Ohne sie könnten wir doch gar nicht auskommen.«

»Das müssen wir vielleicht, Virgie. Wie verträgst du dich mit Phoebe?«

»Vertragen? Wie immer. Nichts hat sich geändert.«

»Du sagtest, du seiest böse mit ihr.«

»Ach das. Ich glaube nicht, daß ich sie noch so sehr hasse wie zu dem Zeitpunkt, als ich zum erstenmal die Nachricht hörte. Sie ist für mich sowieso unersetzlich. Und ich glaube, sie ist recht glücklich.«

Sie liefen den Weg zum Herrenhaus hinauf weiter. Martin ging eilenden Schrittes vor ihnen her. James indes hatte keine Eile. Moses, der sein Pferd am Zaun führte, hielt ihn auf, indem er sich verbeugte und seinen Strohhut abnahm.

»Brauchen Sie mich, Sir?«

»Nein, ich glaube nicht. Halte nur die Leute wieder zur Arbeit an, Moses. Sie werden von nun an härter denn je arbeiten müssen. Wir werden weitere Felder erschließen müssen und so viel Baumwolle wie möglich anpflanzen. Zudem setzen wir Gartengemüse. Die Zeiten werden in Zukunft vielleicht recht schwer.«

»Ja, Sir, okay. Ich tu', was ich kann.«

»Was machen die Sklaven?« fragte James.

»Würde sagen, sie arbeiten nich so gut, wie sie können. Zu viel Gerede über Freiheit, glaub' ich.«

»Darüber müssen wir bald mal reden«, sagte James. »Ich lasse dich dann holen. Bringe die Leute in der Zwischenzeit wieder an die Arbeit.«

»Ja, Sir, ich nehm' die Peitsche, wenn sie nich nach meiner Pfeife tanzen.«

Er ritt davon, machte aber zuerst noch an der Krankenhütte halt. Zu seinen Pflichten gehörte es, danach zu sehen, daß alle Sklaven ihre alltägliche Arbeit verrichteten, doch er kümmerte sich auch um ihr Wohlbefinden, so gut er konnte. Zu der Krankenstation, die aus einer Hütte mit drei Zimmer bestand und mit einer Hebamme besetzt war, lag gerade ein Mann auf dem Sterbebett. Daran war nichts Besonderes. Er stand in den Achtzigern und hatte sich fünf oder sechs Jahre zuvor zu Tode gerackert. Moses setzte sich neben das lebendige Skelett eines schwarzen Mannes und wischte ihm gefühlvoll den kalten Schweiß vom Gesicht.

»Du schaust ein wenig besser aus, Sam«, sagte Moses. »Hast du große Schmerzen?«

»Es geht. Hab' was gehört. Was is los?«

»Mann kam vom Festland und sagte, der Krieg hat angefangen. Schaut so aus, als ob die Freiheit kommt, Sam.«

»Zu spät für mich, aber für die Jungen ist es prima, wenn sie kommt. Was machst du, wenn die Befreiung kommt, Moses?«

»Weiß nicht, wahrscheinlich nichts. Alles, was ich kann, ist, eine Plantage mitzuleiten, und da kann ich gleich hierbleiben, denn hier gehör' ich hin.«

»Das is keine Freiheit, Moses.«

»Stimmt. Weiß nich genau, was Freiheit bedeutet. Wenn man frei ist, muß man auch arbeiten. Mag sein, daß dann keiner einen peitschen kann, daß man mal faulenzen kann, aber die Silberdollars werden auch dann nich auf der Straße liegen, daß man sie bloß aufheben braucht.«

»Lyden weiß bestimmt, was er tun wird, wenn sie ihn freilassen.«

»Lyden ist doch ein Verrückter. Der weiß nich, wovon er redet. Der denkt, wenn er frei ist, braucht er nich arbeiten und kann sich nehmen, was er will. So is das nich. Hat ihn der Doc schon aufgeschnitten?«

»Hat ihn aufgeschnitten und wie 'n Hühnchen zugeflickt«, kicherte der alte Mann. »Hörte ihn so schreien, als reißen sie ihm den Kopf ab. Moses, meinst du, Belle kann mit einem Stück Maisbrot kommen? Schickt sich nicht, einen Mann hungrig sterben zu lassen.«

»Ich sage ihr Bescheid. Sie is gleich da. Wenn du etwas brauchst, sage es nur. Master James sagt, du kriegst, was du wünschst.«

»Master redet schöne Worte, jetzt, da ich im Sterben liege. Aber was soll's. Kümmerst du dich drum, daß ich eine anständige Beerdigung habe, Moses?«

»Hier wurde bis jetzt jeder anständig beerdigt. Aber du bist noch nicht tot. Ich komme wieder vorbei.«

Moses begab sich in das nächste Zimmer, in dem Lyden aufrecht im Bett saß. Er grüßte Moses mit einem finsteren Blick.

»Was willst du, Moses? Ich kann noch nicht arbeiten.«

»Das weiß ich. Ich weiß, daß du sofort versuchst abzuhauen, wenn du dich wieder auf dem Damm fühlst. Tu das nich, Lyden, bleib besser hier.«

»Wenn ich abhauen will, dann haue ich ab, das weißt du, alter Mann.«

»Gerade kam die Nachricht, daß der Krieg angefangen hat. Gab schon ein paar Schießereien. Wenn du hier von der Insel verschwindest, findest du auf dem Festland nichts als Soldaten. Jeder herumstreunende Sklave hängt schneller am Baum, als du dir vorstellen kannst. Sie haben jetzt Riesenbammel vor Niggern, Lyden. Sie haben Schiß, wir könnten einen Aufstand machen.«

»Moses, falls wir einen Aufstand machen, bleib' ich da.«

»Hier wird's keinen Aufstand geben. Du darfst nich vergessen, daß das hier eine Insel ist. Gibt keinen Fleck, wo wir hinrennen können. Aber der Norden kommt. Wenn er da ist, sind wir frei. Warte diesen Tag ab, Lyden, und mache keinen Ärger, oder ich breche dir deinen Narrenhals.«

»Mag sein, ich warte. Mag sein, ich haue ab. Geht dich eh nix an. Und ich geh nich eher an die Arbeit, als bis ich nich wieder völlig hergestellt bin.«

»Bis ich wieder soweit bin und Lust habe, dich zu holen«, sagte Moses. »Du bist noch kein freier Mann, und wenn du frech zu mir bist, dann wirst du nie über die Freiheit hinauskommen, die dir ein Sarg läßt. Hast du mich verstanden?«

Er lief wütend aus dem Zimmer. Die Jungen waren zu gierig, zu ungeduldig. Sie hatten keine Ahnung davon, daß sie mit etwas Unbekanntem zu tun hatten – mit etwas, das noch niemand beschreiben konnte. Wie würde die Freiheit aussehen? Wie würden die weißen Herren damit umgehen? Was würde mit dieser großen Plantage geschehen? Wohin würden alle gehen, wenn die Herren die großen Farmbetriebe aufgäben?

An diese Dinge dachte Moses, was daran lag, daß er alt war und die Ungeduld schon lange nicht mehr zu seinen Eigenschaften gehörte. Er würde schon mit dem Problem fertig, wenn es so weit sei, doch vorher unternahm er nichts.

Die Sklaven machten sich wieder an die Arbeit, sobald sie ihn auf den Feldern erblickten. Er ritt die Reihen der Baumwollpflanzen auf und ab, sagte wenig, durchschnitt jedoch ab und zu zur Erinnerung mit seiner kurzen Peitsche die Luft. Um die Mittagszeit ratterte der Wagen von der Küche heran, und kurze Zeit später tauchte Belle mit dem Mittagsbrotkorb auf. Moses band sein Pferd fest und lief mit Belle zum Schatten ihres Lieblingsbaum.

»Hab' ein hübsches Stück Schinken mitgebracht«, sagte sie zu ihm. »Reicht jetzt und fürs Abendessen. Habe heute Speckschmalz in der Hafergrütze. Ich füttere dich gut, Moses.«

»Nie was anderes behauptet. Was reden die da oben denn so, jetzt wo der Krieg kommt.«

»Reden darüber, wie man einen Fuchs jagt. Was soll das Gerede mit dem Krieg?«

Moses lachte in sich hinein. »Hier gibt's mit Sicherheit keine Fuchsjagd. Für lange, lange Zeit nicht. Missy lassen alle Schießereien kalt, solange die Leute nur auf ihre Tänze kommen. Missy Nan hat Bedenken und Master James auch. Die wissen, was los is. Master Marty macht sich für den Krieg fertig, als ob er auf einen Tanz seiner Mutter geht.«

»Was hältst du davon, Mo?« fragte Belle.

»Habe Angst wie Master James. Man kann nicht sagen, was passieren wird. Und wir zwei sind verdammt zu alt, um etwas Neues zu beginnen. Die Sklaven reden davon abzuhauen. Laß sie! Sie werden nich weit kommen, selbst wenn sie aufs Festland gelangen. Man kann nirgends hin.«

»Meinst du, Soldaten kommen hierher?«

»Schwer zu sagen. Glaube, hier gibt's nich viel für Soldaten. Wenn sie kommen, brauchen sie nur eine Handvoll. Wer kann hier schon kämpfen? Die Jungen werden alle fort sein. Keine Kämpfer mehr da.«

»Mo, wenn die Yankee-Soldaten kommen, sind wir frei. Ist das nicht richtig?«

»Denke schon. Master Lincoln sagt, alle Sklaven werden freie Menschen sein.«

»Bleiben wir dann hier?«

»Wenn sie uns lassen. Damit meine ich nich Master James, sondern die Yankees. Wenn sie nich kommen, arbeiten wir natürlich hier weiter für Master James, wie wir's unser Leben lang gemacht haben.«

»Das wirst du tun, Mo?«

»Ich gehe nirgendswohin, Belle.«

»Ich weiß, was ich tun werde.«

»Du tust, was ich sage, Belle.«

»Vielleicht bleibe ich da, wenn du es sagst. Du bist mein Mann und ich lieb' dich. Aber in der Küche arbeite ich nich mehr. Bevor ich gehe, sage ich der Missy aber noch etwas.«

»Was denn?«

»Ich sage: ›Leck mich am Arsch!‹ Das werde ich ihr sagen.«

»Wenn du den letzten Buchstaben gesagt hast, trete ich dir in deinen. Ganz ernst. Master war immer gut zu uns.«

7

Der alte Mann wurde am späten Sonntagnachmittag beerdigt. James stellte einen alten Anzug zur Verfügung, und der auf der Plantage beschäftigte Zimmermann fabrizierte einen Sarg aus Zypressenholz. Auf den Schultern von sechs Schwarzen wurde der Sarg in das Gotteshaus getragen, wo ein Geistlicher am winzigen Altar wartete.

James und Lenore liefen hinter dem Sarg, dahinter Nanine und Virginia, danach folgte Phoebe, die ohne Begleitung war. Der Gottesdienst beschränkte sich auf das Nötigste, weil es bereits dämmerte und der Tanz im Freien stattfinden sollte. Der alte Mann fand im Sklavenfriedhof seine letzte Ruhe, wo in den vielen Jahren wenigstens dreihundert andere Sklaven diese Art von Freiheit erhalten hatten.

Ein alter Stuhl war als einzig fester Gegenstand in der Hütte des Mannes gefunden und nun auf seinem Grab placiert worden. Irgendein Wertgegenstand, den der Verschiedene besaß, wurde nach altem Brauch zusammen mit ein paar Feldblumen aufgestellt. Der größte Blumenstrauß war der von Phoebe gesammelte, die sich stets um diese Arbeit bei Begräbnissen kümmerte.

Ein Faß Bier wurde geöffnet, die ersten Stücke Speck brieten über den offenen Feuerstellen, Schweinshaxen wurden mit grünem Gemüse gekocht. Bei diesem unwiderstehlichen Geruch leckte sich selbst James die Lippen.

Doch zuerst wurde getanzt. Der Tanz des Südens. Ein Kreis wurde gebildet, und Belle, die sich in ihren schönsten Kleidern präsentierte, begab sich in die Mitte. Füße trommelten auf den Boden, Hände klatschten, bis sie schmerzten. Das Scharren der Füße wurde immer leidenschaftlicher, die Körper bewegten sich nun ruckweise und zuckten, so daß die Tänzer am ganzen Leib erbebten. Sie bückten und streckten sich, wirbelten herum und zitterten von Kopf bis Fuß. All dies begleiteten sie im Gesang mit einer vertrauten Melodie. Der Gesang wurde zum Geschrei, dessen Laute noch in einer Meile Entfernung gehört werden konnten. Nanine, Virginia und Phoebe standen auf einer kleinen Kuppe und schauten dem Tanz zu. James und Lenore waren zum Herrenhaus zurückgegangen. Zwar kannten sie diese alte Zeremonie schon lange, doch Nanine und Virginia beobachteten sie immer noch gerne.

»Phoebe«, sagte Virginia, »warum gehst du nicht hinunter und tanzt mit?«

»Nein, Missy«, sagte sie ruhig.

»Warum nicht? Bist du zu stolz?«

»Genau, Missy.«

»Ich sehe den Grund dafür nicht. Ich glaube, du könntest besser als alle dort unten tanzen, und mir ist bekannt, daß du gut singst.«

Phoebe sagte nichts. Virginia guckte sie an. »Antworte mir«, sagte sie bissig.

»Missy, ich tanze den Shout nicht. Ich bin hierhergekommen, um einem alten Mann auf seiner Beerdigung die letzte Ehre zu erweisen. Einem Mann, den ich mein Leben lang kannte. Nur deswegen bin ich gekommen. Um ihm die letzte Ehre zu erweisen. Ich tanze nicht auf Beerdigungen.«

»Was wäre, wenn ich dir befohlen hätte, hinunterzugehen und zu tanzen? Was würdest du tun?«

»Hör auf damit«, sagte Nanine.

»Ich versuche nur, Phoebe zu ermutigen, es sich gutgehen zu lassen. Alle Nigger tanzen den Shout. Sie haben viel Spaß dabei, und ich liebe es, ihnen zuzuschauen, wenn sie ihn tanzen. Wenn Phoebe natürlich der Meinung ist, daß sie sich zu gut dafür sei, nun, dann muß sie nicht mittanzen.«

»Ich sagte dir, du sollst aufhören, sie zu ärgern«, sagte Nanine. »Phoebe, du kannst zurückgehen, wenn du willst.«

Phoebe rannte von der Kuppe herunter zu der Gruppe der Tanzenden hin. Sie schob sich in den Kreis, klatschte mit den Leuten auf beiden Seiten in die Hände und ließ ihre Stimme schrill im Shout ertönen. Als ob das noch nicht genug wäre, riß sie sich los von den anderen, begab sich mitten in den Kreis und beförderte Belle mit einigen heftigen Hüftstößen heraus aus dem Kreis, der den Solotänzer umgab.

Phoebe bückte sich, zog die Schuhe aus und warf sie fort. Dann beugte sie ihren schlanken Körper und begann, wie ein Indianer mit den Füßen auf die Erde zu stampfen. Das entwickelte sich zu einem Scharren, bis sie wieder in der Mitte stand und ihr Körper in eine Reihe von zitternden Bewegungen geriet, die ihren Rumpf in heftigen Zuckungen wellenförmig durchlief. Während der gesamten Zeit sang sie zum Rhythmus des alten Psalmliedes. Der Tanz wurde schneller, und Phoebe konnte mithalten. Schließlich kniete sie nieder, hob die Arme zum Himmel und fiel auf den Boden, bis der Kopf auf ihren Knien ruhte.

Das Tanzen hörte auf. Phoebe stand auf und bürstete die weiche Erde vom Kleid. Jemand reichte ihr die Schuhe, derer sie sich entledigt hatte. Sie zog sie an und lief zu dem Pfad, der genau unter der Kuppe, von der aus Nanine und Virginia zugeschaut hatten, vorbeiführte. Sie blickte nicht auf, als sie daran vorbeikam. Virginia lachte leise, doch dieses Lachen hörte sich falsch an.

»Nun«, fragte sie Nanine, »was hältst du jetzt von unserer Halbschwester? Ich würde sagen, sie ist um keinen Deut anders als die übrigen Nigger.«

»Du bist unausstehlich«, sagte Nanine. »Phoebe weiß genau, wofür du sie hältst. Du hast keinen blassen Dunst davon, wie wichtig und wertvoll sie ist.«

»Dummes Geschwätz«, sagte Virginia. »Ich bin überrascht, daß du so zu ihr hältst. Ich glaube, es gereicht uns schon zur Schande, daß wir uns eingestehen müssen, daß sie mit uns verwandt ist. Ich werde Papa nie verzeihen, daß er uns das angetan hat. Phoebe ist eine Sklavin, und so schätze ich sie auch ein. Außerdem haßt sie mich.«

Nanine sagte: »Das bezweifle ich, wenn ich sie auch nicht tadeln könnte, falls sie es täte.«

»Was für eine Unverfrorenheit«, rief Virginia wütend aus. »Auch dir werde ich nicht verzeihen.«

Sie drehte sich um und stolzierte von ihrer Schwester in Richtung des Hauses weg. Auf halbem Wege blieb sie stehen und wartete auf Nanine.

»Das habe ich nicht so gemeint, Nan. Ich liebe dich so sehr. Ich werde sogar versuchen, mich Phoebe gegenüber höflich zu benehmen. Es kommt mir nur so vor, als wäre sie sehr hochnäsig geworden, seitdem sie weiß, wer ihr Papa ist.«

»Und mir kommt es so vor, als kümmertest du dich zu sehr um Phoebe und nicht genug um den Krieg. Es ist höchste Zeit, daß du den Ernst der Lage erkennst.«

»Ach, ich weiß, daß es ernst ist, aber es ist auch sehr langweilig. Mama sagte mir, es fände keine Fuchsjagd statt, weil es nicht genügend Männer gäbe, die Zeit dafür hätten. Kannst du dir das vorstellen? Ein altes Fort wird beschossen, und dadurch fällt Mamas Fuchsjagd aus!«

»Welch ein Jammer.« Nanine sprach mit leichtem Sarkasmus.

Virginia warf gebieterisch ihren Kopf nach hinten. »Ich will nicht mehr darüber sprechen.«

»Weißt du warum? Du hast Angst davor. Du fürchtest dich,

Virgie, und du wagst nicht, diese Furcht zu zeigen. Zugegeben, ich ängstige mich auch, aber ich habe nichts dagegen, es offen einzugestehen. Marty machte sich heute auf den Weg. Jordan ging gestern fort. Wer weiß, ob sie je zurückkommen? Wir werden uns nicht hinliegen und die Yankees uns niedertreten lassen. Falls sie gewinnen, wird es keine Sklaven mehr geben, und wie kommen wir ohne sie zurecht, wenn ich fragen darf? Sogar wenn wir gewinnen, wird es nicht einfach werden und nicht schon nächste Woche vorbei sein. Frag mal Papa. Ich habe ihn noch nie so besorgt gesehen.«

»Nun, wenn die Yankees an all dem schuld sind, daß wir die Jagd absagen mußten, dann hoffe ich, sie verlieren den Krieg. Und zwar schnell. Denn wir sollten uns doch mit solchen Dingen nicht herumzuschlagen haben.«

Nanine machte eine hilflose Geste, als Virginia, die ihre Gefühle wieder im Zaum hatte, die Treppe hinauf zu ihren Zimmern lief. Phoebe hing gerade ein Kleid auf, das sie gebügelt hatte. Wut durchfuhr Virginia, als sie ihrer gewahr wurde.

»Hat dir das Tanzen gefallen?« fragte sie.

»Nicht besonders, Missy.« Phoebe sprach, während sie aus der Kammer herauskam. »Ich ziehe es vor, so wie die Weißen zu tanzen.«

Virginia setzte sich vor den Spiegel des Toilettentisches und studierte ihr Gesicht. »Auf wessen Seite bist du in diesem Krieg?« fragte sie, wobei sie ganz beiläufig tat.

»Ich bin auf keiner Seite, Missy. Wie könnte ich das sein?«

»Warum nicht? Du mußt doch auf der einen oder auf der anderen Seite sein.«

Phoebe unterdrückte ihr Verlangen zu lachen. »Missy, falls der Süden gewinnt, bin ich noch immer eine Sklavin.«

Virginia drehte sich um, um sie anzusehen. »Schon in Ordnung. Du bist auf der Seite der Yankees.«

»Das habe ich nicht gesagt, Missy. Falls die Yankees gewinnen, bin ich frei, aber alles wird sich ändern. Ich habe es lieber, wenn alles so bleibt wie es ist. Ich meine den gesamten Süden. Unsere Sitten, unseren Lebensstil. Wenn der Norden gewinnt, wird dieses Leben für uns der Vergangenheit angehören.«

»Also bist du lieber eine Sklavin, als daß du dieses Leben missen wolltest, welches wir im Moment genießen«, sagte Virginia triumphierend.

Phoebe schüttelte sachte mit dem Kopf. »Am liebsten wäre ich frei und würde so leben wie jetzt, Missy. Ich befinde mich genau in der Mitte.«

»Was erwartest du also? Was erwartest du wirklich, Phoebe?«

»Nicht viel, Missy. Werden Sie morgen reiten gehen?«

»Vielleicht. Ich weiß noch nicht genau.«

»Ihre Stiefel müssen poliert werden, das kann ich von einem der Jungen erledigen lassen. Ihr Mieder muß auch gewaschen werden.«

»Das kann warten. Das Mieder trocknet schnell und du kannst die Stiefel polieren, sobald ich mich dazu entschließe zu reiten.«

»Ja, Missy«, sagte Phoebe.

»Ich brauche dich heute nicht mehr. Vielleicht schaust du mal in Nanines Zimmer. Es muß wahrscheinlich saubergemacht werden.«

Phoebe hatte es wenige Stunden vorher geputzt. »Ja, Missy, sofort.« Sie war glücklich, Virginia verlassen zu können.

Nanine trat in ihr Zimmer und sah den Staublappen in Phoebes Hand. »Du hast doch in diesem Zimmer schon abgestaubt.«

»Scheinbar hält es Missy Virginia für notwendig.«

»Missy Virginia ist zur Zeit nicht einfach. Setz dich, Phoebe, ich will mit dir reden.«

»Ja, Missy.« Phoebe setzte sich auf einen der harten, einfachen Stühle.

»Nimm dir den weichen Polsterstuhl«, sagte Nanine. »Ich setze mich in den gegenüberstehenden. Vergiß nicht, Phoebe, du bist meine Schwester. Wünschst du, du wärest es nicht?«

»Ich weiß nicht, wie ich das beantworten soll. Das, was passiert ist, hat Sie und Missy Virginia verletzt und mir in nichts genutzt, soweit ich es beurteilen kann.«

Nanine lächelte. »Daß du meine Halbschwester bist, hat mich nicht verletzt. Du bist ein liebes Mädchen, Phoebe. Es ist jammerschade, daß unsere Verwandtschaft nicht anerkannt werden kann.«

»Das wäre schrecklich. Für ihre Mama, Sie und Virginia ... für jeden.«

Einen Moment lang starrten sie sich an und erkannten blaß Möglichkeiten, die sich vor ihren Augen in einer Zukunft anboten, die sie beide bedrohte. Schließlich sagte Nanine mit sanfter Stimme: »Phoebe, egal wie das Blatt sich wendet oder was aus unserem Lebensstil wird, ich bete, daß du uns nicht verlassen wirst.«

»Das werde ich nicht, Miß Nanine. Dort draußen –«, sie machte eine vage Handbewegung zum Fenster hin, »– wäre ich in einer mir vollkommen unbekannten Welt verloren. Davor fürchte ich mich. Wenn Sie schon glauben, daß Sie mich brauchen, um wieviel mehr brauche ich dann erst Sie.«

»Ich redete mit Papa über die Freilassungspapiere. Leider muß ich dir sagen, daß er damit wahrscheinlich nicht durchkommt. Die Gerichtshöfe sind nicht sehr empfänglich für solche Anträge seit der Schießerei bei Fort Sumter.«

»Das spielt keine Rolle«, sagte Phoebe. »Ich wünsche mir nur, Miß Virginia wäre mir nicht so stark abgeneigt.«

»Virginia ist verwöhnt. Sie muß erst noch erwachsen werden.« Nanine sprach mit dem Brustton der Überzeugung. »Du hast allen Grund, etwas gegen sie zu haben, wenn ich auch hoffe, daß du über ihre Kindlichkeit hinwegsiehst. Wenn sie sich weiterhin so aufspielt, komm zu mir. Trotz ihrer Widerspenstigkeit hört sie auf mich, auch wenn sie das nicht zugeben will.«

Phoebes Augen schauten wieder verloren in die Ferne. »Virginia besitzt Esprit. Eines Tages wird sie ihn vielleicht noch bitter nötig haben.«

Nanine nickte. »Sie ist sich anscheinend des Ernstes der Kriegslage nicht bewußt. Es wird für sie recht schmerzhaft sein, wenn sie aufwacht.«

Phoebes Lippen drückten sich zusammen, als ob sie unterdrükken würde, was sie sagen wollte. »Darf ich mich entschuldigen, Missy? Es ist beinahe schon Zeit für das Abendessen, und in letzter Zeit sind die Dienstmädchen sehr sorglos mit dem Tischdecken.«

»Nur zu, Phoebe. Ich lege mich vor dem Abendessen noch ein wenig hin.«

Nachdem sie das Decken des Tisches beaufsichtigt hatte, ging Phoebe in die Küche, wo sie eigens einen Tisch hatte, auf dem die Teller für die weißen Herrschaften standen, in die sie die Speisen für den Abendessenstisch aufteilte. Belle, die den größten Teil der Arbeit jetzt erledigt hatte, wischte sich Schweißperlen mit ihrer Schürze von der Stirn und setzte sich Phoebe gegenüber auf der anderen Seite des Tisches hin.

»Prediger hat nach der Beerdigung bißchen was erzählt«, sagte sie. »Hat jeden angestachelt, weil er denkt, Master Lincoln kommt übermorgen und befreit uns. Sagt, wir kriegen vier Acres und einen Esel und obendrein noch Geld. Moses sagt, das stimmt nicht. Was hörst du denn so, Phoebe? Bist doch viel mit den weißen Leuten zusammen.«

»So etwas sagen die nicht. Ich glaube auch, daß wir befreit werden, aber das dauert noch eine Weile. Bis dieser Tag kommt, benehmen wir uns lieber wie Sklaven und arbeiten als solche, denn je mehr es danach aussieht, daß alle Sklaven die Freiheit erlangen, desto strenger werden der Master und die Missy mit uns sein. Die Lage ist schon schlecht genug, und sie noch zu verschlechtern, hilft uns nicht weiter.«

»Das sagt Moses auch, aber es gibt nicht viele, die ihm glauben. Im Moment sucht er einen Jungen, der nie bei der Arbeit war, und glaubt, daß er wegrennen will, sobald es dunkel genug ist, um ein Boot zu stehlen.«

»Ich hoffe, Moses findet ihn. Wenn man ihn auf dem Festland frei herumlaufen sieht, fängt man ihn ein und wird womöglich aufgehängt. Wer ist es?«

»Heißt Lyden. Der Doc hat ihn wegen Bauchweh aufgeschnitten und dann kam er aus dem Krankenlager und seitdem hat er sich nicht mehr blicken lassen. Mo sagt, er hat sich schon lange darauf vorbereitet abzuhauen. Er taugt nicht viel, faulenzt die ganze Zeit und gibt freche Antworten. Taugt wirklich keinen Schuß Pulver.«

»Er ist ein Narr.«

»Das sind wir wohl alle, Phoebe, wenn wir uns einbilden, daß wir bald frei sind.«

»Nun, noch ist die Freiheit nicht da. Vielleicht werden wir nie frei sein.«

»Sag dir mal, wie ich denke. Wenn die einen Aufstand machen, kriegen wir nie unsere Freiheit. Das geht mir nicht aus dem Kopf, diese Angstvorstellung.«

»Du hast mehr Verstand als die meisten«, sagte Phoebe. »Wir müssen warten. Abhauen bringt uns nichts. Niemandem bringt das etwas. Dein Abendessen war prima, Belle.«

»Willst du dem Master sagen, daß ein Junge wegrennen will?«

Phoebe schüttelte den Kopf. »Es ist nicht meine Aufgabe, Märchen zu verbreiten.«

Es war nicht notwendig, daß Phoebe diese Nachricht übermittelte. Moses kümmerte sich in seiner Eigenschaft als erster Vorarbeiter darum. Er war zum Abendessen nicht nach Hause geritten, sondern im Sattel geblieben, um langsam die Küste nahe der Stelle auf und ab zu reiten, wo er Lyden in seinem Versteck vermutete. Zwei Flachboote waren am Landungssteg angebunden und stellten für Lyden eine wohl unwiderstehliche Versuchung dar.

Moses sah die Schattengestalt aus dem Gebüsch stürmen, in das Wasser stürzen und den Versuch unternehmen, das schwere Boot loszumachen, ohne gesehen zu werden. Moses ritt zum Strand hinab.

»Komm hierher zurück«, befahl er. »Komm zurück, Lyden. Der Aufseher jagt dich, der hat 'n Gewehr. Komm zurück!«

Lyden zog weiter an der Leine und hatte sie schließlich fast gelockert, als der Aufseher herangeritten kam, weil er wahrscheinlich von Moses' Schreien angezogen worden war. Er stieg ab und lief zur Anlegestelle hinunter. Lyden zog noch kräftiger am Boot, warf die Leine weg und versuchte an Bord zu gelangen.

»Komm hierher zurück, oder ich töte dich!« schrie der Aufseher.

In äußerster Verzweiflung tauchte der junge Sklave unter und probierte, das Boot weiter vom Ufer wegzuziehen, doch er war nicht in der Lage, den Atem lange genug anzuhalten. Als er wieder an die Oberfläche kam und nach Luft schnappte, feuerte der Aufseher los. Die Kugel traf die obere Kante des Flachbootes. Holzsplitter bohrten sich in das Gesicht des Sklaven. Die nächste Kugel würde den Tod bedeuten, und das wußte Lyden. Mit erhobenen Händen kam er aus dem Wasser.

Als der Aufseher Moses damit beauftragt hatte, Lydens Fäuste auf dessen Rücken zusammenzubinden, war James Hammond, gefolgt von Virginia und Nanine, herbeigeeilt.

»Ein Mann wollte abhauen, Sir«, sagte der Aufseher. »Moses fand ihn und zwang ihn zur Aufgabe.«

»Was hast du zu deiner Verteidigung vorzubringen?« fragte James Lyden, der vor Angst, aber auch der durchnäßten Kleider wegen zitterte.

Der Sklave schwieg.

»Die momentane Lage ist zu unruhig, um ihn ungestraft davonkommen zu lassen«, sagte James. »Moses, nimm ihn mit zur Hütte und gib ihm zwanzig Peitschenhiebe, danach bringst du ihn zu mir.«

»Master«, sagte Moses, »dieser Junge wurde vom Doc aufgeschnitten und er lag in der Krankenhütte. Er ist bestimmt nicht stark genug, um gepeitscht zu werden, Master, Sir. Bitte, lassen

Sie es ihm diesmal durchgehen, und ich paß' drauf auf, daß er für zwei schuftet.«

»Unter anderen Umständen würde ich zustimmen. Aber selbst wenn er von der Operation her noch krank ist, so war er doch stark genug, einen Ausreißversuch zu machen, und deswegen muß er zugeben, daß er kräftig genug ist, Peitschenhiebe zu ertragen. Zwanzig Stück, sauber durchgezogen. Ich warte auf der Veranda, bis du damit fertig bist.«

Moses, der sein Pferd am Zaum führte, schob Lyden vor sich her und übergab sein Pferd am Stall einem Sklaven, ohne auf dem Weg zur Peitschhütte eine Pause einzulegen. Seit Wochen war sie unbenutzt, und Moses hatte gehofft, sie würde nie mehr wieder benötigt.

Innen schloß er die Tür, band Lydens Fäuste los, befahl ihm, sich mit dem Gesicht vor den Schandpfahl zu stellen und seine Fäuste in die an dem Pfahl befestigten Fesseln zu legen.

Plötzlich drehte Lyden sich um und schlug mit einer Faust nach Moses aus, als wollte er ihn niederstrecken. Moses bekam den Schlag auf die Schulter, erholte sich schnell und packte Lyden an der Gurgel. Er schüttelte ihn, holte ihn von den Füßen, schleuderte ihn gegen den Pfahl und setzte ihn dort mit den Handschellen fest.

»Hab' gehört, was du in der Krankenhütte angestellt hast, als du weggerannt bist, hast fast die Frau kaputtgeschlagen. Hab' dem Master nix davon gesagt, sonst hättest fünfzig statt zwanzig gekriegt. Du bist mit Abstand der verrückteste Nigger, den ich je gesehen hab'.«

»Moses«, sagte Lyden mit fester Stimme, »wenn du mich peitschst, dann kille ich dich eines Tages, das schwöre ich dir.«

»Du riskierst 'ne große Lippe für 'nen Nigger, der vor dem Schandpfahl steht. Ich peitsche dich, weil ich das tun muß. Wenn ich es nicht tu', werde ich ausgepeitscht und du kriegst fünfzig.«

Moses riß Lydens Hemd hinten auf und nahm sich eine schmale Peitsche herunter, die am Ende einen Knoten hatte.

»Master hat nich gesagt, du sollst die Schlange nehmen«, schrie Lyden mit jetzt entsetzter Stimme. »Du nimmst den Ochsenziemer, Moses. Die Schlange ist mein sicherer Tod.«

»Ich nehme die Schlange, und dafür solltest du mir dankbar sein. Ich gebe dir damit zwei oder drei kräftige Hiebe, bis das Blut kommt, und dann werden wir es dem Master zeigen, und er wird zufrieden sein. Halt die Luft an. Sie is unterwegs.«

Die Peitsche schnitt dreimal tief ein. Moses warf die Peitsche zur Seite und stellte sich hinter Lyden, dessen Winseln immer leiser wurde. Mit beiden Händen rieb er kräftig auf Lydens Rücken herum, bis das Blut der Wunden so gut verteilt war, daß man unmöglich sehen konnte, wie oft die Peitsche zugeschlagen hatte. Moses band den Mann los und hielt ihn auf den Beinen, denn die Schmerzen hatten ihn schwach und hilflos gemacht.

Moses drehte einen Arm Lydens auf den Rücken und führte den Sklaven zum Herrschaftshaus. Dort wandte er ihn im matten Dämmerlicht des Abends um, damit James das Blut sah.

»In Ordnung«, sagte James. »Jetzt bring ihn zur Vorratskammer und gib ihm ein neues Hemd, eine Hose und Schuhe. Rudere ihn dann auf das Festland hinüber und laß ihn frei. Wenn du ihn drüben hast, händige ihm diesen Paß aus. Damit wird er keine Schwierigkeiten haben. Und mache ihm klar, daß er am nächsten Baum hängt, falls er zurückkommt. Ich brauche solche Typen auf meiner Plantage nicht.«

»Danke, Master«, sagte Moses. »Dieser Nigger hat böse Striemen und kann kaum was sagen. Sag ihm, was Sie gesagt haben, Master.«

Moses führte ihn den Pfad entlang. Sie begaben sich zur Versorgungshütte.

Virginia, die auf einem der Schaukelstühle auf der Veranda gesessen hatte, war Augenzeuge dieser Episode. »Papa, warum hast du das getan? Ihn einfach gehen zu lassen! Er ist eine Menge Geld wert.«

»Er ist ein notorischer Unruheherd und würde mir teurer zu stehen kommen, als er wert ist«, sagte James. »Wenn ich ihn weiter behielte, würde er den Rest aufhetzen, wo die Lage jetzt schon kritisch genug ist.«

»Du hast das Richtige getan, Papa.« Nanine saß im Stuhl neben Virginia. »Er ist ein übler Nigger, und aus der Art, wie er dich ansah, kann man leicht schließen, daß er vorhatte, uns alle zu töten.«

»Wenn ich das festgestellt hätte, würde er zehn mehr eingesteckt haben«, sagte James. »Denkt daran, daß die Zeiten nicht normal sind. Denkt daran, daß es auf dieser Insel fünfzig mal mehr Sklaven gibt als Weiße. Was wir tunlichst vermeiden müssen, ist eine Rebellion. Deswegen schicken wir die miesen Kerle lieber weg.«

»Trotzdem glaube ich, daß deine Strafe zu milde ausfiel«, sagte Virginia.

»Das nächstemal«, sagte ihr Vater verdrießlich, »darfst du die Peitsche schwingen, meine liebe blutdürstige Tochter.«

Er lief in das Haus. Nanine schlug nach einem summenden Moskito. »Wann kriegst du es endlich in dein Hirn, daß Papa diese Plantage leitet und nicht wir. Er hat seine eigene Art, und die ist schon in Ordnung. Dem Sklaven hat es gereicht, und es ist gut so, daß er ihn verbannte. Und du solltest genügend gesunden Menschenverstand haben zu sehen, daß Papa keinen Fehler mit ihm machte.«

»Laß mich in Ruhe«, sagte Virginia gekränkt. »Du schlägst dich immer auf seine Seite.«

»In diesem Fall mußte ich es tun, und das weißt du.«

»Ich kann für diese Nigger keine Sympathie empfinden. Sie sind dafür verantwortlich, daß wir keine Fuchsjagd haben, und ich glaube wahrhaftig, daß Papa uns keine weiteren Bälle mehr zugesteht, nicht einmal Kotillons. Und alles nur wegen der Sklaven.«

»Die Sklaven hatten nichts, oder nur wenig damit zu tun. Die Yankees haben Schuld daran, nicht die Sklaven.«

»Wenn es die Sklaven nicht gäbe, verursachten die Yankees nicht solchen Ärger und veränderten nicht unseren Lebensstil. Ich sage, die Sklaven stecken hinter allem.«

»Schau mal, ob du Papa davon überzeugen kannst, Virgie. Mich jedenfalls nicht. Ich gehe ins Bett.«

»Fühlst du dich in Ordnung, Nan?« fragte Virginia plötzlich besorgt. »Wir haben eben erst zu Abend gegessen.«

»Ich werde leicht müde«, gab Nanine zu. »Ich war lange Zeit krank, vergiß das nicht. Ich fühle mich besser, wenn ich ausgeruht bin.«

»Aber du bist nicht etwa wieder krank?«

»Nein, sei deswegen unbesorgt. Gute Nacht, liebe Virgie.«

Nanine beugte sich nach vorne, küßte ihre jüngere Schwester und ging dann auf ihr Zimmer. Sie saß eine Weile am Fenster, nicht um die Schönheit des blühenden Gartens zu bewundern, sondern um die Schmerzen ihrer Einsamkeit zu lindern und sich im Geiste nach der Geborgenheit und dem Zuspruch eines schönen Mannes zu sehnen. Diese Einsamkeit war ihr Geheimnis, welches sie sorgsam hütete, wenngleich sie sich immer fragte, warum keiner der ansehnlichen jungen Männer, die ihr über den

Weg gelaufen waren, mehr als ein beiläufiges Interesse an ihr bekundete. Sie wünschte, sie könnte flirten wie Virginia und das Selbstgefühl eines Mannes durch zügellose Lobeshymnen aufpolieren, doch das war ihr einfach nicht gegeben. Sie nahm an, bereits als die altjungferliche Schwester von Virginia angesehen zu werden, weil sie bereits siebenundzwanzig Jahre zählte. Sie hielt die Männer wahrscheinlich durch ihr ernstes Auftreten fern.

Virginia war inzwischen in den Gesellschaftsraum weitergegangen. Sie setzte sich einige Minuten an das große Klavier, weil sie hoffte, daß sie damit ihre Rastlosigkeit zur Ruhe bringen könnte. Sie war nur eine mäßig gute Spielerin. Obwohl sie nicht sehr geschickt war, hatte sie einen angenehmen Anschlag. Als Lockerungsübungen für ihre Finger spielte sie zeurst die Tonleiter, dann folgten einige Akkorde, ehe sie eine Melodie anstimmte. Sie war sich völlig im klaren darüber, daß Nanines Logik sie wie üblich aufgeregt hatte. Sie dachte bei sich, daß sich vielleicht ihre Denkweise ändern würde, wenn sie in Nanines Alter wäre, doch hatte sie da starke Zweifel. Wahrscheinlich lag darin der Grund, warum Nanine nie einen Liebhaber finden konnte. Ihre eigene Einstellung zur Sklavenfrage war total verschieden von der Auffassung aller anderen, und sie tat es nur zu gerne, ihre Meinung kundzutun. Manchmal fragte sich Virginia, ob ihr Vater genauso denke. Seine Laune war recht finster dieser Tage. Haß erfüllte sie, wenn sie daran dachte, was der Krieg ihren Geliebten und Freunden antue. Sie hoffte, alles sei bald vorüber.

Ihre Augen schweiften hinüber zu einer Stickereiarbeit, die auf dem Stuhl lag. Dort hatte sie sie liegenlassen. Komisch, daß Phoebe sie nicht auf ihr Zimmer gebracht hatte. Vielleicht wagte sie nicht, sie anzufassen. Virginia spürte, daß sie das Mädchen ungerecht behandelte, und fragte sich, ob Phoebe sie fürchte oder hasse. Falls das letztere zuträfe, würde Phoebe es nie offenlegen, weil sie wisse, daß sie darunter zu leiden hätte. Auch wenn sie von Papa gezeugt worden sei.

Virginia lockerte den Reif, der die Stickereiarbeit zusammenhielt, und brachte sie wieder in Ordnung. Sie setzte sich langsam in einen Stuhl am Fenster und hantierte mit ihrer Nadel. Die Hausangestellten hatten sich bereits zur Nachtruhe begeben. Mama las entweder noch in ihrem Bett, oder schrieb am Schreibtisch noch einen ihrer unzähligen Briefe an eine ihrer unzähligen Kusinen. Nanine schlief jetzt wahrscheinlich schon, und ihre Gedanken waren sicherlich frei von sorgenvollen Schatten. Die

Sklaven lagen jetzt in ihren Quartieren, und Papa befand sich entweder in seiner Bibliothek in seine Buchführung vertieft, oder las eine Zeitung mit den letzten Nachrichten über den Krieg. Er las über den Krieg alles, was ihm in die Finger kam, und holte gierig von jedem Nachrichten ein, der welche wußte.

Sie seufzte mehr aus Langeweile denn aus Müdigkeit und legte die Stickereiarbeit auf die Seite. Die Eingangstür öffnete sich und fiel wieder zu. Sie sprang auf und lief schnell durch den Raum, um zu sehen, wer es sein konnte, denn sie hätte gerne jemanden gehabt, mit dem sie hätte reden können – und zwar jemanden, der über etwas anderes als Sklaverei reden konnte.

Sie ging zum rückwärtigen Fenster und spähte hinaus. Eine Gestalt lief hastig den Pfad zu den Sklavenquartieren hinab. Über der Schulter trug sie einen langen Gegenstand. Virginia war zu spät zum Fenster gelangt, um gut sehen zu können, und wußte nicht, um wen es sich handelte.

Da sie dies aus ihrer Langeweile geweckt hatte, entschied sich Virginia, ihre Stellung zu halten, bis diese Person, wer auch immer sie sein mochte, zurückkam – wenn sie zurückkam.

Eine volle Stunde verging, und sie war nahe daran aufzugeben, als sie das Klirren eines Gegenstandes hörte, der gegen einen Stein oder die Felsbrocken am Wegesrand metallisch schlug. Die Schattenfigur kam in Sicht. Virginia lief in den jetzt dunklen Gesellschaftsraum und stand ruhig da, um zu sehen, wer eintrat.

Es war ihr Vater. Er schloß die Tür und begab sich schnurstracks nach oben. Die Lampen in der Diele waren so hell gewesen, daß Virginia erkennen konnte, daß die Schuhe ihres Vaters schmutzig waren, als wäre er durch lockeres Erdreich gelaufen.

Aus reiner Neugierde machte sich Virginia aus dem Haus in die warme, recht schwüle Nacht. Sie folgte dem Pfad um das Haus und weiter den Pfad entlang, genau wie es ihr Vater gemacht hatte. Sie brauchte nicht lange, um den Gegenstand zu entdecken, den er auf seiner Schulter getragen hatte und dessen er sich mit soviel Lärm entledigt hatte.

Es handelte sich um eine normale Schaufel, deren Blatt noch Spuren frischer Erde zeigte. Virginia ließ die Schaufel, wo sie lag, und lief langsam zum Haus zurück und weiter auf ihre Zimmer, als sie Phoebe traf, die aus entgegengesetzter Richtung den Flur herunterkam.

»Gute Nacht, Missy«, sagte Phoebe. »Ich schließe ab und blase die Lampen aus, falls Sie zu Bett gehen.«

»Ja, tue das«, sagte Virginia. »Was ist das doch für eine Nacht draußen! Hast du aus dem Fenster geschaut?«

»Nein, Missy, ich habe gelesen.«

»Macht nichts. Gute Nacht, Phoebe.«

Virginia ging in ihr Zimmer und schloß die Tür ab. Phoebe, die unten den letzten Rundgang machte, versicherte sich, daß die hintere Tür verriegelt war, blies die Lampen in der Küche aus, und schritt in den Speisesaal und das Gesellschaftszimmer, wo man die Lampen schon gelöscht hatte. Es war überhaupt nicht Virginias Art, die Lampen auszumachen, bevor sie sich zu Bett legte. Normalerweise erfüllte Phoebe diese Pflicht, und dennoch hatte Virginia heute abend mehr als eine Lampe gelöscht. Phoebe hatte das Gefühl, als hätte sich irgend etwas ereignet. Sie zog sogar die Vorhänge auseinander, um in die ganz gewöhnliche Juninacht hinauszublicken.

8

In diesem Jahr gab es am 4. Juli, dem Nationalfeiertag, auf Willowbrook keine Festlichkeiten. Die genaue Haltung der neuen Konföderation in bezug auf die Unabhängigkeit war noch nicht beschlossene Sache. Offensichtlich hatte man ihn auch auf dem Festland nicht zum Feiertag erklärt, denn zwei junge, etwas nervöse Leutnants kamen in ihren neuen grauen Uniformen geschäftlich in das Haus.

Nanine begrüßte sie und geleitete sie in das Haus. In der Bibliothek grüßten die beiden Offiziere höflich und nahmen James' Einladung an, sich zu setzen. Sie akzeptierten ebenfalls den von ihm angebotenen Bourbon, den er einen Sklaven holen ließ.

»Ich bin Leutnant Adamson«, sagte ein Offizier. »Mein Freund hier ist Leutnant Culbert. Wir gehören der Kavallerie an, Sir, und haben die Berechtigungsdokumente dafür bei uns, alle Ihre Reitpferde zu beschlagnahmen. Wir nehmen keine Maultiere und keine Tiere, die Sie zum Pflügen benötigen. Die Regierung braucht jedes gute Pferd, das aufzutreiben ist.«

»In Ordnung.« James legte den offiziellen Befehl auf den Tisch. »Ich werde die Sklaven anweisen, die Pferde zurechtzumachen.«

»Ja, Sir«, sagte Leutnant Culbert. »Wir werden zwei davon

benutzen, um die Insel abzureiten und die übrigen Pferde zu beschlagnahmen. Wir nehmen sie jedem auf der Insel weg. Der Krieg ist daran schuld, Sie wissen schon.«

»Jaja, der Krieg«, sagte James. »Gibt es Nachrichten darüber, wie die Lage ist?«

»Wir warten so lange ab, bis die Yankees den Mut zum Angriff haben, Sir. Wir sind auf sie vorbereitet. Wir zerreißen sie in Stücke.«

»Niemand fordert uns auf, sie anzugreifen«, erklärte Leutnant Adamson. »Der Süden, Sir, will nichts von den Yankees. Wenn sie etwas von uns wollen, müssen sie kommen und es sich holen.«

»Ich ahnte schon, daß die Strategie so lauten würde. Wer ist Ihr Kommandeur?«

»Oberst Hotchkiss, Sir.«

»Ich kenne ihn flüchtig. Er könnte nicht einmal einen Prachthengst von einem Nilpferd unterscheiden, aber das ist auch schon einerlei. Sie kriegen beide ein Pferd, damit Sie die Insel abklappern können, und wir stellen Ihnen Boote bereit, um die Pferde zum Festland transportieren zu können.«

Die beiden Offiziere tranken ihren Bourbon aus, erhoben sich, grüßten und verließen das Zimmer.

Am späten Nachmittag wurden mehr als einhundert Reitpferde auf Lastkähne verfrachtet. Unter der Regie von Moses führen die Sklaven die Arbeit aus, während die zwei Leutnants zusahen. James beobachtete, wie die Kähne im Nachmittagsdunst verschwanden. Er wandte sich ab. Schließlich war der Krieg auch auf die Insel nach Willowbrook gelangt.

Und doch ging die Arbeit weiter. Eine reiche Baumwollernte wurde eingefahren und in Ballen verpackt. Entlang der Küste wartete eine Viertelmillion Dollar an Baumwolle auf den Transport. Sobald sie auf dem Festland war, würde sie nach England oder Frankreich befördert, um sie gegen dringend benötigte harte Währung zu verkaufen.

James ließ eines Abends im Juli Virginia und Nanine in die Bibliothek kommen. »Ich muß die große Plantage besuchen. Ich bin vielleicht ein paar Tage fort und es ist mein Wunsch, daß ihr Mädchen für eure Mutter und die Farm sorgt.«

»Ist etwas nicht in Ordnung, Papa?« fragte Nanine.

»Das Übliche. Unser Verwalter sagte, daß die Sklaven zunehmend unruhiger würden. Auf dem Festland erhalten sie alle möglichen wüsten Informationen, die, dem Himmel sei Dank, nicht bis auf die Insel vordringen.«

»Papa, ich will mit dir gehen«, erklärte Virginia.

»Diesmal geht es nicht. Die Lage ist denkbar ungünstig, da ein Angriff der Yankees jederzeit erwartet wird. Hier bist du besser dran.«

»Aber Papa, ich habe doch vor einem ollen Krieg keine Angst.«

»Virgie, manchmal muß ich mich fragen, ob du je erwachsen wirst. So wie jetzt liegt es oft klar auf der Hand, daß du noch nicht erwachsen bist. Ich will darüber nicht diskutieren. Du bleibst hier. Ich bin so bald wie möglich wieder zurück, doch es könnte einige Tage dauern. Es gibt viel zu erledigen. Ich möchte die Ernte der großen Plantage in die Lagerhäuser schaffen. Baumwolle wird ebenso dringend gebraucht wie Nahrungsmittel. Baumwolle bedeutet Geld, und Geld bedeutet Gewehre. Haltet von Mutter jedwede Besorgnis fern. Bis jetzt hat es noch keinen Angriff gegeben.«

Sie verabschiedeten ihn früh am nächsten Morgen. Nanine und Virginia standen am Anlegeplatz, bis der Flachkahn fast außer Sicht war.

»Was tun wir jetzt?« fragte Virginia. »Wir haben keine Reitpferde mehr. Mama verschickte Einladungen für einen Ball im nächsten Monat, doch sie muß ihn ausfallen lassen, weil nicht genügend junge Männer dasind. Auch die Familien auf der Insel sagten ab.«

»Keine Ahnung, was wir tun«, sagte Nanine achselzuckend. »Wenn wir die Augen offenhalten und uns umschauen, finden wir schon etwas, das uns beschäftigt.«

»Wie denn? Ohne Pferde! Wie sollen wir uns da vom Haus entfernen können? Oder ein Picknick machen? Und alle Kleider hängen ungenutzt im Schrank.« Virginia verfiel in denselben Schritt wie ihre Schwester, als sie auf dem Weg zum Herrschaftshaus zurück waren. »Was meinst du eigentlich damit, wenn du sagst, wir würden schon etwas finden, wenn wir uns nur umsähen?«

»Überall gibt es Arbeit zu tun. Wir können beim Saubermachen helfen, ebenfalls mit der Baumwolle. Ich meine nicht die Arbeit auf den Feldern, aber es müssen in den Büchern Eintragungen gemacht werden, Ballen gewogen und gezählt werden.«

»Aber wir haben doch Sklaven, die das erledigen. Warum sollten wir das tun?«

»Weil wir auf der Suche danach sind, etwas als Beschäftigung zu finden. Das ist nicht gerade sehr aufregend, aber schaden wird es auch nicht.«

»Wir kaufen Sklaven und versorgen sie. Ich werde nicht ihre Arbeit übernehmen, Nan. Es ist gemein, mich auch nur darum zu bitten.«

»Ich«, erklärte Nanine, »habe die Absicht, mich umzuziehen, zum Lagerhaus hinunterzugehen und Papas Schreibarbeiten zu erledigen. Vergiß nicht, daß die Lagerhäuser auf dem Festland knapp an Arbeitskräften sind, da alle jungen Männer fort sind. Wir müssen die Baumwolle so schnell wie möglich fortschaffen, um harte Währung dafür zu kriegen. Ein Teil der Arbeit muß unter diesem Aspekt gesehen werden. Du kannst tun, was du willst, doch wenn du dich gelangweilt fühlst, komme zu mir. Ich werde für dich Arbeit finden.«

Virginia fand heraus, daß die Damen auf der Insel Treffen zum Herstellen von Binden veranstaltet hatten und daß diese nicht auf Willowbrook stattfinden würden. Virginia besuchte diese Treffen, fand sie ausgesprochen fade, willigte jedoch ein, Schärpen zu stricken und Halstücher für die Männer herzustellen. Sie unternahm den ernsthaften Versuch, stricken zu lernen, aber sie hatte wenig Erfolg dabei, und ihre Halstücher erwiesen sich als Reinfall. Schließlich gab sie den ganzen Kram auf und schrieb statt dessen lange Briefe an Jordan.

Plötzlich änderte sich die Lage. James war noch nicht von der Festlandplantage zurückgekehrt, doch Zeitungen wurden geliefert. Meist zwar recht unregelmäßig, wenn sie aber endlich ankamen, boten sie nur spärliche Informationen außer einer Beschreibung der Schlacht bei Bull Run an der Manassas-Kreuzung. Die Yankees hatten in großer Zahl angegriffen und waren in die Flucht geschlagen worden. Es gab lebhafte Detailschilderungen darüber, wie die Yankees in Verwirrung gerieten und wie die aufgescheuchten Hühner herumrannten. Es war ein großer Sieg für den Süden. Die Yankees hatten gezeigt, daß sie verwundbar waren und es ihnen an Kampfeswillen mangelte. Bald würde alles der Vergangenheit angehören.

Für Virginia blieb die nächsten zwei Tage das Leben unverändert langweilig. Nanine verrichtete zäh ihre Arbeit im Lagerhaus, Lenore verbrachte viel Zeit im Bett, um ihre anscheinend chronischen Kopfschmerzen zu bekämpfen. Virginia wanderte viel im Haus und auf dem Grundstück herum, bis sie zu einem Punkt gelangte, an dem sie wieder mit dem Gedanken spielte, zu dem Haus von Jordans Mutter zu gehen, wo man noch immer fleißig Binden fabrizierte.

Phoebe erfüllte systematisch ihre Pflichten und verbrachte ihre raren freien Minuten lesend auf ihrem Zimmer. In dieser Zeit diente sie den Sklaven als einzige Nachrichtenquelle. Prediger kamen keine mehr. Ohne Phoebes Information hätten sie im gleichen Vakuum wie bisher gelebt.

Sie war nicht abgeneigt, Nachrichten zu überbringen, doch sie machte sich Sorgen darüber, daß die Neuigkeiten vielleicht einige Sklaven dazu bewegten davonzurennen oder sogar eine Grundlage für eine allumfassende Rebellion zu schaffen. Sie sprach mit Moses, wenn sich ihr die Chance dazu bot, und auch Belle war stets zugänglich, so daß sie die beiden als Verständigungsmittel zu den Sklaven benutzte. Sie hatte die Nachricht von der Schlacht bei Bull Run weitergegeben, wo die Yankees eine so schmachvolle Niederlage hatten einstecken müssen.

Die Ruhe wurde am folgenden Morgen abrupt zerstört. Man entdeckte das nahende Flachboot. James stand im Bug wie Virginia, als sie im Frühling heimkehrten. Virginia und Nanine warteten am Ufer. Sie wurde von dem Anblick zweier uniformierter Soldaten gefesselt – und da war noch etwas.

Nanine sagte: »Virgie! Sieh! Sieh nur! Es ist ein Sarg!«

Virginia schrie vor Entsetzen auf. »Mein Gott, Nan, wer könnte es nur sein?«

»Ich weiß nicht.« Nanine rannte an den Rand des schmalen Anlegeplatzes, formte mit ihren Händen einen Trichter vor ihrem Mund und schrie: »Papa! Ist es Marty?«

James schüttelte verneinend den Kopf. woraufhin Nanines Angst verflog. »Es ist ein Soldat, denn der Sarg ist mit unserer neuen Flagge bedeckt.«

»Jordie!« Virginia kam näher. »Ich habe so ein dumpfes Gefühl...«

»Also, Virgie, da waren noch viele andere Jungens, die sich mit Marty und Jordie auf den Weg machten.«

»Es ist Jordie! Ich weiß es! Ach, Nan, ich hätte ihn heiraten sollen. Ich ließ ihn ziehen, und jetzt ist er tot.«

»Du weißt nicht, ob es Jordan ist«, sagte Nanine ruhig und bestimmt. »Laß deine Fantasie nicht mit dir durchgehen.«

»Das tue ich nicht«, protestierte Virginia. »Ich weiß, daß er es ist.«

Der Flachkahn wurde rasch angebunden, und James kam an Land. Am Sarg standen zwei aufrecht stehende Soldaten, die den Abtransport des flaggenbedeckten Sarges überwachten.

James nahm Virginia in seine Arme. »Es tut mir leid, Virgie. Es ist Jordie. Er fiel in der ersten Schlacht des Krieges.«

»Ich habe es dir gesagt!« Virginia schaute ihrem Vater über die Schulter zu Nanine. »Ich habe es gesagt, ich wußte es!«

»Er starb tapfer und schnell«, sagte James. »Man hat eine Militäreskorte mitgeschickt. Seine Mutter weiß es noch nicht. Es wird für sie ein schwerer Schock sein. Nan, würdest du ihr bitte die Nachricht überbringen? Reite sofort hinüber.«

»Ja, Papa«, sagte Nanine.

»Wie kann sie reiten?« rief Virginia. »Es gibt keine Reitpferde mehr ...«

»Phoebe«, rief James laut. Phoebe, die sich ein wenig abseits gehalten hatte, kam nach vorne. »Sage Moses, er soll sofort einen Wagen herbringen.«

Nanine sagte: »Ich laufe zu Mrs. Crawford hinüber, Papa. Es ist nicht so weit.«

»Virginia, begleitest du sie?«

»Ich würde lieber hier bei ihm bleiben«, antwortete sie und fiel sogleich auf die Knie und legte ihre Wange auf die Flagge.

»Es wird gleich ein Wagen zur Stelle sein«, sagte James den Soldaten. »Wissen Sie, ob es spezielle Vorbereitungen für die Beerdigung gibt?«

»Ja, Sir«, entgegnete ein Soldat. »Wir haben Befehl, bis zur Beerdigung morgen beim Leutnant zu bleiben. Sie schicken vom Festland eine Abteilung herüber, Sir.«

»Alles klar. Vielleicht wird das seiner Mutter ein wenig Trost spenden. Falls sie zu stark angegriffen ist und Sie nicht unterbringen kann, kommen Sie zu mir. Ich sorge dann dafür, daß Sie anständig versorgt werden.«

»Danke schön, Sir.«

James lief gemächlich den leichten Anstieg zum Herrenhaus hinauf. Er kam an Gruppen von Sklaven vorbei, die irgendwie die Nachricht erfahren hatten und zusammenstanden, um neugierig den Sarg anzustarren. Er sagte nichts zu ihnen und befahl ihnen nicht auseinanderzugehen. Er fühlte sich nicht danach, jemandem Befehle zu geben.

»Ich habe Jordan Crawford zurückgebracht«, sagte er Lenore, die ihn auf der Veranda empfing. »Ich befürchtete so etwas.«

»Gott sei Dank, daß es nicht Marty war«, sagte sie. »Arme Blanche. Was für ein Schock das für sie sein wird.«

»Marty befand sich in derselben Einheit. Ich habe erfahren, daß er zum Hauptmann befördert worden ist, was mich nicht gerade tröstet. Aber es geht ihm gut. Sie lassen ihn zur Beerdigung vielleicht heimkommen, wenn es sich machen läßt. Ich bezweifle es. Ich befürchte, daß ich das alles erledigen muß; Jordans Mutter wird nicht dazu fähig sein. Nanine bringt ihr die Nachricht. Die allbekannte sparsame Arbeitsweise des Militärs hat sich mal wieder unter Beweis gestellt. Sie haben James Mutter nicht einmal in Kenntnis gesetzt.«

»Ich gehe zu ihr. Kann ich irgendwie hinkommen?«

»Du kannst den Wagen nehmen, den Moses schickt. Der Krieg hat jetzt auch die Insel erfaßt, meine Liebe. Bete, daß dies das einzige Mal bleibt.«

Er lief langsam zur Bibliothek. Mitten auf dem Tisch standen eine Karaffe voll Bourbon und ein Krug mit kaltem Quellwasser.

»Phoebe«, rief er laut, »bitte komm zu mir.«

Sie betrat die Bibliothek aus dem Speisezimmer kommend, wo sie gewartet hatte. James schenkte sich einen starken Drink ein.

»Setz dich, Phoebe. Ich muß mit jemandem reden. Nanine ist nicht kräftig genug, große Verantwortung zu übernehmen. Virginia, Gott segne sie, ist noch zu fahrig und unreif. Sie will immer nur gute Nachrichten hören. Was ist während meiner Anwesenheit passiert?«

»Nicht viel, Sir. Die Damen auf der Insel arbeiten fleißig und machen Binden. Ich glaube, sie erkennen die Wichtigkeit ihrer Aufgabe erst, wenn sie die Neuigkeit erfahren haben.«

»Hat es Ärger gegeben?«

»Nicht daß ich wüßte, Sir. Die Sklaven sind unruhig, aber sie wissen nicht, was sie tun sollen, denn sie haben keinen Anführer. Ich glaube nicht, daß sie Theater veranstalten werden. Jetzt noch nicht.«

»Gott sei Dank! Auf dem Festland gerät uns langsam alles aus der Kontrolle. Dort geht alles in die Brüche. Letzte Woche rannten zehn Sklaven davon. Einige der restlichen Sklaven sagen, daß die Yankees kommen und sie dann nicht mehr arbeiten müssen. Vermutlich weißt du, wie sehr ich es hasse, die Peitsche zu benutzen. Vielleicht muß ich es dennoch tun. Wir brauchen die Baumwolle dringender denn je. Es bedeutet für die Streitkräfte bares Geld auf der Bank. Ich kann es niemandem erlauben zu bummeln.«

»Ist es wahr, daß die Yankees davonrannten, Sir?«

»Ja, sie rannten, aber ich bezweifle, daß das eine große Bedeutung hat oder langfristige Auswirkungen. Du mußt daran denken, daß diese Soldaten Grünschnäbel waren. Die wußten kaum, aus welchem Ende des Gewehres die Kugel flog. Sie sahen Männer wie Jordan fallen, sahen das Blut, hörten den Lärm und gerieten in Panik. Das geschieht in der Anfangsphase eines Krieges. Das nächstemal stehen sie vielleicht ihren Mann, und wir rennen davon.«

»Es ist schrecklich, Sir. Mister Jordan war ein feiner Gentleman.«

James nickte voller Zustimmung. »Ich wußte nicht, daß Virginia ihn liebte.«

»Was meinen Sie, Sir?«

»Ich dachte, Jordan bedeutete ihr nicht mehr als all die anderen Liebhaber. Sie ist schon einen Flirt wert. Und hübsch genug, um jedem Mann den Kopf zu verdrehen.«

»Ja«, sagte Phoebe ruhig. »Sie ist sehr hübsch. Das begehrteste Mädchen auf der Insel – oder auch auf dem Festland.«

»Und das weiß sie sehr wohl«, sagte James Hammond gedankenvoll. »Ich wünschte mir nur, sie würde erwachsen.«

»Seien Sie geduldig, Sir.« Ein Hauch von einem Lächeln berührte ihren Mund. »Sie wird es noch.«

»Was macht dich so sicher?«

Diese Tochter, die er mit einer schwarzen Frau gezeugt hatte, besaß mehr Reife, als es ihr Alter vermuten ließ. Sie verwirrte sogar ihn. Er fragte sich, ob sie ihn möge oder hasse – oder ihm gegenüber völlig gleichgültig sei. Es war schwierig zu sagen. Eines aber wußte er – sie war verdammt intelligent.

Er wiederholte seine Frage.

»Der Krieg«, sagte Phoebe ruhig. »Er wird jeden von uns ohne Unterschied beeinflussen.«

»Ich glaube nicht einmal, daß ihr bewußt war, daß Krieg herrschte«, überlegte er. »Sie wußte nicht einmal, was das bedeutete.«

»Jetzt weiß sie es, Sir.«

»Der Krieg hat schließlich die Insel erreicht«, sagte James. »Komm, Phoebe, schauen wir es uns gemeinsam an.«

Phoebe stand neben dem großen Mann und betrachtete die

seltsame Prozession. Das also sei der Preis für die Freiheit, dachte sie. Warum auch nicht? Sklavenhalterei war eine ungerechte Sache. Sie haßte den neben ihr stehenden Mann nicht. Sie haßte nur den Umstand, daß er Zugang zu jedem schwarzen Mädchen oder zu jeder schwarzen Frau hatte. Sie selbst lieferte dafür den lebenden Beweis. Und obwohl sie beinahe weiße Haut hatte, so war sie doch eine Sklavin und gezwungen, jeden Wunsch eines Familienmitgliedes zu erfüllen. Sie war verdutzt, als James Hammonds Hand sanft auf ihrer Schulter ruhte und sie gefühlvoll in einen Anfall von Zuneigung drückte. Er muß sie geliebt haben, daß er sie stets so nett behandelte – und erlaubte, daß sie eine gute Erziehung in Anspruch nehmen durfte. Dankbarkeit erfüllte sie. Sie wurde zur gleichen Zeit aber auch ungeduldig. Sie starrte auf den Wagen, der Jordan das letztemal nach Hause beförderte. Sie fühlte weder Triumph noch Trauer.

9

»James«, sagte Lenore beim Abendessen, »es ist schon November und wird bald sehr kalt hier. Die Baumwolle ist eingefahren und liegt auf dem Kai. Wann gehen wir zurück auf das Festland, um den Winter dort zu verbringen?«

James antwortete: »Meine Liebe, ich weiß nicht. Im Augenblick ist es hier auf der Insel wohl sicherer.«

»Wie sieht es auf der Festlandplantage aus?« fragte Nanine. »Du warst zwar einen Monat nicht mehr dort, aber du wirst ja von deinem Verwalter auf dem laufenden gehalten.«

»*Hektik* ist das neue Modewort, Nan. Einige Sklaven denken, die Yankees haben Hörner und Schwänze und kommen, um sie zu töten. Irgend jemand scheint diese Vorstellung aufgebracht zu haben, um die Schwarzen einzuschüchtern. Andere sind der Meinung, daß sie zu den Yankeearmeen überlaufen werden und sich so in Sicherheit begeben könnten, indem sie davonrennen und in den Norden laufen. Die Plantagenbesitzer haben nach Art der früher üblichen Patrouillen Spähtrupps organisiert, die ihre Zeit damit zubringen, Ausreißer einzufangen. Sie gehen recht brutal mit ihnen um. Nicht wenige sind sofort nach der Gefangennahme aufgeknüpft worden.«

»Sind die Yankees schon sehr nahe?« fragte Virginia.

»Die Kämpfe wogen hin und her. Kavallerieeinheiten der Yankees haben ein paar Häuser in nicht allzu großer Entfernung beschossen. An manchen Tagen kannst du die Kanonen recht gut hören.«

»Ich wünschte nur, wir würden von Martin etwas erfahren«, sagte Lenore. »Er sollte dem Schreiben mehr Zeit widmen.«

»Meine Liebe«, sagte James, »Martin ist jetzt Hauptmann. Ich bezweifle, daß er Zeit zum Schreiben hat. Außerdem hat er an Kämpfen teilgenommen, wie er letztes Mal vor ein paar Wochen geschrieben hat. Der Junge ist sicher erschöpft.«

»Ich habe ihn jetzt fast ein Jahr lang nicht mehr gesehen«, beklagte Lenore. »Ich malte mir nie aus, daß der Krieg so sein könnte. Er hat mein ganzes Leben zerstört.«

»Papa«, fragte Virginia, »wird der St.-Cäcilia-Ball wie gewöhnlich stattfinden?«

»Ich denke, ja. Ich habe nichts Gegenteiliges gehört. Nach den Berichten zu schließen, gewinnen wir ja immerhin, also gibt es keinen Anlaß, den Ball dieses Jahr ausfallen zu lassen.«

»Darf ich wegen des Balles zurückgehen?« fragte Virginia. »Es würde so viel für mich bedeuten.«

»Nun«, sagte James, »wir werden sehen. Alles hängt davon ab, wie die Dinge verlaufen. Dieser Tage ist es nicht möglich, Pläne zu machen. Ich muß jedoch zugeben, daß ich wegen der Insel sehr besorgt bin. Der Krieg ist zwar noch nicht da, aber er könnte kommen.«

»Warum?« fragte Nanine. »Was für einen Wert haben die Inseln für die Yankees?«

James goß Milch in seinen Kaffee und steckte sich einen Stumpen an. »Ich bin kein Soldat, meine Liebe. Aber wenn Streitkräfte des Nordens hiersäßen, könnten sie die Inseln leicht gegen Angriff des Südens verteidigen. Und die Yankees hätten die Möglichkeit, das Festland zu bedrohen, indem sie die Inseln als Basis benutzen. Ich würde meinen, daß die von großem Nutzen wären, und hoffe, die Yankees sind nicht derselben Meinung.«

»Was glauben denn die anderen Plantagenbesitzer?« fragte Nanine.

»Sie sind sich sicher, daß die Yankees nicht kommen. Sie schätzen, daß wir sie im Nu zurückschlagen können, wenn sie es versuchen sollten.«

»Nicht alle denken so«, sagte Nanine. »Mrs. Blakely hat mir erzählt, daß ihr Mann all ihr Silber vergraben hat.«

»Ich habe schon von anderen gehört, daß sie dieselben Vorsichtsmaßnahmen ergriffen. Was würdest du dazu sagen, meine Liebe, wenn ich dasselbe vorschlüge?«

»Unbedingt, James. Wir brauchen das meiste davon sowieso nicht mehr, da es keine Tischgesellschaften mehr gibt.«

»Papa«, widersprach Virginia, »wenn du das Silber vergräbst und die Sklaven hier sind, sobald die Yankees landen, verraten sie es ihnen bestimmt oder klauen es selber.«

»Ich beabsichtige nicht, die Sklaven davon in Kenntnis zu szten. Das Silber könnte sehr wertvoll werden, falls die Lage sich nicht bald beruhigt.«

In dieser Nacht noch kümmerte sich James darum. Er besuchte Moses in seiner Hütte und weihte ihn und Belle ein.

»Ich will das Silbergeschirr der Familie verstecken«, erklärte er. »Es kann nicht irgendwo vergraben werden. Wir brauchen einen Platz, den man nicht aufbuddelt oder nicht einmal in Erwägung zieht.«

»Mir fällt eine solche Stelle nicht ein, Master«, sagte Moses.

»Mir schon. Wenn du in dieser Hütte einen Teil des Bodens entfernst, ein schönes Loch gräbst, das Silber reinlegst und den Boden wieder einsetztst, bezweifle ich, daß jemand auf die Idee käme, unter dem Boden einer Sklavenhütte nach Silber zu suchen.«

»Master, kann den Boden hochnehmen, wenn Sie's wollen.«

»Wir gehen Stück für Stück vor. Belle, du weißt, wo es ist. Hole die ersten Teile aus dem Haus. Natürlich verdeckt, damit keiner weiß, was du trägst. Fang noch heute abend damit an und sei binnen zwei oder drei Tagen fertig damit.«

»Ja, Sir, ich mache das«, sagte Belle.

»Ich verlasse mich darauf, daß ihr dieses Geheimnis hütet.«

»Master, Sie wissen, daß wir nix stehlen«, sagte Moses. »Wir kümmern uns um das Silber, und wenn Sie es haben wollen, sagen Sie es nur.«

»Schön. Ich sorge dafür, daß ihr beide dafür gut belohnt werdet. Geh gleich jetzt etwas holen, Belle. Wir können es uns nicht leisten zu warten.«

Wieder im Haus zurück, traf er Virginia beim Klavierspielen an, wobei ihr Lenore und Nanine zuhörten. Als sie aufhörte, erzählte er ihnen über das Silber.

»Belle wird es nach und nach fortschaffen. Es wird unter dem Fußboden von Moses' und Belles Hütte versteckt werden. Falls etwas passiert und ihr Geld braucht, dann ist Silber immer ein gutes Tauschobjekt. Besonders in Kriegszeiten. Moses wird es jedem von uns geben. Ich vertraue ihm und glaube, daß es bei ihm in sicheren Händen ist.«

»Meinst du, wir müssen es verkaufen?« fragte Lenore. »James, wie könnte das jemals notwendig sein? Allein der Gedanke daran flößt mir Angst ein.«

»Glaube mir«, sagte er mit Nachdruck, »es ist möglich. Sprecht nicht darüber, auch nicht, wenn ihr unter euch seid. Die Sklaven haben große Ohren. Ich habe mich vergewissert, daß keiner in der Nähe ist, während ich euch darüber informierte.«

Dieses unheilschwangere Gerede rief bei Lenore erneut Kopfschmerzen hervor. Sie ließ sich entschuldigen und legte sich zu Bett. James hatte in der Bibliothek noch Arbeit zu erledigen, Nanine und Virginia ließen sich Kaffee im Gesellschaftszimmer servieren, wo sie sich hinsetzten und unterhielten.

»Papa hört sich schrecklich besorgt an«, warf Virginia besorgt ein. »Glaubst du, er hat Gründe dafür, Nan?«

»Wer weiß! Papa geht regelmäßig auf das Festland und weiß besser als wir, was geschieht.«

Virginia seufzte: »Hoffentlich verpasse ich nicht den St.-Cäcilia-Ball.«

»Bereite dich schon darauf vor«, warnte Nanine. »Ich glaube nicht, daß für Charleston die geringste Gefahr besteht, angegriffen zu werden, aber in der Umgebung auf den Plantagen wie der unseren kann es durchaus zu Übergriffen kommen.«

»Ich wünschte, wir könnten mehr unternehmen.«

»Sprichst du von dir selbst oder den Einwohnern dieser Insel?«

»Ich spreche lediglich von unserer Familie«, entgegnete Virginia gereizt. »Ich muß mich schon wundern, daß du mir solche Fragen stellst und mich so giftig anfährst.«

»Es tut mir leid, Virgie«, sagte Nanine, die ihre Worte sofort bereute. »Aber was mich angeht, so glaube ich immer noch nicht, daß du den Schrecken des Krieges spürst.«

»Ich habe Jordie verloren, nicht wahr?« Virginias Benehmen verriet, daß sie sich verletzt fühlte.

»Wieviel hat er dir wirklich bedeutet?«

Virginia faßte an ihr Herz. »Er war mein Leben.«

»Hör auf damit, Virgie«, sagte Nanine und versuchte erst gar nicht, ihre Abscheu zu verbergen. »Du hast mit jedem gutaussehenden jungen Mann geflirtet, der dir in die Quere kam. Das hast du immer getan. Manchmal denke ich, du könntest keinem Mann die Treue halten.«

»Wie furchtbar du bist! Geradezu boshaft!« Virginia nahm ein mit Spitzen eingefaßtes Taschentuch aus ihrer Tasche und berührte ihre Augen damit.

»Vergiß nicht, vorher zu weinen«, sagte Nanine mit kaum verhohlenem Sarkasmus.

»Nun, ich meine noch immer, daß wir mehr als bisher tun sollten.«

Nanine brachte ein Zeichen stiller Resignation zum Ausdruck. »Wir haben gute Arbeit geleistet. Tonnen von Baumwolle stehen auf dem Kai bereit, um abgeholt zu werden. Sie sind viel Geld wert, was auch im Krieg große Wichtigkeit besitzt. Sie werden in ein paar Tagen mit Schiffen abtransportiert. Der letzte Teil der Baumwolle wird zur Zeit in Ballen verpackt.«

Virginia warf ungeduldig ihren Kopf nach hinten. »Ich verabscheue die Vorstellung, hier den Winter zu verbringen. Glaubst du, Papa würde mich in Charleston leben lassen? In einem Hotel? Ich könnte Phoebe als mein privates Dienstmädchen mitnehmen.«

»Darüber wäre sie garantiert sehr erfreut«, sagte Nanine mit unmißverständlichem Zynismus. »Ich weiß, wie unglücklich du hier bist, weswegen ich mit Papa reden werde und ihn dränge, dich gehen zu lassen.«

Virginia langte über den Tisch und drückte Nanines Hand. »Danke schön, Schwester. Ich wußte, du würdest es verstehen.«

»Ich bin nicht sicher, ob ich dir damit einen Gefallen erweise. Falls die Lage sich verschlechtert, mußt du das sofort erkennen und verduften. Falls Charleston jemals ein Einmarsch bevorstehen sollte, trage Sorge dafür, irgendwie nach Richmond zu gelangen. Falls das Kriegsglück sich gegen uns wendet, wird diese Stadt als letzte fallen. Ich nehme an, dort in der Hauptstadt wärest du in Sicherheit.«

»Du machst wirklich keinen sehr hoffnungsvollen Eindruck, von Patriotismus keine Spur«, sagte Virginia sanft lächelnd.

»Ich bin genauso patriotisch wie alle anderen und wünsche, daß der Süden den Sieg davonträgt. Aber ich bin auch realistisch. Zum einen hat der Norden viel mehr Leute und Soldaten zur Verfügung. Zum anderen besitzt er Fabriken und alles, was man zum Krieg benötigt. Wir haben nur unsere Baumwolle und den Glauben, daß unsere Sache gerecht ist. Doch nur ein Narr kann so etwas Wichtiges als selbstverständlich betrachten. Noch haben wir aber nicht verloren.«

»Ich werde morgen anfangen zu packen. Ich sage Phoebe Bescheid. Du hast nichts dagegen, wenn sie mich begleitet?«

»Sie wäre dir eine große Hilfe. Ich wünschte nur, du würdest sie mehr als deine Schwester denn als Sklavin behandeln.«

»Ich kann es nicht. Ich habe es versucht, aber ich denke immer daran, daß sie Papas Eigentum ist, daß sie schwarz ist und... und... ich kann es einfach nicht.«

»Mit der Zeit wirst du dich daran gewöhnen. Ich weiß, daß es nicht einfach ist, über Nacht ein anderer Mensch zu werden. Ich weiß nicht, was du machst, aber ich gehe früh zu Bett. In zwei Tagen kommen die Leute wegen der Baumwolle, und ich will sichergehen, daß jeder Ballen im Bestand aufgenommen wird, weshalb ich bei Morgengrauen zur Stelle sein werde.«

Virginia rief ein Dienstmädchen, die das Kaffeegeschirr wegräumte, und bald folgte sie Nanine in den ersten Stock. Phoebe war im Schlafzimmer und deckte wie gewöhnlich das Bett auf.

Virginia sagte: »Ich habe eine Nachricht für dich, Phoebe. Gute Nachricht. Morgen bittet Nanine Papa darum, mich auf das Festland gehen und in einem Hotel in Charleston wohnen zu lassen. Ich möchte dich bei mir haben.«

»Bleiben die anderen Familienmitglieder hier auf der Insel?«

»Ja. Papa denkt anscheinend, es könnte auf der Plantage gefährlich werden. Phoebe, zum St.-Cäcilia-Ball kommen wir gerade rechtzeitig. Ich will, daß du mir morgen meine zwei neuesten Kleider und alles andere Nötige einpackst. Vergesse nicht, Arbeitskleidung für dich mitzunehmen. Und warme Kleider. In Charleston wird es fast so kalt wie auf der Insel, und das kann mitten im Winter ganz erbärmlich sein.«

»Ich werde alles in Ordnung haben, Missy.«

Virginia ging um zehn Uhr zu Bett, zog sich in aller Ruhe aus und kostete die Vorstellung aus, morgen abend bereits in Charleston zu sein. Das Leben in großen Hotels hatte sie schon immer geliebt. Dort gab es ständig etwas zu tun, ständig war jemand da, für den man sich umziehen und dem man imponieren mußte. Die Stadt würde bersten vor Soldaten und Offizieren. Vor jungen Männern! Sie freute sich diebisch darauf.

Phoebe, auf der anderen Seite, war nicht eben davon begeistert. Sie mochte das Festland nicht und wollte Nanine nicht allein lassen. Phoebe schlief in dieser Nacht schlecht.

Sie stand sehr früh auf, denn es gab unnatürlich viel zu tun, um alle Vorbereitungen zu treffen. Sie war angezogen und bürstete gerade ihr noch sehr kurzes Haar, als sie entfernte, ungewohnte Geräusche vernahm. Sie lief zum Fenster, das einen weiten Ausblick auf das offene Meer bot. Sie hörte die Geräusche erneut, die recht fremdartig waren. Sie wandte sich gerade vom Fenster ab, als sie die ersten roten Blitze am fernen Himmel aufleuchten sah, der sich noch nicht klar von der einförmig schwarzen Nacht abhob.

Plötzlich schoß ihr durch den Kopf, was das zu bedeuten hatte. Sie ließ die Haarbürste fallen, rannte die schmale Treppe hinab und schrie laut, als sie den oberen Flur entlanglief, bis endlich James auftauchte.

»Auf der nächsten Insel ist Geschützfeuer!« rief sie laut. »Ich habe die Kanonen gehört und die Blitze gesehen. Die Yankees müssen bereits zum Angriff übergegangen sein.«

James rannte durch den Flur und die Stufen hinauf zu Phoebes Zimmer. Am Fenster stehend, erblickte auch er die Feuerblitze und hörte den rollenden Donner aus der Ferne. Er kehrte auf der Stelle in den ersten Stock zurück, wo sich bereits alle versammelt hatten und auf ihn warteten.

»Zieht euch so schnell wie möglich an«, befahl er besonnen. »Packt keine Koffer, aber nehmt euren Schmuck mit. Trödelt nicht! Begebt euch zum Anlegeplatz und steigt in ein Boot. Bereitet euch darauf vor, daß wir in Windeseile vom Land abstoßen. Ich bin so schnell wie möglich unten bei euch.«

»Wohin gehst du?« fragte Lenore.

»Ich brenne die Baumwolle und die Felder an, die Feuer fangen.«

»Brennst du auch das Haus ab?« fragte Virginia entsetzt.

»Das sollte ich tun. Verdammt noch mal, warum sollten wir etwas zurücklassen? Nein! Das bringe ich nicht über mein Herz. Es bleibt uns auch keine Zeit. Vielleicht sind sie auch schon auf dem Weg hierher und landen bei Morgengrauen.«

»Warum müssen wir wegrennen?« fragte Virginia.

»Weil sie mich sonst in Kriegsgefangenschaft nehmen. Außerdem bemächtigen sie sich der Baumwolle und machen daraus Gold für den Norden. Der Himmel allein weiß, was mit euch allen passiert. Wir müssen unsere Beine in die Hand nehmen, wir haben keine Sekunde mehr Zeit. Zieht euch schnell an und geht zum Boot hinunter.«

Nanine sagte: »Ich komme mit dir. Du brauchst jemanden, der dir dabei hilft, die Baumwolle anzubrennen.«

»In Ordnung. Virginia, paß auf deine Mutter auf. Macht jetzt, verschenkt keine Zeit. Phoebe, geh mit ihnen.«

James zog sich geschwind an. Unten im Erdgeschoß holte er sich einen Revolver aus seinem Waffenschrank. Er steckte ihn in seinen Gürtel. Nanine kam in ihrem jetzt schmutzigen Reitkleid zu ihm, dann rannten sie in die Nacht hinaus. An einem Schuppen hinter dem Haus füllten sie aus Fässern Kerosin in Eimer. Diese Geschäftigkeit machte die Sklaven wach, die daraufhin aus ihren Hütten kamen und noch im Halbschlaf waren, aber wußten, daß es sich um einen Notfall handeln mußte. Moses tauchte auf.

James sagte: »Dem Himmel sei Dank, daß du hier bist. Die Yankees greifen gerade die Nachbarinsel an und ein Teil der Soldaten ist möglicherweise gleich hier. Rolle einige von diesen Fässern hinunter zum Kai. Ich will die Baumwolle damit tränken und anzünden. Hole dir ein paar Männer zur Hilfe.«

Moses gab lauthals Befehl, doch kein Sklave machte Anstalten zu gehorchen. Moses fluchte und drohte und rollte schließlich eigenhändig ein Faß den Abhang hinunter. James und Nanine hatten vor ihm dasselbe getan. Sie tränken bereits die Ballen. Es waren so viele da, daß es hoffnungslos schien. Etliche Sklaven waren an das Ufer gekommen, aber keiner half.

James stellte sich vor sie hin: »Ich verlange hiermit, daß die gesamte Baumwolle verbrannt wird und daß einige von euch auf die Felder gehen und sie mit Fackeln in Brand stecken. Habt ihr verstanden?«

Sie sagten nichts, machten keine Bewegung.

Da keiner sich rührte, schüttete James selber die Eimer voll Öl auf die Ballen und in wenigen Augenblicken erhellte die lodernde Flamme die Morgendämmerung. Er schaute sich um. Lenore und Virginia rannten soeben den Pfad zum Flachkahn hinunter. Phoebe, die sich mit zwei schweren Koffern abzumühen hatte, folgte ihnen. Nanine rannte den Hang hinauf und nahm Phoebe einen Koffer ab.

»Danke dir«, sagte Phoebe. »Ich glaubte nicht, daß ich es schaffen würde.« Sie holte schwer atmend Luft. »Die Yankees sind schon sehr nahe, Miß Nanine. Ich sah sie von einem der oberen Fenster aus, bevor wir davonliefen. Drei oder vier Schaufelraddampfer nähern sich der Insel und sind wohl mit Soldaten besetzt.«

Nanine rief Virginia nach, damit diese wartete. Sie reichte ihr den Koffer. »Du trägst diesen. Laß Phoebe nicht beide schleppen. Sie ist dazu außerstande. Steigt ein. Die Yankees sind fast schon da. Ich muß es Papa sagen.«

Sie rannte zu Moses und James und sagte: »Papa, Phoebe hat Schaufelraddampfer gesehen, die vom Meer her auf die Insel zusteuern. Uns bleiben keine zehn Minuten mehr.«

»Ich brauche Leute, die sich in die Riemen legen!« schrie James die Sklaven laut an, die jetzt finster und gewalttätig wirkten.

Keiner machte auch nur einen Muckser. In die Meute zu feuern, um sie einzuschüchtern, wäre verheerend, malte sich James aus. Sie würden ihm nicht mehr helfen. Er war nicht länger Master James, sondern nur ein weißer Mann, den sie von nun an hassen konnten – und fürchten.

»Kommst du mit, Moses?« fragte James.

»Nein, Sir. Ich bleib' hier und achte darauf, daß Ihrem Eigentum nichts widerfährt, Master. Ich bleibe.«

»Wie du willst. Ich weiß es zu schätzen. Wir müssen abhauen.«

Nanine sagte: »Moses, danke für deine Hilfe. Wir werden das nie vergessen.«

Moses beugte leicht den Kopf. Nanine ging zu ihrem Vater. Im zunehmenden Tageslicht erkannte sie, daß bereits viele andere Flachkähne zum Festland unterwegs waren. Die Invasion hatte die ganze Insel aufgeweckt, und jeder floh, so gut er konnte. James und Nanine rannten zu Boot. Das ausladende, schwer zu handhabende Schiff beanspruchte vier Ruderer, doch nicht einer stand zur Verfügung.

»Wir müssen selbst rudern«, sagte James. »Jeder von uns, auch wenn er kaum ein Ruder hochheben kann, Jetzt! Jetzt sofort!«

Er wartete nur, bis die aufgetürmten Reihen der Baumwolleballen in Flammen standen und für die Yankees keine Baumwollfaser mehr zu retten war. Dann setzte er sich, nahm die Ruder auf, Nanine machte das Boot los und schob es vom Ufer weg. Phoebe hatte bereits ihr Ruder ergriffen. Virginia konnte rudern, doch sie sollte sich dabei als nicht sehr wirkungsvoll erweisen. Lenore saß nur vornübergebeugt da und weinte.

Das große Fahrzeug begann sich unter der Anstrengung von James, Nanine und Phoebe zu bewegen. Sie hatten Erfolg dabei, wenn es auch schwerfällig und sehr langsam voranging. Virginia wurde endlich der Tatsache gewahr, daß sie helfen mußte. Sie waren alle in Gefahr. Glücklicherweise herrschte ruhiger Seegang und lag Dunst über dem Wasser, der um so dicker wurde, je weiter sie sich von der Insel entfernten.

»Gott im Himmel!« James blickte auf. »Sie sind bereits an Land.«

Der Kai und der Küstenstreifen schien nur so vor blaugekleideten Soldaten zu wimmeln. Einige gaben noch Schüsse ab, doch das Boot war zu diesem Zeitpunkt schon außer Schußweite. Die Schüsse verstärkten lediglich Lenores Jammergeschrei, doch darauf achtete niemand. Bald hatte sie der feine Nebel eingehüllt und fühlten sie sich in Sicherheit.

Normalerweise brauchte man mit dem Flachboot eine Stunde zur Überfahrt. An diesem Morgen dauerte es drei Stunden. Als der schwerfällige Kahn schließlich die Hafenanlagen auf dem Festland erreicht hatte, blieb jeder vor Erschöpfung auf seinem Platz. Schließlich begab sich Phoebe an Lenores Seite und half ihr auf die Beine. Sie führte sie sicher an Land und kam dann zurück, um die Koffer zu holen.

Als nun das erste der Flüchtlingsboote an der Küste angelegt hatte, kamen Leute von allen Seiten herbei. Viel Hilfe wurde angeboten, und Kutschen wurden vorgefahren, von denen James eine erhielt. Er lud seine ganze Familie drauf. Ehe er abfuhr, beriet er sich mit anderen Flüchtlingen und Bediensteten der Festlandsbehörden.

Es hatte den Anschein, daß der Angriff der Yankees auf die Insel eine wohlgehütete Geheimaktion gewesen war und jeden überrascht hatte. Es gab viele, die meinten, man hole sich die Insel wieder zurück. Das vermochte James keinem abzunehmen. Bevor sie zur langen Reise zur Plantage aufbrachen, machten sie in der Stadt selbst halt, um ein Restaurant aufzusuchen. Dort wuschen sie sich Gesicht und Hände, schätzten ihre Lage ab und setzten sich schließlich zu einem guten, kräftigen Essen nieder. Nahrungsmittel stellten noch kein Problem dar.

James, der am Kopfende des Tisches saß, sprach ein Gebet der Danksagung, ehe sie zu essen begannen. Dann sprach er folgendermaßen zu seiner Familie, die sich bereits dem Essen gewidmet hatte:

»Wir fahren zur Plantage, um dort zu leben. Ich hatte unrecht, darauf zu bestehen, auf der Insel zu bleiben, aber ich hatte nie im Leben für möglich gehalten, daß sie noch heuer besetzt würde. Wir haben allen Besitz auf der Insel verloren, das stimmt, doch wir haben unsere Freiheit und sind unversehrt. Moses blieb zurück und hat geschworen, daß er sich um alles kümmern wird.«

»Das möchte ich auch hoffen«, sagte Lenore. »Wir hatten so viele schöne Sachen. Ich hoffe wirklich, daß sie gut in Schuß sein werden, wenn wir im Frühjahr zurückkehren.«

»Wir werden für eine lange, lange Zeit nicht heimkehren, wenn überhaupt noch einmal«, sagte James. »Macht euch keine allzu großen Hoffnungen. Wir müssen jetzt hart arbeiten und der großen Sache in jeder möglichen Art helfen.«

»Ach, wäre ich doch nur ein Mann«, sagte Virginia mit zitternder Stimme. »Wie gerne würde ich Yankees töten. Wie ich sie hasse! Alles ist im Eimer. Alle meine Kleider, einfach alles!«

10

Moses und Belle liefen gemächlich zum Anlegeplatz und betrachteten im Stehen den Flachkahn, der so schwerfällig zum Festland gerudert wurde. Eine Zeitlang schwiegen sie beide. Dann band Belle ihr buntes Halstuch los, das sie den größten Teil des Lebens getragen hatte, ließ es in das Meer fallen und stand bewegungslos da, als es Wasser aufsaugte, sank und schließlich verschwand.

»Warum hast du denn das gemacht?« fragte Moses.

»Schätze, wir sin frei, Mo. Schätze, das is der ruhmvolle Tag, auf den wir hingelebt haben. Tragen keine bunten Halstücher mehr. Weiße Leute tragen auch keine bunten Halstücher, und ich bin jetzt so frei wie sie.«

»'n buntes Halstuch zu tragen, heißt noch gar nix.« Er drehte sich um und sah in Richtung des Herrschaftshauses. An die hundert Sklaven befanden sich im Haus oder plünderten die Veranda. »Besser, wir geh'n mal rauf und gucken, ob noch was übrig ist, denn die verrückten Nigger schlagen alles kurz und klein.«

»Ich«, sagte Belle, »geh nach oben und hole die Kleider der Missy und nähe sie um, daß ich sie tragen kann. Trage keine Schürzen mehr. Und ich schnappe mir alles, wie es mir gefällt.«

»Dann beeile dich lieber ein bißchen«, sagte Moses. »So wie dort jeder herumgrölt und sich aufführt, wird bald nichts mehr übrig sein.«

»Auf geht's!« schrie Belle und rannte zum Haus hin. Auf dem

Weg stieß sie alle Sklaven zur Seite, die ihr in die Quere kamen. Sie packte ein junges Mädchen mit einer Federwildboa um den Hals, auf die es Belle schon seit Jahren abgesehen hatte. Sie entriß sie dem Mädchen, und als es protestierte, versetzte sie ihm einen Schlag, der so hart war, daß es beinahe von den Beinen gerissen wurde. Dann lief Belle die Treppe hinauf. Eines der Küchenmädchen, das mit Belle zusammengearbeitet hatte, hatte eine Fenstergardine heruntergerissen und sie als Umhang über ihre Schulter geworfen.

»Juchhu! Juchhu! Juchhu!« schrie Belle. »Gehe mir aus dem Weg oder ich knalle dir eine!«

»Wir sind frei!« war der gemeinsame Tenor. »Wir sind frei und machen unsere Buckel nicht mehr krumm! Wir sind frei und alles gehört uns!«

»Ich stecke mir ein Stückchen Land ab«, vertraute ein Sklave dem anderen an, der zuhörte. »Baue dann an, was ich will. Schleppe keine Baumwolle mehr und hacke nicht mehr den Boden, bis der Rücken mir entzweibricht. Nie mehr wieder! Nie mehr!«

Moses, außerhalb des Hauses geblieben und abseits vom Plündern, beobachtete genau den Pfad, der zum entfernten Teil der Insel führte, von wo die Yankees näherrückten. Jene, die rechtzeitig gekommen waren, um die Familie im Flachboot wegrudern zu sehen, hatten sich zu den anderen Gebieten der Insel aufgemacht.

Im Augenblick sah er eine etwa zwanzigköpfige Abteilung, die die Gewehre im Anschlag hielt und deren lange Bajonette in der Morgensonne glänzten. Ein schlanker Mann in Majorsuniform führte sie an. Moses erkannte den Dienstrang nicht und hätte seine Bedeutung sowieso nicht gekannt, doch er wußte mit Bestimmtheit, daß es sich um einen Mann mit Autorität handelte. Er rannte zu ihm, wobei er die Arme als Zeichen der Aufgabe hochhielt.

Der Major hob eine Hand und ließ die Abteilung halten Moses blickte den Major an, nahm den Hut ab und verbeugte sich.

»Is der Mosses, ich«, sagte er.

Die Abteilung quittierte diesen Satz mit Gelächter, worauf Moses nur ein ahnungsloses Lächeln zuwege brachte.

»Okay, Moses«, sagte der Major. »Was ist hier denn los? Was, zum Teufel, soll dieser Spektakel?«

»Die plündern, Sir. Die klauen alles, was sie in die Hände kriegen.«

»Das kann ich mir denken. Warum machen Sie nicht mit?«

»Bin der Vorarbeiter auf dieser Plantage hier, Sir.«

»Deswegen stehen Sie wohl darüber zu plündern. Nun, das ist vielleicht gut so. Sie kommen mit mir, wenn ich all dem ein Ende setze. Sie sagen ja, daß Sie in leitender Position waren.«

»Ja, Sir. Ich war der Vorarbeiter, Sir. Sie tun, was ich ihnen sage.«

»Hört sich von hier aus nicht so an.« Der Major schenkte sein Ohr dem Radau. »Moses, ich ernenne Sie zu meinem Bevollmächtigten. Wissen Sie, was das ist?«

»Nein, Sir, weiß nich, was 'n Bevollmächtigter is.«

»Wer war Ihr Master?«

»James Hammond, Sir. Das hier is die Willowbrook-Plantage. Bin hier mein ganzes Leben gewesen, Sir.«

»Mr. Hammond machte Sie zum Vorarbeiter, weil er Ihnen traute und genug Verstand zubilligte, um die Sklaven leiten zu können. Stimmt das?«

»Ja, Sir. Schätze auch.«

»Nun, wie Sie für Ihren Herren arbeiteten, arbeiten Sie jetzt für mich. Sie führen die Aufsicht und bringen jeden Schwarzen zu mir, der einen Mordskrach schlägt.«

»Ja, Sir.« Moses staunte darüber, daß der Major anstatt *Nigger* das Wort *Schwarzer* benutzte und ihn siezte.

»Zuerst beruhigen wir sie mal ein wenig. Kommen Sie mit mir. In Ordnung, Jungs, umstellt das Haus. Im Laufschritt!«

Die Männer schwärmten aus. Moses lief stolz neben dem Major, hielt noch immer seinen Hut in der Hand und wußte noch nicht so genau, wie er diesen Mann einschätzen sollte, der Befehle ausgab, denen die weißen Soldaten gehorchten.

»Mein Name ist Elias Birch«, sagte der Major. »Ich bin Major in der Armee des Nordens. Ich soll das Kommando über die gesamte Insel übernehmen.«

»Ja, Sir, schätze, es wird Ihnen hier bestimmt gefallen, Sir.«

»Wie viele Sklaven gibt es hier auf dieser Plantage, Moses?«

»Um die neunzig, Sir. Master hat noch eine richtig große Plantage in der Nähe von Charleston.«

»Stimmt das? Was brennt da unten am Ufer?«

»Baumwolle, Sir. Master Hammond sagte, Sie kriegen die Baumwolle nicht, Sir, also hat er sie verbrannt.«

»Im Süden wird wohl mehr Baumwolle verbrannt, als angebaut worden ist. Hat Sie dieser James Hammond gut behandelt?«

»Ja, Sir. Hat uns wirklich gut behandelt.«

»Ich sehe. Was ist mit den anderen Familienmitgliedern? Sie sind alle davongerannt, nehme ich an.«

»Ja, Sir, sin natürlich alle abgehaut, Sir.«

»Glaube kaum, daß noch ein Weißer da ist.«

»Schätze ich auch, Sir. Die haben Angst vor Yankees, Sir.«

»Dazu haben sie allen Grund. Ich kann diese rebellischen Knülche auch nicht sonderlich leiden. Sie haben gemerkt, daß ich hinke. Bei Bull Run bekam ich eine Kugel durch dieses Bein, weshalb meine Tage als einsatzfähiger Soldat gezählt sind.«

»Ja, Sir«, sagte Moses. Er wußte nicht genau, was der Major damit meinte.

Sie bogen gerade um die Ecke des Hauses. Die blaugekleideten Soldaten umstellten das Haus, doch hatten sie ihre Anwesenheit noch nicht nachdrücklich bekanntgemacht. Allein die im Freien befindlichen Sklaven sahen sie kommen. Im Hause selber jedoch herrschte ein Höllenlärm.

Der Major ging mit Moses an der Seite in den Empfangsraum, der einer Ruine aus zerrissenen Dekorationen und Vorhängen, aus zerbrochenen Möbeln und zerschlagenem Glas gleichkam.

»Ruhe!« brüllte der Major. »Ein jeder stellt sich in Reihe auf! Aufstellen!«

Einige gehorchten, doch im obersten Stockwerk hielt der Krach unvermindert an. Der Major zog seine Pistole und feuerte zwei Schüsse in die Decke ab. Der Höllenlärm war damit beendet, als wäre eine schwere riesengroße Tür in die Angeln gefallen und hätte jeden Laut abgeschnitten. Die ersten Sklaven kamen die Treppe herunter und trugen alle ein aus den Schlafzimmern geklautes Kleidungsstück.

Der Major sagte: »Moses, bringen Sie sie zur Ruhe! Nehmen Sie sie mit nach draußen und stellen Sie sie in Reih und Glied auf! Und zwar sofort!«

Zu guter Letzt hatte Moses sie alle ordentlich aufgestellt. Die Sklaven waren bis auf die Knochen abgemagert, zitterten und zeigten Reue. Einige waren so sehr betrunken, daß sie kaum aufrecht stehen konnten. Die meisten wirkten in ihren Kleidern lächerlich, die sie sich blindlings gestohlen hatten. Der Major stellte sich neben Moses.

»Alle mal herhören! Ich bin Major Birch und verantwortlich für die Insel. Sie alle sind von nun an keine Sklaven mehr! Jeder von Ihnen ist frei!«

Sie hoben ein zaghaftes Jubeln an, denn sie wußten vom Major und den Soldaten noch zuwenig, um ausgelassener zu feiern.

»Ich mache Moses zu meinem Bevollmächtigten. Sie tun, was er sagt, oder aber es hagelt harte Strafen.«

»Macht keinen Unterschied, wenn Sie hier sind und der Master weg ist«, rief einer.

»Sie werden feststellen, daß es einen großen Unterschied macht. Gehen Sie in Ihre Hütten und bleiben Sie dort. Jeder, der klaut, wird erschossen, verstanden? Ob Mann oder Frau, jeder wird totgeschossen. Ich fahre auf jede Plantage und sage jedem Nig – jedem Schwarzen dasselbe. Diese Insel wird ein friedvoller Ort, sie wird von jedem unter Ihnen bebaut und bearbeitet. Nur mit einem Unterschied zu früher. Sie werden mit Bargeld bezahlt und mit Aktien. Sie sind keine Sklaven mehr!«

Moses rief: »Auf geht's, Leute!«

Die Reihe löste sich auf, die Sklaven liefen langsam zu den Quartieren und Hütten. Major Birch klopfte Moses auf die Schulter.

»Das machen Sie prima, Moses. Sie sind ein guter Anführer. Halten Sie sie unter Kontrolle. In wenigen Tagen ist alles organisiert.«

»Ja, Sir«, sagte Moses voller Stolz und Freude.

»Ich werde hier in diesem Haus mein Hauptquartier beziehen. Ich möchte, daß es sofort aufgeräumt wird. Ich werde hier meine Mahlzeiten einnehmen, besorgen Sie mir also einen guten Koch.«

»Belle is die beste Köchin, die es gibt, Sir. Sie is meine Frau.«

»Gut. Sie zeichnet für das Haus verantwortlich. Machen Sie sich an die Arbeit, Moses. Wir werden schon zurechtkommen. Ach ja, alles Silber oder wertvolle Geschirr, das gestohlen wurde, muß zurückgegeben werden. Wertsachen ebenfalls. Die Kleider sind mir egal. Die können sie behalten, doch der Rest muß zurückgegeben werden. Sehen Sie, ob Sie mir einen Wagen besorgen können, mit dem ich die Insel abklappern kann. Gut einhundert Soldaten kommen an Land, und Sie müssen sie alle unterbringen. Das sprechen wir später ab.«

»Hol' Ihnen einen Wagen, Sir.«

Major Mirch kehrte am Nachmittag zum Herrenhaus zurück. Er hatte jede Plantage besucht, alle Sklaven besänftigt und nicht einen Weißen gefunden. Er hatte Feldwebel ernannt, die sich um die anderen Plantagen kümmerten, doch entschieden, Moses diese hier führen zu lassen, welche die größte auf der Insel war. Major Birch leuchtete ein, daß er die Insel nicht ohne die Hilfe einer Person betreiben konnte, die sich mit der Organisation eines solchen Gutes auskannte.

Radikale Änderungen bahnten sich an. Als er diesen Auftrag erhielt, nachdem er aus dem Lazarett entlassen war, hatte er dahingehend Gerüchte vernommen, daß die Sea Islands als Experiment herangezogen würde. Es hatte den Anschein, daß jene, die die Vollmacht über befreite Sklaven erhielten, nicht wüßten, was sie mit ihnen anfangen sollten. Und jetzt sollte auf dieser und umliegenden Inseln eine Art Verwaltung aufgezogen werden, sollten nützliche Arbeiten für die Sklaven gefunden werden, ohne daß jemand noch ein Sklave war. Natürlich mußten Befehle noch immer befolgt werden. Der Sklave, der protestierte, daß die Behandlung sich nicht von der der alten Herren unterschiede, hatte wahrscheinlich recht. Die Disziplin mußte gewahrt bleiben. Die jetzigen Ex-Sklaven waren ungebildete Leute, denen selbständiges Arbeiten gänzlich unbekannt war. Ihre schwerste Lektion würde die sein, Selbstsicherheit zu gewinnen. Major Birch hoffte, daß die Person, welche zur Erziehung der Sklaven geschickt werden sollte, jemand sein würde, der sympathisch, taktvoll und verständnisbereit war.

Major Birch zählte siebenundzwanzig Jahre und war ein großer und schmucker Mann. Er trug seine Uniform mit großem Stolz und hätte es bei weitem vorgezogen, zum aktiven Dienst zurückbeordert zu werden, doch die Kugel hatte einen Teil seines Unterschenkels zertrümmert, was zur Folge hatte, daß er das Bein nicht mehr voll strapazieren konnte.

Er war in Harvard erzogen worden, hatte es in der dortigen Rudermannschaft weit gebracht und in den Geisteswissenschaften erzielte er hervorragende Leistungen. Unter seinen strohblonden Haaren leuchteten hellblaue Augen.

Er stammte aus einer vornehmen Familie New Englands. Sein Vater übte den Beruf eines Rechtsanwalts aus, seine Mutter genoß in den Reihen der feinen Gesellschaft hohes Ansehen. Er war ein Einzelkind. Er hatte etwas unbestimmbar Ansehnliches an sich, das die Frauen anzog, doch noch hatte er sich nicht dafür begeistern können, sich auf eine einzige festzulegen. Jetzt, da der Krieg tobte und er hier seinen Auftrag hatte, war es unwahrscheinlich, in der nächsten Zeit eine Dame zu treffen.

Als er von seiner Inselrundreise zurückgekehrt war, hatte Moses und Belle mit der Hilfe der ursprünglichen Hausdienstsklaven das Haus so weit aufgeräumt, daß eine grobe Ordnung erkennbar war, doch das alte würde es wohl nicht mehr. Zu viele Möbelstücke und Nippsachen waren abhanden gekommen. Dennoch machte das Haus einen schönen Eindruck, als Major Birch es inspizierte.

Er wählte das einst von Virginia benutzte Schlafzimmer aus, obwohl es noch stark nach Parfüm roch, das plündernde Sklaven aus Übermut ausgeschüttet hatten. Er entledigte sich seines Uniformrocks, seiner Pistole und seines Gürtels und entspannte sich in einem gepolsterten Stuhl, der auf wundersame Weise die Plünderei überstanden hatte.

Major Birch beschloß seinen ersten Tag, an dem er die Verantwortung über die Insel innehatte, damit, daß er seine Kleider in den leeren Wandschrank in Virginias Schlafzimmer hängte. Der Schrank roch angenehm nach ihrer parfümierten Garderobe. Er mochte diesen Duft. Und er fragte sich, was für eine Frau nur dieses Zimmer bewohnt habe. Er bedauerte sehr, daß sie aus Furcht vor der Invasion weglaufen mußten. In Friedenszeiten mußte das Leben hier einen verzückenden Zauber ausgestrahlt haben. Und, so stellte er fest, das Parfüm war von der Art, wie es nur ein junges und attraktives Mädchen benutzen würde. Ein Mädchen, welches den Zauber durch ihre Wärme, Schönheit und sinnliche Anziehungskraft bereichern würde. Trotz seiner Müdigkeit erregten solche Gedanken die Feuer der Leidenschaft in ihm.

11

»Ist es hier nicht wundervoll?« rief Lenore aus, als sie durch die prunkvolle Eingangshalle des Hotels lief. »Glaslampen! Keine Kerzen mehr und dreckige, stinkige Öllampen! Ja, wirklich wundervoll.«

»Bis wir auf der Plantage sind«, sagte James Hammond mit einem trockenen Lachen. »Dorthin ist die Gasbeleuchtung noch nicht gekommen.«

»Warum können wir nicht hierbleiben? Bis zur Rückkehr nach Willowbrook?«

»Mama«, sagte Nanine, »wir kehren vielleicht nie mehr nach Willowbrook zurück, und falls doch, ist möglicherweise nichts mehr davon übrig.«

»Ich würde gerne bis zum St.-Cäcilia-Ball hierbleiben«, sagte Virginia. »Für uns besteht kein Anlaß, zur Plantage zu fahren.«

»Meine Lieben«, sagte James, »hört mir mal alle zu. Wir befinden uns mitten im Krieg. Falls unsere Vertreibung von der Insel euch noch nicht restlos überzeugt hat, dann laßt mich euch sagen, daß Yankee-Truppen weder von Charleston noch von der Plantage weit entfernt sind. Sie haben jedoch noch keinen Teil des Südens besetzt.«

»Außer die Inseln«, sagte Nanine sarkastisch bemerkend.

»Nun, ja. Doch ich will darauf hinaus, daß wir eine der größten Plantagen im Süden haben und Baumwolle anbauen. Darin liegt unsere Verpflichtung zu diesem Krieg. Wir bauen Baumwolle an, damit wir sie verkaufen, um mit dem Erlös Gewehre zu kaufen. Eine vertrackte Situation, doch es verhält sich nun mal so. Deswegen müssen wir auf die Plantage zurück.«

Lenore schüttelte besorgt den Kopf. »Kommt, Mädchen, laßt uns unsere Zimmer ausfindig machen.«

Phoebe blieb im Hintergrund und folgte den Damen nicht, sondern verweilte bei James. Nachdem er die Angelegenheit mit den Zimmern erledigt hatte, wandte er sich ihr zu.

»Dank sei dem Himmel, daß du nicht wie Virginia oder meine Frau bist. Sie denken an nichts als ihr Vergnügen. Denken keine Sekunde an die Tatsache, daß Krieg herrscht, obwohl wir von der Insel vertrieben wurden.«

»Sir, darf ich etwas sagen?«

»Phoebe, du bist meine Tochter!«

»Sie beklagen sich über ihr mangelndes Interesse am Krieg und darüber, daß sie sich nur ihrem persönlichen Wohlergehen widmen. Tadeln Sie sie deshalb nicht. Sie kennen es nicht anders. Sie sehen sich als wohlerzogen an, glauben, sie seien Damen von Welt. Beides sind sie nicht. Jawohl, sie sind genußsüchtig. Warum sollten sie es auch nicht sein? Nie in ihrem Leben mußten sie einen Finger krumm machen. Sie haben so viel Geld, wie sie wollen, und ihr einziger Ehrgeiz besteht darin, gesellschaftlich aufzusteigen. Sie bilden sich allen Ernstes ein, das sei wichtig. Ich gebe Ihnen nicht die Schuld daran, Sir. Irgendwie haben sie recht, weil noch nie jemand den Schneid hatte, ihnen zu sagen, daß sie sich auf dem Holzweg befinden.«

»Würde es dir gefallen, es ihnen zu sagen?«

Sie lächelte. »Nein, Sir. Ich würde es überhaupt nicht gerne tun.«

»Du weißt, daß der Krieg lange dauern wird und daß, ehe er vorbei sein wird, es keine St.-Cäcilia-Bälle, keine Essen und Abendgesellschaften mehr geben wird. Jeder wird darum zu kämpfen haben, anständig leben zu können. Ich gebe mich bezüglich dessen, was auf uns zukommen wird, keinen Illusionen hin, selbst wenn wir am Ende gewinnen.«

Nach dieser düsteren Prognose aus James' Mund begab sich Phoebe in das winzige Zimmer im obersten Stockwerk, das ihr zugewiesen worden war. Es war eine große Ehre, dieses Zimmer bewohnen zu dürfen. Das wußte sie, denn die meisten Sklaven wurden niemals in einem der Luxushotels zugelassen. Sie stand einen Augenblick da und schaute aus dem Fenster. Das Hotel befand sich in nicht allzu großer Entfernung von der Battery und bot freien Blick auf den Hafen, der voller Schiffe war. Wenn sie geradeaus sah, erkannte sie Willowbrook, die Plantage, von der aus sie so schmachvoll in die Flucht geschlagen worden waren. In ihrer Fantasie konnte sie die Insel klar und deutlich sehen. Willowbrook war für sie stets ein sicherer Hafen gewesen. Dort hatte sie sich geschützt und geborgen gefühlt, obgleich ihr Leben dazu bestimmt war, andere zu bedienen.

Dennoch lag irgendwo in ihrer Veranlagung noch ein anderer Charakterzug verborgen. Sie war jetzt in einer betriebsamen Stadt, voll von Menschen und Aufregung. Sie hatte in sich ein Verlangen, daran teilzunehmen. Es lag eine große Versuchung darin, sich als Weiße zu geben. Sie könnte es sich leisten, dachte sie wehmütig. Indem sie einfach die Hammonds verließ...

Am Morgen mieteten James und Nanine eine Kutsche für die etwa zwanzig Meilen weite Fahrt zur Plantage. Phoebe wäre gern mit ihnen gefahren, aber Virginia hatte andere Pläne.

Lenore, Virginia und Phoebe verabschiedeten James und Nanine mit heftigem Winken, als die Kutsche losfuhr. Danach folgte ein Besuch in ihrem bevorzugten Bekleidungsgeschäft, und ein vierstündiger Einkaufsbummel schloß sich an. Virginia brauchte die meiste Zeit, denn sie war entschlossen, auf dem St.-Cäcilia-Ball die am vornehmsten gekleidete junge Dame zu sein, und das verlangte behutsames Aussuchen und Vorführen durch Modelle. Da das Geschäft keine Modelle mehr angestellt hatte, war Phoebe aufgefordert – wenn auch nicht ohne Befürchtungen auf Virginias

Seite. Wie eine feine Dame angezogen, sah Phoebe ihr zu ähnlich. Sie fragte sich, ob ihre Mutter je die körperliche Ähnlichkeit festgestellt hatte. Virginia hoffte es nicht.

Schließlich war alles erledigt. Sie kehrten in das Hotel zurück, wo sie noch einige Tage bis zum St.-Cäcilia-Feiertag verweilten. Es ging das Gerücht, daß dies der letzte Ball vor Kriegsende sei, was Virginia zur Freude gereichte, daß sie diesen nicht verpaßte.

Weitere Einkäufe wurden an den folgenden Tagen getätigt, nicht endenwollende Besuche in Läden in der ganzen Stadt. Am Tag des Balles kehrte Nanine zurück, damit auch sie teilnehmen konnte. Sie benötigte nur einen Tag, um ihre Einkäufe unter Dach und Fach zu bringen. Doch am Abendessenstisch hatte sie gleich am ersten Tag ihrer Rückkehr viel zu berichten.

»So wie es zur Zeit auf der Plantage läuft, kann ich nicht beurteilen, wie die Lage sich weiterentwickeln wird. Die Sklaven revoltieren nicht – noch nicht, doch es fehlt nicht mehr viel. Die wenigen bisherigen Kämpfe hat der Süden gewonnen. Papa sagt, daß bisher keiner von großer Bedeutung war, was den Ausgang des Krieges angeht, doch genügend Siege wurden erzielt, um den Sklaven nicht die letzte Gewißheit zu verschaffen, daß sie freie Menschen werden.«

Am Nachmittag vor dem Ball war Phoebe mit Änderungsarbeiten beschäftigt, Sorge dafür tragend, daß die Kleider von Virginia und Lenore genau paßten.

Virginias Kleid war atemberaubend. Die Taille saß tief, der Auszug erschien großzügig. Doch trotzdem bot vor allem der Rock einen Blickfang, denn er bestand aus hauchdünnem, netzartigem Gewebe und hatte einige Rüschen, die bei jeder kleinen Bewegung herumhüpften. Unter jeder Rüsche saßen weitere Borten aus feiner Seide, die in rosa Farbtönen von einem sehr hellen bis zu einem tief schimmernden Hauch, direkt am Saum, gehalten waren. Auch der Stoff unter dem Gewebe bewegte sich, und, weil sich darunter noch die weit auslandende Krinoline befand, machte Virginia den Eindruck eines dahinschwebenden Vogels.

Lenore sah sehr stattlich aus, denn ihr Kleid saß wunderbar, nachdem Phoebe es umgenäht hatte. Nanine, deren Kleid nicht aufsehenerregend zu sein brauchte – zumindest hatte sie Phoebe nichts von einer solchen Notwendigkeit wissen lassen –, sah sehnsüchtig drein. Sie war einige Jahre älter als Virginia, doch ihr Gesicht besaß eine Farbe, die ihr eine beinahe vergeistigte

Schönheit verlieh. Phoebe wünschte, daß ein Gentleman in der Lage wäre, Nanines wahren Wert zu erkennen und sie um ihre Hand zu bitten. Sie spürte, daß Nanine genauso einsam war wie sie. Und wie sie selbst, konnte auch Nanine keine schönen Augen machen. Wer auch immer sich für sie entschied, mußte sie nehmen, wie sie nun einmal war.

Phoebe, die sich für eine Weile auf ihr Zimmer zurückgezogen hatte, erhob sich widerwillig von ihrem Stuhl, streckte sich zur Lockerung ihrer verkrampften Muskeln, brachte die beiden Zimmer ihrer Herrinnen in Ordnung und ging hinunter in die Küche. Dort genoß sie trotz aller Müdigkeit ihr Abendessen. Als sie es beendet hatte, begab sie sich in ihr Zimmer im obersten Stockwerk zurück und saß im Dunkeln am Fenster. Fetzen von Musik flogen ihr entgegen; sie wußte um einen tief in ihr sitzenden Schmerz, weil sie von den lustigen Feierlichkeiten des Balles abgeschnitten war. Sie seufzte leise, stand auf und ging zu Bett. Es gab für sie sonst nichts zu tun.

Virginia flankierte Lenore auf der einen Seite, Nanine auf der anderen. Als diese Zeremonie vollzogen war, liefen sie würdevoll in den Ballsaal. Sie waren beileibe nicht die einzigen weiblichen Gäste ohne Begleitung. Der Krieg hatte einen schrecklichen Zoll an Männern gekostet.

Der Ballsaal war strahlender denn je erleuchtet, was nach Virginias entschiedener Meinung daran lag, daß man in die schimmernden Lüster neuartige Gaslampen eingebaut hatte, wodurch jene noch intensiver strahlten. Die facettierten Lichter tanzten überall spielend im riesigen Saal.

Schon vor dem Abendessen wurden einige Runden getanzt. Virginia merkte nichts vom Männermangel, denn ihre Tanzkarte stand bis oben voll. Die meisten Männer, die sie aufforderten, trugen Uniformen und waren junge Offiziere, die Urlaub erhalten hatten. Die älteren Männer tanzten verhältnismäßig wenig. Statt dessen standen sie in kleinen Gruppen zusammen und kannten nur ein Thema – den Krieg. Er schien gut zu laufen, denn bei jeder Neuigkeit sah man meist nur lachende Gesichter.

Nanine tanzte einmal, während Lenore Bittsteller abwies mit der Entschuldigung, daß die Flucht von der Insel und die drohende schreckliche Gefangenschaft in den Händen der Yankees für ihre Person zu kräftezehrend waren.

Ein Leutnant, der kaum zwanzig Jahre alt zu sein schien, war von Virginia bezaubert.

»Sie sind so ziemlich das schönste Mädchen in diesem Saal«, versicherte er ihr. »Ich meine das ernst«, fuhr er fort. »Jeder Mann hier ist eifersüchtig auf mich. In der Tat kommt gerade ein Oberst auf uns zu, der auf mich den Eindruck macht, als würde er mich von der Tanzfläche verbannen wollen.«

»Also, Leutnant, dieser Tanz gehört Ihnen und er darf von niemandem unterbrochen werden. Der Oberst kann warten, bis er an der Reihe ist. Außerdem steht kein Oberst auf meiner Tanzkarte.«

Sie wurde praktisch im Handumdrehen aus den Armen des Leutnants gerissen und stand plötzlich vor einem Mann, den sie am Anfang wegen seines kräftigen Backenbartes kaum wiedererkannte. Dann rief sie vor Freude:

»Marty! Ach, es ist Marty! Welch wundervolle Überraschung! Komm mit, Mama will dich sofort sehen. Und Nanine auch.«

»Wie geht es euch allen?« fragte er. Doch anstatt daß er sie gehen ließ, tanzte er mit ihr auf die Saalfläche.

»Es geht uns gut. Wir wurden von Valcour vertrieben. Wußtest du das?«

»Jaja, das wußte ich. Ist Papa auf der Plantage?«

»Er sagte, es gebe Ärger dort und er könne unmöglich fort.«

»Und Mama?«

»Sie ist okay. Natürlich ist sie noch müde. Der Krieg macht sie fix und fertig.«

»Nanine?«

»Ich weiß nicht so recht, Marty. Sie sieht nicht sehr gut aus. Ich meine, nicht so kräftig und voller Lebensmut wie ich. Doch sie klagt niemals.«

»Das entsprach nie ihrer Art. Sind Sklaven mitgekommen?«

»Nur Phoebe. Marty, du siehst glänzend aus in deiner Uniform und hast schon einen solch hohen Dienstgrad inne. Ich kann allerdings nicht behaupten, daß mir der Bart gefällt.«

»Du wirst dich an ihn gewöhnen.«

»Hast du das mit Jordie gehört?«

»Ja, aber ich hatte Glück. Schon mehr als einmal. Ich nahm an zwei schweren Schlachten teil und überstand sie beide ohne Kratzer. Ein bißchen später möchte ich, daß du jemanden kennenlernst, doch zuerst will ich Mama und Nanine sehen.«

Lenore erspähte ihn, als sie noch nicht einmal die Tanzfläche verlassen hatten. Sie rannte geradewegs auf den Tanzboden, um ihn zu begrüßen. Sie umarmte und küßte ihn und bewunderte sein Aussehen, vor allem aber seine Oberstuniform, deren gelbe Schärpe und die breiten, gelben Streifen auf seiner Hose.

Nanine strahlte ebenfalls, als sie ihren Bruder zu Gesicht bekam. Sie setzten sich auf entlang der Wand aufgestellte Stühle, damit sie sich unterhalten konnten. Andere Leute, die zu ihnen kommen wollten, unterließen dies aus Respekt vor Martys Rückkehr.

Er erzählte ihnen von Schlachten, in die er verwickelt war, stellte Fragen wegen der Insel und verdammte die Yankees dafür, daß sie sie eingenommen hatten.

»Wenn ich hier in der Gegend gewesen wäre, hätte ich das vielleicht verhindert. Aber niemand hielt es für möglich, daß die Yankees die Inseln brauchen könnten. Auf einer der Inseln hielt man die wenigen älteren Soldaten für ausreichend, um Angriffe abzuwehren. Sie waren mit Waffen aus dem Krieg von 1812 ausgestattet, mit Musketen, die nicht einmal dreißig Meter weit schießen konnten.«

Virginia hörte dem nicht allzu aufmerksam zu. Sie betrachtete einen großen, kräftig gebauten Mann im Hauptmannsuniform, der gerade am Rand der Tanzfläche entlanglief und versuchte, vier Gläser in seinen großen Händen zu bändigen. Er war ein Mann, der brutale Gewalt ausstrahlte. Er erschien keineswegs plump, doch er hatte einen kurzen, dicken Hals, der nicht schlecht zu ihm paßte, weil sein Kopf groß und unleugbar ansehnlich war. Seine Augen schimmerten grau wie seine Uniform, sein Haar leuchtete hell wie Stroh und wuchs geradzu üppig auf seinem Kopf, wohingegen er sauber rasiert war und lediglich zur Zierde Koteletten trug. Er kam anscheinend auf sie zu. Er begann zu lächeln, als Marty ihn entdeckte.

Marty stand schnell auf und nahm dem Hauptmann zwei Gläser aus der Hand. Eines reichte er seiner Mutter, das andere gab er Nanine. Der Hauptmann hatte noch eines übrig, welches er Virginia darbot. Das vierte behielt er für sich.

Marty sagte: »Hört mal alle her! Das hier ist Hauptmann Wade LeGarue, ein aufrechter Offizier in meinem Bataillon. Hauptmann, Sie stehen neben meiner Schwester Virginia. Dies hier ist Nanine, meine andere Schwester. Die dritte Dame hier ist meine Mutter. Meine wundervolle Mutter!«

»Wie wahr das ist«, beugte sich Hauptmann LeGarue über Lenores Hand. Dann wandte er sich Nanine zu und entzückte sie ein paar Augenblicke, doch dann blickte er Virginia in das

Gesicht und verriet dadurch unzweifelhaft, daß sie es war, die ihn verzauberte.

»Miß Virginia, es ist mir eine Ehre. Wenn ich gewußt hätte, daß Ihr Bruder einer solch liebenswerten Familie angehörte, würde ich ihm noch mehr Respekt gezollt haben.«

»Wir haben schöne Tage verbracht«, sagte Marty. »Und auch schlechte. Wade entkam erst letzte Woche mit knapper Not einer Kugel.«

»Wie schrecklich«, sagte Virginia. »Das muß furchtbar für Sie sein, Hauptmann.«

»Glauben Sie mir«, sagte Wade LaGarue, »ich wurde auf der Stelle zum Christentum bekehrt, als die Kugel an meinem Kopf vorbeizischte. Doch dies ist nicht der Ort, um über den Krieg zu sprechen. Darf ich um einen Tanz bitten, Miß Virginia? Oder ist Ihre Tanzkarte bereits voll?«

»O la la«, sagte Virginia, »sie ist zwar voll, aber Sie sind ein Soldat, auf den geschossen wurde. Also – unterziehe ich mich der Anstrengung, der Sache des Krieges zu helfen.« Sie zerriß die Tanzkarte und legte die Fetzen in eine in der Nähe stehenden Schale. »Ich kann mir gut vorstellen, Hauptmann, daß Sie genauso gut tanzen, wie Sie kämpfen. Mein Abend gehört Ihnen. Mehr kann ich für die Sache des Krieges nicht tun.«

Er tanzte mit ihr auf die Tanzfläche und entpuppte sich als exzellenter Tänzer. Sie hatte nie zuvor einen solch taktvollen Partner gehabt, wenn er auch sehr kräftig gebaut war. Sie näherte sich ihm zusehends, als sie sich mitten in einem Walzer befanden. Die animalische Anziehungskraft dieses Mannes hatte sie beinahe überwältigt. Einmal gestattete sie ihm, mit Nanine zu tanzen, doch plagte sie dabei die Eifersucht.

Marty sagte: »Er ist ein Mann für feine Damen, liebe Schwester. Sei auf der Hut!«

»Das ist mir egal«, sagte sie. »Er ist faszinierend. Wer ist er?«

»Er kommt aus Atlanta. Sein Vater besitzt dort einen Großhandel und ein großes Lagerhaus. Da hat sich Wade seine mächtigen Muskeln antrainiert. Ihm liegt körperliche Arbeit, auch wenn eigentlich Sklaven sie verrichten sollten. Ich bin mir nicht absolut sicher, aber ich glaube, seine Familie ist wohlhabend und gesellschaftlich sehr weit oben stehend.«

»Wann kommst du zurück?« fragte sie. »Und wenn du wagst, ohne ihn zurückzukommen, reiche ich eine Beschwerde beim Kriegsministerium ein.«

»Ach, Virgie, wer kann das beantworten? Wir haben keine Ahnung, wohin wir geschickt werden, wenn wir von hier weggehen. Aber es würde mich überraschen, wenn wir nicht in Kürze in eine schwere Schlacht gerieten. Die Lage spitzt sich zu.«

»Paß auf, daß du nicht verletzt wirst, Sohn«, sagte Lenore.

Marty grinste. »Ich werde mir die beste Mühe geben, Mama.«

»Warum nur tanzt Nanine so lange mit ihm?« fragte Virginia. »Sie tanzt doch nie so lange!«

»Nun«, sagte Marty, »du hast dich sicherlich Hals über Kopf in diesen Mann verliebt. Ich weiß, daß er dich mag. Ich hatte dich ausfindig gemacht, ehe ich mich bei euch zeigte, und schon da sagte er, daß du die schönste Dame wärest, die er je in seinem Leben gesehen hätte. Er sagte sogar, er wolle dich heiraten.«

»Marty, ich kann keinen Mann ausstehen, der so etwas sagt.«

»Ich weiß nicht genug über ihn, um ihn außer als Soldat empfehlen zu können.«

»Er ist ein richtiger Mann«, sagte Virginia, wobei ihre Augen vor Bewunderung strahlten, als sie Wade vereinnahmten. »Meine Güte, er ist so kräftig.«

»Und gutaussehend. Diese Kombination zieht alle Mädchen an, so wie jetzt dich.«

»Ich will nicht, daß man so mit mir spricht«, sagte sie lächelnd. »Ich nehme an, daß er untreu wäre, wenn ich ihn heiraten würde. Aber ich werde mit ihm genauso fertig werden wie mit allen anderen Männern. Nur... daß es bei diesem ein bißchen mehr Zeit in Anspruch nehmen wird.«

12

Anders als Willowbrook auf der Insel Valcour war die Plantage auf dem Festland eine reine Arbeitsplantage, die allzeit stattliche Gewinne abwarf. Verglichen mit der Inselfarm hatte sie eine riesige Fläche, doch ihr Herrschaftshaus übte weniger Anziehungskraft aus, da es älter war und überaus weiträumig. Die Sklavenunterkünfte hatten größere Ausmaße und bestanden aus Nebengebäuden, Hütten, Ställen, einem Vorratslager und einer Küche. Die Sklaven hatten auch ihre Kirche, eine relativ geräumige Konstruktion mit Holzboden, einem undichten Dach und einem mit Moos bedeckten Altar. An Sonntagen konnten die

Mitglieder der Kirchengemeinde, die zeitig kamen, auf den Bänken in der Kirche sitzen, während sich die Spätankömmlinge draußen versammelten und einige auf den Simsen der offenen Fenster saßen.

Das Herrschaftshaus hatte eine großzügige Verandea, die an drei Seiten des Hauses entlanglief und von einfachen weißen Pfeilern abgestützt wurde. Die üblichen gepolsterten Schaukelstühle aus Schilfrohr standen auf der Veranda, die auch einigen Topfpflanzen Platz bot; Blumengärten waren keine angelegt. Bäume bildeten über dem Weg, der von der Hauptstraße zum Haus führte, einen natürlichen Bogengang, obwohl sonst eigentlich wenige Bäume hier wuchsen, denn sie kosteten zuviel wertvolles Land. Hier herrschte Königin Baumwolle, und ein jeder mußte sich vor ihr verbeugen.

Als Nanine, Virginia, Lenore und Phoebe gerade die Hauptstraße verlassen, das Eingangstor passiert und den schattigen Weg erreicht hatten, fühlten sie sich nicht allzu glücklich.

»Wenigstens hatten wir noch den St.-Cäcilia-Ball«, dachte Virginia laut nach. »Ich werde die Erinnerung daran so lange wie möglich festhalten.«

Lenore runzelte die Stirn. »Wie hieß dieser junge Mann, den Marty uns vorstellte? Ich traf an jenem Abend mehrere Männer, aber dieser war nicht nur von der Größe her überwältigend, sondern auch von seinem Benehmen her.«

Virginias Miene hellte sich merklich auf. »Hauptmann Wade LaGarue. Ich mochte ihn mehr als jeden anderen Offizier.«

»Warum?« fragte Nanine.

»Wie konntest du solch eine dumme Frage stellen?« sagte Virginia mißbilligend. »Er war so groß und stark und unwiderstehlich in seiner Uniform.«

Nanine sagte: »Er schenkte dir eine Menge Aufmerksamkeit.«

»Ich frage mich, ob er in Sicherheit ist«, sagte Virginia ernst. »Ich hoffe es.«

»Ich auch«, antwortete Nanine. »Und Marty hoffentlich ebenfalls.«

Sie hatten das Ende des Bogengangs erreicht und hielten vor der Veranda an, wo James Hammond schon auf sie wartete. Er kam die Veranda herab, umarmte seine Frau und wandte sich dann seinen beiden Töchtern zu.

»Gott sei Dank, daß ihr unbehelligt angelangt seid«, sagte er.

»Waren wir in Gefahr?« fragte Lenore.

»Solange die Sklaven aufständisch sind und davonlaufen, herrscht ständig Gefahr«, sagte er. »Da ihr jetzt hier seid, können wir das vergessen.«

»Ich bin nicht sicher, ob *ich* das kann«, sagte Lenore kalt, wandte sich ab und lief zum Haus.

»Hallo, Phoebe«, sprach James Hammond das Mädchen an, das jetzt dabei war, von der Kutsche das bißchen Gepäck abzuladen, das sie mitgebracht hatten.

»Hallo, Sir.« Phoebe machte eine Pause und stand mit gesenkten Augen da, während sie ihm ihre ganze Aufmerksamkeit zollte.

Er ließ eine Hand gefühlvoll auf ihrer Schulter ausruhen. »In der schwierigen Situation, in der wir nun stecken, besteht wohl nicht mehr die Notwendigkeit, alle Regeln zu beachten, die vor dem Krieg galten.«

»Der Krieg ist noch nicht vorbei, Papa«, sagte Virginia leise.

»Und wird es noch lange nicht sein.« James Hammond drehte sich zu Virginia um. »Ich denke unablässig daran, Tochter. Ich schlage dir das ebenso vor. Vielleicht merkst du bald, daß du einen Freund brauchst.«

»Ich habe es nie als notwendig erachten müssen, daß Phoebe mir als Freundin dient«, konterte Virginia.

»Das mußt du vielleicht doch noch«, sagte er gelassen. »Denke daran! Du hast keine Ahnung, wie sehr dein Leben sich geändert hat. Aber das dämmert dir über kurz oder lang. Ich hoffe, du wirst in der Lage sein, dich anzupassen.«

James nahm seine Frau am Arm und führte sie nach oben. Nanine und Virginia folgten, während Phoebe zurückblieb und die ersten Gepäckstücke in das Haus trug.

Am oberen Treppenansatz angekommen, ergriff James das Wort: »Ich habe einige Änderungen vorgenommen. Ich habe sogar viele vorgenommen und es werden sicherlich noch mehr hinzukommen.«

»Worum dreht es sich, James?« Lenores Stimme verriet einen Schuß Ungeduld.

»Phoebe bezieht ein Zimmer im ersten Stock, neben Virginias Zimmer.«

»Allmächtiger Gott, James«, sagte Lenore wütend. »Seit wann schlafen Sklaven in diesem Haus nicht mehr im obersten Stockwerk?«

»Seitdem dieser Krieg angefangen hat«, antwortete er, geflissentlich ihren Zorn übergehend. »Ich will euch alle eng beisammen haben.«

Phoebe freute sich über ihr bislang schönstes Zimmer, das nette Möbel und ein Bad hatte. Dennoch bezweifelte sie die Richtigkeit dieses Einfalls. Sie würde nun sowohl die Abneigung der restlichen Sklaven als auch Virginias auszuhalten haben. Sie hatte keine Ahnung, ob Lenore inzwischen über die Verwandtschaft von ihr mit James Kenntnis erhalten hatte. Falls das zutraf, so war sie deswegen nie unfreundlich von ihr behandelt worden. Vielleicht hatte sie sich nie die Zeit genommen, Phoebe anzuschauen. Es spielte keine Rolle. Nichts konnte an dem Geschehen etwas ändern. Nur eines konnte sich für Phoebe ändern – das Ende der Sklaverei. Insgeheim arbeitete sie diesem Tag entgegen. Nach außen hin benahm sie sich, wie alle Sklaven sich benahmen – oder sich benommen hatten, ehe der Krieg in den Süden gelangte. Sie gehorchte und diente, nur mit einem Unterschied – sie hatte Erziehung genossen und gelernt zu denken.

Diese Gedanken schossen Phoebe durch den Kopf, als sie sich um Lenores und Virginias Habseligkeiten kümmerte. Als Phoebe sich in Nanines Zimmer begab, um ihr zu helfen, dankte ihr Nanine, sagte jedoch, sie hätte bereits ausgepackt und würde von nun an so viel Arbeit wie möglich selber verrichten.

Beim Abendessen überbrachte James ihnen die die gegenwärtige Situation betreffenden Tatsachen.

»Der Krieg befindet sich momentan in seiner hitzigsten Phase. Es hat Schlachten gegeben, in denen wir leichte Siege errangen, und andere, in denen wir überwältigende Niederlagen einsteckten. Bis zum heutigen Tage hat keine Seite sich eindeutig überlegen zeigen können. Das heißt, daß der Krieg noch lange dauern wird, vielleicht noch Jahre. Und jedes Jahr, das ins Land zieht, wird neue Härten verursachen. Ich muß das betonen, damit ihr euch darauf vorbereitet. Möglicherweise haltet ihr es noch immer für schwer, dies einzugestehen, weil wir das wirkliche Toben des Krieges noch nicht erlebt haben.«

»Vater«, sagte Nanine freundlich, »wir wollen helfen. Sage uns nur, was wir tun können.«

»Sehr viel. Es gibt sehr viele Verwundete, Lazaretts werden in Charleston errichtet werden und vielleicht sogar noch näher. Dort werden Frauen dringend gebraucht. Ihr könnt bei dem Problem mithelfen, Baumwolle anzubauen. Das ist weiß Gott ein Problem. Die Sklaven sind rebellisch und feindselig. Es wird immer schwieriger, genug Nahrung für diese Armee von Schwarzen zu bekommen, die wir unterhalten. Die meisten von uns sagen, die Sklaverei sei ein Segen, doch meiner Meinung nach ist der schrecklich teuer. Baumwolle bringt zur Zeit viel Geld, doch es kostet auch viel mehr, sie zu entkörnen und für den Markt zugänglich zu machen.«

»Mit anderen Worten«, sagte Virginia, »haben wir wenig oder gar nichts, worauf wir uns noch freuen können.«

»Das hängt ganz von jedem einzelnen ab. Schwere Zeiten können durch harte Arbeit und weniger Selbstsucht erleichtert werden. Das ist alles, was ich zu sagen habe. Wie ihr euch verhaltet, ist eure Sache. Ich werde all meine Zeit dem Baumwollanbau widmen. Und – da ist noch etwas.«

»Gnädiger Gott«, beklagte sich Lenore zaghaft. »Kommt noch mehr?«

»Ich werde ständig wachsam sein, daß Yankee-Streitkräfte nicht zu nahe an uns heranrücken. Sollte dies der Fall sein, werden die Veränderungen drastische Maßnahmen annehmen. Kann sein, daß wir dann wie von Willowbrook fliehen müssen. Was die Sklaven angeht – falls sie murren oder klagen, versucht ihnen aus dem Wege zu gehen; proben sie offen den Aufstand, kommt zu mir. Ich fürchte, ich muß wieder von der Peitschhütte Gebrauch machen. Das ist das einzige, was sie noch einschüchtert. Haltet Ausschau nach Gruppen, die sich heimlich bilden. Wenn es auf dieser Plantage eine offene Rebellion gibt, möchte ich im voraus darüber Bescheid wissen.«

»Mit dieser Bemerkung«, erklärte Virginia, »gehe ich in mein Zimmer und früh zu Bett, damit ich dieses ekelhafte Zeug wenigstens mal für ein paar Stunden vergessen kann. Morgen mache ich eine Gruppe ausfindig, die für das Lazarett arbeitet, und biete meine Dienste an. Gute Nacht!«

In der Abgeschiedenheit ihres Zimmers fragte sich Phoebe, was wohl aus all dem werden sollte. Das hier war nicht mit Willowbrook zu vergleichen. Sie war hier unter den Sklaven nicht so bekannt und akzeptiert. Die Hausdiener grollten ihr, da sie mehr Privilegien eingeräumt bekam. Die Feldsklaven, besonders die jungen Männer, betrachteten sie mit unverhohlener Wollust. Sie hatte Bedenken, ob sie im Falle eines Aufstandes und einer Übernahme der Plantage durch die Sklaven in ernste Bedrängnis geraten würde. Sie entschloß sich, irgendwo eine Pistole zu besorgen und sie immer in Reichweite zu haben. Im ganzen

Süden lag ein Sklavenaufstand in der Luft. In zunehmendem Maße sahen sie sich als freie Menschen, und sie hatte gehört, daß die Sklaven sofort in alle Himmelsrichtungen flohen, plünderten und sogar Terror verbreiteten, wo die Yankees das Kommando übernahmen.

Einige Wochen lang verlief das Leben auf der Plantage in ruhigen Bahnen. Virginia fand Arbeit, indem sie wieder Binden machte. Manchmal half auch Phoebe, doch sie wurde einer kleinen Sklavengruppe zugeteilt, die von den weißen Arbeitern getrennt war. Lenore blieb völlig außerstande, etwas zu tun. Die geringste Enttäuschung machte sie zu einer von Kopfweh und Fieber geplagten Frau, für die Bettruhe die einzige Heilung darstellte. Sie war in letzter Zeit ein wenig verdrießlich geworden, was sich manchmal blankem Ärger näherte. Nanine arbeitete mit ihrem Vater, erledigte viel Schreibarbeit, stellte ab und zu den Bestand an Baumwollballen fest und leitete Schiffsverladungen in die Wege.

Sie hatte sich an den ermattenten Glanz dieser Plantage gewöhnt und an härtere Arbeiten als gewöhnlich, doch sie träumte noch immer wehmütig von den verschwenderischen Tagen auf Willowbrook, wo die Probleme so spärlich zum Vorschein traten.

Die erste tatsächliche Prüfung auf ihre Leidensfähigkeit ereignete sich im ausklingenden Frühjahr 1862, nachdem sie einige Monate auf dem Festland zugebracht hatten. Ein würdevoller, ältlicher Mann mit Backenbart kam mit einem Militärbefehl zu James.

»Ich bin Brigadegeneral Holmes, Sir, stehe bereits in Pension, verdammt noch mal. Doch ich tue, was ich kann, und diese hier ist eine meiner unerfreulichen Pflichten. Niemand sonst will es tun, also habe ich mich daran gemacht, mir ein dickes Fell zuzulegen und meinen Sinn für Fairneß und Sympathie auf ein Minimum zu reduzieren. Mit anderen Worten, Sir, dieser Befehl, den ich Ihnen aushändigte, berechtigt mich dazu, sechshundert Ihrer Sklaven zu requirieren.«

»Sechshundert?« schnaubte James. »Meinen Sie ernsthaft sechshundert? Das sind fast alle Sklaven, die ich besitze.«

»Dessen bin ich mir bewußt, Sir. Es macht keinen Unterschied. Sehen Sie, wie dickhäutig ich geworden bin? Tausende von Sklaven werden benötigt, um an der Küste Befestigungsanlagen zu errichten. Forts, Geschützstellungen und sichere Häfen für unsere Schiffe. Eine Gruppe Soldaten wird sie morgen abholen kommen. Legen Sie sie in Fußfesseln, sie sollen nach Charleston laufen. Dort angelangt, erhalten sie einen Tag Erholung.«

»Ich sehe nicht, wie ich diese Plantage ohne sie leiten soll«, protestierte James. »Ist es nicht auch von Wichtigkeit, Baumwolle anzubauen?«

»Zugegeben. Aber nicht so wichtig wie das Errichten von Befestigungsanlagen. Sir, es gibt dagegen auch kein Rechtsmittel. Und, wenn ich hinzufügen darf, auch keine Entschädigung. Die Sklaven sind Ihr Beitrag, die Sache des Krieges zu unterstützen.«

»Sehr gut«, sagte James. »Ich kann mich bei niemandem beschweren. Ich habe keine Mittel, mich dem Befehl zu widersetzen. Die Sklaven werden bereitstehen. Sie werden sorgfältig ausgewählt sein, hauptsächlich die jungen und recht rebellischen unter ihnen.«

»Wir haben eine erprobte Methode, denen ein Ende zu machen, die rebellieren«, sagte der Brigadegeneral. »Wir hängen sie auf. Dieser Tage kann man nicht viel Federlesens machen. Wir haben Krieg.«

Am Morgen standen die wütenden und mürrischen Sklaven bereit. Sie wußten nicht, wohin es ging, doch es war offensichtlich, daß die Bedingungen nicht denen auf der Plantage entsprechen würden.

Eine Truppe Soldaten kam auf einem Wagen an. Die Sklaven wurden sofort in Fußfesseln gelegt, gruppenweise angekettet aufgestellt und gezwungen, hinter dem Wagen herzutrotten. Als sie fortliefen, fühlte James, daß dies den Zusammenbrauch seines kleinen Reiches bedeutete. Die Plantage konnte nie den Verlust von sechshundert Sklaven verkraften.

Sie schlugen sich durch das Jahr 1862, in dem das Weihnachtsfest so gut wie nicht vorhanden war und das Neue Jahr mit nur einer einzigen Flasche Champagner begrüßt wurde. Der Frohsinn hatte einen Tiefpunkt erreicht. Virginia versuchte mit größter Anstrengung, zur Feier des Neuen Jahres eine Abendgesellschaft auf die Beine zu stellen, was ihr jedoch nicht gelang. Keiner hatte Lust zum Feiern verspürt.

Eine Woche nach Neujahr kamen mehr Soldaten auf die Plantage. Diese Soldaten, die von einem energischen Leutnant angeführt wurden, requirierten jedes Huhn und jedes Tier auf der Farm. Pferde, Vieh, Schafe und Wildschweine wurden weggebracht. Um die Lage noch weiter zu verschlimmern, wurden die

Räucherhäuser geplündert, in denen der gesamte Vorrat an behutsam rationiertem Schinken hing. Mehl, Zucker und Schweinefett wurden ebenfalls konfisziert.

Im Jahre 1863 brach einmal Panik aus. Am Ende des Jahres beobachteten sie Soldaten der Konföderation, die durch das umliegende Gebiet strömten und über die Plantage strichen. Die Truppen waren heruntergekommen, hatten keine Munition mehr und flohen vor den Yankees, die ihnen so dicht auf den Fersen waren, daß man ihr Kanonenfeuer hören konnte.

Doch schließlich konnte Verstärkung gestellt werden. Ehe die Yankees die Plantage erreichten, wurden sie wieder zurückgeschlagen. Krankenwagen kamen auf der Hauptstraße in immer größer werdender Anzahl vorbeigefahren und unterstrichen den Preis, den man dafür zu entrichten hatte, die Yankees aufzuhalten. Die Lazarette in Charleston waren überfüllt. Die Verwundeten wurden darin zusammengepfercht.

»Wir hatten Glück, daß sie dieses Mal nicht weiter vorgerückt sind«, sagte James eines Tages am Abendessenstisch. »Sie waren nicht weit weg, das kann ich euch sagen. Wir müssen auf jede Situation gefaßt sein, sogar darauf, fliehen zu müssen.«

»Meinst du, daß wir wieder davonrennen müssen?« rief Lenore laut. »Wohin in aller Welt sollen wir gehen?«

»Ich würde sagen, nach Charleston, zumindest vorläufig. Danach, so schlage ich vor, suchen wir uns in Richmond einen Platz zum Leben. Das ist unsere Hauptstadt. Und sie ist besser verteidigt als die meisten anderen Städte.«

»Lächerlich«, entgegnete Lenore. »Wie können wir dort ein Haus finden, in dem wir unseren Ansprüchen gemäß leben könnten? Außerdem kenne ich auch niemanden in Richmond.«

James lachte trocken. »Ich wollte es eigentlich nicht erwähnen, aber ist es euch klar, daß diese Plantage zur Zeit rote Zahlen schreibt. Wir sind keine reichen Leute mehr. Wir haben beinahe kein Bargeld übrig. Es entspricht der Wahrheit, daß ich einen Großteil der uns verbliebenen Sklaven nach New Orleans bringe und versuche, sie dort für den Preis zu verkaufen, den ich kriegen kann. Nördlich von New Orleans ist ein Sklave nicht mehr viel wert. Das letzte, was ich erfuhr, war, daß ein starker junger Neger dort unten hundert Dollar in Gold einbringt.«

»Papa, wir zahlten doch zwischen eintausend und eintausendsechshundert Dollar«, schrie Virginia laut.

»Ja, das war zu einer Zeit, in der die Sklaven noch wertvoll waren. Wenn du versuchst, sie dieser Tage loszuwerden, will sie niemand kaufen, weil den Leuten allmählich klar wird, daß es Mr. Lincoln ernst damit war, als er seine Proklamation ausrief. Wenn wir verlieren, wird jeder Schwarze dieselbe Freiheit wie wir besitzen.«

»Falls wir für jeden einhundert kriegen können«, sagte Nanine mit ihrer praktischen Ader, »dann ist das besser als nichts. Und dadurch müssen wir auch weniger Münder ernähren.«

»Was ist mit denen, die vom Militär zum Arbeitsdienst abgeholt wurden?« fragte Virginia. »Sie sind unser Eigentum. Wir sollten dafür eigentlich bezahlt werden, daß sie benutzt wurden.«

»Ihre Dienste werden nicht bezahlt werden. Sie sind unser Beitrag zum Krieg. Ich sagte dir vor einiger Zeit, daß diese Zeiten nicht angenehm würden.«

»Was ist, wenn wir den Krieg verlieren?« fragte Virginia. »Was ist dann?«

»Wer kann das schon beantworten? Es ist wahrscheinlich, daß sie uns alles wegnehmen werden, was wir besitzen. Doch wir müssen so tun, als ob das nie eintreten könnte. Alles, was wir hoffen könnnen ist, daß eines Tages wieder Frieden herrschen wird.«

»Danke, daß du das gesagt hast, James«, sagte Lenore.

Er brachte ein Lächeln über die Lippen. »Ich sagte nicht, daß ich selbst daran glaubte. Morgen breche ich nach New Orleans auf.«

Während James' Abwesenheit wurden die Sklaven immer unruhiger. Sehr wenige von ihnen, mit Ausnahme der älteren und ergrauenden Sklaven, scherten sich noch darum, höflich zu sein, und gewöhnten sich in zunehmendem Maße an, jeder weißen Person eher frech in die Augen zu schauen, als den Kopf zu senken. Ihre Arbeit verrichteten sie immer nachlässiger. An einigen Tagen gaben ein Dutzend oder mehr Sklaven vor, krank zu sein, was jedoch nicht untersucht werden konnte, da kaum Doktoren zur Verfügung standen und kein Arzt vorbeikommen wollte, um einen Sklaven zu behandeln oder auf seinen Gesundheitszustand hin zu untersuchen.

Virginia arbeitete gewissenhaft in den Gruppen, die Binden herstellten, doch sie war nicht mit ganzem Herzen dabei. Virginia schien es eine Ewigkeit her zu sein, seit sie einen Tanz oder eine Abendgesellschaft erlebt hatte. Obwohl ein Krieg im Gange war, empfand sie das Leben als langweilig.

Eines Sonntags, an dem die Gruppen, die Binden machten, sich nicht trafen, kam sich Virginia vollkommen verloren vor. James war noch immer in New Orleans und hatte viel Mühe, die Sklaven an den Mann zu bringen, wenn man nach seinem einzigen Brief ging.

Das Wetter war heiß und schwül. Es gab nichts zu tun, keine Reitpferde und keinen Ort, zu dem man hätte gehen können. Virginia hielt sich im Hause auf, in dem sie sich an der erfrischenden Kühle labte. Ihre Ohren vernahmen die Geräusche eines Reiters, was etwas ganz Ungewöhnliches war, denn zu dieser Zeit verfügten nur Offiziere über Pferde. Noch im Zweifel begab sie sich zum Fenster. Ihre Stimmung hob sich, als sie einen grauuniformierten Offizier den Fahrweg heraufreiten sah. Einen Augenblick dachte sie, es sei vielleicht Marty, doch der Reiter saß nicht auf die Weise im Sattel, wie es ihr Bruder zu tun pflegte. Als sie länger hingeschaut hatte, schrie Virginia plötzlich erregt aus:

»Es ist Wade! Hauptmann Wade LeGarue! Er ist wie versprochen zurückgekommen!«

Nanine kam aus der Bibliothek und lief neben Virginia her, als sie beide auf die Veranda hinauseilten. Sobald Wade abgestiegen war, wich Virginia von Nanines Seite und lief die Stufen hinab. Ohne zu zögern, warf sie sich in seine ausgestreckten Arme. Er hatte starke Arme, wie ein echter Mann sie besaß. Seine Lippen näherten sich den ihren, er küßte sie leidenschaftlich und verriet dadurch den Hunger nach Liebe, den er während der Monate seines aktiven Kriegsdienstes zu erleiden hatte. Die Hitze Virginias stand dem in nichts nach. Lange Zeit war es her, seit sie in Jordans Armen gelegen hatte. So lange war es her, daß sie sich kaum daran erinnern konnte.

Sie zitterte vor Verlangen, als er sie nahe an sich hielt. Ihre Augen trafen sich. Er ließ seinen Blick langsam an ihrem Körper hinabgleiten. Dann hob er wieder seinen Kopf, um Virginias Gesicht eingehend zu studieren. Sie atmeten beide schnell, was weiter unter Beweis stellte, daß sie sich körperlich brauchten.

Wade fand seine Stimme als erster wieder und sie gab Virginia die Gewißheit, noch immer begehrenswert zu sein, obwohl sie ein wenig unsicher wirkte.

»Ich sagte dir, daß ich zurückkommen würde, schöne Dame. Du hast dich nicht verändert, außer daß du noch begehrenswerter geworden bist.«

»Gott sei Dank, daß du in Sicherheit bist«, sagte sie. »Wurdest du verletzt, mein Lieber?«

Er schien ob ihrer Besorgnis erfreut. »Nicht ein Kratzer. Mehr als einmal bin ich haarscharf dran vorbei, doch ich hatte Glück.«

Nanine stand noch immer auf der Veranda. Mit ernster Miene betrachtete sie diese Szene, in der sie feststellte, welche Wirkung er auf Virginia ausübte.

»Herzlich willkommen«, sagte sie ruhig. »Haben Sie Nachricht von Marty, oder haben Sie ihn vielleicht sogar gesehen?«

»O ja. Wir haben uns einmal zufällig getroffen. Natürlich bin ich nur ein einfacher Gefechtsoffizier, während er sich bei den Generalen und solchen Diensträngen aufhält. Dennoch treffen wir uns hin und wieder. Es geht ihm gut. soviel ich weiß. Ich glaube, er erhält sogar seinen ersten Stern.«

»Ein Brigadegeneral«, rief Nanine aus. »Papa wird erfreut sein.«

»Mach dir keine Sorgen wegen Marty«, sagte Virginia glücklich. »Ich wette, du bist hungrig.«

»Halb verhungert«, sagte er. »Ich habe jetzt so lange von Armeerationen gelebt, daß ich schon nicht mehr weiß, wie ein hausgemachtes Mahl schmeckt.«

»Sie werden eines erhalten.« Nanine sprach, als sie sich umdrehte und zur Küche lief. »Ich werde mit der Köchin reden. Es wird nichts Außergewöhnliches geben, weil wir nichts Besonderes mehr auf Lager haben. So ziemlich alles ist eingezogen worden.«

Das Essen bestand zum größten Teil aus Gemüse. Wade aß hungrig und streute Berichte über Kriegszwischenfälle ein, die meistens blutig verlaufen waren. Nur sehr wenige verbreiteten Heiterkeit. Offensichtlich hatte er eine Menge Kampfeshandlungen erlebt. Seine Hoffnung auf einen Sieg am Ende der Auseinandersetzungen hatte trotz der jüngsten Niederlage, derer es so viele gab, keine Dämpfer erhalten.

»Nächstes Jahr wird alles vorüber sein«, prophezeite er. »Den Yankees gehen die guten Männer aus.«

»Aber nicht die Munition, so wie ich gehört habe«, sagte Nanine. »Und darin besteht unsere Hauptschwäche.«

»Unsinn! Die Waffenschmiede in Selma, Atlanta und Richmond produzieren mehr Geschütze als normalerweise. Unsere Gewehre sind ebenfalls besser geworden und, glauben Sie mir, sie verlangen dem Feind einen hohen Blutzoll ab.«

»Befinden wir uns gegenwärtig in der Offensive?« fragte Nanine. »Wir wissen, daß die Yankees sehr nahe an unser Gut herangerückt waren.«

»Zur Zeit«, erklärte Wade, »erholen wir uns gerade von all diesen Feldzügen und ruhen uns für den Zug nach Norden aus. Es stimmt, daß wir den Mississippi verloren haben und daß die Blockade gegen uns verdammt wirksam ist, doch wir stehen mit ganzem Herzen hinter diesem Krieg, was im Norden nicht der Fall ist. Vor ein paar Monaten gab es in New York Aufstände gegen die Heeresaushebungen. Die Leute dort sind nicht mehr hinter Lincoln, und je länger wir das im Gange halten können, um so besser sind unsere Chancen, daß der Norden schließlich aufgibt und uns nicht mehr daran hindert, den Süden so zu verwalten, wie wir es für richtig halten.«

»Wie lange haben Sie Urlaub?« fragte Nanine.

»Eine Woche. Man gab mir eine Woche, weil ich so erschöpft war, daß ich bei einer Parade vom Pferd fiel. Ich war tatsächlich eingeschlafen und fand mich im nächsten Moment auf dem Erdboden wieder. Mein Oberst war der Meinung, daß es genug sei und gab mir deswegen eine Woche Erholungsurlaub.«

»Sie müssen uns die Ehre geben, Sie bei uns aufnehmen zu dürfen«, sagte Nanine. »Papa ist in New Orleans und wird erst in zwei oder drei Tagen wieder zurücksein. Doch unter den gegebenen Umständen weiß ich, daß er nichts dagegen hätte.«

»Ich war der Hoffnung, daß Sie mich fragen würden.« Er lehnte sich zurück und seufzte voller Zufriedenheit. »Das ist eine gute Mahlzeit gewesen.«

Nanine sagte: »Ich setzte Mama davon in Kenntnis, daß Sie hier sind. Sie hütet die meiste Zeit das Bett. Ich glaube, der Krieg hat sie bereits besiegt. Phoebe aber hat sie auf einen Besuch vorbereitet. Ich hoffe, Sie haben nichts dagegen einzuwenden, sie zu besuchen. Sie ist ganz gierig auf Nachricht von unserem Bruder.«

»Es wird mir eine Ehre sein«, sagte Wade, der bereits auf den Füßen war und Virginias Stuhl nach hinten zog, so daß sie aufstehen konnte.

Lenore machte einen prächtigen Eindruck, als sie neben dem Fenster auf einem Stuhl saß und einen mit Spitzen besetzten Frisiermantel mit Streifenmuster trug. Eine Spitzenhäubchen bedeckte ihr Haar. Sie streckte ihre Arme Wade entgegen, als sie ihn begrüßte. Wade nahm dankbar die Umarmung an und küßte sie danach leicht auf die Wange. Ihr Gesicht bekam Farbe, und sie strahlte aus Hochachtung über alle Backen.

»Hauptmann LeGarue, ich bin erfreut, Sie wohlbehalten wiederzusehen, wenn Sie auch viel zusehr abgemagert sind. Dies würde ich als Ihre Mutter feststellen. Ebenfalls in der Eigenschaft als Mutter bin ich ganz verrückt nach Neuigkeiten über meinen Sohn.«

Virginia saß bereits auf einem kleinen Polsterbänkchen, das ihrer Mutter gegenüberstand. Wade nahm neben ihr Platz.

»Marty wird bald einen Stern tragen, Mrs. Hammond«, sagte er. »Dann wird Ihre Angst vielleicht abnehmen, denn er wird von da an keine Angriffe mehr leiten müssen. Er wird hinter den Frontlinien beschäftigt sein, denn als General wird er Befehle ausgeben und nicht befolgen. Dann befindet er sich in großer Sicherheit.«

»Möge dieser Tag bald kommen«, sagte Lenore hoffnungsvoll.

»Da pflichte ich dir bei, Mama«, sagte Virginia. »Ich wünschte, Wade könnte auch einer Beförderung entgegensehen, die ihn vom aktiven Kampf befreien würde.«

»Ich empfinde es schon als eine große Belohnung, von Ihnen so warm empfangen worden zu sein.« Seine Augen blitzten funkelnd zu Virginia hinüber.

Sie lächelte sittsam und sprach zu ihrer Mutter: »Nanine hat Wade eingeladen, hier für den Rest der Woche, die er zugebilligt erhielt, bei uns zu bleiben. Sie sagte, Papa würde dem zustimmen.«

»Aber natürlich, ja«, sagte Lenore zur Antwort. »Und ich selbstverständlich auch. Es ist nichts Unsittliches daran, wenn er sich in diesem Haus aufhält, da ja ich da bin.«

»Die Zeiten sind sowieso nicht normal, Mama«, sagte Virginia.

»Das weiß ich nur zu gut«, seufzte Lenore.

Nach einer längeren Unterhaltung verließen Virginia und Wade das Zimmer und liefen Hand in Hand durch den Flur, als Phoebe aus einem der Schlafzimmer auftauchte. Sie blieb stehen und drückte sich gegen die Wand, um ihnen genug Platz zum Vorbeilaufen zu gewähren. Wades Augen musterten ihren Körper und betrachteten dann ihr Gesicht. Sein Gesichtsausdruck verriet, daß er überrascht war.

»Sie trägt den Anzug eines Hausmädchens, aber ist sie denn wirklich eine Negerin?«

Virginia lächelte, um ihre Nervosität zu verbergen, weil sie Angst hatte, er könnte eventuell die Ähnlichkeit feststellen. »Sie ist ein Mischling, nehme ich an. Sie ist zuverlässig und verließ mit uns zusammen die Insel.«

»Sie ist weiß genug, um als Weiße angesehen zu werden.« Sein Arm umschloß Virginias Taille. »Virginia, ich bin nicht so müde. Ich bekam durch das Fenster im Schlafzimmer deiner Mutter einen Mondstrahl ab. Es ist so friedlich hier. Könnten wir nicht ein bißchen spazierengehen?«

Seine Worte ermutigten sie, weil sie genauso begierig darauf war, mit ihm allein zu sein, wie sie es von ihm wußte. Die Einsamkeit und die Langeweile hatten sie in dem Augenblick verlassen, in dem sie ihn erkannt hatte. Sie wollte wieder seine Arme um ihren Körper geschlungen fühlen. Hunger nach seinen Küssen peinigte sie, so heiß, feurig und leidenschaftlich sie auch sein mochten.

Lange Zeit hatte Virginia keine Männerarme um sich gespürt. Sobald sie aus dem Hause und unbeobachtet waren, drehte er sie roh um, so daß sie ihm gegenüberstand. Seine Hände rutschten unter ihre Taille herunter, bewegten sich fortwährend, während seine Lippen sich schmerzhaft gegen ihre preßten. Sie erwiderte seine Gefühle. Ihr Küssen war nicht weniger leidenschaftlich, und in ihr wuchs das Verlangen, welches von ihr nur so schwer kontrollierbar war.

»Auf diesen Augenblick habe ich mein Leben lang gewartet«, sagte er mit heiserer Stimme. »So lange kommt es mir vor, seit wir uns das letztemal sahen. Ich habe nur noch von dir und deiner Schönheit geträumt, bis ich beinahe davon überzeugt war, daß du nicht so wundervoll sein konntest. Und dann kam ich zurück und entdeckte, daß du sogar noch schöner bist, als du in meinen kühnsten Träumen warst. Falls jemals die Träume eines Mannes sich bewahrheiteten, so ist das bei mir genau in diesem Augenblick der Fall.«

13

Virginia blies die Nachttischlampe aus, stieg in das Bett und lag in der Dunkelheit da, während ihr Körper vor Sehnsucht zitterte. Sie hatte dieses Gefühl nicht mehr verspürt, seitdem sie in jener Nacht Jordan Crawford heimlich besucht hatte. Armer Jordie. Er mußte so jung sterben. Sie war froh darüber, daß sie sich ihm hingegeben hatte.

Jene Nacht war Teil einer anderen Welt gewesen. Erste Zweifel quälten sie, ob diese Welt jemals wiederkehren würde. Sie dachte an die reichlich vorhandenen Nahrungsmittel, an die großartigen gesellschaftlichen Ereignisse und an die jungen Männer, mit denen man flirten konnte und die ihrerseits den Damen mit unverschämten Komplimenten schmeichelten. An das Lachen und die Sorgenfreiheit, die mit jenem Leben einhergingen.

Sie vergrub ihr Gesicht im Kopfkissen, als sie versuchte, jene Gedanken an die Vergangenheit aus ihrem Kopf zu verbannen. Da ihr dies nicht gelang, drehte sie sich auf den Rücken und schloß gerade die Augen, um den Schlaf zu suchen, als sie das Schloß der Schlafzimmertür klicken hörte, weil jemand den Türgriff umdrehte. Sie verspürte für einen Moment einen Luftzug, ehe die Tür sich wieder leise schloß. Sie konnte die schwachen Umrisse einer Gestalt ausmachen, die sich dem Bett näherte. Sie war kaum in der Lage, einen Freudenschrei zu unterdrücken, als sie den willkommenen Eindringling erkannte.

Sie hob die Bettlaken hoch und warf sie beiseite. Kein Wort fiel. Wade schmiß sich so überstürzt auf sie, daß sie fast schrie. Er war nackt. Sie empfing ihn mit ausgebreiteten Armen. Sein beinahe wildes Lieben war für sie eine neue Erfahrung. Er ließ ihr gerade so viel Freiheit, daß sie ihr Nachtkleid vom Leibe reißen und es zur Seite werfen konnte. Er schien in seinen Forderungen unersättlich. Er benahm sich so, als gäbe man einem halb verhungerten Mann etwas zu essen. Er hatte nichts Zärtliches an sich. Bisweilen war er so roh, daß sie einige Schmerzensschreie unterdrücken mußte, die zu ihrer Überraschung noch dazu dienten, sowohl ihre als auch seine Leidenschaft zu unterstützen.

Als schließlich seine Glut erloschen war, lag er neben ihr und hatte ihr das Gesicht zugewandt. Sie kam ein bißchen näher und küßte ihn.

»Darling, du hättest nicht hereinkommen sollen. Was ist, wenn dich jemand gesehen hat?«

»Das würde nichts ausmachen«, sagte er. »Bevor ich in die Armee zurückgehe, werde ich dich heiraten.«

»Woher willst du wissen, daß ich das will?« neckte sie ihn.

Er lächelte mild. »Wie hast du es ohne mich ausgehalten? Mein Gott, du bist wunderbar!«

Ihre Hand ruhte auf seinem entblößten Brustkorb, tastete sich dann langsam nach unten und umspielte seine Taille. »Ich könnte ohne weiteres behaupten, daß ich nicht wollte, daß dies passierte, doch ich glaube, ich schäme mich nicht. Ich dachte an dich – oft. Vielleicht nicht auf diese Weise, aber...«

»Komm jetzt! Sei ehrlich! Dein Körper brannte vor Verlangen, als wir uns heute den ersten Kuß gaben.«

»Ich war einsam«, sagte sie unschuldig.

»Du lechztest danach, daß ein Mann dich liebte«, sagte er offen. »Und ich lechzte nach dir.«

»Nicht nach irgendeinem Mann«, protestierte Virginia.

»Das ist auch besser so.« Er küßte ihre Augenbraue, ließ dann seine feuchten, wollüstigen Lippen über ihr Gesicht zu ihren Ohrläppchen wandern und dann den Hals hinab. Sie zitterte vor Vergnügen.

»Ja, ich vermißte dich«, sagte sie.

»Heirate mich morgen«, sagte er.

»Du hast mir noch nicht einmal gesagt, ob du mich liebst«, protestierte sie mit wenig Nachdruck.

»Ich liebe dich. Ich liebe deinen Körper. Meine Sehnsucht nach dir macht mich wahnsinnig.«

»Wann hast du das entdeckt?«

»In dem Moment, in dem ich meine Augen auf dem St.-Cäcilia-Ball auf dich richtete. Wann wirst du mich heiraten?«

»Sobald ich die Vorbereitungen dafür treffen kann.«

»Verdammte Vorbereitungen! Mit dir, meine Liebe, brauche ich keine Vorbereitungen, solange ich einen willigen, leidenschaftlichen Partner habe. Das macht doch eine gute Ehe aus. Eigentlich bräuchten wir doch überhaupt keine Hochzeit, oder?«

Seine Hände liebkosten bereits ihre Haut, wobei er zuerst zärtlich vorging und später ungestümer, als seine Leidenschaft erneut erwachte. Sie war gerade über den anfänglichen Schock der heißen Liebe hinweggekommen und wie beim erstenmal ertappte sie sich dabei, daß sie seine Gefühle erwiderte und daß es ihr gefiel – obwohl ihre Gedanken zu den wenigen Stunden der engen Beziehung, die sie mit Jordan verbracht hatte, zurückschweiften, nachdem Wade sich von ihr getrennt hatte, um auf sein Zimmer zu gehen. Jordie war zärtlich gewesen, hatte sie erregt, sie geführt und gelehrt, nie jedoch zu hohe Ansprüche gestellt. Jordan war indessen bei weitem nicht der Mann, der Wade bewiesenermaßen war. Zufriedenheit erfüllte sie, da ihre Leidenschaft mit der Wades standgehalten hatte.

Am nächsten Morgen trafen sie sich am Frühstückstisch und gaben sich ganz anständig. Weder Virginia noch Nanine zeigten sich davon überrascht festzustellen, daß Lenore das Bett verlassen hatte und heruntergekommen war, um mit ihnen gemeinsam zu frühstücken.

»Wade hat mich darum gebeten, ihn zu heiraten, Mama«, sagte Virginia. »Ich habe sein Angebot angenommen. Bitte, gib deine Einwilligung, und bitte auch du, Nan.«

»Du hast sein Angebot *angenommen*?« Ihre Mutter machte ein ungläubiges Gesicht.

»Ja, Mama.« Virginia lächelte gelassen. »Ich liebe ihn und er liebt mich.«

»Das ist ja unerhört!« rief Lenore aus. »Ich kann das einfach nicht glauben.«

»Es ist wahr«, antwortete Virginia, deren Miene noch immer gelassen schien.

»Das kommt überhaupt nicht in Frage«, sagte Lenore. »Ich weiß, daß du einen Dickschädel hast, Virgie. Aber in diesem Fall mußt du meinen Wünschen nachkommen und warten, bis dein Vater zurückkommt. Dann darf Wade ihn um deine Hand bitten.«

»Warum nur sind Sie gegen mich, Mrs. Hammond?« fragte Wade höflich.

»Ich habe nichts gegen Sie, aber es geht um gesellschaftliche Richtlinien, an die man sich halten muß. Es war schon immer so. Nicht nur in unserer Familie, sondern im gesamten Süden.«

»Ich bin mir unserer hohen gesellschaftlichen Stellung bewußt und gebe Ihnen von Herzen recht, aber –«

»Also werden wir warten«, sagte Lenore entschlossen, indem sie Wades Satz unterbrach.

»Nein, Mama.« Virginias Entschlossenheit kam der ihrer Mutter gleich. »Es herrschen keine normalen Zeiten. Wade steht nur eine Woche zur Verfügung. Deswegen ist er hier. Unter den gegebenen Umständen ist es meiner Meinung nach grausam von dir, daß du dich widersetzt.«

»Ich habe nicht vor, grausam zu sein«, sagte Lenore. »Ich denke nur daran, was dein Vater dazu zu sagen haben wird, wenn er erfährt, daß du deine Zukunft in die eigenen Hände genommen hast.«

»Das hast du wunderbar ausgedrückt. Es handelt sich um meine Zukunft, und ich habe alles Recht zu entscheiden, wie sie sich gestalten sollte. Ich möchte Wades Frau werden. Verbiete mir das nicht!«

Lenore kannte die Willensstärke ihrer Tochter und fragte sich, ob sie diesen Starrsinn von ihrem Vater geerbt hatte. Das trotzige Neigen ihres Kopfes stellte unter Beweis, daß Virginia wie immer ihren Willen durchgesetzt hatte.

Lenore sagte: »Sehr schön, meine Liebe. Wie du sagst, herrscht Krieg und ist für uns alle eine schwere Zeit, besonders aber für die jungen Männer, die im Krieg kämpfen müssen, und für die jungen Damen, die fleißig hinter den Frontlinien arbeiten und nach dem unbeschwerten Leben schmachten, das sie einst führten.«

Virginia hatte den Verdacht, daß ihre Mutter mehr an sich, denn an ihre Tochter dachte. »Danke schön, Mama.«

Nanine stand auf, küßte Virginia und wünschte ihr Glück. Sie gab Wade einen leichten Kuß auf die Wange.

Wade stand auf, ging hinüber zu Lenore, umarmte sie zärtlich und küßte sie auf die Braue. Dann kniete er sich auf ein Bein nieder, hielt eine Hand von ihr und sprach mit Ruhe und Überzeugung:

»Ich gelobe bei meinem Ehrenwort, daß ich Ihre Tochter achten und mich hervorragend um sie kümmern werde. Sobald dieser Krieg beendet ist, werden Virgie und ich nach Atlanta zurückkehren, wo das Geschäft meines Vaters auf seine Übernahme durch mich wartet. Sie können versichert sein, Mrs. Hammond, daß Ihrer lieblichen Tochter keinerlei Minderung der vorzüglichen Lebensweise widerfahren wird, die sie bislang genießen durfte.«

Er küßte Lenores Hand und legte sie in ihren Schoß. Virginia war ob seiner Ritterlichkeit erstaunt und wußte, daß ihre Mutter davon überwältigt war. Sein Auftritt überzeugte. Und nicht nur meine Mutter, dachte Virginia gequält.

Am Donnerstagmittag wurde Virginia mit Hauptmann Wade LeGarue mit einer schlichten Feier verehelicht, von der ein halbes Dutzend Nachbarn Augenzeugen sein konnten. Der fremde Geistliche war ein ältlicher Mann. Die jüngeren Pfarrer befanden sich bei den Truppen, wo sie den notwendigen seelischen Beistand zu leisten hatten.

James kam nicht rechtzeitig an, weshalb Nanine an die Stelle des Brautvaters trat. Auf Brautjungfern und einen Brautführer wurde verzichtet, da man dies während des Krieges als unnotwendigen Luxus betrachtete. Alles lief überraschend gut ab, und am späten Nachmittag reisten Virginia und Wade in einer geborgten Kutsche nach Charleston ab, um dort die Flitterwochen zu verbringen, die nicht einmal drei Tage dauern sollten.

Lenore war durch die Betriebsamkeit erschöpft und zog sich wieder in ihr Bett zurück. Phoebe und Nanine standen auf der Verande, um Wade und Virginia zu verabschieden. Danach bat Nanine Phoebe in die Bibliothek, in der sie den Rest des Weines tranken, der das etwas magere Hochzeitsmahl überlebt hatte.

»Nun«, fragte Nanine, »was hältst du von unserem Schwager?«

»Soll ich als Sklavin oder als Ihre Schwester reden?« fragte Phoebe.

»Wenn du mit mir unter vier Augen bist, dann immer als Schwester.«

»Ich wünschte, ich sähe mich nicht gezwungen, es zu sagen, aber ich mag ihn nicht. Es hört sich vielleicht unhöflich an, weil ich Ihnen nicht einmal einen Grund nennen kann. Mag sein, es liegt daran, daß ich ihn für sehr willensstark halte. Er scheint nicht so wie die anderen Gentlemen zu sein, die früher in das Haus kamen, um Virginia den Hof zu machen. Sie wissen, vor dem Krieg.«

»Er soll aus guter Familie kommen.«

»Wenn das so ist, muß ich mich wohl täuschen.«

»Das hoffe ich – bin aber derselben Meinung wie du. Virginia ist wunderschön. Sie braucht Liebe und Bewunderung. Ihr fehlte ein Mann. Sie brauchte einen. Wade kam her und setzte sich quasi im Schnellverfahren durch. Es besteht kein Zweifel, daß er von ihrer Schönheit überwältigt war...« Nanine schüttelte ungläubig den Kopf. »Wir machen uns vielleicht unnötigerweise Sorgen. Sicherlich hatte Virginia überhaupt keine Bedenken dabei, ihn zum Manne zu nehmen. Und das, obwohl Mama ganz offensichtlich ihre Beunruhigung artikuliert hat.«

»Virginia besitzt einen starken Willen. Sie kann sich ihm widersetzen. Und möglicherweise ist er genau der Mensch, den sie schon die ganze Zeit so bitter nötig hat.«

»Damit sie erwachsen wird?« sagte Nanine nachdenklich. »Wenn er das nicht fertigbringt, weiß ich nicht mehr, wer es tun soll.« Nach einer kurzen Pause fragte Nanine: »Phoebe, ich möchte dich um einen Gefallen bitten. Wenn der Krieg aus ist und Virginia dich darum bittet, mit nach Atlanta zu kommen, wirst du dann bitte mit ihr gehen?«

Phoebe lächelte. »Ich bezweifle, ob sie mich fragen wird?«

»Was meinst du damit?« Nanines Miene verriet Besorgtsein.

»Sie wird den *Befehl* geben, daß ich mit ihr komme. Sie kennen doch Ihre Schwester.«

»Sobald der Krieg vorbei ist, wird sie dazu nicht mehr berechtigt sein. Sie wird jedoch deine Rechtschaffenheit benötigen.«

»Ich glaube, Virginia ist viel stärker, als Sie ihr zutrauen. Ich denke, daß, egal was passiert, sie sich schon irgendwie zurechtfinden wird.«

»Ich wäre sehr überrascht, wenn du ihr das ernsthaft zutrauen würdest. Papa und ich wissen, wie Virginia dich behandelt hat.«

»Sie behandelte mich gut, als wir zusammen aufwuchsen. Und an diese Virginia erinnere ich mich gerne. Ich kann ihren Unwillen verstehen und mich in ihre Lage versetzen. Das soll nicht bedeuten, daß ich so töricht wäre, entweder ihre Art, mich zu behandeln, oder die Dinge, die sie zu mir sagt, zu mögen. Wenn ich keine Sklavin wäre, würde ich mit ihr nichts zu tun haben wollen. Doch mir bleibt keine Wahl.«

»Du weißt, wie Papa und ich dich einschätzen, Phoebe.«

»Er hat es mir gesagt«, sagte Phoebe mit einem dankbaren Lächeln auf dem Gesicht.

»Wenn Virginia nur aufwachen würde! Oder erwachsen werde!«

»Machen Sie sich keine Sorgen wegen ihr. Vielleicht wird der Krieg ihr Lehrer sein.«

»Das hoffe ich, weil ich davon überzeugt bin, daß wir ihn verlieren werden.«

»Ja, das weiß ich«, antwortete Phoebe. »Ich habe die Zeitungen, meistens zwischen den Zeilen, gelesen und erfahren, daß der Süden sich bereits in einer schlechten Position befindet, weil ich meistens einkaufe und bei Unterhaltungen mithöre. In manchen Geschäften kostet das Brot jetzt schon vierzig Cent. Man kommt nur sehr schlecht an Ware heran, sogar in diesem Land, in dem alles im Überfluß vorhanden ist. Oder war. Im April gab es in Richmond Brotaufstände. Eine schreckliche Sache.«

»Eine Tragödie«, gab Nanine ihr recht. »Es sah alles so gut aus, als dieser Krieg begann. Jetzt ist ein Golddollar zwanzig Dollar der konföderierten Währung wert... Schienbeinschoner nennt man sie jetzt.«

»Ich frage mich, wie das alles enden soll. Das jagt mir fürchterliche Angst ein.«

Nanine gab dazu keinen Kommentar ab. Nach ein paar Augenblicken seufzte sie. »Ich sage dir jetzt etwas, das nicht einmal Mama weiß. Ich möchte dieses Geheimnis nur mit dir teilen, weil du soviel gesunden Menschenverstand besitzt. Es ist durchaus möglich, Phoebe, daß ich das Kriegsende nicht mehr erlebe.«

»Es liegt an der Blutkrankheit, nicht wahr?« Nanines Bekenntnis überraschte Phoebe nicht.

Nanine riß ihre Augen auf. »Du weißt davon?«

»Dr. Thornton erzählte es mir. Er ließ mich schwören, daß ich es für mich behielte. Er befürchtete, die übrigen Familienmitglieder wären nicht in der Lage, damit fertig zu werden. Doch Nanine, es ist ein sehr langsamer Vorgang. Der Doktor sagte, daß du noch viele Jahre vor dir hast. Er vertraute mir das vor drei Jahren erst an.«

»Es wird wiederkommen, und das nächstemal...« Nanine zuckte die Achseln. »Ich kann nichts daran ändern. Es hilft keine Arznei. Ich finde mich mit allem, was passiert, ab. Ich dachte, ich werde mich dir anvertrauen, wo du es doch schon die ganze Zeit gewußt hast.«

»Fühlen Sie, daß die Krankheit wieder in Ihnen aufsteigt?« fragte Phoebe mit besorgter Stimme.

»Nein. Es geht mir soweit ganz gut, und ich lebe von der Hoffnung, daß jemand irgendwie eine Heilung für diese Krankheit entdeckt. Ich wollte nur, daß jemand über die Situation Bescheid weiß. Ich habe dich, Phoebe, ausgewählt, weil du meine Schwester und überaus befähigt bist. Papa könnte diese Lage auch überwinden, aber – und deswegen wollte ich mit dir sprechen – man zieht jetzt sogar schon Leute in seinem Alter ein. Wenn nur noch Mama und Virginia übrig sind, werden sie in Panik geraten und hilflos sein, wenn sie von meiner Lage erfahren.«

»Ich werde tun, was in meinen Kräften steht. Ich danke Ihnen für das mir entgegengebrachte Vertrauen.«

James kehrte einen Tag vor der Rückkehr Wades und Virginias aus ihren Flitterwochen nach Hause zurück. Nanine entdeckte bald, daß ihr Vater ein völlig entmutigter Mann war.

»Zuallererst«, erzählte er von seiner Reise, »warnte man mich, daß die Yankees gerade New Orleans eingenommen hätten. Ich hatte Glück, daß ich dieser Warnung Glauben schenkte. Ich nahm einen anderen Zug und begab mich in das Gebiet der sumpfigen Flußarme, wo es Zuckerplantagen gibt. Dort benötigte man schon immer junge, kräftige Neger, und ich hoffte, dort ein Geschäft machen zu können.«

»Konntest du die Sklaven nicht verkaufen?« fragte Nanine.

»Doch, aber nicht für viel Geld. Es ist hart zu wissen, daß sogar die eigenen Leute die Kriegswirren für sich ausnutzen. Ich erhielt sage und schreibe fünfundzwanzig Dollar pro Sklaven. Glücklicherweise handelt es sich um Golddollars, so daß wir einen kleinen Spargroschen besitzen. Ich hatte gehofft, ich würde so viel bekommen, daß wir von hier weggehen könnten und in eine sichere Stadt fahren. Das ist jetzt unmöglich.«

»Wir werden das Beste daraus machen.« Nanine tröstete ihn. »Bitte, erzähle Virgie und Wade nichts von unserem Pech. Wenn er fortgegangen ist, und das wird bereits morgen der Fall sein, können wir es Virgie berichten, falls du es für notwendig hältst.«

»Ich bin damit einverstanden«, sagte James. »Ich kann ihr nicht einmal einen Hochzeitsring geben. Deshalb werde ich die schlechte Nachricht so lange wie möglich zurückhalten. Es ist komisch, sich Virgie als Braut vorzustellen.«

»Sie überraschte uns ebenfalls«, gab Nanine ihm recht. »Aber sie war fest entschlossen, Wade zu heiraten. Mama versuchte, sie davon abzubringen, indem sie das Argument vorbrachte, sie solle deine Rückkehr abwarten, damit dich dann Wade um ihre Hand anhalten könne.«

»Wenigstens«, sagte James voller Reue, »hätte ich dadurch die Möglichkeit gehabt, ihn einmal genauer anzuschauen.«

»Das hätte auch keinen Zweck gehabt, Papa. Virgie hätte dich übergangen, wenn du nicht zugestimmt hättest.«

James legte seine Stirn in Falten. »Was ist er für ein Mensch?«

»Virgie lernte ihn auf dem St.-Cäcilia-Ball kennen. Die ganze Familie hat ihn dort getroffen. Marty brachte ihn auf den Ball mit.«

James reibte seine Bartstoppeln gedankenvoll. »Ist er groß, ein eher stämmiger Typ?«

»Das ist er wohl«, sagte Nanine leichtfertig.

James blickte Nanine tief in die Augen. »Ich kann mich des Eindruckes nicht erwehren, daß du nicht gerade eingenommen von ihm bist.«

»Das spielt keine Rolle, da nicht ich ihn geheiratet habe. Virgie ist von ihm wie verzaubert. Vielleicht liegt das daran, daß er ganz anders ist als all die andern, die sie bisher kennengelernt hat.«

»Ich weiß nicht, ob das gut oder schlecht ist.«

»Das wird sich mit der Zeit schon herausstellen. Wade brachte allerdings gute Nachrichten mit.«

»Bringe sie mir schonend bei«, sagte er. »Ich weiß nicht, ob ich gute Nachrichten noch vertragen kann.«

»Wade erzählte uns, daß Marty seinen Stern bekommt. Er ist Brigadegeneral. Bist du darauf nicht stolz? Wade sagte uns, daß er dadurch nicht mehr so sehr in die Kämpfe verwickelt sein würde.«

James' ermüdete Augen leuchteten. »Ich bin sehr stolz. Vertraue jedoch nicht darauf, daß Generale in diesem Krieg nicht auch getötet werden. Sie kommen haufenweise um. Vielleicht wird durch Martys Beförderung das Risiko verringert, doch es wird weiter fortbestehen. Haben Virginia und Wade irgendwelche Pläne?«

»Wade erwähnte etwas, daß er sie nach Ende des Krieges mit nach Atlanta nehmen wolle. Er plant, das Geschäft seines Vaters zu übernehmen.«

»Das freut mich. Dem Himmel sei Dank, daß für Virgie gut gesorgt sein wird. Darüber, wie es uns nach dem Krieg gehen wird, räselt jeder. Ich hasse jede Art von Pessimismus, aber ...«

»Haben wir den Krieg bereits verloren, Papa?«

»Ich bezweifle, daß unsere Anführer so denken, aber du findest nicht einmal unten in Louisiana viele Leute, die nicht der Meinung sind, daß wir schon verloren haben. Doch es wird weitergehen, wenn auch keiner sagen kann, wie lange noch. Ich werde auch bald daran teilzunehmen haben.«

»Papa, du bist aber doch zu alt dafür«, konnte Nanine aus ihrer Furcht keinen Hehl machen.

»Sie ziehen Männer ein, die älter und schlechterer Verfassung sind als ich. Nein, es wird nicht mehr lange dauern. Besonders deshalb, weil ich bislang von der Aushebung ausgeschlossen war, da ich eine so gutgehende Plantage führte und Baumwolle so dringend benötigt wurde. Das hat sich jetzt grundlegend gewandelt.«

Die Feier am nächsten Tag stellte sich als Abschiedsfeier heraus, denn Wade mußte an jenem Abend abreisen. James fand Virgie strahlend und verliebt vor und sah, daß sie sich bei jeder Gelegenheit an ihn hängte.

Wade, so stellte er fest, beherrschte sie völlig, doch das war, was Virginia brauchte.

»Ich werde nicht weit von hier weg sein«, sagte Wade ihnen. »Ich erhielt meine Instruktionen in Charleston, und es tut mir leid, sagen zu müssen, daß die Yankees nicht weiter als fünfzig Meilen von hier entfernt sind. Eine Distanz, die sie ohne Schwierigkeit in kurzer Zeit zurücklegen können. Also seid gewarnt und allzeit bereit.«

Wade stand auf, trank auf einen Zug den Whisky aus seinem Glas und warf einen flüchtigen Blick auf die leere Flasche, von der er mehr als seinen Anteil gehabt hatte. »Ich packe jetzt am besten meine Sachen. Virgie, kümmere dich bitte darum, daß mein Pferd bereitgestellt wird. Ich werde mich sofort in den Sattel setzen.«

»Ja, Liebling.« Virginia lief bereits zur Tür hinüber. »Ich kümmere mich darum.«

Wade sprang die Treppe hinauf. Keinem fiel auf, daß er recht wackelig unterwegs war. Er durchschritt den Flur, kam an dem Zimmer vorbei, das er mit Virginia geteilt hatte, und blieb dann vor Phoebes Zimmer stehen. Er wußte, daß sie sich darin befand, da sie ihre alltägliche Arbeit beendet und sich entschuldigt hatte. Er klopfte nicht an. Er drehte den Türknauf so leise wie möglich um, machte jedoch dabei ein schwaches metallisches Geräusch. Er drückte langsam die Türe auf, lief in das Zimmer, schloß die Türe und lehnte sich mit dem Rücken dagegen.

Phoebe saß in einem Stuhl in der Nähe des Fensters. Sie war offensichtlich gerade mit einer Flickarbeit beschäftigt, denn ein Kleid lag auf ihrem Schoß und sie hielt Nadel und Bindfaden in der Hand. »Steh nicht auf«, sagte Wade. »Das ist nicht nötig, denn du gehörst zur Familie. Wenigstens macht es den Anschein.«

»Danke schön, Sir.«

»Ich bin gekommen, um dir auf Wiedersehen zu sagen. Ich muß in den Krieg zurück.«

»Es tut mir leid, daß Sie wieder in den Kampf ziehen müssen, Sir.«

Er fühlte sein Herz bis in den Hals hinauf pochen, als er das sanfte Anschwellen ihrer Brust unter dem Dienstkleid scharf beobachtete. Er hatte bemerkt, wie ähnlich ihre Figur der Virginias war. Genüßlich fuhr er sich mit der Zunge über die Lippe, wobei er sich überlegte, ob er sie sich nicht einfach schnappen sollte. Er könnte sie einfach schlagen, wenn sie sich wehrte, oder sie erregen, als ob sie eine Weiße wäre. Zweifelsohne mußte man zweimal schauen, um sich ganz sicher zu sein, daß sie es nicht war. Tatsächlich hätte er es nicht gewußt, wenn er sie das erstemal gesehen hätte. Ihr Dienstkleid allein lieferte ein untrügliches Zeichen.

»Ich habe mir die ganze Zeit schon Gedanken gemacht – Virgie und all die anderen haben unten zu tun. Du könntest meine Abreise zu einem Vergnügen machen.«

Sie hob den Kopf und blickte ihm unerschrocken in die Augen. Sie sah sogar wie Virginia aus, dachte er beiläufig, ließ diesen Gedanken jedoch gleich wieder fallen. Er bemerkte das schnelle Auf und Ab ihrer Brust und glaubte, sie wäre noch begieriger als er. So könnte er seine Flitterwochen abrunden, dachte er leicht amüsiert. Am Schluß hatte er Virginia total ermüdet. Er fragte sich, wie lange das bei einer Sklavin dauern würde, die nicht einmal wie eine solche aussah. Der Narr da unten mußte sie erzogen haben. Wade schien sich an etwas zu erinnern, das Virgie ihm gesagt hatte, als er sie über Phoebe ausfragte. Er war ruckartig stehengeblieben, als sie ihm scharf in die Augen sah.

»Nun…?« stachelte er sie an.

»Ich bin mir nicht ganz darüber im klaren, was Sie meinen, Sir.«

»Ach, stell dich nicht so an! Du weißt doch, daß gutaussehende Sklavinnen dazu hergenommen werden, die Masters zu befriedigen. Und eines nicht allzu fernen Tages werde ich hier Master sein. Wenn dieser Tag kommt, werden sich die Dinge für dich weitaus schwieriger gestalten, oder aber ich könnte dafür Sorge tragen, daß man dich gut behandelt.«

»Ich werde hier gut behandelt, Sir.« Ihre Stimme war kalt geworden, zeigte jedoch keine Spuren von Bekümmertheit.

»Verdammt noch mal, du weißt, was ich meine. Ich beabsichtige, dich als meine Konkubine zu benutzen, wenn ich zurückkomme. Denn man braucht mehr als eine Frau, ganz besonders, wenn es eine Frau wie Virgie ist. Ich werde mich deiner jetzt bedienen, Phoebe. Wenn du schreist, werde ich Virgie davon überzeugen, daß du mich in dein Zimmer gebeten hast. Sei nett zu mir! Ich muß bald in den Krieg zurück.«

Er bewegte sich weiter in das Zimmer. Phoebe betrachtete ihn mit engstehenden Augen. »Bitte gehen Sie keinen Schritt weiter, Hauptmann!«

»Ich werde dir nicht wehtun, Phoebe. Sicherlich weißt du, wie schön es mit einem Mann in einem Bett ist. Ich habe keine Zeit zu vergeuden.«

Phoebe stand auf. Das Kleid, das sie auf ihrem Schoß liegen hatte, fiel auf den Boden und gab den Blick auf eine Pistole frei, mit der sie jetzt auf Wade zielte.

»Ich dachte mir, daß Sie das probieren. Wenn Sie näherkommen, töte ich Sie, Hauptmann.«

»Phoebe, was ist in dich gefahren? Du bist nur ein gewöhnlicher Nigger. Meine Sklavin. Ich warne dich, lege diese Waffe weg, oder ich lasse dich ausziehen und auspeitschen.«

»Ich werde Sie töten, Sir.«

»Man wird dich hängen...«

»Ich werde im nächsten Augenblick den Abzug hinterdrücken.«

Wade musterte kurz ihre Miene. »Ich glaube, du würdest es tun. Ich nehme an, du kannst es gar nicht erwarten, Virgie zu petzen, welch ein untreuer Mann ich bin.«

»Ich werde nichts petzen, nur dann, wenn ich gezwungen werde zu schießen. Gehen Sie jetzt. Sonst verliere ich noch die Geduld.«

»Deine schönen Tage in dieser Familie sind gezählt, Phoebe, das weißt du. Dir ist klar, was Virgie denken wird, wenn du abziehst.«

»Ich würde ihr den größten Gefallen in meinem Leben erweisen, wenn ich Sie erschösse. Und das wäre es wert, gehängt zu werden. Es fehlt nicht mehr viel daran, daß ich abdrücke.«

Wade grollte, ohne daß man es hörte, und schritt aus dem Zimmer. Er wollte zuerst die Tür zuknallen, besann sich Besseren und schloß sie leise. Er lief weiter zu Virginias Zimmer und schmiß dort wütend seine Besitztümer in den Sack, den er an seinem Sattel befestigte. Er überlegte sich dann, ob er zurückgehen sollte, um sich zu entschuldigen, nachdem er sie verflucht hatte. Wenn sie es Virgie erzählen würde, glaubte es die vielleicht nicht, aber Nanine würde es wie eventuell auch ihr Vater für bare Münze nehmen. Allein es wäre ein großes Risiko. Wenn er die Tür öffnete, würde sie möglicherweise losschießen, bevor er alles erklären könnte. Er hielt es für das beste, es so zu belassen, wie es war, bis er zurückkehrte, um der Master dieser Plantage zu werden – und der Master von Phoebe, die dann seinen Wünschen zu gehorchen oder zu sterben hätte.

Phoebe verriegelte eilends die Tür, sobald sie geschlossen war. Sie ließ den Hahn nach vorne gleiten und legte die Pistole auf die Kommode. Dann setzte sie sich hin, ließ ihren Kopf nach unten hängen und weinte.

14

»Vier Sklaven sind in der letzten Nacht davongerannt«, berichtete James am Frühstückstisch. »Die, die noch da sind, tun nichts oder so viel wie nichts. Wir haben weder einen Aufseher noch einen Antreiber. Ich allein komme nicht länger mit ihnen zurecht und werde sowieso bald eingezogen. Die Plantage können wir ohnehin dichtmachen.«

Lenore stieß einen sanften Schrei aus. »Was werden wir tun?«

Ihre Tränen überraschten ihn nicht mehr. Sie waren ein Bestandteil ihrer Persönlichkeit geworden. »Hierbleiben. Ich kann es mir nicht leisten, euch jetzt nach Richmond zu schicken. Wir werden die Sklaven so lange wie möglich ernähren. Wenn das nicht mehr in unserer Kraft steht, sagen wir ihnen, sie sollen als freie Menschen von uns scheiden.«

»Denke an die Kosten, die wir dafür zu tragen haben«, warf Virginia ihren Kommentar ein.

»Denke du daran, was das jeden Plantagenbesitzer im Süden gekostet hat«, sagte Nanine ein wenig verärgert.

»Das gehört jetzt alles nicht zur Sache«, fuhr James fort. »Was wir auf der Stelle tun müssen, ist, das Problem eurer Sicherheit zu diskutieren, während ich fort bin. Das beunruhigt mich zutiefst. Habt ihr irgendwelche Vorschläge hinsichtlich dessen, was ihr unternehmen werdet, wenn ich in die Armee gehen muß?«

»Wir werden, wie du sagtest, hierbleiben«, entgegnete Lenore. »Wohin sonst könnten wir uns schon begeben?«

»Da erhebt sich natürlich auch ein Geldproblem. Viel ist nicht mehr übrig.« Nach einer kurzen Pause fügte er hinzu: »Ich frage mich, was für Verhältnisse auf Valcour herrschen. Und auf Willowbrook. Man erhält keine Nachrichten darüber. Die Inseln werden von einem Mantel des Schweigens und der Geheimniskrämerei überdeckt. Vielleicht bauen die Yankees sie zu Festungen aus und verwandeln sie in Stützpunkte wie Fort Sumter. Ich versuche schon die ganze Zeit, Informationen zu ergattern, aber es scheint unmöglich zu sein. Die Inseln sind wie abgeriegelt.«

»Wenn Wade hier wäre, könnte er sich um uns kümmern«, sagte Virginia.

»Er ist aber nicht hier, Virgie«, sagte James. »Und es dauert bestimmt noch lange, bis er zurückkommt.«

»Er rechnet in ungefähr einem Monat damit, einen Kurzurlaub gewährt zu bekommen. Das sagte er mir vor seiner Abreise.«

»Das ist schön«,sagte James begeistert. »Er ist jetzt ein Mitglied der Familie und sollte in jede Planung mit einbezogen werden, zu der wir gezwungen sind. Ist noch Kaffee da?«

»Es tut mir leid«, sagte ihm Nanine. »Und das wird einige Zeit so bleiben. Es gibt auf dem Markt keinen mehr.«

James nickte und stand auf. »Ich schaue mal nach, was es auf den Feldern zu tun gibt. Wegen mir braucht ihr kein Essen machen. Mir ist der Hunger vergangen.«

Unmittelbar danach verließ er das Haus.

Virginia ging in ihr Zimmer. Sie seufzte niedergeschlagen, als sie sich auf das Bett legte und an die Decke starrte. Jeder Tag schien neue Probleme zu bringen. Kein Ende war in Sicht.

Und das alles geschah nur, weil der Norden sich weigerte, die Tatsache anzuerkennen, daß der Süden seine Unabhängigkeit wünschte. Sie steckte voll Haß auf den Norden. Sie war noch immer aufgeregt, als Phoebe hereinkam, um ihr Reitkleid bereitzulegen, was sie ihr befohlen hatte.

»Phoebe«, sagte Virginia, »du wirst uns nicht verlassen, oder?«

Phoebe brachte die Reitstiefel in das Zimmer. »Nein, Missy. Ich sagte Ihnen bereits, daß ich nicht die Absicht habe zu gehen.«

»Ich bin froh, dich so reden zu hören. Schließlich bist du, außer daß du eine Sklavin bist, auch meine Schwester.«

Phoebe schaute mit einem kurzen Lächeln auf. »Ich bin glücklich zu vernehmen, daß Sie das erkennen, Missy.«

Virginias Wangen glühten. »Ich habe nichts dagegen, wenn niemand in der Nähe ist.«

»Machen Sie sich keine Sorgen, Missy. An so etwas würde ich nie denken.«

»Achte auf deinen Anstand, ist das klar?«

»Natürlich, Missy.« Nach ein paar Minuten der Ruhe ergriff wieder Phoebe das Wort: »Die Zeiten sind schlecht.«

»Das ist nicht gerecht. Wir haben das nicht verdient. Wir haben nie jemandem Schaden zugefügt. Trotzdem verlieren wir all unseren Besitz.«

Phoebe rieb mit einem Tuch die Stiefel. »Man sagt – wie mir ein Kindermädchen vor vielen Jahren erzählte –, daß es im Himmel Fenster gibt und wir unablässig beobachtet werden. Jene, die es verdienen, werden eines Tages dafür belohnt, sogar wenn sie vorher Kummer und Besorgnis durchmachen mußten. Daran denke ich ständig. Diese Vorstellung gefällt mir. Fenster im Himmel! Stellen Sie sich nur vor!«

»Ich hoffe, daß, wenn wir beobachtet werden, dies mit Mitleid verbunden ist«, sagte Virginia. »Das ist natürlich ein ziemlich wirklichkeitsfremdes Märchen.«

»Jenes Kindermädchen erzählte mir auch, daß manchmal die Fensterläden heruntergelassen werden. Ich wußte nicht genau, was es damit meinte. Eine Menge dieser Fabeln stammen aus Afrika, wurden mitgebracht und von Generation zu Generation überliefert. Dennoch – das ist ein schöner Gedanke. Ihr Kleid und die Stiefel sind fertig.«

Am Morgen des nächsten Tages kamen sie. Zuerst ritt nur ein Stoßtrupp der konföderierten Kavallerie durch die Felder, der die Sklaven in Deckung rennen ließ. Dann folgte die Infanterie, ein regelrechter Haufen. Schmutzig, erschöpft, kriegerisch. Im Zeitraum von einer Stunde hatten sie alle Überreste aus dem Räucherhaus entwendet, die Vorratskammer in der Küche geplündert, Hühner gejagt und mit den Bajonetten aufgespießt. Sie schlachteten Schweine, töteten die wenigen auf der Plantage gezüchteten Schafe und machten die Kühe nieder.

All dies ereignete sich in Raserei und infernalischem Tumult. Lenore, die sich ängstigte und sichtlich zitterte, drängte sich im Gesellschaftszimmer mit Virginia, Nanine und Phoebe zusammen. James blieb auf der Veranda stehen und fragte sich, was er tun könnte, um dieses Blutbad zu beenden. Nicht, daß es keinen Sinn hatte. Wie ein Feldwebel ihm erzählte, hatten diese Männer drei Tage nichts mehr zu essen erhalten, gerade eine Schlacht verloren und befanden sich mitten im Rückzug.

James machte sich auf die Suche nach dem wenigstens nominellen Befehlshaber. Diese Männer verspürten nicht die geringste Lust, von irgend jemandem Befehle entgegenzunehmen.

»Es tut mir leid, Sir«, sagte der Hauptmann zu James. »Das passiert überall. Die Verpflegung ist knapp, und die Männer haben Hunger. Sie kämpfen mit der ihnen zur Verfügung stehenden Kraft. Und falls wir auf den Farms nicht alles klauen, erledigen das die Yankees für uns. Ehe sie alles niederbrennen.«

»Wie nahe sind sie schon, Hauptmann?«

»Wir halten sie mit einem rückwärtigen Gefecht auf, das ein paar tapfere Männer führen. Ich schätze, sie sind etwa zwei Stunden von hier entfernt. Aber wir können die Yankees nicht aufhalten. Ich weiß, daß Sie Frauen hierhaben. Ich möchte Ihnen ans Herz legen, so schnell es geht von hier zu verschwinden.«

»Ich danke Ihnen. Sie haben recht.«

»Die Zeiten sind schlimm. Gestern noch befehligte ich dreihundertfünfzig Mann. Beim letzten Anwesenheitsappell hatte ich weniger als einhundertvierzig. Unsere Verluste sind einfach zu kraß.«

»Die Yankees erleiden ebenfalls Verluste«, erinnerte ihn James.

»Die haben sie sicherlich auch, aber von diesen Bastarden gibt es so viele. Sie kommen immer wieder. Jetzt haben sie sogar Niggerregimenter aufgestellt. Sklaven, die für sie gegen uns kämpfen. Ich sage Ihnen, wenn wir eines dieser Regimenter treffen, machen wir mit ihm kurzen Prozeß. Wir machen keine schwarzen Gefangenen. Das grenzt schon an Feigheit, daß der Norden Nigger hernimmt.«

»Der kann sich das leisten«, sagte James. »Wenn wir diesen Versuch unternähmen, würden sie wahrscheinlich uns erschießen.«

»Ach, wir versuchen das ja auch, und zum Henker mit ihnen, wenn sie nicht anständig kämpfen. Natürlich wissen sie genau, wofür sie kämpfen. Sie schätzen unseren Lebensstil. Jetzt suche ich am besten den Trompeter und lasse ihn meine Männer zusammentrommeln. Hier können wir mit Sicherheit nicht bleiben und gegen die Yankees anrennen.«

James begab sich zurück in das Gesellschaftszimmer. Man konnte hören, wie sich die Soldaten aufstellten, um geschlossen abzumarschieren. James machte einen nüchternen Eindruck, setzte hin und betrachtete seine Frau und Töchter. Er mußte sie von hier fortschaffen.

»Sieht es wirklich so mies aus, Papa?« fragte Nanine.

Er schaute auf. »Noch viel mieser. Die Yankees sind etwa zwei Stunden von hier entfernt. Wir müssen uns sofort aus dem Staub machen. Phoebe, geh bitte zu den Feldern hinunter und laß alle Sklaven sich vor dem Hause aufstellen. Es ist sehr wichtig.«

»Ja, Master«, sagte sie und eilte davon.

»Nanine, und du, Virginia, packt eure Siebensachen zusammen. Ich gehe runter und spanne unser übriggebliebenes Pferd vor den Wagen, mit dem wir fahren werden. Vorausgesetzt, diese Rebellenknülche haben nicht auch das abgeschlachtet. Lenore, packe auch du zusammen. Vor dem Ablauf einer Stunde werden wir von hier verduften müssen. Falls die Yankees kommen, werde ich mit Gewißheit als Kriegsgefangener genommen und ... Ich traue ihnen nicht, was Frauen angeht. Also beeilt euch!«

Wieder einmal packten sie ein, was sie für wichtig hielten und in ihre Koffer brachten. Sie stapelten alles auf den Wagen, den James vor die Türe fuhr. Jetzt waren die Sklaven von den Feldern gekommen und standen in einer Gruppe zusammen. James befand sich auf der obersten Stufe des Verandaaufganges, um zu ihnen zu sprechen.

»Die Yankees sind fast hier. Ich erkläre euch hiermit alle zu freien Männern und Frauen. Unabhängig davon, was der wahrscheinliche Ausgang dieses Krieges mit sich bringen wird, werdet ihr nie wieder Sklaven sein. Wir fahren weg von hier, weil es nicht gut wäre, in Gefangenschaft zu geraten. Doch für euch besteht kein Grund, diesen Ort zu verlassen. Vielleicht werden die Yankees tolerant sein und euch nichts antun oder bestehlen. In der Zwischenzeit könnt ihr euch aus dem Hause nehmen, was ihr wollt. Verschont nichts. Ihr könnt euch mit eurer Beute aus dem Staub machen, wenn ihr das für klug haltet. Ihr könnt aber auch hierbleiben, im großen Herrschaftshaus oder in den Hütten leben. Die Wahl liegt allein bei euch. Von nun an besitzt ihr die Freiheit, selbst auszuwählen.«

In dem Augenblick, als sie in Charleston einfuhren, stöhnte James bei sich, denn anscheinend bestand nur wenig Aussicht, daß seine dürftigen Pläne, irgendwie an eine Wohnung heranzukommen, sich je erfüllten. Vom Land um Charleston herum waren alle Farmer in die Stadt geströmt, wo sie nach einem Obdach und einer Überlebenschane suchten. In den Straßen tummelte sich ein Wirrwarr aus jeder erdenklichen Art von Bewegungsmitteln, die schließlich alle Wege verstopften, so daß man nur noch sehr langsam vorankam. James fuhr eine halbe Meile zurück und betrat die Straße auf einer anderen, weniger frequentierten Wegstrecke her.

Er stoppte vor einem großen Backsteingebäude und drehte sich um, um zu seiner Familie auf dem Wagen zu sprechen. »In diesem Gebäude habe ich einen Freund, der Rechtsanwalt ist und früher viele Immobiliengeschäfte abwickelte. Wenn wir nicht zu spät dran sind, kann er uns vielleicht helfen. Er schuldet mir noch so manche Gefälligkeit. Ich beeile mich. Verlaßt auf keinen Fall den Wagen, denn er würde in Null Komma nichts ausgeplündert sein.«

In dem Gebäude traf James absolute Verwirrung an. Hier befanden sich noch weitere Menschen, die Freunde und freiberufliche Geschäftsleute besuchten mit der Absicht, dasselbe zu finden wie James – ein Dach über dem Kopf.

Rechtsanwalt Griswold hatte tags zuvor sein Büro geräumt und weigerte sich, irgend jemand zu empfangen. Sein ältlicher Sekretär, der die Weisung hatte, alle Kunden abzuwimmeln, erkannte in James einen besonderen Klienten aus alten Zeiten. Er führte James in das Privatbüro, wo Griswold nur von einer Flasche Bourbon Gesellschaft geleistet bekam und sich auf seinen Stuhl geflegelt hatte, während seine Füße auf dem Rand des Schreibtisches lagen. Er war ein wohlbeleibter Mann mit sanften Gesichtszügen. James fiel es sofort ins Auge, daß er sich aufgegeben hatte.

»James, mein Freund«, sagte er, »hol dir einen Stuhl und helfe mir dabei, diese Flasche leerzutrinken. Ich habe noch mehr auf Lager. Das war eine Investition mit Blick in die Zukunft, die ich da vor ein paar Monaten tätigte, als ich merkte, daß alles auseinanderfiel. Wie geht es dir, wenn ich das fragen darf?«

»Sehr schlecht. Die Yankees haben uns gestern von der Plantage vertrieben und danach alles in Brand gesteckt.«

James war mit einem Glas einverstanden und schüttete einen gut eingeschenkten Whisky die Kehle hinunter. »Meine Familie ist draußen und paßt auf den Wagen und unsere Habseligkeiten auf. Wir müssen eine Wohnung finden.«

»Das müssen gut und gerne zehntausend andere Familien auch. Hm, zur Zeit zieht man Leute in unserem Semester ein. Wie kommt es, daß sie dich noch nicht gepackt haben?«

»Bis jetzt haben sie es noch nicht getan. Ich rechne aber jeden Tag damit.«

»Ich mache mich morgen auf den Weg. Sieh mich doch mal an! Ich könnte nicht einmal ein zwei Tage altes Lamm niederringen. Ich nehme an, daß man von mir nur verlangen wird, eine Kugel einzufangen, die jemand anders treffen könnte, der für den Krieg wichtiger ist als ich. Deswegen betrinke ich mich. Ich habe vor, den ganzen Tag über nichts anderes zu tun.«

James nippte an seinem Whisky und tat weiterhin ganz beiläufig. Er wagte nicht, den Eindruck zu erwecken, als hätte er Eile, denn das hätte Griswold in seiner Verfassung überhaupt nicht behagt.

»Es ist zwar unglaublich«, sagte er, »aber wir sind eine Nation von Farmern und sterben eines langsamen Hungertodes.«

»Man muß wohl in die Armee gehen, um sich redlich nähren zu können. Nun jetzt, du hast da so ein Problem. Du brauchst ein Haus. Mein Freund, du bist im richtigen Moment zum richtigen Mann gekommen. Ich hätte da ein Haus zu vermieten. Es befindet sich auf der South Battery. Ein recht großes Haus mit einer geräumigen, abgetrennten Küche. Hast du Geld?«

»Mir sind vier Ernten durch die Lappen gegangen und die Plantage auf der Insel. Viel ist da nicht übriggeblieben. Ich werde bald eingezogen, also, was immer du dir vorstellen magst, laß es mich billig haben.«

Griswold trank und lachte. »Das sind ungewohnte Worte, die dir da über die Lippen kommen, mein Junge. In eurem früheren Leben gab es nie etwas Billiges.«

»Das hat dir aber auch viel Arbeit beschafft«, erinnerte ihn James.

»Glaubst du, ich würde überhaupt mit dir reden,wenn ich das nicht wüßte? Fünfzig pro Monat. Es gehört einer Familie, deren Vater und beide Söhne bereits im Krieg sind. Die Mutter lebt mit einer Schwester in Atlanta, deshalb ist das Haus zu vermieten. Es gibt keine Garantie dafür , daß die Mutter eines Tages zurückkommt, aber in der momentanen Notlage ist das etwas anderes, falls du das notwendige Geld besitzt. Sie muß sofort bezahlt werden.«

»Ich habe es«, sagte James. Dort konnten sie zwei oder drei Monate leben und dann etwas Billigeres suchen. Dies bedeutete einen für Lenore nicht so drastischen Niedergang, da sie ein großes Haus beziehen konnte. Die South Battery galt zwar nicht als der nobelste Bezirk der Stadt, aber auch nicht unbedingt als Slum. James schätzte sich als Glückspilz.

Er zahlte Griswold hundert Dollar, trank noch ein Glas Whisky und verließ so schnell wie möglich das Büro, nachdem er den Schlüssel und die Adresse erhalten hatte. Dies stellte sich nicht als ein schwieriges Unterfangen dar, denn Griswold war eingenickt.

15

Virginia erhielt Briefe von Wade, wenn auch nicht allzu viele, doch sie geriet bei ihrer Lektüre jedesmal in Wut, wenn sie seine Berichte über ihre Liebesnächte und seine Ungeduld, sie wiederzusehen, las. Sie fragte sich, wie sie so wollüstig hatte sein können. Virginia ging nun täglich in das Lazarett und nahm aus freien Stücken daran teil, Binden zu rollen. Sie wußte, daß diese Arbeit leichter von der Hand ging, als zu kochen oder im

Haushalt mitzuhelfen. Als sie erst einmal dort war, erwies sie sich zu ihrer eigenen Überraschung als genauso tüchtig wie die anderen Damen, die sich darüber freuten, sie bei sich zu haben. Sie fand sogar noch eine andere Beschäftigung – Briefeschreiben für Soldaten, deren Verwundung es nicht zuließ, daß sie selber schrieben. Diese Tätigkeit erweckte nicht nur ihr Interesse, sondern auch Dankbarkeit. Sie wußte, wie sehr sie auf einen Brief von Marty wartete, doch er hatte schon lange kein Lebenszeichen mehr von sich hören lassen. Er informierte sie nicht einmal über seine Beförderung – ob er sie überhaupt erhalten hatte. Sie hoffte, daß dies so war, um ihrer Mutter willen.

Die ihr diktierten Briefe waren an Eltern, Frauen, Geliebte und Geschwister gerichtet. Wenn auch manche mit Zuneigung verfaßt wurden, so hatte doch keiner den Stil, den Wade angeschlagen hatte. Die Schamesröte schoß ihr beim Gedanken an sie allein ins Gesicht, obgleich sie genügend Vernunft besaß, sie zu zerreißen. Sie versuchte hartnäckig die Vorstellung zu verjagen, daß sie einen Fehler begangen haben könnte, indem sie seinen Hochzeitsantrag akzeptierte. Sie hatte seine Liebe genossen, obschon sie nicht selten einem Mißbrauch gleichkam. Der Gedanke, sie ein Leben lang auszuhalten, ließ sie erschaudern. Trotz ihres Hungers nach Liebe ertappte sie sich dabei, daß Wade in ihrer Fantasiewelt eine nicht sonderlich aufmunternde Gestalt angenommen hatte. Viel mehr Befriedigung empfand sie dabei, jeden Tag in das Lazarett zu gehen und nicht vor Sonnenuntergang zu Hause zu sein. Sie übernahm jetzt sogar gelegentlich die Aufgabe, Soldaten zu füttern, die einen Arm oder beide verloren hatten. Der Schrecken des Krieges hatte schließlich auch sie in seine Gewalt genommen, und sie konnte ihn nicht länger als langweilig abtun. Er wurde ihr immer verhaßter, da sie vertrauter damit wurde, was er den jungen Männern antat, die sich so gierig freiwillig gemeldet hatten und so tapfer für eine Sache kämpften, die sie für gerecht hielten. Dieser Krieg ergab einfach keinen Sinn. Vielleicht hatten Kriege das so an sich.

Sie vertraute sich weder Nanine noch Phoebe hinsichtlich ihrer Gefühle oder ihrer Arbeit im Lazarett an. Sie waren beide müde. Das verrieten ihre Gesichter. Sogar Papa war erschöpft, was nicht weiter verwunderlich schien. Die einzige Beschäftigung, die er auftreiben konnte, hätte eher für einen starken jungen Mann getaugt. Er arbeitete im Hafen, wo er Baumwolle verlud. Eigentlich Sklavenarbeit, doch sie bedeutete ein Einkommen, und allein das zählte.

Sein Verdienst hielt sie so gerade über Wasser, während die Miete allmählich die Ersparnisse auffraß, die er somit nicht erhalten konnte.

Das Leben war nicht zuletzt deswegen langweilig, weil jede neue Meldung über den Krieg schlecht ausfiel. Zu guter Letzt erhielt James seinen Einberufungsbescheid. Er befahl ihm, binnen vierundzwanzig Stunden in Uniform zu sein. Er brachte es fertig, Nanine und Phoebe zu informieren, sich nicht eher zurückzuziehen, als bis er mit ihnen gesprochen hätte. Das konnte erst dann geschehen, wenn Virginia und Lenore oben in ihren Zimmern waren. Sie mußten nicht lange darauf warten. Lenore begab sich in ihrem gewohnt deprimierten Zustand zu Bett, denn sie war sich sicher, daß Marty, wenn er nicht schon tot war, irgendwo verwundet in einem Lazarett lag, unfähig Kontakt mit ihnen aufzunehmen. Virginia leistete ihrer Mutter Gesellschaft.

James war mit Nanine und Phoebe in der Küche. Er saß am Kopf des Tisches, Nanine und Phoebe hatten an den Seiten Platz genommen. Mit ernster Miene betrachteten sie ihren Vater und waren bereit, mit ihm zu reden.

»Wie ihr wißt«, hob er an, »sind unsere finanziellen Rücklagen zusammengeschrumpft. Wir haben noch Geld für weitere drei Monatsmieten. Den Rest müßt ihr mit Verstand für Nahrung, Öl für die Lampen und verschiedene Dinge ausgeben, die man zum Überleben benötigt.«

Nanine lächelte. »Mama war enttäuscht, daß es in diesem Haus keine Gasleitungen gab.«

James nickte. »Ich weiß. Habt Geduld mit ihr. Sie war früher eine glänzende Gastgeberin und plante viele hervorragende gesellschaftliche Veranstaltungen. Das erwartete ein Gentleman des Südens von seiner Frau. Viele von dieser Art Frauen lassen es sich heute noch gutgehen. Sie haben mit Würde den Übergang von einem Leben, das mit gesellschaftlichen Anlässen gespickt war, zu einem Leben geschafft, in dem sie selbst auf den kleinsten Luxus verzichten müssen und sich besinnen auf Erfindungsgabe, harte Arbeit und Opferbereitschaft. Dir ist das gelungen, Nanine. Unglücklicherweise nicht Virgie. Die Schuld liegt bei mir. Ich verzog sie, doch ich hatte gehofft, daß ein Teil des Esprits, den sie immerhin an den Tag legte, sich der Veränderung unterziehen würde, die wir durchzumachen hatten.«

»Sie geht jeden Tag in das Lazarett, Papa«, sagte Nanine.

»Bist du dir da so sicher?« fragte er.

»Ich glaube es ihr, Sir«, sagte Phoebe. »Sie beklagt sich nicht mehr über das Essen und kommt erst spät abends nach Hause.«

»Was macht sie im Lazarett?« fragte James.

»Sie rollt Binden«, sagte Phoebe. »Und leistet vielleicht noch andere Dienste.«

»Das möchte ich bezweifeln«, sagte er lächelnd. »Wie auch immer, ihr beiden müßt euch um die zwei da oben kümmern.«

»Das werden wir tun, Papa«, versicherte ihm Nanine mit einem Lächeln.

Er betrachtete sie mit tiefer Besorgnis. »Du arbeitest zuviel, Nan. Fühlst du dich wirklich gut?«

»Aber ja doch, Papa. Ich bin zwar müde, doch wer ist das nicht?«

»Da ist noch etwas. Es geht mir schon einige Zeit im Kopf herum. Moses und Belle haben die Silbersachen vergraben. Es müßte noch immer dasein. Wenn wir nur drankommen könnten!«

Nanine sagte: »Die könnte man für eine erkleckliche Summe verkaufen. Damit könnten wir uns eine Zeitlang durchschlagen. Gibt es eine Möglichkeit, es ... irgendwie ... zu holen?«

»Das habe ich schon untersucht. Die Insel liegt unter strenger Bewachung. Man unternimmt dort so eine Art Experiment. Ich kenne keine Details, aber es scheint unter Geheimhaltung zu stehen, weshalb genug Yankee-Soldaten dort stationiert sind, um niemanden rein- oder rauszulassen. Soweit ich weiß, erfährt man nichts über die Ereignisse dort. Es gibt sogar einige, die behaupten, daß sie die Insel als Festung ausbauen.«

»Mein Gott«, sagte Phoebe nachdenklich, »welch ein Vermögen würde das Silber uns einbringen! Wir hatten so viel davon!«

»Es könnte genausogut im Weißen Haus in Washington liegen«, sagte James. »Wir wissen nicht einmal, ob es noch da ist. Nur Moses und Belle wissen davon, da es unter dem Boden ihrer Hütte vergraben ist. Während ich Moses traue, hat Bell die Neigung, zuviel zu reden. Vergeßt es!«

»Es wird nicht einfach sein«, sagte Phoebe. »All dieses wundervolle Silber.«

»Da ist noch eine andere –«, er brach mitten im Satz ab. »Ach nein, es hat keine Bedeutung. Das Silber wäre unsere Rettung, da gibt es nichts zu deuteln. Nun, hier stehe ich und warte darauf, eine Uniform zu tragen. Der Himmel allein weiß, wohin sie mich schicken. Es ist weitaus besser den Tatsachen in die Augen zu schauen, als sich kühne Träume zu leisten, die dann in einer Gefangenschaft enden.«

Nanine sagte: »Es ist wohl ratsam, Virgie nicht an das Silber zu erinnern, denn sonst braut sie noch irgendwelche verrückten Pläne zusammen, um es zu bekommen.«

»Nicht einmal ein verrückter Plan würde Aussicht auf Erfolg haben«, sagte James. »Glaubt nicht, ich hätte mir nicht alles mögliche durch den Kopf gehen lassen. Sie würde vielleicht erschossen werden.«

Nanine sagte: »Virgie würde es niemals gestatten, von einer Yankee-Kugel beschmutzt zu werden.«

Ihr Versuch, humorvoll zu sein, milderte die Finsternis der schweren Stunde. Phoebe erhob sich und kehrte mit einer Flasche und drei Gläsern auf einem Tablett zum Tisch zurück.

»Ich fand diesen Wein im Keller hinter leeren Fässern. Ich hoffe, die Dame des Hauses wird uns vergeben, daß wir ihn aufstöberten, aber ich habe das Gefühl, der heutige Anlaß hat einen Trinkspruch auf Sie verdient, Sir.«

»Danke dir, Phoebe«, strahlte James Wärme aus und betrachtete den dunklen Wein mit Begeisterung. »Er sieht wie Sherry aus.«

»Das ist es auch«, sagt Phoebe, wobei sie zwei der Gläser halb füllte und im dritten nur den Boden bedeckte, welches sie für sich behielt.

»Guter Himmel, Phoebe«, sagte James, »wenn wir drei trinken wollen, mußt du genauso viel haben wie wir.«

»Nicht heute abend, Sir«, antwortete sie. »Ich möchte nur einen Schluck, um auf Ihre sichere Rückkehr zu trinken.«

»Ich danke dir, Tochter«, sagte er zutiefst gerührt.

Als sie ausgetrunken hatten, setzte er sein Glas ab und sagte: »Da ist noch etwas. Ich kann Verabschiedungen nicht leiden. Ich werde morgen vor Tagesanbruch aufbrechen. Und wenn von euch zwei jetzt eine auch nur eine Träne vergießt, mache ich mich augenblicklich auf den Weg.«

»Das können Sie nicht, Sir«, sagte Phoebe mit einem Lächeln. »Sie müssen jetzt erst diese Flasche mit auf Ihr Zimmer nehmen und sich dort mit ihr entspannen. Man kann nie mit Bestimmtheit sagen, wann das Militär hier einmarschiert und sie konfisziert.«

»Phoebe hat recht, Papa«, sagte Nanine. »Niemand kann sagen, wann es wieder etwas Alkoholisches gibt.«

»Ich danke euch beiden«, sagte er, steckte den Korken in die Flasche und stand auf. »Ich komme zurück, und dann machen wir ein Riesenfest. Marty wird auch dabei sein.«

Nanine sagte: »Möge dieser Tag bald sein.«

Sie stand auf und drückte ihren Vater. Er ließ sie los und wandte sich zu Phoebe. Seine Arme legten sich um sie, und er küßte sie auf die Braue.

Er schnappte sich die Flasche und kippte die Neige in seinem Glas hinunter. »Ich genieße den Wein ganz besonders, da ich weiß, daß ihr ihn für mich aufbewahrt habt. Ich verlasse mich darauf, daß ihr euch um alles kümmert während meiner Abwesenheit. Es tut mir leid, daß ich keine Vorsorge für euch treffen konnte, doch ich habe das Gefühl, daß sich meine Töchter als erfinderisch erweisen werden. Wenigstens zwei von ihnen. Sagt bitte nichts weiter. Gute Nacht!«

Nanine saß am Tisch, als Virginia in einem hellblauen, langen Morgenrock herunterkam, der verblaßt und an einigen Stellen abgetragen war. Seit einiger Zeit unterließ sie es, sich über ihre mangelhafte Garderobe zu beklagen. Nanine wußte nicht,ob ihre Schwester sich damit abgefunden hatte oder sie es nicht länger als beschämend empfand, da ein jeder ausrangierte Kleider anziehen mußte.

Nanine sagte: »Papa hat uns verlassen, Virgie. Er ist heute früh gegangen.«

Virginia ließ das Messer aus ihrer Hand fallen. Es klapperte gegen den Teller. »Er hat nicht einmal auf Wiedersehen gesagt.«

»Er hatte Bedenken, daß Mama Theater machen würde. Wir müssen es ihr so schonend wie möglich beibringen.«

Virginia schob ihren Stuhl zurück. »Ich habe keinen Hunger. Was sollen wir jetzt anfangen? Wir hingen von Papa ab.«

»Jetzt sind wir auf uns selber angewiesen«, sagte Nanine. »Von diesem Augenblick an bin ich Vorstand dieses Haushaltes und in dieser Eigenschaft verfüge ich, daß Phoebe alle Mahlzeiten mit uns einnimmt und nicht als Sklavin angesehen wird. Oder als ein farbiges Mädchen. Auch wenn sie einen leichten Hauch besitzt.«

»Warum sollte ich da etwas dagegen haben?« fragte Virginia. »So lange wie sie ihre Arbeit anteilmäßig erledigt.«

»Das beabsichtige ich auch«, sagte Phoebe und schaute auf die Tür. »Ihre Mutter kommt. Bitte weinen Sie nicht, Virginia. Das würde sie nur noch mehr aufregen.«

Virginia war sich dessen bewußt, doch sie hatte Tränen in den

Augen, als ihre Mutter zu ihnen stieß. Falls sie vorhatten, ihr die Nachricht schonend beizubringen, so ließ Lenore ihnen kaum eine Chance dazu.

»Wo«, fragte sie, »ist dein Papa, Nanine?«

Nanine sagte: »Er ist heute früh weggegangen, Mama.«

»Weggegangen? Wohin denn?«

Virginia sagte: »Mama, du wußtest doch, daß er zur Armee einberufen wurde. Er erhielt den Bescheid und ... hat sich auf den Weg gemacht. Er wollte dir die Aufregung des Abschieds ersparen. Auch ich habe ihm nicht ›Auf Wiedersehen‹ gesagt.«

»Ach, mein Gott, was soll denn nun als nächstes folgen?« rief sie schmerzvoll aus. »Haben wir nicht schon genug mitgemacht? Soll denn der Rest unseres Lebens so aussehen?«

Während der darauffolgenden paar Monate hatten sie nur eine einzige gute Nachricht. In einem Brief von James stand, daß er in einer der großen Rüstungsfabriken in Selma die Arbeit eines Schriftführers in der Registratur zugewiesen bekommen hatte.

»Ihr seht«, sagte Nanine, »daß er recht hatte. Er erwartete nicht, zum aktiven Dienst herangezogen zu werden.«

»Das ist eine Erleichterung«, pflichtete Lenore bei. »Ich fühle mich besser, da ich dies erfahren habe. Ich frage mich nur, warum Marty nicht schreibt.«

»Er ist beschäftigt«, sagte Nanine.

»Und Wade auch nicht... Hat er in letzter Zeit noch einmal geschrieben?«

»In letzter Zeit nicht, Mama. Ich nehme an, daß auch er viel zu tun hat. Das letzte, was ich an Information erhielt, war, daß er sich an einer der umkämpftesten Fronten befand. Die Männer haben nicht viel Zeit zu schreiben.«

Nanine trug einen Stapel Geschirr in die Küche. Sie hatte einen weiten Weg vor sich und zuviel aufgeladen. Als sie die Küche erreicht hatte, stellte sie es mit Geklapper hin und lehnte sich schwerfällig gegen das Spülbecken, während sie ihre Atemnot zu unterdrücken versuchte.

Phoebe sah, wie sie sich hilfesuchend an das Becken klammerte, und lief sofort zu ihr hin.

»Es ist nichts«, sagte Nanine. »Ich werde nur so schnell müde. Die geringste Anstrengung und ...«

»Das habe ich schon gemerkt. Du brauchst einen Doktor.«

»Meine liebe Phoebe, es gibt keine Doktoren hier. Sie sind alle im Krieg oder arbeiten bei den Verwundeten. Jedenfalls habe ich das schon einmal mitgemacht. Ich weiß, was es ist. Wir sagen Mama und Virgie nichts davon. Auch du weißt, was ich habe. Wir könnten gar keinen Doktor zahlen, weil wir fast kein Geld mehr haben.«

»Da hatte ich mir beinahe gedacht. Ich sollte mich nach einer Arbeit umsehen, die uns ein wenig Geld einbringt.«

»Warte ein bißchen damit. Ich will es zuerst mit dir besprechen, bevor du dich nach Arbeit umsiehst. Du bist hier sowieso schon zu stark beschäftigt. Ich gebe Mama vollkommen recht, wenn sie sagt, daß du dich als Köchin sehr geschickt anstellst, Du kochst exzellent.«

»Sicherlich ist das mit dem wenigen, was wir haben, eine Herausforderung, unser Essen schmackhaft zu bereiten. Besonders Ihre Mama ist nur schwer zufriedenzustellen. Virgie hat sich ebenfalls noch nicht beklagt.«

»Das ist wahr«, stimmte Nanine zu. »Sie ist sehr ruhig geworden. Ich weiß nicht, ob das damit zu tun hat, daß sie Wade so sehr vermißt, oder ob es an ihrer Arbeit im Lazarett liegt. Bestimmt hat sie die Wahrheit in dieser Beziehung gesagt. Es muß ihr dort gutgehen, und sie muß dort gern arbeiten.«

»Wenn Sie ihren Ehemann schon erwähnen, muß ich in Anbetracht unserer finanziellen Notlage sagen, daß sein Sold höher ist als der Ihres Papas. Ich begreife nicht, warum er ihr nichts schickt.«

»Ich glaube nicht, daß er weiß, wie es um uns steht.«

»Sie könnte es ihm schreiben.«

»Das fällt ihr ungeheuerlich schwer. Diese Sache bringen wir im Moment am besten nicht zur Sprache, wenn ich auch zugeben muß, daß wir es eigentlich tun sollten. Denn es gibt da noch etwas, das auf uns zukommt und mit dem ich nicht zu Rande komme. Die Besitzerin dieses Hauses zieht wieder hier ein, und wir müssen das Haus innerhalb von wenigen Tagen räumen.«

»Wie furchtbar!« Phoebes Miene verriet tiefe Besorgnis. »Jetzt haben wir ein echtes Problem. Wohin können wir uns wenden?«

»Sie teilte mit, daß sie es zulassen würde, uns in der Küche wohnen zu lassen. Wir könnten unsere Betten heruntertragen. Sie merkte ebenso an, daß sie wüßte, wie schlecht die Lage wäre, und deshalb wollte sie uns kostenlos hier leben lassen, versprach sie, aber... sie erwartet als Gegenleistung, daß wir kochen und sie und ihre Schwester bedienen, die gerade erst ihren Mann im Krieg verloren hat. Stell dir Virgies und Mamas Reaktion darauf vor! Dienerinnen!«

»Lassen Sie mich in dieser Angelegenheit mit Virginia sprechen? Bitte«, drängte sie Phoebe.

»Ich weiß nicht, was du im Schilde führst, aber ich wäre erleichtert, wenn du keine Auseinandersetzung mit ihr hättest«, seufzte Nanine. »Gerade jetzt, wo sie sich offensichtlich beruhigt zu haben scheint.«

Virginia war gerade dabei zu überprüfen, was von ihrer Garderobe die Fluchtaktionen überlebt hatte, und warf einige Kleidungsstücke auf die Seite. Phoebe stand neben ihr und schaute ebenfalls die Kleider durch, unterließ allerdings, Virginia Ratschläge zu geben, wie sie sich in der kommenden Zeit kleiden könnte.

»Haben Sie gemerkt, wie Nanine in den letzten Tagen aussieht?« fragte Phoebe.

»Was meinst du, wie sie aussieht?«

»Nanine ist krank. Es handelt sich um die gleiche Krankheit, die sie in jenem Winter auf der Insel hatte. Ich fürchte, daß sie sie wieder heimsucht. Das heißt, daß sie sich bald ins Bett legen muß und lange dortbleiben.«

»Warum erzählte sie mir nichts davon?«

»Nan spricht nicht gerne über solche Angelegenheiten. Sie sagt, wir hätten schon Sorgen genug. Das manövriert uns in eine ernste Lage, die schlimmer ist, als Sie sich vorstellen können, da Nan heute einen Brief von der Hausbesitzerin bekam. Uns bleibt die Wahl zwischen zwangsweiser Räumung oder –«

»Mein Gott, wohin sollen wir gehen?« fragte Virginia erschrocken.

»Es eröffnet sich uns die Alternative, die Küche zu benutzen. Wie Sie wissen, ist sie abgetrennt und bietet uns ausreichend Platz, um dort zu leben. Doch die Hausherrin erwartet als Gegenleistung von uns, daß wir die Mahlzeiten zubereiten und servieren. Das ist ein faires Geschäft.«

»Glaubt die denn, daß ich mich an einem Herd abrackere und Tabletts schleppe?«

»Das erwartet sie von uns. Nanine und ich glauben, daß das für ein Dach über dem Kopf eine faire Sache ist, da es keinen Cent kostet.«

»Aber es stellt zugleich eine Erniedrigung dar«, sagte Virginia ungeduldig.

»Das bin ich gewohnt«, sagte Phoebe mit einem Lächeln. »Ich weiß, wie schwierig das für Sie ist, aber wir müssen jetzt kühlen Kopf bewahren. Unsere Rücklagen werden immer dünner.«

»Aber es muß doch eine Stelle geben, wo wir uns welches beschaffen können.«

»Ja«, zollte Phoebe ihr recht. »Aber nur Sie wären in der Lage dazu, es für uns zu beschaffen.«

»Was soll das heißen?« Virginia warf das Kleid, das sie gerade in der Hand hielt, auf die Seite und schenkte Phoebe ihre ungeteilte Aufmerksamkeit.

»Bitte, seien Sie nicht beleidigt, weil die Bitte, die ich jetzt vorbringe, persönlicher Natur ist.«

»Mach dir nichts draus«, sagte Virginia ungeduldig. »Wie könnte ich Geld beschaffen?«

»Es ist mehr eine Sache des Fragens als des Beschaffens. Ich denke an Ihren Mann. Hat er Ihnen nichts von seinem Hauptmannssold geschickt? Falls er dazu nicht imstande ist, könnte er dann nicht seinem Vater schreiben und vorschlagen, daß der uns etwas zukommen läßt, damit wir wenigstens genug zum Beißen haben?«

Virginia wandte ihr Gesicht ab. »Ich habe ihn schon zweimal gefragt. In seinem letzten Brief, den ich vor zwei Monaten erhielt, sagte er, daß er keinen Sold bekomme und der Krieg das Geschäft seines Vaters ruiniert hätte.«

»Glauben Sie ihm?« fragte Phoebe forsch.

»Nein. Ich holte Erkundungen ein darüber, wie man die Offiziere bezahlen würde. Sie werden bezahlt, wenn auch nicht gerade üppig. Aber ich bat ihn nicht um viel.« Sie machte eine Pause und fügte dann fast trotzig hinzu: »Und ich bat nicht nur meinetwegen.«

»Das nehme ich Ihnen ab.« Phoebes Antwort strahlte Ruhe aus. »Vor allem müssen wir jetzt unseren Ideenreichtum unter Beweis stellen. Das Vorhaben, welches ich im Moment in meinenen Gedanken hege, könnte für uns beide gefährlich sein. Es wird von uns beiden viel Mut abverlangen, wenn wir es durchstehen wollen.«

»Ich verstehe nicht genau, was du meinst. Was durchzustehen?«

»Wir befinden uns in einer sehr prekären Situation. Ihre Mama ist hilflos. Nanines Krankheit verschlimmert sich. Sie wird weiterarbeiten, bis sie zusammenbricht und nicht wieder aufsteht. Jetzt liegt es an uns – an Ihnen und an mir.«

»Du hast doch etwas im Sinn. Wenn es zweckvoll ist, bin ich dabei.«

»Lassen Sie uns versuchen, auf die Insel zu schleichen und das Silber, das unter Belles Hütte vergraben liegt, zu holen.«

»Phoebe! Dich müssen alle guten Geister verlassen haben. Die Yankees sind dort stationiert.« Virginia warf voller Ungeduld ihren Kopf nach hinten. »Ich werde darüber gar nicht sprechen. Ich weiß, daß ich das, was du vorschlägst, nicht tun könnte. Hör auf, davon zu reden! Es ist der reinste Wahnsinn!«

»In diesem Fall werden Sie die Familie von nun an übernehmen müssen«, sagte Phoebe. »Hier bleibe ich nicht. Ich bin ein freier Mensch. Ich kann hingehen, wo ich will, und es hat auch wenig Sinn, in einer Familie zu verweilen, die sich aufgegeben hat. Ich werde für mich selbst sorgen.«

»Phoebe, untersteh dich!« schrie Virginia entsetzt aus.

»Und ob ich das kann! Übrigens bin ich ein zusätzliches Maul, das gestopft werden muß. In der Küche zu viert zu hausen, wäre unbequem. Außerdem hätte ich von neuem Sklavin zu spielen. Dafür würde die Hausbesitzerin sorgen.«

»Ich verbiete dir, uns zu verlassen.«

»Das könnten Sie mir nicht verbieten, jetzt nicht mehr«, sagte Phoebe mit einem Anflug von Selbstgefälligkeit. »Sie können mich nicht hierbehalten. Wenn Sie sich weigern, für sich, Ihre Schwester und Ihre Mutter zu sorgen, wie können Sie dann von mir verlangen, daß ich die Verantwortung übernehme? Ich werde es nicht tun.«

»Wenn ich mit dir also nicht auf die Insel gehe, wirst du uns allen Ernstes verlassen?«

»Ich werde schon morgen früh fort sein.«

»Ich muß mit Nanine sprechen ...«

»Das dürfen Sie nicht tun. Wir sagen ihr kurz vor unserem Aufbruch Bescheid, denn sonst wird sie darauf bestehen, uns zu begleiten, wozu sie nicht in der Lage ist. Nur Sie und ich können das bewerkstelligen.«

»Wann ... müßten wir uns aufmachen?«

»Innerhalb der nächsten Stunden. Unmittelbar nach Einbruch der Dunkelheit.«

»Nicht so bald, Phoebe.«

»Je früher, desto besser«, sagte Phoebe mit entschlossener

Stimme. »Sie müssen nur etwas Dunkles anziehen, die Haare nach oben stecken und ein Tuch darüber tragen. Nehmen Sie unbedingt Schuhe, mit denen Sie rennen können, wenn es notwendig ist. Machen Sie sich zurecht, während ich mit Nan rede.«

Virginia schwankte dazwischen, sich zu weigern, Phoebe ihre Freiheit zu gewähren, und ihr zu sagen, daß es nun ihr Recht war, die Familie zu verlassen, wenn sie es wünschte. Doch Phoebe hatte ein zu grausiges Bild von einem Leben in der Küche gemalt, das obendrein von der Grille einer ihr unbekannten Hausbesitzerin abhing. Selbst wenn sie geschnappt werden würde, könnte das Leben nicht schlechter sein, als es sich hier gestaltete.

16

Wie aus einem dunklen Nichts tauchte plötzlich die Insel auf. Der Mond schien nicht, der Himmel war diesig und nicht ein einziger Stern strahlte, um eine Orientierungshilfe zu bieten. Sie hatten den Weg zur Insel aus der bloßen Erinnerung an ihre Reisen, die sie während ihres Lebens so zahlreich auf das Festland gemacht hatten, geschafft.

Phoebe klopfte Virginia leicht auf die Schulter. »Von jetzt an flüstern wir. Stimmen hört man über dem Wasser sehr weit. Ich übernehme die Ruder. Ich weiß genau, wo ich mit dem Boot an Land kommen will. Gehen Sie nach vorne, bitte. Wir müssen uns dabei beeilen, auf den Strand zu gelangen.«

Virginia widersprach ihr nicht. Phoebe ruderte langsam weiter, führte die Ruder geräuschlos durch das Wasser, spähte auf die Insel und hielt Ausschau nach Anhaltspunkten. Sie suchte einen bestimmten riesigen Eichenbaum. Als sie ihn erblickte, und in schwachen Umrissen aus der Dunkelheit emporragen sah, wendete sie das Boot und bewegte es noch langsamer und vorsichtiger.

Als sie sich dann der Küste näherte, legte sie die Ruder ein und ließ das Boot eine Weile treiben, während sie die Ohren spitzte und nach den Schattengestalten von Wachsoldaten suchte. Es war damit zu rechnen, daß die Yankees Wachen eingeteilt hatten, um die Insel gegen eine Invasion von Festlandrebellen zu schützen, doch Phoebe bezweifelte, daß sie auf den Einfall zweier Frauen in einem Ruderboot vorbereitet waren.

Sie ruderte jetzt zielstrebiger und fuhr das Boot direkt auf den schmalen Strand zu. Als sie gestrandet waren, sprang Virginia sofort aus dem Boot, obwohl sie in knöcheltiefem Wasser zu waten hatte. Sie hielt ihr Kleid hoch und erreichte das trockene Ufer. Phoebe warf ihr das Tau zu, und Virginia hielt das Boot fest, so daß Phoebe zu ihr herauskommen konnte. Mit vereinten Kräften zogen sie das Boot aus dem Wasser und über den schmalen Küstenstreifen zu einer Stelle, die mit dichtem Buschwerk bewachsen war und wo sie das Boot recht ordentlich zu verstecken vermochten. Sie schnappten beide nach Luft.

Als sie die letzten Blätter, Laub und Zweige auf das Boot gelegt hatten, war es an der Zeit, sich aufzumachen. Sie hatten keine zehn Schritte gemacht, als sie Fußgetrampel hörten, und ein vergnügter Pfiff die Ankunft von jemandem ankündigte. Sie zogen sich gleich in das das Boot umgebende Gebüsch zurück und knieten sich nieder. Durch die Zweige hindurch erkannten sie einen Yankee, der mit einem Bajonett bewaffnet war. Offensichtlich verrichtete er gerade einen Wachrundgang.

Virginias Hand suchte die Phoebes und hielt sie fest. Der Soldat lief weiter. Virginia machte den Versuch, etwas zu sagen, doch Phoebe legte die Hand über ihren Mund.

Virginia nickte verständnisvoll und legte Phoebes Hand in deren Schoß zurück. Sie knieten zehn Minuten lang. Der Soldat kam nicht zurück. Phoebe wies Virginia an, dort zu bleiben, wo sie war, während sich Phoebe zehn Meter weit aus dem Gebüsch herauswagte, stehenblieb und lauschte. Ging man von der Ruhe aus, schien die Insel verlassen zu sein, doch Phoebe wußte sehr wohl, daß auf der Insel jetzt mehr Menschen lebten als früher. Sie lief zurück, um Virginia ein Zeichen zu geben, ihr zu folgen. Als sie über ein weites, offenes Gelände rannten, wußten sie beide, daß sie nicht weit vom Herrschaftshaus entfernt waren.

Plötzlich ergriff Virginia Phoebes Arm und brachte sie zum Stehen. Sie deutete wortlos in eine Richtung, und Phoebe sah zum erstenmal die Umrisse des Hauses. Soweit es die Dunkelheit der Nacht erkennen ließ, schien es noch intakt. Anscheinend hatte sich nichts verändert. Virginia verspürte einen Schmerz in sich und biß sich auf die Lippen, um ihre Tränen zurückzuhalten.

Als sie den Bereich der Hütten erreicht hatten, stellten sie fest, daß die Insel alles andere als verlassen war. Sie konnten Stimmen hören und deutliche Hinweise auf Fröhlichkeit. Aus Angst bewegten sie sich ganz vorsichtig. Jenseits der Sklavenkirche war ein Lager aufgeschlagen worden, das aus Zelten, erst vor kurzer Zeit gebauten Gebäuden und Einrichtungen bestand und wahrscheinlich dazu diente, einen Teil der Soldaten bei schlechtem Wetter zu beherbergen. In einigen Hütten sah man Lampen brennen, weswegen Phoebe sich vergewisserte, daß sie sich in weitem Abstand befanden.

Schließlich kauerten sie etwa zwanzig Meter von Belles Hütte entfernt, froh, in dem einen Fenster Licht zu sehen. Phoebe flüsterte, daß Virginia bleiben solle, wo sie sei. Phoebe kroch auf allen vieren zu der Hütte. Direkt unterhalb des Fensters legte sie eine Pause ein und horchte. Innen waren Stimmen zu hören, und sie erkannte den dumpfen Baß von Moses. Sie erhob sich, so daß sie durch das Fenster sehen konnte. Belle saß am Kamin und döste vor sich hin. Moses tat sein bestes, um eine Zeitung auf dem Tisch zu entziffern.

Sie bückte sich nieder und verweilte mehrere Minuten in dieser Stellung, lauschend und in die Dunkelheit starrend. Sie wußte, daß eine Menge Soldaten auf der Insel stationiert sein mußten, sehr viele davon hier in Willowbrook. Sie richtete sich wieder auf und schlug leicht gegen das Fenster. Belle fuhr entsetzt auf. Moses nahm sich sogleich ein kräftiges Stück Feuerholz. Phoebe klopfte ein zweites Mal gegen das Fenster und drückte ihr Gesicht gegen die Scheibe. Sie sah, wie sich Belles Augen ungläubig verdrehten. Belle sagte etwas zu Moses, der sich beeilte, die Tür zu öffnen. Phoebe lief zu ihr herüber und stand für einen Augenblick keck im Licht. Dann gab sie Virginia mit der Hand ein Zeichen, auf das hin sie herüberstürzte. Sie betraten die Hütte und schlossen die Tür.

Belle glotzte sie an, als käme sie von einem fremden Stern. Moses erholte sich als erster von dem Schock, brummte vor lauter Glück etwas in seinen Bart und umarmte Phoebe. Dann wandte er sich zu Virginia und machte wie in alten Tagen mit dem Kopf eine Verbeugung.

»Missy, Sie sin für diese armen Augen wahrlich ein Anblick! Belle, du bist auch so ruhig.«

»Kann nix sagen, weil ich zuviel Angst hab'«, sagte Belle. »Was is, wenn die Yankees sie hier finden? Was treibt ihr denn überhaupt hier, Phoebe?«

»Belle, halt dein Maul, oder ich knall' dir eine. Das hier is die Missy.«

»Für mich is das nich mehr die Missy. Das haben die vom Norden gesagt. Wir machen keine Verbeugungen mehr.«

»Belle, was redest du da!« sagte Virginia scharf. »Natürlich seid ihr frei. Bereits mein Vater schenkte auf der großen Plantage den Sklaven die Freiheit. Phoebe ist auch ein freier Mensch.«

Phoebe sagte: »Moses, blase die Lampen aus, so als wärst du und Belle im Bett. Dann können wir im Dunklen reden, ohne daß uns jemand entdecken kann.«

Belle murmelte irgend etwas, doch sie blies die Lampe aus. Moses schob Virginia einen Stuhl hin. Belle hockte sich in die Nähe des Feuers, das nur einen schwachen Lichtschein verbreitete. Die Wärme tat gut. Virginia bereitete den feuchten Saum ihres Kleides aus, um es zu trocknen. Vorher hatte sie bereits ihre Schuhe ausgezogen und die Füße gegen das warme Holz gestemmt, damit auch die Strümpfe trockneten.

Phoebe sagte: »Auf dem Festland sieht die Lage nicht rosig aus. Sehr schlecht sogar. Die große Plantage existiert gar nicht mehr. Die Yankees haben das Haus niedergebrannt, die Sklaven und die Soldaten haben alles geplündert, was ihnen in die Hände kam. Wir leben jetzt in Charleston und haben nicht mehr viel Geld. Wir sind wegen des Silbers hierher zurückgekommen. Ich gehe davon aus, daß es noch an Ort und Stelle ist.« Sie stampfte leicht auf den Boden der Hütte.

»'s is hier«, sagte Moses. »Haben's für Master James aufgehoben. Wie geht's ihm?«

»Er mußte zum Militär. Deswegen stecken wir in solcher Geldnot«, erklärte Virginia. »Mama geht es gut, wenn sie es auch nicht wahrhaben will. Nanine hingegen ist wirklich sehr krank. Wir müssen das Silber verkaufen, um sie unter ärztliche Aufsicht stellen zu können.«

»Nun, wir müssen uns ranhalten und das Silber ausgraben«, sagte Moses. »Das wird kein Pappenstiel sein, Missy. Das dauert seine Zeit. Mehr als wir heut' abend haben, weil wir müssen vorsichtig sein. Wenn die Yankees das Silber sehen, sehen Sie es bestimmt nie mehr.«

»Wir werden uns irgendwo verstecken«, sagte Phoebe. »Kannst du es uns für morgen abend zurechtmachen?«

»Schätze schon.«

»Fang heut abend noch zu graben an«, sagte Moses. »Ihr müßt euch irgendwo verstecken, und paßt drauf auf, daß sie euch nich finden. Die Soldaten haben den Befehl, jeden vom Festland zu erschießen.«

»Wir werden uns möglichst gut verstecken, glaube mir«, sagte Virginia von Schauder erfüllt. »Wir gehen zum Boot zurück und verstecken uns dort.«

Moses sagte: »Belle, du holst alle Decken, die wir haben, und machst ihnen für morgen was zum Essen. Du gibst ihnen anständig was, kapiert? Ihr kommt morgen abend ungefähr zur selben Zeit zurück, Missy, ich schätze, dann haben wir das Silber bereit.«

»Ich bin euch zu Dank verpflichtet, Moses.«

»Wenn wir das Silber morgen abend in das Boot bringen können, werden wir es schaffen«, sagte Phoebe. »Wir kommen besser voran, als ich mir erhofft hatte.«

»Bis morgen abend dann«, sagte Virginia.

Belle nickte. »Ihr kommt morgen zurück. Ich mache euch jetzt noch einen Eßkorb zurecht.«

»Wer führt hier im Moment das Kommando?« fragte Virginia, während Belle in Ruhe den Inhalt des Korbes zusammenstellte.

»Major Elias, Missy. Elias Birch. Er stammt aus Massachusetts.«

»Wie ist er?«

»Ein feiner Kerl. Kriegte eine Kugel durch sein Bein, direkt wo der Krieg losging. Haben ihn hierhergeschickt, tut alles für uns Nigger. Ich mag ihn sehr. Lebt in Ihrem Haus, Missy. In Ihren Zimmern.«

»Sie werden erbärmlich stinken. Der Gestank wird dem Hause ewig anhaften«, sagte Virginia wütend.

Moses schüttelte den Kopf. »Major is 'n feiner Gentleman, Missy.«

»Kein Yankee ist ein Gentleman, Moses. Jedenfalls nicht nach meinem Dafürhalten.«

Belle reichte Virginia die Decken und Phoebe den Eßkorb. Sie öffnete die Tür und ging nach draußen, um zu sehen, ob die Luft rein war. Phoebe, der der Korb hinderlich war, rannte recht unbeholfen über das offene Gelände, hinter ihr Virginia, nachdem Belle ein Zeichen gegeben hatte. Es nahm eine halbe Stunde in Anspruch, ehe sie das Boot erreichten. Sie ließen sich nieder und schmiegten sich unter den Decken aneinander. Um sich zu unterhalten, waren beide zu erschöpft. Nach einer Weile hatten sich beide eine bequeme Position verschafft und schliefen ein.

Tagsüber war es am schlimmsten. Sie frühstückten, was der

Korb hergab, den die widerborstige Belle gerade mildtätig gefüllt hatte. Sie fanden darin vorzüglichen Schinken, gekochte Eier, Hühnchenschenkel und sogar einen halben Pekannußkuchen.

»Wir haben schon seit Monaten nicht mehr so ausgezeichnet gegessen«, bemerkte Virginia voller Glück. »Die Reise hat sich schon bezahlt gemacht.«

»Ich bin seit langer Zeit nicht mehr so satt gewesen. Ich mache den Vorschlag, wir heben etwas für Nan und ihre Mutter auf.«

»Eine blendende Idee, wenn es sich so lange hält.«

»Es ist eigentlich kühl genug dazu. Falls wir der Meinung sind, daß es sich nicht halten wird, essen wir es auf jeden Fall. Ich könnte es mir nie verzeihen, wenn ich es verrotten lassen würde.«

Virginia stupste Phoebe leicht und bedeutet ihr, daß sie etwas gehört hätte. Sie verkrochen sich beide im Boot unter dem Buschwerk und den Zweigen.

Zwei recht sorglos wirkende Soldaten schlenderten ostwärts am Boot vorbei. Als sich ihre Stimmen verloren hatten, setzten sich Virginia und Phoebe auf. Unterhaltungen wechselten sich mit kurzen Nickerchen ab, in denen sie vom Silber und Charleston träumten. Mehrere Stunden lang kam niemand vorbei. Virginia genehmigte sich gerade eine Mütze Schlaf, als Phoebe Wache hielt. Die Nacht war hereingebrochen, die Zeit zum Aufbruch endlich gekommen. Phoebe weckte Virginia, die sofort hellwach war. Beide befanden sich in größter Bereitschaft. Phoebe stahl sich aus ihrem Schlupfwinkel fort, um die Umgebung auszukundschaften, ehe sie es riskierten, das offene Gelände zu überqueren. Als sie zurückkam, berichtete sie, alles sei ruhig.

Phoebe rannte als erste über das freie Gelände, begegnete niemandem und winkte Virginia zu, daß sie ihr nachfolgen sollte. Wie tags zuvor machten sie einen weiten Bogen um die Sklavenhütten und prüften eingehend Belles Hütte, um sicher zu sein, daß ihre hell leuchtenden Fenster keine Falle darstellten.

Neuerlich näherte sich Phoebe vorsichtig der Hütte, spitzte durch das Fenster und sah, daß Moses am Tisch saß, während Belle am Kamin etwas kochte. Phoebe klopfte behutsam an das Fenster und gab Virginia zu verstehen, daß alles klar war. Belle hatte die Tür geöffnet, als sie sie gerade erreichten. Als sie die Hütte betreten hatten, blies Moses die Lichter aus und beließ nur das Feuer im Kamin als Lichtquelle.

»Hab' alles fertig, Missy.« Moses sprach mit einem Anflug von

Stolz. »Hab' alles Silber ausgegraben und in vier Säcke gepackt. Rechne, ihr könnt sie schleppen.«

»Verlangt nicht, daß wir die Dinger schleppen.« Belle, die auf dem Boden kauerte, warf einen kurzen Blick nach oben. »Wir riskieren nicht unseren Hals für euch.«

Moses hatte die Säcke mit dem Silber in einer aufeinandergestapelt. Er trug die bauchigen Säcke aus der Hütte heraus und stellte sie nahe der Tür auf den Boden.

Virginia sagte: »Danke dir, Moses. Danke auch dir, Belle. Wir werden es euch nie vergessen.«

»Hoffentlich nicht«, sagte Belle bissig.

Wenn die Säcke auch schwer waren, so waren sie wenigstens mit Vorsicht gepackt worden. Nahm man in jede Hand einen, konnten sie gut balanciert werden. Die beiden Mädchen kamen jedoch nur langsam voran, wodurch das Risiko stieg.

Obwohl sie das Gewicht der Säcke sie stark behinderte, machten sie erst am Rande des offenen Gebietes halt. Dort mußten sie die Säcke absetzen, denn ihre Arme fühlten sich an, als wären sie aus den Gelenkpfannen herausgefallen. Ein Umstand jedoch stellte sie sehr zufrieden. Moses hatte die einzelnen Teile so sorgfältig gepackt, daß sie nicht im geringsten klapperten.

Beide atmeten schnell und hielten sich gegenseitig an den Armen fest, die wegen der ungewohnten Last vor Schmerzen pochten.

Phoebe sagte: »Wir müssen dieses offene Stück auf einmal durchqueren. Das wird nicht möglich sein, wenn wir beide einen Sack allein tragen. Ich denke, wir sollten jedesmal zusammen einen nehmen. Dann können wir uns mit doppelter Geschwindigkeit fortbewegen.«

»Viermal hin und her?« fragte Virginia. »Ich glaube, das bringen wir nicht fertig, ohne gefangen zu werden. Es sind zu viele Soldaten unterwegs.«

»Wir müssen es probieren. Wenn ich einen Sack nicht allein bis auf die andere Seite tragen kann, weiß ich, daß auch Sie es nicht schaffen. Etwas anderes bleibt uns nicht übrig. Jetzt schnappen wir uns den ersten. Sie packen an dem einen, ich am anderen Ende. Spitzen Sie jetzt die Ohren und sehen Sie sich um. Wenn die Lage sicher erscheint, rennen wir los.«

Mit Erfolg brachten sie drei Säcke auf die gegenüberliegende Seite. Doch dazu benötigten sie fast eine Stunde. Immer wieder mußten sie sich in der Dunkelheit kleinmachen und abwarten, bis Soldaten und ehemalige Sklaven vorbeiliefen. Ihnen kam es so vor, als war Spazierengehen die beliebteste Beschäftigung auf der Insel.

Sie setzten sich neben den Säcken nieder, um ausgiebig Luft zu holen, ehe sie sich um den vierten kümmerten. Ihre Herzen pochten mehr aus Angst, entdeckt zu werden, als aus Müdigkeit.

Phoebe stand auf. »Jetzt setzten wir den Schlußpunkt, vielleicht.«

Virginia hob eine Hand, um sich beim Aufstehen helfen zu lassen, doch begaben sie sich gleich wieder in ihre ursprüngliche Lage zurück. In nicht allzu großer Entfernung hörten sie Stimmen. Mindestens zwei Männer machten sie aus, die sich ihnen, ohne zu sprechen, genähert hatten. Sie hatten so wenig Geräusche wie möglich verursacht, denn andernfalls waren Phoebe und Virginia gewarnt gewesen.

Einer der Männer sprach über ein romantisches Intermezzo aus ferner Vergangenheit. Der zweite Mann sagte: »Sei mal ruhig. Was ist das dort da drüben? Sieht aus wie jemand, der sich versteckt...«

Phoebe und Virginia sanken schreckensstarr auf ihre Knie.

»Da ist niemand. Das ist irgendein Sack«, sagte der zweite Mann. »Wart nur, bis ich ihn aufhebe... Hei! Silber! Schau dir das ganze Silber an!«

»Jemand vom Festland muß gekommen sein, um es zu holen«, sagte der erste Soldat. »Wir haben ihn davongejagt. Lauf zum Hauptquartier und sag's dem Major. Ich werde hier Wache halten. Lauf zu – schnell!«

Phoebe flüsterte: »Sie werden nach uns suchen. Wir müssen probieren, das Boot zu erreichen. Vielleicht können wir türmen.«

Virginia packte sie am Arm. »Das Silber!«

»Wir können es nicht mitnehmen. Kommen Sie jetzt! Ich kann schon hören, wie sie sich daranmachen, uns zu finden.«

Virginia stand auf, blickte sehnsuchtsvoll auf die drei Säcke und folgte dann Phoebe. Sie hatten sich nicht weit vom am Ufer liegenden Boot entfernt, als aus dieser Richtung ein Schrei kam. »Hier ist ein Ruderboot! So sind die also auf die Insel gekommen. Sie sind noch da. Diese gottverdammten Spione schnappen wir uns!«

17

Phoebe faßte Virginia an der Hand, und sie flohen gemeinsam das Ufer entlang, ohne daß eine von ihnen wußte, wohin sie rannten oder aus welchem Grunde. Das Boot war entdeckt worden, und von der Insel gab es keine andere Fluchtmöglichkeit. Außerdem war das Silber für immer verloren.

Sie erreichten einen stark bewaldeten Abschnitt, von wo aus sie nichts von der ohne Zweifel unternommenen Suchaktion vernehmen konnten. Sie setzten sich auf den Boden. Beide waren untröstlich und von ihrem Unglück zerschmettert. Virginia konnte ihre Tränen nicht mehr länger unterdrücken. Daß sie so kurz vor dem Erfolg doch noch das Scheitern ihres Vorhabens hinnehmen mußten!

In der Dunkelheit sahen sie sich gezwungen, langsam voranzuschreiten. Mehr und mehr Soldaten waren zu vernehmen. Darunter befanden sich auch Ex-Sklaven, die auf der Suche nach ihnen waren. Sicherlich hatte man die Silbersäcke bereits übergeben. Während einer kleinen Pause gab Virginia die ersten Hinweise, daß sie die Hoffnungslosigkeit ihrer Lage erkannt hatte.

»Ich weiß nicht, wie weit ich noch gehen kann. Früher bin ich in wenigen Minuten zur Crawford-Plantage geritten. Und wir versuchen jetzt schon seit zwei oder drei Stunden dorthinzukommen. Ich bin müde und mutlos. Und ich habe Angst.«

Phoebe hatte genau über ihre verzweifelte Situation nachgedacht und glaubte, daß sie vielleicht eine Lösung wüßte.

»Selbst wenn wir die Crawford-Plantage erreichten«, sagte sie, »haben wir nicht viele Handlungsmöglichkeiten. Falls wir ein Versteck finden, woher kriegen wir dann etwas zum Essen oder Wärmen? Die Nächte sind kalt. Früher oder später würde man uns garantiert finden. Irgend jemand würde über uns stolpern, auch wenn diese Suchaktion fehlschlagen sollte.«

»Falls du echte, sinnvolle Vorschläge hast, so rücke damit heraus«, ermutigte sie Virginia.

»Wir gehen dorthin zurück, wo wir das Boot versteckt haben.«

»Aber sie haben es doch gefunden.«

»Ja, aber ich bezweifle, daß sie dort herumstehen und das Boot bewachen. Wenigstens gibt es die winzige Chance, daß sie es nicht tun. Vielleicht hat dieser Major jeden Mann aufgeboten, um uns zu suchen – um diese Insel zu durchkämmen. Vielleicht ist diese Durchkämmungsaktion schon in vollem Gange. Sie werden uns aufgabeln, Virgie. Da gibt es kein Entrinnen. Unsere einzige, wenn auch riskante Chance besteht darin, zum Boot zurückzukommen, ohne daß wir dort auf jemanden stoßen. Wenn wir das Boot vor Tagesanbruch zu Wasser lassen können, werden wir uns eventuell im Schutze der Dunkelheit aus dem Staube machen können.«

»Wir haben sicherlich keine andere Möglichkeit.«

»Dann laß uns umkehren. Ich höre niemanden hier in der Nähe, also können wir ein wenig schneller laufen.«

»Oh, mein Gott!« sagte Virginia erschöpft.

Sie gingen behender und riskierten manchmal, ein paar Meter zu rennen, um Zeit zu sparen. Sie kamen der Stelle näher. Jetzt konnten sie von der einen Seite der Insel bis zur amderen Stimmen hören. Die Suchaktion hatte begonnen. Dennoch schien niemand in der Nähe des Bootes zu sein.

Phoebe langte mit einer Hand hinter sich, um mit einer Geste Virginia zur Vorsicht zu mahnen. Sie blieben stehen und rannten dann tief gebeugt die kurze Entfernung zu der Stelle, wo sich das Boot noch immer unter seiner Tarnung befand, hinunter.

Die Stimmen kamen immer näher. Fackeln wurden angezündet, um die Insel zu erleuchten. Kostbare Zeit stand nur noch knapp zur Verfügung. In wenigen Momenten würden einige der Suchenden durch das Gebüsch brechen und auf breiter Front den ganzen Strand herunterkommen.

Die beiden legten sich vehement ins Zeug, schürften sich Hände und Arme auf, kämpften gegen die Zeit an und machten das Boot schließlich klar. Beide ergriffen sie das Tau und begannen zu ziehen. Das Boot glitt über das Gras auf den Sand, und ihre Hoffnung wuchs.

Das Boot berührte das Wasser. Virginia stieg hinein, als Phoebe ihm den letzten Stoß gab. Das Fahrzeug trieb auf dem Wasser. Aber Phoebe unternahm nichts, um in das Boot einzusteigen. »Rudern Sie«, flüsterte sie. »Rudern Sie, Virgie. Ich werde versuchen, sie abzulenken. Keine Debatte. Tun Sie, was ich sage!«

Virginia zögerte erst, doch schließlich legte sie sich in die Ruder. Phoebe, die die Stimmen jetzt ganz nahe bei sich hörte, rannte vom Ufer weg, etwa dreißig Meter die Küste entlang und lief dann landeinwärts. Als sie durch das Gebüsch huschte, machte sie genug Lärm, um Aufmerksamkeit auf sich zu ziehen. Sie mußte die Männer von Virginia ablenken.

Sie erreichte das offene Gelände. Ein Soldat setzte sein Gewehr an und zielte auf sie.

»Stehenbleiben, oder ich schieße!« brüllte er.

Stimmen anderer Soldaten deuteten an, daß sie den Befehl gehört hatten und herbeikamen, um zu helfen.

Phoebe stand mitten auf dem ungeschützten Gebiet, ihre Arme in die Höhe gestreckt. Die Dunkelheit hinderte die Soldaten daran zu sehen, wen sie da festgenommen hatten. Vielleicht hatten sie nicht den geringsten Verdacht, daß ihr Gefangener weiblich war.

Ein Soldat sagte: »Erschieß ihn!«

Hinter den Soldaten erscholl plötzlich Virginias lauter Schrei: »Bitte – schieß nicht. Wir sind keine Spione.«

Phoebe stöhnte innerlich. Nach allen Vorbereitungen und Risiken hatte Virginia sich schließlich geweigert, sich allein davonzumachen. Sie hätte es tun können, war Phoebe sich sicher, aber Virginia hatte die Chance vertan. Hätte sie es nicht getan, wäre Phoebe jetzt möglicherweise tot. Diese Soldaten machten den Eindruck, als wäre ihnen mit dem Schießen Ernst gewesen.

Zwei Männer ergriffen Virginia und führten sie zu Phoebe, die von bewaffneten Soldaten umstellt war. Virginia schrie schwach und rannte auf Phoebe zu, doch ein Soldat hielt sie am Arm fest und zwang sie stehenzubleiben.

Fackeln wurden gebracht, um die Gesichter der beiden zu erhellen. Ein Soldat sagte: »Nun, schaut mal, was wir da haben! Schon lange kein weißes Mädchen mehr gesehen. Schon geglaubt, ich sehe nie mehr eines! Sind sie nicht hübsch?«

Einer von ihnen berührte Virginias Gesicht und schielte lüstern auf sie. Sie zog sich zurück, der Soldat rückte ihr näher auf den Leib.

Ein Mann mit Respekt gebietender Stimme riß das Wort an sich: »Geh weg von ihr, Soldat! Alle anderen, zurücktreten!«

Ein Mann in der Uniform eines Leutnants stand vor den Mädchen und betrachtete sie eingehend. »Wo seid ihr hergekommen?« fragte er.

»Wir sind vom Festland herübergekommen, Sir. Früher lebten meine Schwester und ich einmal in diesem Haus. Unsere gesamte Familie. Als wir flohen, weil Ihre Leute auf die Insel strömten, hatten wir keine Möglichkeit, etwas mitzunehmen.«

»Ich verstehe. Ihr versucht, mit einer großen Menge Silber durchzubrennen.«

»Ja, Sir. Wir brauchen es dringend. Die Lebensbedingungen in Charleston erweisen sich als sehr schlecht. Um ehrlich zu sein, wir leiden Hunger. Meine Schwester und ich, unsere kranke ältere Schwester und unsere Mutter, um genauer zu sein«, gestand Phoebe bereitwillig ein.

Virginia, ungehalten über Phoebes Bekenntnisse, sagte: »Phoebe, höre auf, dich zu entschuldigen und um Sympathie zu werben. Zu einem solchen Gefühl ist kein verdammter Yankee in der Lage, du vergeudest nur deine wertvolle Zeit.«

Der Leutnant konnte sich ein lautes Lachen nicht verkneifen. »Ihre Schwester ist ein richtiger Hitzkopf, nicht wahr? Für einen Gefangenen sind Sie recht vorlaut, Miß.«

»Was auch immer Sie mit uns vorhaben, tun Sie es und bringen Sie es über die Bühne! Ich werde einen Yankee nie um einen Gefallen bitten! Weder jetzt noch zu einem späteren Zeitpunkt!«

»Ich bin Leutnant Tom Sprague, aber es wird Major Birchs Sache sein zu entscheiden, was mit Ihnen geschehen soll. Kommen Sie mit. Wenigstens können Sie sich noch mal in Ihrem Heim aufhalten, wenn es auch nicht für lange sein wird.«

Als sie zum Haus kamen und Virginia durch die Tür schritt, vergaß sie ihren Ärger, weil sie ein tiefer Schmerz heimsuchte, der von ihrem Heimweh herrührte. Tapfer hielt sie die Tränen zurück. Anstatt zu weinen, musterte sie diesen Leutnant von oben bis unten, als sie ihn im Lichtschein das erstemal deutlich zu Gesicht bekam. Er war ein großer, schlanker Mann von etwa vier- oder fünfundzwanzig Jahren, gutaussehend, hatte hellbraune Haare und Augen, ein markantes Kinn und einen schönen Mund. In diesen klaren Augen glänzte unverkennbar ein hoher Grad an Intelligenz. Sie merkte, daß sie auf Phoebe gerichtet waren, was sie amüsierte, denn sie fragte sich, wie seine Reaktion ausfallen würde, wenn er erführe, daß sie zum Teil Schwarze war.

Sie wurden direkt zu dem Zimmer geführt, das Virginias Vater als Bücherei benutzt hatte. Major Birch schien größer als Leutnant Sprague zu sein, um einige Jahre älter und breitschultrig, er neigte zum Muskulösen. Ein beeindruckender Mann, entschied Virginia, ein knorriger Mann mit militärischem Zuschnitt. Trotzdem war er ein Yankee und deshalb würde sie sich ihm widersetzen. Es war ihr gleichgültig, wie die Folgen aussehen sollten.

Der Leutnant sagte: »Major Elias Birch, meine Damen. Major, darf ich Ihnen Miß Virginia und Miß Phoebe vorstellen? Sie sind Schwestern. Sie haben freiwillig ihren Familiennamen nicht preisgegeben, aber sie behaupten hartnäckig, daß dieses Haus einmal ihr Familienheim gewesen war.«

»Dann müßten sie Hammond heißen«, sagte der Major so freundlich, wie er konnte.

»Ich darf vielleicht erwähnen, daß Miß Phoebe eher dazu geneigt scheint, mit uns zusammenzuarbeiten.«

Der Major betrachtete Phoebe, dann Virginia. »Miß Hamond...«

»Es heißt Mrs. Wade LeCarue«, sagte Virginia. »Mein Gatte ist Offizier in der konföderierten Armee.«

»Ihre Schwester ist nicht verheiratet?«

»Sie kann selbst reden. Wahrscheinlich allerdings zuviel, wenn ich das hinzufügen darf. Halt deinen Mund, Phoebe.«

»Ich sehe keinen Anlaß, nicht mit den Offizieren zu sprechen«, sagte Phoebe. »Schließlich sind wir ihre Gäste.«

»Gäste? Haha! Wir sind Kriegsgefangene. Sie erwägen wahrscheinlich, uns als Spione zu erschießen.«

»Was tut ihr hier?« fragte der Major. »Warum seid ihr gekommen. Als ehemalige Bewohner wissen Sie, daß diese Insel besetztes Gebiet ist.«

»Sie sind herübergerudert«, erklärte Leutnant Sprague. »Sie unternahmen gerade einen Fluchtversuch, als wir sie erwischten. Sie hatten vier mit Silberbestecken gefüllt Jutesäcke bei sich.«

Der Major nickte. »Aha! Vor der Flucht noch flugs vergraben? Wir haben schon eine Menge davon entdeckt. Wo war das Ihre versteckt?«

»Scheren Sie sich zum Teufel«, sagte Virginia wütend.

Phoebe sagte: »Ich fürchte, wir sind nicht in der Lage, diese Frage zu beantworten, Sir.«

»Sie hatten also Hilfe. Irgend jemand half Ihnen dabei, es auszugraben, und gewährte Ihnen Unterschlupf. Es ist meine Pflicht, von Ihnen zu verlangen, diese Person zu identifizieren.«

»Sie können mich nicht dazu zwingen, das zu beantworten«, sagte Virginia trotzig.

»Mich auch nicht«, sagte Phoebe in sanfterem Ton.

»Okay. Ich werde die Antwort nicht jetzt gleich von Ihnen verlangen. Die Frage, die sich in diesem Moment stellt, ist, was ich mit Ihnen anstelle.«

»Wir bitten Sie nicht um Gefälligkeiten«, sagte Virginia. »Von einem Yankee würde ich nichts erwarten, auf keinen Fall.«

»Sie ist wirklich ein richtiger Rebellenknülch«, sagte der Major mit einem Lächeln. »Darf ich Sie daran erinnern, Mrs. LeGarue, daß es sich hier um ein militärisches Schutzgebiet handelt, das nicht für den öffentlichen Zugang offensteht? Besonders nicht für die Benutzung durch Bürger der Konföderation? Um Ihnen jedoch zu beweisen, daß wir Yankees keine unmenschlichen Lumpen sind, schlage ich Ihnen vor, bis morgen hier bei uns zu bleiben.«

»Falls Sie meinen, daß ich hier in diesem Haus mit Ihnen unter demselben Dach schlafe, dann ... haben Sie sich getäuscht. Nein danke, ich verzichte. Da schlafe ich lieber draußen im Freien.«

»Das liegt an Ihnen. Ich werde Sie jedoch bewachen lassen müssen.«

»Major«, sagte Phoebe, »ich nehme Ihre Einladung mit Freuden an und meine Schwester ebenfalls. Sie kann mit Sicherheit nicht im Freien schlafen. Bitte mach dir da nichts vor, Virginia.«

»Du würdest diesen Yankees trauen?« fragte Virginia ungläubig.

»Ich glaube, wir befinden uns hier in absoluter Sicherheit. In größerer Sicherheit, als wenn wir draußen schliefen.«

Virginia glühte vor Zorn, gab aber nach. »Schön gut. Vorausgesetzt, daß wir morgen nach Hause gehen können.«

Mr. Birch schüttelte den Kopf. »In dieser Hinsicht möchte ich keine Versprechungen machen, Mrs. LeGarue. Aber die Einladung für heute nacht bleibt bestehen. Und morgen früh gibt es ein Frühstück.«

Als die beiden auf ihre Zimmer gebracht wurden und gerade durch das Gesellschaftszimmer kamen, begutachtete Virginia die großen Kronleuchter, die zu ihrer Freude noch an ihrem Platz hingen. Der Kamin schien unbeschädigt. Vorhänge waren keine mehr zu sehen, während die großen Teppiche durch viele kleinere ersetzt worden waren, die man aus den oberen Schlafzimmern genommen hatte. Sie stellte fest, daß das Haus an sich in Schuß war und gut gepflegt.

Als sie sich am unteren Absatz des Treppenaufganges befanden, eilte Major Birch zu ihnen und hielt sie auf.

»Was wollen Sie?« fragte Virginia schroff.

Der Major schüttelte den Kopf, als wäre er in tiefer Sorge. »Ich würde Sie am liebsten über mein Knie legen und mal anständig versohlen, doch ich fürchte, dafür sind Sie bereits ein wenig zu alt. Sie reden wie ein verzogenes, zorniges Kind, das Sie ohne Zweifel auch sind. Sie schwenken die Flagge der Konföderation und bestehen als Südstaatlerin darauf, jedem Nordstaatler überlegen zu sein – beziehungsweise jedem Menschen auf der Welt. Sie sind allerdings verdammt dumm, Mrs. LeGarue! Ich glaube vielmehr, wir sollten Sie den Gideoniten übergeben.«

»Was sind denn Gideoniten?« fragte sie, wobei ihre Neugier die Wut überwog.

»Lassen Sie mich erklären. Wir haben jedem Sklaven hier und auf den restlichen Inseln die Freiheit geschenkt. Wir haben hierher auch eine bestimmte Anzahl junger Leute geschickt, wenn sie auch nicht unbedingt nach unseren Richtlinien ausgewählt wurden. Es handelt sich um recht eigenartige junge Männer und Frauen. Sie tragen lange Haare und Bärte. Sie stufen sich selbst als Missionare ein und geben ihr Bestes, um Ihre ehemaligen Sklaven in die zivilisierte Kirche zu führen, wie sie es nennen.«

»Die Sklaven genossen schon vorher viel Religion«, sagte Phoebe.

»Das schon, aber das jetzt ist die Religion des weißen Mannes.«

»Wir lehrten unsere Sklaven die Religion des weißen Mannes – das Christentum«, sagte Virginia. »Das zeigt nur zu deutlich, wie unwissend ihr Yankees über die hiesigen Verhältnisse wart – vor Ihrer Kriegserklärung.«

»Sie reizen mich, Mrs. LeGarue. Leutnant, führen Sie diese Dame in das Zimmer, welches ihrem Wunsch entspricht.«

»Ich würde die Zimmer nehmen, die Sie benutzen, Major. Früher waren das meine.«

Major Birch beäugte sie mit neuem Interesse. »Woher wissen Sie denn, welche Zimmer ich benutze?«

Aus Verärgerung über ihren Versprecher biß Virginia sich auf die Lippe. »Das geht Sie nichts an.«

»Das denke ich allerdings schon. Miß Phoebe, bleiben Sie bitte hier! Sie können Ihrer Schwester später nachfolgen. Ihr Fragen zu stellen, wäre reine Zeitverschwendung, und ich bin ebenso ihre Beschimpfungen leid. Deshalb stelle ich Ihnen die nötigen Fragen. Gute Nacht, Mrs. LeGarue!«

»Phoebe«, tobte Virginia, »sage ihm nichts. Das könnte ich dir nie verzeihen.«

Leutnant Sprague erfaßte sie am Handgelenk, doch Virginia riß sich los. »Berühren Sie mich nicht! Ich möchte nicht, daß irgend jemand, der diese Uniform trägt, Hand an mich legt!«

»Dann setzen Sie sich schon in Bewegung«, sagte Sprague. »Sie haben die Worte des Majors gehört.«

Virginia warf einen warnenden Blick auf Phoebe und lief, Sprague im Schlepptau, die Treppe hinauf. Der Major nahm Phoebe sachte am Ellbogen und geleitete sie in die Bibliothek zurück.

»Ich bin froh, daß Sie vernünftiger sind als Ihre Schwester.«

»Ich sehe keinen Grund, Ihnen gegenüber trotzig zu sein.«

»Gut. Ich muß über diese Angelegenheit einen Bericht verfassen. Die ganze Zeit mache ich nichts anderes, als Berichte zu schreiben. Dieser ist aber notwendig. Schließlich haben Sie diese unter meinem Kommando stehende Insel überfallen.«

»Ich würde das nicht gerade einen Überfall nennen, Major. Aber wir kamen hierher, sagen wir mal, ohne vorher eingeladen worden zu sein.«

»In Ordnung, belassen wir es dabei. Als wir hier die Insel übernahmen, fragten wir die früheren Sklaven sehr intensiv aus. Die meisten von ihnen gaben an, daß sie besser behandelt, ernährt und bekleidet wurden als die Sklaven anderswo.«

»Unser Vater, Sir, war ein liebenswürdiger Mensch. Wenn er die Peitsche einmal als Bestrafungsmittel heranzog, dann handelte er sich immer um einen sehr schwerwiegenden Rechtsbruch. Sie müßten sich mit Sklaven besser auskennen, um das zu begreifen, Sir.«

»Das nehme ich auch an. Die Sklaven redeten über Ihre Familie, kann mich aber nicht daran erinnern, daß Sie erwähnt wurden.«

Einen Moment lang stockte ihr der Atem. Sie hatte von Anfang an gewußt, daß es Komplikationen geben würde, wenn sie sich nach Virginias Anweisung richtete, sich als ihre Schwester auszugeben und nicht zuzugeben, daß sie eine Sklavin war.

»Sehen Sie, Major, wir betrieben ebenfalls eine größere Plantage außerhalb von Charleston. Dort verbrachte ich sehr viel Zeit. Trotzdem war ich auch hier recht gut bekannt. Aber vielleicht nicht so gut wie meine zwei Schwestern und mein Bruder.«

»Warum ist Virginia so feindselig? Wir Yankees haben nicht den Frauen den Krieg erklärt.«

»Es gibt viele Gründe, die ihre Einstellung klarmachen. Der Hauptgrund ist, daß sie Ihnen die Schuld daran gibt, daß Sie sie des Lebens beraubt hätten, das sie als das schönste auf der Welt empfand. Irgendwie war es das wohl auch. Ich allerdings glaube, daß das nur eine Nebensächlichkeit darstellt, wenn sie das auch weit von sich weist. Die tatsächlichen Ursachen sind es wert, daß Sie sie sich durch den Kopf gehen lassen, Major. Sie sollte einen jungen Mann heiraten, der nur eine halbe Meile von hier entfernt wohnte. Er zog in den Krieg und wurde im ersten Gefecht getötet. Er ist hier auf der Insel begraben.«

»Handelte es sich um die Schlacht von Bull Run?«

»Ja, ich glaube, so wurde sie genannt.«

»Da kann ich ihr Mitgefühl entgegenbringen. Ich bekam da auch eine Kugel durch mein Bein und verblutete dort fast. Ich humpele noch immer ein wenig deswegen. Danach stuften sie mich als kampfunfähig ein und sandten mich hierher.«

»Ich würde sagen, Sie können sich glücklich schätzen, Sir.«

Er lächelte. »Wenigstens habe ich mein Leben noch, was viele andere nicht mehr für sich in Anspruch nehmen können. Bitte fahren Sie fort.«

»Dann, Sir, wurde Papa eingezogen. Zwar ist er zum Kämpfer zu alt, aber sie zogen ihn dennoch ein. Vor nicht allzu langer Zeit rückten Ihre Truppen auf unsere Festlandplantage vor, zerstörten sie und schlugen uns in die Flucht. Zu diesem Zeitpunkt hatten wir alles verloren. Früher lebten wir in großem Wohlstand, was die Lage für uns noch unerträglicher gestaltete. Wir waren gewohnt, alles zu haben. Jetzt haben wir nichts.«

»Ich gebe zu, daß ihr Rebellen, vor allem die Zivilbevölkerung, mehr mitmachen mußtet als wir im Norden. Ich bin nicht stolz darauf, mitverantwortlich zu zeichnen für die Zerstörung im Krieg, die zum Teil unnötig gewesen ist.«

»Da muß man auf beiden Seiten nach Schuldigen suchen. Doch es traf uns ganz besonders schlimm, weil unsere ältere Schwester, Nanine, an einer schweren Krankheit leidet, gegen die die Ärzte nichts ausrichten können. Und seit Krieg herrscht, gibt es keine Ärzte mehr. Sie arbeiten in der Armee. Hinzu kommt, daß Mama die typische Dame des Alten Südens verkörpert. Sie hatte nie etwas anderes zu tun, als schön zu sein und Gäste zu bewirten, die unsere zwei Häuser stets zu füllen schienen. Sie bringt es noch immer nicht fertig, sich unserem Schicksal anzupassen, Sir.«

»Nun«, gab Major Birch zu, »ich kann verstehen, warum Ihre Schwester so uneinsichtig ist. Ich werde versuchen, die Bedingungen hier für sie so angenehm wie möglich zu machen – für Sie natürlich auch. Ich danke Ihnen für Ihre Offenheit.«

18

Am nächsten Morgen setzte sich Virginia im Empfangszimmer nieder. Als der Major die Treppe herunterkam, stand sie auf und lief direkt in das Speisezimmer, wo der Tisch gedeckt war mit einer makellosen Leinentischdecke und glänzendem Silberbesteck, das sie für einen Augenblick ganz unglücklich stimmte, weil sie fürchtete, daß es ihr eigenes war. Dann erkannte sie, daß es sich um ein anderes Muster handelte. Innerlich gab es ihr einen Riß, weil sie wußte, daß dies keinen Unterschied machte. Ihr Silber war für alle Zeit verloren.

Major Birch hielt einen Stuhl für sie bereit. Phoebe und Leutnant Sprague grüßten sie mit einem fröhlichen Gutenmorgengruß, als sie sich auf ihren Platz niederließ.

»Es ist, als wären wir wieder zu Hause«, sagte Phoebe. »Nichts hat sich verändert. Die Baumwollernte wird gut ausfallen, in den Ställen stehen wieder Pferde. Ich bildete mir sogar ein, dein Lieblingspferd gesehen zu haben.«

»Das möchte ich bezweifeln«, sagte Virginia kalt.

Phoebe fühlte sich wegen Virginias Reserviertheit nicht beleidigt. »Leutnant Sprague hat mir alles auf der Plantage vorgeführt und mir erzählt, was sich so alles unter den Yankees verändert habe.«

»Ich habe nicht viel davon gesehen«, sagte Virginia.

»Es gibt jetzt Schulen für die Kinder der Ex-Sklaven. Obendrein ein Krankenhaus, eine neue Kirche und ein Versammlungsgebäude. Die Lagerhäuser sind bis zu den Dächern mit Baumwolle gefüllt. Ich freue mich schon riesig auf den Tag unserer Rückkehr. Papa wird erfreut sein.«

»Kannst du dir denn in deinen kühnsten Träumen vorstellen, daß die Yankees uns dieses Haus zurückgeben?« Virginias Ärger schien von neuem aufzusteigen. »Wenn das so ist, dann bist du nicht nur eine Närrin, sondern auch naiv.«

»Ich bin weder das eine noch das andere«, sagte Phoebe gelassen. »Aber die Vorstellung ist angenehm.«

»Und unmöglich«, ergänzte Virginia.

Phoebe stritt sich deswegen nicht. Leutnant Sprague war offensichtlich ungerührt. Major Birch schien sich zu amüsieren über Virginias Ungehaltensein, als er begann, das Essen zu servieren. Allerhand wurde gereicht: Schalen mit Soße, Speck, Eier, kleine Pfannkuchen und Hafergrütze. Nachdem die Damen bedient waren, nahm sich Major Birch selbst von allem, außer der Hafergrütze.

»Die kann ich nicht ausstehen«, sagte er. »Sie schmeckt nach nichts.«

»Wenn das so ist«, blickte ihn Virginia trotzig an, »bete ich dafür, daß unsere Armee diese Insel wieder zurückerobert oder mit einer Blockade abriegelt und Sie nichts anderes als Hafergrütze zu essen bekommen. Wahrscheinlich werden Sie sie erst dann zu schätzen wissen.«

Der Major lachte herzhaft. »Mrs. LeGarue ist immer noch die widerborstige Rebellin von gestern, Leutnant. Sie weigert sich, uns als menschliche Wesen anzuerkennen. Sie weiß nicht im geringsten zu schätzen, was wir auf dieser Insel vollbracht haben.«

»Nichts, was die Yankees tun, kann mich überraschen. Soweit ich betroffen bin, muß ich sagen, daß sie nichts tun, was für die Konföderation gut ist.«

»Essen Sie wenigstens Ihr Frühstück«, drängte sie der Major. »Danach erlauben Sie mir vielleicht, mit Ihnen über die Insel reiten zu dürfen. Wenn ich Ihnen die neue Lage erkläre, werden Sie möglicherweise Ihre Vorurteile ein wenig abbauen.«

»Das ist kein Vorurteil, Major«, sagte Virginia steif. »Das ist nur loyales Verhalten unserer Sache gegenüber.«

»Wir haben auch unsere Sache«, sagte Major Birch. »Unsere Männer gehen in den Tod, weil sie daran glauben. Wir hassen den Süden nicht. Was wir hier tun, muß man als Wohltätigkeit betrachten. Diese Inseln werden für ein Experiment benutzt, über das der Norden viel nachgedacht hat. Noch zu Beginn des Krieges fragten wir uns, was am Ende geschehen würde, wenn plötzlich vier Millionen Sklaven in den Besitz von Freiheit kämen. Vier Millionen Schwarze, die in völliger Unbildung gehalten worden waren, weil ein zu hohes Maß an Bildung sie vielleicht zu aufsässig gemacht hätten. Es lag auf der Hand, daß wir keine vier Millionen Menschen im Norden willkommen heißen konnten. Sie mußten hier bleiben. Der Süden könnte ohne sie sowieso nicht auskommen. Also erziehen wir sie, ob jung oder alt. Damit sie ihr Glück in die eigene Hand nehmen können und nicht auf fremde Hilfe angewiesen sind. Damit sie Jobs erhalten, vielleicht sogar von ihren ehemaligen Besitzern, doch fair bezahlt werden und menschliche Arbeitsbedingungen vorfinden. Genau das haben wir hier durchgesetzt.«

»Wir zahlen ihnen einen kleinen Betrag«, fuhr Leutnant Sprague fort, als der Major eine Pause einlegte, um Sahne in seinen Kaffee zu schütten. »Und eine zusätzliche Gratifikation für jedes Pfund oder jeden Ballen Baumwolle, den sie produzieren. Wir verlangen von ihnen Miete, sie müssen für ihr Essen zahlen, das sie in unseren Geschäften auswählen können. Wir stellen wenigstens genauso viel Baumwolle her wie zu jener Zeit, als es noch Sklaverei gab. Wir haben das Gefühl, daß die Leute auf der Insel jetzt glücklicher sind.«

»Sie vielleicht, Sir, aber dieses Haus war früher unser Zuhause«, sagte Phoebe.

»Das stimmt«, sagte Major Birch. »Aber trotzdem, Mrs. LeGarue, bitte ich Sie, Ihre Einstellung aufzugeben. Ich wünsche, daß Sie wissen, was wir hier beabsichtigen, denn eines Tages – nach dem Sieg – werden die Inseln wieder an den Süden zurückgegeben und so wird es für so manchen Rebellen notwendig sein, darüber Bescheid zu wissen, wie die von uns begonnene Arbeit fortgesetzt werden muß. Lassen Sie mich Sie herumführen und Ihnen erklären, was wir hier tun. Ob Sie nun zugeben, daß das hier eine Wohltätigkeit ist, oder nicht, ich werde Sie beide freilassen. Es ist leicht zu erkennen, Mrs. LeGarue, daß ich stolz auf unsere Errungenschaften bin. Noch mag nicht alles funktionieren, mag es am Ende auch schiefgehen; aber wir haben etwas erreicht und ich würde mit Interesse Ihre Beurteilung der Veränderungen anhören, unabhängig davon, wie sie ausfallen mag.«

»Wir werden frei sein? Heute noch? Ohne gefesselt zu werden?« fragte Virginia mit leiser Stimme.

»Sie haben mein Wort.«

»Ich werde Sie begleiten. Wenn dies meine Freiheit bedeutet, wäre ich ein Narr, wenn ich es nicht täte.« Sie sagte noch schnell: »Schließt Ihr Wort auch die Freilassung meiner Schwester ein?«

»Aber natürlich«, sagte Major Birch. »Jetzt jedoch genießen Sie Ihr Frühstück. Ich weiß so gut wie Sie, daß es auf dem Festland kein derartiges Essen gibt. Ich schlage vor, Sie nutzen die Situation weidlich aus.«

Sie machten eine Tour über die gesamte Insel, und Virginia war frohmütig, weil sie die Zerstörung auf der Insel in möglichst kleinem Rahmen gehalten hatte. Neue Gebäude waren errichtet worden und alles in vollendeter Sauberkeit gehalten.

»Eine Frage, Miß Virginia. Da Sie mich nun schon ein bißchen länger kennen, haben Sie da Ihre Haltung mir gegenüber ein wenig gemildert?«

»Meine Einstellung ist nicht persönlich gegen Sie gerichtet. Ich hasse alle Yankees, Sir.«

»Vielleicht aber einen ein bißchen weniger als die anderen.«

Virginia drehte den Kopf und schaute ihn an, als sie den Weg entlanggingen.

»Jetzt werden Sie aber persönlich, Major.«

»Wenn Sie dreist meinen, so war es nicht meine Absicht. Vielmehr – nun ja – verhält es sich so, daß ich Sie mag. Mir gefällt sogar das, woran Ihnen so sehr liegt. Außerdem habe ich es nicht gerne, als Feind angesehen zu werden. Besonders nicht von Ihnen.«

»Wir sind aber Feinde«, sagte sie. »Daran wird nichts etwas ändern. Ich muß Sie ebenfalls daran erinnern, daß ich eine verheiratete Frau bin.«

»Das werde ich nie vergessen«, sagte er. »Es ist aber verdammt lang her, seit ich den letzten Kontakt mit einem hübschen und intelligenten Mädchen hatte. Und offen gestanden glaube ich nicht, daß Sie es ernst meinten damit, mich zu hassen.«

»Wenn Sie Ihr Wort halten, werde ich sagen, daß Sie sich ritterlich benommen haben. Sagen Sie mir, was wird aus der Plantage und den Häusern, sobald Sie von hier verschwinden? Werden sie an ihre rechtmäßigen Eigentümer zurückgegeben?«

»Da stellen Sie mir eine Frage, die ich nur sehr ungern beantworte, aber ich will es tun. So wie ich die Sache sehe – und da muß ich ganz offen sein –, gehören alle Ländereien, die der Norden erobert hat, als Reparationsleistungen dem Norden. Ich gehe davon aus, daß die Plantagen und die Häuser auf einer öffentlichen Versteigerung feilgeboten werden, wenn die Zeit reif dafür ist.«

»Aber das ist ja wie Diebstahl...«, legte Virginia empört Protest ein.

»Ich mache weder Vorschriften noch Gesetze. Ich teile Ihnen nur mit, was man momentan in Betracht zieht.«

Sie machte mitten auf dem Pfad halt und schaute ihn abweisend an. Er nahm sie an den Armen und geleitete sie gefühlvoll zur Seite, denn unablässig kamen ihnen Soldaten entgegen, die gleichermaßen den Pfad benutzten. Er mußte sie loslassen, um die Grüße der Soldaten zu erwidern.

»Ihre Augen funkeln, wenn Sie wütend werden«, sagte Major Birch freundlich. »Ich finde Sie in der Tat bezaubernd.«

»Ich habe überhaupt keine Ader für Ihren Sinn von Humor.« Virginia weigerte sich, ihn anzuschauen.

»Noch einmal. Ich beabsichtige nicht, spaßig zu sein. Ich wünschte mir sehnlichst, daß *Sie* einen solchen Sinn hätten.«

»Wie können Sie mir sagen, daß Sie mich für ziemlich begehrenswert halten, wenn das Kleid, das ich trage, verblichen ist und an meinen Knöcheln lose herunterhängt, weil es da unten naß wurde, als wir das Boot strandeten? Sie wissen, daß ich eine bedauernswerte Gestalt bin.«

»Selbst wenn Sie das sind«, sagte er ruhig, »so sind Sie noch immer wundervoll. Zufälligerweise sind Sie eine der wenigen Glücklichen, die nicht in Seide eingehüllt sein müssen und in Satin, um die Augen der Männer auf sich zu ziehen.«

Virginia wollte sich wieder auf den Pfad begeben, doch Major Birch packte sie am Arm, schleuderte sie herum und zog sie an sich heran. Er beugte sich nach unten und suchte ihre Lippen. Ehe sie sich überhaupt klar wurde, was er beabsichtigte, küßte er sie mit einem Heißhunger, der offenbarte, daß es lange her gewesen war, seit er das letztemal eine Frau in seinen Armen hatte. Virginia raste vor Wut und sträubte sich, doch je heftiger sie sich wehrte, desto fester hielt er sie. Ihre Brust war so eng an seinen Brustkasten gedrückt, daß sie sein schnell schlagendes Herz spüren konnte. Ihre Gegenwehr erlahmte schließlich, als sie sich dabei ertappte, daß sie seinen Kuß erwiderte. Ihre Lippen zitterten, und sie schrie laut, nicht weil sie Leidenschaft empfand, sondern weil sie sich erniedrigt fühlte. Sie haßte sich genauso wie den Major, und sie warf sich Treulosigkeit nicht nur ihrem Vater und ihrem Bruder gegenüber vor, sondern gegenüber dem gesamten Süden.

Sie straffte sich und schüttelte sich vehement, um ihn sich vom Leibe zu schaffen. Er ließ sie so abrupt los, daß sie fast nach hinten fiel. Regungslos stand er einige Sekunden und schaute sie an. Sein heftiges Atmen deutete darauf hin, daß ihn dieser Kuß stark erregt hatte.

»Wenn ich ein Mann wäre«, sagte sie angespannt, »würde ich Sie töten.«

»Nun, das sind Sie nicht, Virginia. Ich habe keine Gefühle der Reue. Es war so schön, wie ich es mir vorgestellt hatte. Jetzt bringe ich Sie in das Haus zurück, denn es ist Essenszeit.«

Als sie das Mittagessen beendet hatten, ließ Leutnant Sprague einen Feldwebel kommen und gab ihm Anweisungen, daß die zwei Damen dorthin zurückgeführt werden sollten, wo sie ihr Boot gestrandet hatten, und daß sie die Erlaubnis hätten, die Insel wieder zu verlassen.

»Danke schön, Major«, sagte Virginia höflich. »Meine Schwester und ich wissen zu schätzen, was Sie für uns getan haben.«

»Da bin ich mir bei Ihrer Schwester ganz sicher. Sie allerdings haben zu Demut und Dankbarkeit ein nicht allzu gutes Verhältnis.«

»Auf Wiedersehen«, sagte sie. »Phoebe, komm schon mit.«

Phoebe lief, anstatt ihr sofort zu folgen, zum Leutnant, stellte sich auf die Zehenspitzen und küßte ihn leidenschaftlich. Dann rannte sie, weil sie Virginia einholen wollte.

»Mußtest du denn das tun?« fragte Virginia.

»Ja, das mußte ich. Ich habe ihn gern.« Sie drehte sich um und winkte dem Major und dem Leutnant zu, die auf der Veranda standen.

Jetzt liefen sie wortlos dem Feldwebel hinterher. Er führte sie direkt zum Boot, das schon halb zu Wasser gelassen war. Der Feldwebel war ihnen beim Einsteigen behilflich. Sie starrten auf den Berg von Säcken, der im Heck aufgetürmt war und mit einer Decke eingehüllt.

»Virgie, es ist das Silber!« stockte Phoebe der Atem.

»Gott sei Dank!« sagte Virginia. »Laß uns von hier abhauen.«

Phoebe übernahm die Ruder. Der Feldwebel gab dem Boot noch einen festen Stoß, grüßte sie nachlässig und sah zu, wie Phoebe das Boot wegruderte.

»Ich hoffe, dir ist jetzt klar, was für ein wunderbarer Mann Major Birch ist«, sagte Phoebe, Virginia aus Gewohnheit noch immer duzend.

»Du kannst von jetzt ab weiterhin du zu mir sagen, zur gesamten Familie. Du gehörst zu uns. Ja – dieser Major ist nur schwer einzuschätzen. Es ist kaum faßbar, daß er uns das Silber wieder aushändigte, nachdem er uns so schändlich behandelt hatte.«

»Mich mußt du erst davon überzeugen, daß er uns schändlich behandelt hat. Sie benahmen sich beide wie vollendete Gentlemen.«

»Du hast dich zum Narren machen lassen.«

»Das sehe ich nicht so. Solltest du dich darauf beziehen, daß ich den Leutnant küßte, muß ich dir gestehen, daß ich das wollte, und zwar nicht bloß aus reiner Dankbarkeit. Ich mochte ihn.«

»Weiß er eigentlich, daß du keine Weiße bist?« fragte Virginia ärgerlich, unmittelbar danach jedoch ihre Worte bereuend.

»Nein, ich verriet es ihm nicht. Wie könnte ich? Und was hätte das für einen Zweck? Wir werden uns wahrscheinlich nie mehr wiedersehen. Aber, Virgie, als ich ihn küßte, flüsterte er mir etwas zu.«

»Das sah ich. Es war ekelhaft.«

Phoebe legte die Ruder für einen Augenblick in das Boot. Virginia bemerkte nicht, ob Phoebe ihre bissigen Worte verstanden hatte.

»Er sagte: ›Ich bewundere dich.‹ Ja, das sagte er, und zum erstenmal in meinem Leben fühle ich mich als Frau.«

»Sei kein Narr«, mahnte Virginia sie zur Vorsicht.

»Und, Virgie, zum erstenmal in meinem Leben hasse ich es, eine Niggerin zu sein.«

19

Mit einem Silberlöffel bezahlten sie die Fahrt in der Kutsche nach Hause, auf der die vier Säcke standen, die dieses Mal der Kutscher aufgeladen hatte. Als die Kutsche vor dem Haus anhielt, war Nanine so schnell zur Stelle, daß es offensichtlich war, daß sie viel Zeit damit zugebracht haben mußte, auf sie zu warten. Sie umarmte Virginia und dann Phoebe.

»Ich dachte schon, man hätte euch gefangengenommen«, sagte sie. »Ich habe mir solche Sorgen gemacht! Ich war bereits dabei, die Zuversicht zu verlieren...« Sie starrte auf den Sack. »... ist das das Silber?«

»Es fehlt nicht ein Stück davon, außer daß wir den Kutscher mit einem Löffel bezahlten. Wir wurden gefangenengenommen, Nan. Sie hielten uns die Nacht über fest, doch ließen uns heute morgen frei... und überließen uns das Silber.«

»Sie waren sehr nett zu uns«, fügte Phoebe hinzu.»Was ist mit dem Haus? Mit der Plantage?«

»Das Haus befindet sich in guter Verfassung. Ich werde euch alles später erzählen.« »Ich glaube, das wird vielleicht das Beste sein. Ich habe auch eine Überraschung für dich, Virgie.«

»Wade? Es ist Wade!« Ihre Stimme wurde lauter, ihre Hoffnung wuchs und wuchs.

»Ja, er ist im Hause und wartet dort, um dich zu überraschen. Ich sollte es dir eigentlich nicht sagen.«

»Phoebe, berichte du Nan von der Insel. Dies alles ist wie im Märchen – wir haben das Silber, und Wade ist zu Hause...«

Sie stürzte in das Haus. Phoebe lud die Kutsche ab und schickte sie fort. Sie lehnte Nanines Hilfe ab und trug die Säcke auf die Veranda. Dabei redete sie.

»Es war eine Erfahrung, die ich nie vergessen werde«, schloß Phoebe.

»Das spielt keine Rolle mehr, da ihr beiden in Sicherheit seid. Das Silber wird unsere Rettung darstellen.«

»Geht es deiner Mutter gut?« Auch Nan war sofort mit dem Du einverstanden, was nicht weiter verwunderlich schien.

»Sie verging fast vor Sorgen. Sie dachte, ihr würdet als Spione aufgehängt. Übrigens kehrt die Hausbesitzerin übermorgen zurück. Das bedeutet, daß wir entweder ausziehen oder in die Küche übersiedeln müssen. Da hast dich noch gar nicht über Wade informiert.«

»Ich... war zu sehr damit beschäftigt..., dir alles zu erklären.«

»Du magst ihn nicht sonderlich, nicht wahr? Das überrascht mich nicht, aber sei höflich zu ihm. Virginia ist so glücklich, ihn hierzuhaben.«

»Das werde ich natürlich sein. Ich... kann nicht sagen, daß ich ihn nicht mag. Ich kenne ihn einfach nicht gut genug.«

Virginia tat nicht so, als wüßte sie nicht, daß Wade da war. Als er aus dem Speisezimmer kommend vor sie trat, warf sie sich ihm in die Arme und hielt sich fest an ihm, während er sie mit Küssen überhäufte. Seine Hände wanderten ihren Körper hinauf und hinunter. Er machte sich daran, ihren Mieder zu öffnen, als sie sich von ihm losriß.

»Wade! Doch nicht hier! Phoebe und Nan kommen gerade herein...«

»Zum Teufel mit ihnen! Ich kann mich nicht beherrschen. Du bist so wunderschön. Du hast mir so sehr gefehlt!«

»Laß mich bitte gehen«, bat sie. »Phoebe und ich haben so viel hinter uns. Ich bin schmutzig und müde. Ich will baden und mich umziehen.«

Nur widerwillig ließ er sie los. »Verdammt noch mal. Virgie.

Ich hatte kein einziges Mädchen, seit wir das letztemal beisammen waren.«

»Das möchte ich auch schwer hoffen«, sagte sie streng und strich ihr Kleid glatt.

»Ich begleite dich nach oben«, sagte er.

»Nein, bitte nicht. Ich muß zu Mama gehen und aufräumen. Helfe Phoebe, die Säcke hereinzutragen.«

»Laß sie den Nigger hereinschleppen. Dafür ist sie schließlich da.«

»Wade, unterlasse es, von Phoebe in diesem Ton zu sprechen. Sie setzte ihr Leben aufs Spiel, um mir dabei zu helfen, das Silber zu bekommen.«

»Du hast doch deines auch riskiert.«

»Aber sie mußte es nicht tun, und ohne sie hätte ich es ohnehin nicht geschafft.«

Virginia legte die Stirn in leichte Falten und fragte sich, ob sie ihre Schwester in Schutz nahm, weil sie nach ihrem gemeinsamen Erlebnis einen größeren Respekt vor ihrer Schwester hätte, oder ob sie dies nur aus dem einen Grunde machte, damit sie Wade von seinem körperlichen Verlangen abhielte. Jedenfalls wollte sie nicht, daß er sie berührte.

Sie rannte nach oben und begab sich auf direktem Wege in ihr Zimmer. Zuerst verriegelte sie die Tür, dann schlüpfte sie aus den Kleidern. Es würde sie nicht überraschen, wenn er noch immer den Versuch unternähme, sich ihr aufzudrängen. Doch sie wollte jetzt keinen Streit, denn ihre Rückkehr mit Phoebe hatte sich als eindeutigen Triumph herausgestellt.

Sie nahm ein Bad und zog sich hastig an, gestattete sich allerdings den Aufwand, das Haar herunterzulassen, die vereinzelten Knötchen herauszukämmen und es wieder nach oben zu stecken.

Ihre Mutter war bereits unten, umarmte Virginia und stieß glückliche Freudenschreie aus. »Gott sei Dank. Ich wußte nicht, was ihr vorhattet.«

»Es war Phoebes Idee«, sagte Virginia gerechterweise. »Ich glaubte nicht an unsere Chance. Doch Phoebe sagte, wir hätten keine andere Wahl. Unsere Lage war hoffnungslos.«

»Das war sie in der Tat«, pflichtete Leonore bei. »Aber dank euch beiden haben sich die Sorgenwolken jetzt verzogen.«

»In diesem Säcken da muß ein Vermögen stecken«, sagte Wade. »Ich hob sie einmal an.«

»Genug, um uns durch den Krieg zu bringen«, sagte Virginia erleichtert. »Zur Zeit zahlt man für Silber die höchsten Preise, die es je gab.«

»Das ist richtig. Da kenne ich mich aus.«

Virginia wechselte das Thema. »Hast du von deiner Familie etwas in Erfahrung ziehen können?«

»Ja, wart nur ab, was ich dir zu erzählen habe. Ich war zuerst ein paar Tage zu Hause. Mein Vater ist finanziell ruiniert, ein gebrochener Mann. Meine Mutter hatte ihren Schmuck verkauft und einen Großteil ihrer Kleider, bis sie schließlich das Silber verkaufen mußten.«

»Das tut mir leid.« Virginia sprach voll Mitleid. »Jetzt widerfährt uns das gleiche, doch trotzdem fühle ich mit, wenn ich ein ähnliches Schicksal anhören muß.«

»Nun, sie haben einen verdammt guten Preis für das Silber erhalten, und ich kenne ein Geschäft hier in Charleston, wo ich genug herausschlagen kann, damit ihr für die Dauer des Krieges bequem leben könnt. Morgen kümmere ich mich daram, aus dem Silber gutes Bargeld zu machen. Und zwar Golddollar, und keine Schienbeinschützer!«

»Phoebe und ich werden dich begleiten«, sagte Virginia. »Ich bin froh, daß du uns hilfst und Ratschläge gibst.«

»Es liegt viel daran, welche Leute du in diesen Geschäften kennst. Die Firma, an die mein Vater mich unser Silber verkaufen ließ, informierte mich über diese Firmen hier in Charleston. Das ergab sich, als ich dem Chef der Firma erzählte, daß meine Frau aus Charleston sei und vielleicht auch etwas besitze, das man in Bargeld umtauschen könne. Er sagte mir, ich solle nur seinen Namen nennen und mir würde die vorzüglichste Behandlung zuteil und natürlich auch die höchsten Preise.«

»Ich verstehe. Manche Händler nutzen notdürftige Menschen aus«, kommentierte Nanine. »Es wäre schrecklich, wenn man uns um unser Eigentum betrügen würde.«

Virginias Glückseligkeit kam der Wades gleich. »Ich bin sicher, daß Wade darauf achten wird, daß wir nicht nur nicht betrogen werden, sondern daß wir sogar mehr als üblich erhalten. Mein lieber Ehemann, du hast keine Ahnung, wie glücklich ich bin. Alles hat sich zum Guten gewendet.«

»Ich wünschte nur, ich hätte mehr Zeit, Liebling. Nun, vielleicht ist es bald vorbei. Wir hatten noch nie so viele Leute unter Waffen. Ich rechne damit, daß Lee einen Generalangriff an allen

Fronten befehlen wird. Beim Barras erfährst du von niemandem etwas. Man muß ständig auf alles gefaßt sein.«

»Glaubst du wirklich, daß wir noch gewinnen können?« wollte Nanine wissen.

»Aber natürlich werden wir gewinnen! Die Yankees mußten schreckliche Verluste einstecken und sie werden des Kampfes müde. Sobald wir einmal einen großen Sieg landen, werden sie auseinanderfallen.«

»Da sind die Yankees aber anderer Meinung«, warf Virginia ein.

»Meinst du damit deinen Major auf der Insel?«

»Er ist nicht mein Major. Ich war nicht einmal höflich zu ihm.«

»Wie lauteten denn seine Prognosen?« fragte Wade.

»Er erstellte keine Prognosen. Ich spiele nur auf Gettysburg und andere Feldzüge an. Die Yankees verkündeten Siege...«

»Wir *gewannen* Gettysburg, laß dir von niemandem etwas anderes aufschwatzen. Laßt uns aber nicht davon reden und es vergessen, solange ich noch bei euch sein kann.«

Dann wandte sich Lenore folgendermaßen an Virginia: »Ich möchte dich noch um eines bitten. Packe bitte das Silber ein letztesmal aus, so daß ich es mir noch mal ansehen kann.«

»Das werde ich tun«, sagte Wade. Er machte sich sofort an die Arbeit, öffnete die Säcke und legte alles in bestmöglicher Ordnung auf die Tische im Zimmer. Es war ein beeindruckender Anblick.

»Das stellt das, was mein Vater zu verkaufen hatte, eindeutig in den Schatten«, gab Wade zu. »Das ist einfach grandios.«

»Wade, du kennst dich mit diesen Sachen aus«, sagte Lenore. »Du hast mit Sicherheit festgestellt, daß sich darunter ein etwas größeres Kaffeeservice befindet. Es wurde mir und meinem Mann von meiner Familie vermacht. Nan – und Virginia – würde es viel ausmachen, wenn wir es nicht verkauften?«

Nanine sagte: »Du willst es behalten, stimmt's?«

»Ach bitte, ich habe es mein Leben lang wie meinen Augapfel gehütet.«

»Natürlich darfst du es behalten, Mama«, sagte Virginia.

»Dann werde ich es beiseite legen«, sagte Wade, »den Rest wieder einpacken und für morgen zurechtmachen. Könnt ihr es so einrichten, daß ihr so um zehn Uhr morgens früh fertig seid, Virgie?«

»Aber klar, ich werde kaum schlafen können, wenn ich mir in

meinen Gedanken ausmale, wie die Golddollars über die Theke wandern.«

»Ich danke dir, Wade, daß du dich darum kümmerst«, sagte Lenore mit Sanftmut.

20

Wade schloß die Schlafzimmertür. Virginia hatte ihr Kleid ausgezogen und nahm gerade ihr Haar herunter, als sie plötzlich von hinten ergriffen wurde, von den Füßen gehoben und zum Bett getragen. Wade ließ sie darauffallen und warf sich neben sie. Er zog sie roh zu sich herüber und küßte sie so draufgängerisch, daß sie Blut schmeckte.

Er fummelte an ihren Kleidern herum. Es war ihm gleichgültig, ob er es in Fetzen riß. Als sie nackt war, zog er sich schnell aus und zwang sie, sich auf den Rücken zu legen.

Sie war zu schockiert und überrascht, als daß sie sich hätte wehren können. Sie wandte sich von ihm ab, weil sie nicht wollte, daß er ihre Tränen sah, die ihr in die Augen schossen. Er lag auf dem Rücken und schaute an die Decke.

»Warum hast du mich geheiratet?« fragte er.

»Ich liebte dich. Natürlich liebte ich dich.«

»Und was ist jetzt? Genau in diesem Augenblick?«

»Ich bin deine Frau, Wade.«

»Dreh dich zu mir. Mir gefällt es nicht, deinen Rücken anzuschauen.«

Sie gehorchte.

»Wen liebtest du vor mir?« fragte er.

»Ach Wade, ich bin sehr müde. Ich habe viel durchgemacht. Ich will jetzt keine Fragen beantworten.«

»Das wirst du aber doch tun, weil ich viel darüber nachdenke, wer das war. Ich werde nicht wütend werden. Ich bin selbst kein Mann von Traurigkeit. Ich würde es einfach nur gern wissen.«

»Wenn es deine Neugier befriedigt, na schön. Er hieß Jordan Crawford und lebte auf der Nachbarplantage auf der Insel. Es war völlig ohne Bedeutung. Er mußte in den Krieg.«

»Warst du in ihn verliebt?«

»Nein. Ich bildete es mir vielleicht ein. Ich war noch sehr

jung und von der guten alten Zeit verblendet. Da war nichts dran, Wade.«

»Ich nehme an, der Yankee-Major hat dich freundlicher behandelt als ich.«

»Was willst du damit sagen?«

»Du weißt verdammt gut, was ich sagen will.« Er stützte sich auf einen Ellbogen, um über ihr zu thronen.

»Ich habe dich nie betrogen.«

»Komm jetzt, meine Süße, gib es endlich offen zu. Ich habe noch nie von einem Yankee gehört, der einer blühenden Frau des Südens etwas gab, ohne als Gegenleistung weitaus mehr zu verlangen.«

»Du widerst mich an!« Virginia konnte es nicht mehr ertragen. Sie entwischte seinem Zugriff und war schon aus dem Bett heraus. Sie zog sich den langen Morgenrock an, band den Gürtel fest und schaute Wade an. »Du bist auf dem Holzweg, Wade!«

»Du brauchst dich doch nicht zu schämen«, sagte er schlagfertig und musterte sie von unten. »Wenn ihr ihnen nicht gegeben hättet, was sie von euch verlangten, hätten sie euch als Spione anklagen und an nächsten Baum aufknüpfen können.«

»Du kotzt mich an!« Sie wurde unvorsichtig, da sie sich maßlos ärgerte. »Ich halte es hier nicht länger aus. Ich muß raus hier!«

»Teufel eins! Hier wirst du bleiben! Komm ins Bett zurück. Was glaubst du denn, warum ich hierhergekommen bin? Um mit euch zu Abend zu essen? Komm her! Mit dir bin ich noch nicht fertig.«

Sie wirbelte herum und schoß auf die Tür zu. Er war bei ihr, ehe sie die Tür erreicht hatte. Er ergriff ihr Handgelenk, schleuderte sie herum und auf das Bett zurück.

Sie war nahe daran zu schreien, denn sie hatte furchtbare Angst vor ihm. Doch dadurch würde sie das ganze Hause aufwecken und sie wollte nicht, daß jemand die Demütigungen mit ihr teilen mußte.

Erst als er eingeschlafen war, wagte sie es, sich Zentimenter für Zentimeter aus dem Bett zu stehlen, des langen Morgenrocks habhaft zu werden, in die Pantoffeln zu schlüpfen und mit leisen Schritten den Flur entlang in ein anderes Schlafzimmer zu schleichen, dessen Tür sie absperrte, weil sie kein Risiko mehr eingehen wollte. Sie legte sich in das Bett und weinte sich aus.

Als sie aufwachte, schreckte sie zusammen. Als sie die Augen öffnete, wußte sie zuerst nicht, wo sie war. Doch die Erinnerung an die Nacht hatte sie schnell genug eingeholt und verlieh ihr das niederdrückende Gefühl, daß dieser Tag nicht eben Erfreuliches versprach.

Sie hielt vor dem Zimmer an, in dem er schlief und fragte sich, ob sie es wagen könnte, ganz leise hineinzugehen, ohne daß sie ihn aus dem Schlaf reißen würde, und ihre Kleider zu holen. Sie waren nicht aufgehängt und leicht erreichbar. Sie spürte, daß sie es riskieren mußte, denn sonst hätte sie nur Fragen von Nanine zu beantworten, die unbeantwortbar waren. Was war das doch für eine Schmach!

Sie drehte langsam den Türgriff um, wobei sie Vorsicht walten ließ, und öffnete die Tür gerade so weit, daß sie in den ziemlich dunklen Raum spitzen konnte. Im Bett bewegte sich nichts. Sie öffnete die Tür weiter, damit sie nicht zufiel. Sie bewegte sich langsam und geräuschlos. Als sie sich dem Bett genährt hatte, erkannte sie, daß das, was sie für die Umrisse ihres Gatten gehalten hatte, nichts anderes als sorglos zusammengeknäulte Bettücher waren.

Diese Wahrnehmung traf sie im ersten Augenblick so hart, daß sie fast schrie. Seine Kleider waren verschwunden. Auch sein Kleidersack, in dem er seine Habseligkeiten verwahrte, war nicht mehr zu sehen. Noch in Nachthemd und Morgenmantel eilte Virginia nach unten in das Gesellschaftszimmer. Er hatte das Silber nach dem Abendessen wieder eingepackt und die Säcke in die Tür des Gesellschaftszimmers gestellt, damit sie griffbereit dastanden, wenn sie und Wade sie in die Stadt brachten. Die Säcke waren fort.

Sie rannte nach oben, sprang so schnell wie möglich in ihre Kleider und hinaus in die Morgendämmerung. Entgeistert sah sie sich um und hoffte verzweifelt, daß die Säcke mit dem Silber auf der Veranda stünden und auf die Ankunft einer Kutsche warteten.Weder vom Silber noch von Wade gab es eine Spur.

Hilflos lief sie in das Haus zurück und setzte sich in das Gesellschaftszimmer. Der Schock saß so tief, daß sie nicht einmal weinen konnte. Phoebe kam in ihrem Morgenmantel herunter, weil sie von Virginia aufgeweckt worden war, die vor lauter Hast vergessen hatte, daß die anderen noch schliefen.

»Er ist weg«, sagte sie. »Er hat das Silber mitgenommen. Er hat es gestohlen. Wade! Der Mann, den ich geheiratet habe!«

Nach Phoebe ließen Nanine und Lenore nicht lange auf sich warten. Sie saßen ruhig da, während Virginia ihnen erzählte, daß

Wade sich offensichtlich mit dem Silber auf und davongemacht hatte.

»Ich wachte sehr zeitig auf«, erklärte sie. »Aber er war fort...«

»Virgie, wie konnte er aus dem Bett kriechen, sich anziehen und fortgehen, ohne dich zu wecken?« fragte Lenore.

Virginia holte tief Luft. »Weil ich nicht bei ihm im Zimmer war. Ich verbrachte die Nacht in einem anderen Zimmer. Bitte fragt nicht nach dem Grund. Fest steht, daß er fort ist, und tief in meinem Herzen weiß ich, daß er nicht zurückkommen wird.«

»Was werden wir jetzt tun?« fragte Lenore.

»Das weiß ich auch nicht«, sagte Nanine. »Ich weiß es einfach nicht. Das ereignet sich alles viel zu schnell. Ich muß mir das durch den Kopf gehen lassen. Einen Ausweg müssen wir finden.«

»Es gibt keinen Ausweg mehr«, sagte Lenore traurig. »Wir können nicht einen Dollar unser eigen nennen. Morgen kommt die Hausbesitzerin an, und dann müssen wir das Haus verlassen, Ich weiß, daß sie uns anbot, die Küche zu benutzen. Aber wie sollen wir das über die Bühne bringen? Zu viert? In der Küche? Außerdem erwartet sie von uns, daß wir sie bedienen. Das kann ich unter keinen Umständen machen.«

»Uns bleibt Zeit bis morgen«, sagte Phoebe. »In Gottes Namen, falls wir eilends in die Küche umziehen müssen, wird es nicht lange dauern, denn wir haben nicht viel zum Umziehen. Also haben wir ein wenig Zeit zu überlegen. Es muß doch eine Lösung dafür geben.«

»Wenn dir eine einfällt, bist du wirklich ein Wunder«, sagte Virginia. »Ich weiß nicht einmal, ob ich überhaupt noch überlegen kann.«

Nanine sagte: »Mama – du hast das Kaffeeservice.«

»Wenn er das nicht auch geklaut hat«, sagte Virginia.

»Nein, es stand auf dem Tisch in meinem Zimmer, als ich herunterkam«, sagte ihnen Lenore und atmete tief durch. »Mädchen, holt es euch und verkauft es so teuer, wie ihr könnt. Es ist sehr wertvoll, aber erwartet nicht, auch nur annähernd den Preis zu erhalten, den es eigentlich verdient hätte. Ich hole es gleich.«

Eine Kutsche zu mieten, wenn sie überhaupt eine ergattert hätten, wäre zu kostpielig gewesen, also packten sie das Silberservice in alte Leinensäcke, von denen Phoebe und Virginia jeweils einen trugen. So setzten sie sich in Richtung Geschäftsviertel in Bewegung. Auf den Straßen tummelten sich viele

Menschen, fast alle waren auf der Suche nach Nahrungsmitteln, die man erstehen konnte. Die Schaufenster des Silberhändlers waren leer, und er hatte keine Kundschaft. Er hatte nichts in der Preislage, die man sich leisten konnte, anzubieten, und sein Geschäft bestand zur Zeit nur darin anzukaufen, denn darin steckte ein beträchtlicher Gewinn.

Er musterte das Silberservice, das Phoebe und Virginia auf den Ladentisch gelegt hatten, damit er es begutachtete. Der ältere, knochige kleine Mann mit den kalten Augen, der gelangweilt tat, kannte den wahren Wert dieses Angebotes, doch das beeinflußte nicht seinen Preis.

»Fünfzig Golddollar«, sagte er. »Machen Sie, was Sie wollen, das ist mein letztes Angebot.«

»Das Silber allein ist vom Gewicht her schon zehnmal so viel wert wie dieser Preis«, sagte Virginia.

»Aber nicht bei mir, meine Damen. Ich muß aushalten, bis dieser gottverdammte Krieg vorüber ist, und was ich dann dafür erhalte, ist auch noch problematisch. Fünfzig Golddollar.«

Phoebe sagte: »Während Miß Hammond sich das durch den Kopf gehen läßt, würde ich gerne einmal unter vier Augen mit Ihnen sprechen.«

»Warum?« fragte er, noch immer gleichgültig tuend.

»Zu Ihrem Nutzen, Sir.«

Er musterte Phoebe einem Moment lang und stellte fest, daß sie es ernst meinte. Er nickte, zog einen Vorhang zur Seite, der den Eingang zu einem Hinterzimmer und einem winzigen, schmutzigen Büro verdeckte und bat sie einzutreten. Ohne große Umschweife ergriff Phoebe die Initiative:

»Miß Hammond ist die Tochter von James Hammond, der hier in der Umgebung zwei der größten Plantagen besaß. Miß Hammond war der Ehrengast auf dem St.-Cäcilia-Ball, dem letzten nach Kriegsbeginn. Sie soll wieder als betuchte Gastgeberin fungieren, wenn der Ball wieder veranstaltet wird. Sie kennt in Charleston und Umgebung jeden, den man kennen muß. Wenn Sie sie behandeln wie die Dame, die sie tatsächlich ist, und Sie bei ihr auf die sonst üblichen Betrügermethoden verzichten, wird sie gewiß geneigt sein, darauf zu achten, daß sie und ihre Freundinnen und Freunde alle zu Ihnen kommen. Können Sie mir folgen? Die Empfehlung, die diese Dame dort draußen für Sie aussprechen wird oder auch nicht, läßt sie sterben oder gedeihen, Sir, je nachdem, wie Sie sich verhalten.«

Nach kurzer, aber reiflicher Überlegung lenkte der Händler ein. »Ich gebe Ihnen zweihundert.«

»Sagen wir dreihundert«, schlug Phoebe vor. »Der Krieg liegt in seinen letzten Zügen. Sie werden Ihre Investitionen nicht lange zurückhalten müssen. Vielleicht kauft Miß Hammond es sogar zurück. Und zwar zu dem Preis, den Sie verlangen werden, denn Damen schachern nicht.«

»Das ist zuviel...«

»Das ist zuwenig. Entscheiden Sie sich, Sir. Ein Wort aus Ihrem Mund kann Ihre gesamte geschäftliche Zukunft zerstören.«

»Ich gebe ihr dreihundert«, willigte er ein. »Sie müssen mir versprechen, daß sie für mich ein gutes Wort einlegen wird.«

»Das wird sie tun, wenn Sie ihr entgegenkommen.«

Sie begaben sich wieder in den Laden selbst, wo Virginia die Zeit damit verbracht hatte, die Sammlung aus Silberbestecken in den Glasvitrinen genauer zu begutachten, und sich fragte, ob sie wohl eines als ehemaligen Besitz von Freundinnen ihrer Mutter darunter wiedererkannte oder ob Wade ihnen zuvorgekommen war, jedoch nichts Vertrautes entdeckte.

Der Händler verneigte sich vor Phoebe, geleitete sie durch die mit dem Vorhang versehene Tür und begab sich hinter den Ladentisch, um vor Virginia zu treten.

»Madame«, sagte er, »ich habe meine Meinung geändert. Ich sehe in Ihnen eine der besten und erfolgreichsten Gastgeberinnen in Charleston. Es ist mir noch in guter Erinnerung, wie überaus gewogen Sie mir waren und wie viele Geschäfte Sie und Ihre Freunde mir ermöglichten, als der Krieg noch nicht im Gange war. Ich biete Ihnen jetzt dreihundert Golddollar für dieses Service an und verspreche Ihnen, es nach Kriegsende für geraume Zeit zurückzulegen, damit Sie, wenn es Ihnen genehm ist, es wieder für sich in Anspruch nehmen können.«

»Danke schön«, sagte Virginia feierlich. »Ich weiß Ihre Freundlichkeit zu schätzen und werde sie nie vergessen.«

Das Geschäft wurde getätigt, und Phoebe und Virginia liefen aus dem Laden, insgeheim vor Glück jauchzend.

»Wie hast du denn das gedreht?« fragte Virginia.

»Ich sagte ihn, daß du die amtierende Gesellschaftskönigin in Charleston wärest und in der Lage, ihm nach dem Kriege so manchen Gefallen erweisen zu können.«

»Das habe ich mir schon gedacht. Warum nur diese Heimlichtuerei? Wir hätten am Ladentisch mit ihm verhandeln können.«

»Meine liebe Miß Hammond, Damen aus der feinen Gesellschaft schachern nicht. Genau das habe ich ihm erzählt.«

»Du bist unglaublich«, sagte Virginia. »Daran hätte ich nie gedacht.«

»Wir Sklaven«, sagte Phoebe mit einem Augenzwinkern, »sind schlau. Das müssen wir sein.« Sie machte eine ausweichende Bewegung, als Virginia einen Schlag vortäuschte.

»In Ordnung«, fügte sie eher ernst an. »Wie wäre es mit einem Doktor für Nan?«

»Gleich am unteren Ende der Meeting Street ist ein Doktor, der früher Mama versorgte. Er war recht alt und kann nicht als Soldat dienen, also müßte er eigentlich zu haben sein, wenn er nicht schon gestorben ist. Ich glaube, wir können ihn überreden, uns zu helfen.«

»Dann laß es uns versuchen!«

Der Doktor verabschiedete gerade seinen letzten Patienten und versuchte, Phoebe und Virginia abzuwimmeln, doch sie weigerten sich zu gehen.

»Ich nehme heute keine Patienten mehr an«, sagte der alte Mann. Zwar war er vornübergebeugt und schwächlich, aber seine Habgier kam zum Vorschein und ließ all seine Krankheiten in Vergessenheit geraten, als Virginia ihre Handtasche öffnete und einen Golddollar herauszog.

»Wer von Ihnen ist krank?« fragte er.

»Meine Schwester, sie ist zu Hause. Sie ist zu schwach, um selber hierherzukommen, Doktor.«

»Dafür muß ich zwanzig Dollar veranschlagen. Ich muß meine Kutsche benutzen und meine Zeit hergeben.«

»Abgemacht«, sagte Phoebe, »wenn Sie uns mitfahren lassen und uns einen weiten Weg ersparen.«

»Warten Sie vor dem Haus auf mich«, sagte er. »Das Geld nehme ich jetzt sofort.«

»Sicherlich«, sagte Virginia voller Güte. »Jetzt zehn und die anderen zehn dann, wenn Sie meiner Schwester eine Arznei verschreiben, die ihr helfen wird. Ich erwarte, daß Sie sie nach dem heutigen Besuch recht häufig in Augenschein nehmen werden.«

»Schätze schon, wenn sie wirklich so krank ist, wie Sie behaupten.«

Er brachte sie nach Hause und untersuchte Nanina. Er hörte sich die Geschichte derselben Krankheit an, die sie in den vergangenen Jahren durchgemacht hatte. Er versprach, eine Medizin vorbeizuschicken, die ihr eventuell helfen würde, doch bot er ihr keine besondere Ermutigung an. Als er gegangen war, ließen Phoebe und Virginia die wunderschönen Golddollars auf das Bett schweben, in dem Nanine lag. Entzückt betrachtete sie sie.

»Habt ihr eine Bank ausgeraubt?« fragte sie.

»Ich glaube eher, daß Phoebe einen Silberhändler ausgeraubt hat«, sagte Virginia fröhlich. »Das reicht uns eine Weile.«

»Aber es reicht nicht, um längere Zeit ein Haus zu mieten«, sagte Nanine. »Nun, ich habe meine Zeit nicht damit vergeudet, hier herumzuliegen und mich selbst zu bemitleiden. Ich habe mir alles durch den Kopf gehen lassen. Ihr erinnert euch daran, daß wir die große Plantage recht überstürzt hinter uns ließen. Als wir flohen, sahen wir nur Rauch. Sie brannten das Haus nieder. Doch es gab noch andere Gebäude dort. Vielleicht haben sie sie nicht alle niedergebrannt.«

»Welch grandioser Einfall!« rief Virginia aus. »Aber natürlich, Nan, das wäre eine Möglichkeit. Da standen so viele Gebäude.«

»Wenn wir hingingen«, sagte Phoebe, »würden wir uns eine Menge Ausgaben ersparen. Ich würde sagen, wir schauen es uns einmal an!«

»Glaubst du, du bist stark genug, um mit uns zu kommen?« fragte Phoebe ihre Schwester.

»Ich bin schwach und müde, doch dieser Ritt ist nicht so weit, als daß er mir schaden könnte. Ich glaube zudem, daß mir die Medizin helfen wird.«

»Mrs. Gaylord wird morgen eintreffen«, sagte Virginia. »Sollen wir uns in die Küche zurückziehen, als ob wir dort leben würden? Oder sollten wir das Risiko auf uns nehmen und gleich verduften?«

»Gehen wir das Risiko ein«, sagte Nanine.

»Gut. Unsere Sachen liegen schon in der Küche. Wir müssen nicht einmal packen.«

»Ich gehe durch das Haus und vergewissere mich, daß wir nichts zurückgelassen haben«, sagte Phoebe.

Nanine war angezogen, Lenore, ein wenig verwirrt, stand bereit, und Phoebe lief nach draußen, um sich nach einer Kutsche umzuschauen. Es kam schon eine die Straße heruntergefahren, als sie noch auf der Veranda war. Sie war besetzt und zog zum Randstein hin. Lenore, Nanine und Virginia kamen heraus, die zwei in der Kutsche zu grüßen, von denen offensichtlich eine die Besitzerin war. Wenn das zutraf, so hatte sie sich um einen Tag verfrüht.

Der Kutscher war den beiden Damen beim Aussteigen behilflich. Die eine Dame war klein und wohlbeleibt, die andere dünn wie eine Bohnenstange. Beide sahen mürrisch drein und hatten ausschließlich braune Kleidungsstücke an. Die wohlbeleibte Dame betrachtete die vier recht erhaben.

»Sind Sie meine Hausgäste?« fragte sie.

»Wir haben Ihr Haus gemietet, Mrs. Gaylord«, verbesserte sie Virginia gütevoll.

»Jaja. Sind Sie schon in die Küche umgezogen, wie ich es vorschlug?«

»Wir ziehen aus diesem Hause aus«, antwortete Virginia.

»Gut. Eine von Ihnen macht jetzt Tee. Meine Schwester und ich sterben vor Hunger. Natürlich haben Sie etwas zum Essen übriggelassen, so hoffe ich. Kekse vielleicht? Oder einen Kuchen oder eine Torte?«

»Wir haben nichts übriggelassen«, sagte Phoebe, wobei sie leicht mit dem Kopf nickte.

»Dann kümmern Sie sich darum, so schnell wie möglich etwas zu besorgen. Die anderen tragen vielleicht in der Zwischenzeit die Taschen herein. Nehmen Sie sie von der Kutsche herunter. Wenn es der Kutscher tun muß, erwartet er ein Trinkgeld. Mit der Kutsche zu fahren, ist schon teuer genug.«

»Aber natürlich, Madame«, sagte Virginia. »Phoebe, du und ich werden uns darum kümmern.«

»Kenne ich Sie?« fragte Mrs. Gaylord Lenore.

»Ich glaube, ich müßte Ihnen bekannt sein, Mrs. Gaylord. Sie waren auf mehr als einem meiner Bälle eingeladen. Sie können mit Sicherheit davon ausgehen, daß ich diesen Fehler nicht wieder begehen werde.«

Phoebe und Nanine hievten die vielen Taschen aus der Kutsche und stellten sie auf den Gehsteig. Dann luden sie ihre eigenen Besitztümer auf, die auf der Veranda gestanden hatten.

Virginia ging auf den leicht verdutzten Kutscher zu. »Wir möchten auf eine Plantage gefahren werden, die etwa eine Stunde von hier entfernt ist. Wir sind in der Lage zu zahlen, wenn Sie in der Lage sind, uns diesen Dienst zu erweisen.«

»Madame, das tue ich nur zu gerne.«

»Schön«, sagte Phoebe. »Virgie, hilfst du deiner Mutter und deiner Schwester in die Kutsche? Ich fahre vorne beim Kutscher.«

Virginia verbeugte sich vor Mrs. Gaylord. »Ich traue Ihnen zu, daß Sie Ihre Taschen selbst in das Haus tragen können.«

Mrs. Gaylord hatte es die Sprache verschlagen. Ihre Schwester funkelte die vier an. Die Kutsche fuhr an. Als sie zurückschauten, erkannten sie, daß die zwei Damen den Berg von Gepäckstücken betrachteten, an dem sich noch nichts verändert hatte.

Als die Kutsche sich der Plantage näherte, stockte ihnen der Atem. Falls nichts davon übriggeblieben war, hatten sie vereinbart, die ganze Angelegenheit als ein verlorenes Spiel zu betrachten, in die Stadt zurückzufahren und einen billigeren Platz zum Leben zu suchen.

Phoebe, die neben dem Kutscher saß, stand auf und zeigte in eine Richtung. »Dort ist etwas ... Ich glaube, das ist das alte Krankenhaus. Ja... und es ist in Schuß, außer daß es ein bißchen versengt ist.«

»Dem lieben Gott sei Dank«, sagte Nanine. »Das Krankenhaus ist eines der am besten gebauten Häuser auf der Plantage. Da können wir den Winter bedenkenlos überstehen.«

Die Kutsche blieb stehen, und Virginia und Phoebe rannten hinein, um es zu inspizieren. Abgesehen von Schutthaufen, die entstanden waren, als Soldaten oder zurückgebliebene Sklaven es geplündert hatten, war die Konstruktion des Hauses intakt geblieben. Mit der guten Nachricht eilten sie nach draußen.

Da das Gebäude als Krankenhaus benutzt worden war, standen Betten drin, und sie konnten Decken und Bettücher aus dem Abfall bergen. Phoebe machte sich daran, ein Bett herzurichten, in dem sich Nanine ausruhen konnte.

Als die Nacht hereinbrach, hatten sie es sich schon recht bequem gemacht. Phoebe hatte aus dem Haus in Charleston alle Nahrungsmittel mitgehen lassen. Zusätzlich stellte sie fest, daß mehrere der Gemüsegärten, die sich die Sklaven privat angelegt hatten, überlebt hatten und allerlei zur Wahl stellten: Kartoffeln, Wurzelgemüse, weiße Rüben und Blattgemüse, ja sogar ein paar Karotten von den letzten Anpflanzungen. Die restlichen Plantagengebäude allerdings lagen allesamt in Asche.

»Wir sind Millionäre«, erklärte Virginia lauthals. »Es sind so viele Gärten da, daß wir eine gute Ernte machen können.«

Virginia fiel wieder ein, was Phoebe über die Eigenschaft des Krieges gesagt hatte, Menschen zu verändern. Seit der Krieg anfing, hatte sie ihre Mutter nicht mehr so vergnügt erlebt. Sie lief zu ihr hin und umarmte sie. Keine der beiden Frauen schämte sich wegen der Tränen, die in ihren Augen glänzten und ihre Sicht verschwommen machten.

21

Merkwürdig wie es auch klingen mag, doch die nächsten Wochen verbrachten sie frohen Mutes. Sie richteten ihr vorübergehendes Heim nett her und machten es sich gemütlich. Zu essen hatten sie genug, wenn es auch nicht dem entsprach, was sie früher einmal gewohnt waren. Vorbeikommende Farmer, die noch ein paar der verbliebenen Felder bestellten, versorgten sie gelegentlich mit einem Hähnchen oder einem Schinken, woraus Phoebe dann stets etwas zauberte, was sie als Festmahle bezeichneten.

Das Kriegsschicksal hatte sich zum Schlechten gewendet, und der Süden befand sich auf dem Rückzug, während die Leute sich fragten, warum General Lee und Präsident Davis diesen Todeskampf nicht beenden würden. Es ging das Gerücht, daß die Regierung darauf vorbereitet sei, jederzeit nach Richmond zu fliehen.

Nanines Gesundheitszustand hatte sich nicht verbessert. Als ihre Krankheit kritische Ausmaße angenommen hatte, konnten sie einen Nachbarn, der zehn Meilen entfernt wohnte, dazu bewegen, öfter mal nach dem Rechten zu sehen und in die Stadt zu reiten, um den alten Doktor zu holen.

Die Dienste des Nachbarn kosteten nicht viel Geld, doch die Habgier des Doktors, die er jetzt nicht länger verbarg, verschlang die Golddollars in erstaunlichem Maße.

Nanine hatte beträchtlich an Gewicht eingebüßt, und ihre Mattheit war so anhaltend, daß sie des öfteren nicht in der Lage war, aus dem Bett zu gehen. Lenore pflegte sie aufopferungsvoll. Virginia und Phoebe machten abends weit ausgedehnte Spaziergänge, auf denen sie ihre Probleme durchsprachen, deren es so viele gab, die aber davon beherrscht wurden, daß ihre finanziellen Mittel immer stärker zusammenschrumpften. Sie waren einer Meinung, daß es keine Möglichkeit mehr gab, an weiteres Geld heranzukommen, denn sie besaßen nichts mehr, das sie verkaufen konnten.

Der Winter rückte bedrohlich näher. Das Bauwerk warm zu halten verlangte viel beharrliche Arbeit, denn sie konnten lediglich heruntergefallene Äste und vom Feuer verschonte Trümmer verwenden, da sie weder Axt noch Säge hatten, um Bäume zu fällen.

Das Weihnachtsfest verlief trostlos, weil es nur Kälte, aber nichts zum Essen gab. Nanine ging es immer schlechter.

Sie hütete jetzt pausenlos das Bett und wurde anscheinend jeden Tag blasser, schwächer und dünner. Für Lenore erwies es sich als immer schwieriger, ihr zu helfen, weil sie zu oft weinte und ihr eigene Gesundheit so zerbrechlich war, daß der Winter auch für sie eine große Gefahr darstellte.

Virginia schlug die Arme um ihren Körper, damit sie nicht fror, als sie mit Phoebe die Gegend nach Feuerholz absuchte.

»Denkst du noch ab und zu an den Leutnant?« fragte Virginia.

»Ja, so hoffnungslos das auch sein mag. Ich kann mich nur zu gut an ihn erinnern.«

»Ich denke auch oft an unser Abenteuer«, gab Virginia zu. »Doch meistens daran, wie gut sie uns ernähren konnten. Dieser verdammte Major und sein – was für eine Überraschung! Wir erhalten Besuch. Es ist schon viele Tage her, seit Mr. Osgood das letztemal bei uns war.«

»Er ist so hilfsbereit«, sagte Phoebe. »Vielleicht hat er ein Hähnchen oder ein Stück Schinken für uns.«

Mr. Osgood jedoch, ihr zwei Meilen entfernt wohnender Nachbar, hatte nichts zu essen dabei – nur eine mehrere Tage alte Zeitung aus Selma, die auf verschlungenen Pfaden nach Charleston gelangt war und in seinen Händen landete.

»Recht herzlichen Dank«, sagte Virginia. »Wir haben keine Ahnung, wie der Krieg läuft.«

»Bergab«, sagte Osgood trocken. »Es ist nicht mehr viel von uns übrig. Sherman hat Tausende und aber Tausende von Feuersbrünsten gelegt. Wo er hinkommt, bleibt kein Grashalm stehen. Unsere Armee befindet sich auf dem Rückzug. Wir haben kaum noch jemanden, mit dem wir kämpfen können. Die Verlustlisten ... hier in dieser Zeitung. Es tut mir leid, Miß Virginia. Es tut mir wirklich sehr leid.«

»Martin?« fragte Virginia plötzlich entsetzt.

»Ihr Pa«, sagte Osgood. »Als Sherman nach Selma zog, mußte jeder in der Armee kämpfen – Köche, Buchhalter, jeder. Alte Männer und junge Burschen. Die Verluste waren hoch.«

»Danke, daß Sie vorbeigekommen sind«, sagte Virginia höflich, vom Schock noch ungerührt. Osgood tippte zum Gruß an seinen Hut, zog seinen Mantelkragen enger um seinen Hals und lief zurück zu seinem Wagen.

»Ich glaube«, sagte Virginia, »das ist das endgültige Aus, Phoebe. Alles ist vorbei. Wie sollen wir weitermachen? Ich weiß nicht, was wir jetzt tun sollen.«

Phoebe nahm sie in ihre Arme. »Wein dich nur mal richtig aus. Aber gib nicht auf! Was immer du tust, gib niemals auf! Wenn du nämlich das tust, müssen deine Mutter und Nanine auch die Flinte ins Korn werfen. Es kommt der Zeitpunkt, wo das ganze Unglück in sein Gegenteil umschlägt. Ich weiß zwar nicht, wann das sein wird und wie das vonstatten gehen soll, aber das muß einfach so sein.«

»Papa ist nicht tot; Osgood ist ein Narr.« Virginia überflog die Verlustenliste in der Zeitung, bis sie auf den Namen ihres Vaters stieß. Schweigend reichte sie Phoebe die Zeitung.

»Ich muß es ihnen sagen. Ich weiß nicht, wie es Nan oder Mama aufnimmt. Ich kann nicht einmal weinen, wie mir zumute ist. Ich muß es ihnen sagen, und das kann ich nicht machen, wenn ich nicht dabei weine. Ach, Phoebe, was tun wir jetzt? Das scheint wirklich die Fügung des Schicksals zu sein, die uns den endgültigen Todesstoß versetzt.«

»Früher hättest du so gedacht«, sagte Phoebe in Ruhe. »Früher hättest du geschrien und wie ein kleines Kind Theater veranstaltet. Das tust du jetzt nicht. Du bist erwachsen geworden. Du kannst es ihnen sagen, und sogar mit trockenen Augen. Du bist jetzt eine Frau und kannst stolz darauf sein, die Frau zu sein, die du bist. Geh jetzt und sag es ihnen!«

»Wirst du mich begleiten?« Virginia schaute bestürzt Phoebe an.

»Nein. Es ist deine Aufgabe, es zu sagen. Du merkst schon, Virgie, ich habe kein Vertrauen mehr zu mir. Geh – sag es ihnen!«

Es mußte ihnen nicht mehr erzählt werden. Sie wußten, daß Mr. Osgood vorbeigekommen war, sie sahen die Zeitung in Virginias Hand und brauchten ihr nur kurz in das Gesicht zu schauen.

»Ist es Papa?« fragte Lenore.

»Ja«, sagte Virginia.

»Wann ist es passiert?« fragte Nanine.

»Ich weiß es nicht. Darüber berichtet die Zeitung nicht viel.«

»Er war doch gar kein Soldat, der kämpfen mußte«, sagte Lenore. »Könnte es eine Art Unfall gewesen sein?«

»Das liegt im Bereich des Möglichen. Mr. Osgood erzählte uns, daß Sherman nach Selma kam und jeder Soldat, ob Koch oder Schreibkraft, ein Gewehr nehmen mußte und kämpfen.«

»Vielleicht«, sagte sie fast verträumt, »war es so am besten. Er starb wie ein Held. Das weiß ich. Auf diese Weise wollte er schon immer sterben, das war sein Wunsch.«

In jener Nacht nahmen sie in tiefes Schweigen eingehüllt ihr dürftiges Abendessen ein. Einmal wollte Virginia das Wort ergreifen, doch besann sie sich eines Besseren, als sie die Mienen der anderen sah. Sie dachte, wie komisch ist das doch alles: Mein Vater ist tot, mein Gatte ist ein lasterhafter Fremdling, Nan liegt im Sterben, und ich denke die ganze Zeit an Valcour.

Ihre Gedankenwelt spielte sich schon sein geraumer Zeit auf Valcour ab. Sie glaubte, daß es ihnen auf der Insel besser ginge, selbst wenn sie so schrecklich arm wären, denn auf der Insel hatten sie früher ihre Heimat. Andere, mehr praktische Probleme, beispielsweise wo sie auf der Insel leben würden, wie sie Nahrung bekommen könnten und für Nanine die richtige, Lebenskraft erhaltende medizinische Aufsicht besorgen würde, könnten ja vor Ort abgewägt werden.

Sie wußte, daß es eine verrückte Idee war. Dennoch übten die Insel, die Yankees und das ganze Drumherum eine überwältigende Anziehungskraft aus, auch wenn sie keinen Grund hatte, sich der Hoffnung hinzugeben, daß es eines Tages Wirklichkeit würde.

Am Morgen erwachte Virginia recht bald, und hatte den dumpfen Verdacht, daß schon vorher etwas sie beinahe aufgeweckt hätte.

Nanine, warm in Decken eingewickelt, schlief friedlich, Lenore schlummerte ebenso tief, aber die Ecke, in der sich Phoebes Bettstelle befand, war leer, die Bettüberzüge zur Seite geworfen.

22

Als Phoebe in New Orleans aus dem Zug stieg, blieb sie erst eine Weile auf dem Bahnsteig stehen und suchte nach einem Polizisten. Da sie keinen ausmachen konnte, ging sie aus dem Bahnhof und lief durch die belebten Straßen der City.

Obwohl Krieg herrschte, konnte man New Orleans nicht mit Charleston vergleichen. Die Leute hier besaßen eher den Zuschnitt weltoffener Bürger, die größtenteils so gut gekleidet waren, als würde kein Krieg im Gange sein. Da die Stadt schon Monate vorher von den Yankees besetzt worden war, wimmelte es nur so von Soldaten aus dem Norden – manche hetzten umher, da sie geschäftliche Dinge zu erledigen hatten, andere lungerten an den Straßenecken herum und stierten die Damen an, ohne auch nur zu versuchen zu verbergen, was in ihnen vorging.

Lastwagen, Bierkutschen, Buggys und vierrädrige Zweispänner sausten durch die Straßen und trugen ihr Scherflein zu dem Getöse und der Geschäftigkeit bei. Straßenverkäufer, offenbar freigelassene Schwarze, schrien ihre Waren aus. Sie boten alles feil von Schornsteinfeger-Ausrüstungsgegenständen bis hin zu kalten Getränken, kleinen Früchten, Gemüse und sogar Kleidern, die hauptsächlich aus zweiter Hand zu sein schienen.

Für Phoebe war das alles sehr verwirrend. Fast ihr ganzes Leben hatte sie auf Valcour verbracht, der abgeschiedenen Insel, wo Frieden und Ruhe herrschten. Sie wurde nervös und hatte recht große Angst, als schließlich ein Polizist auf sie zukam. Sie eilte zu ihm. Er war nicht so alt, daß er sie nicht auch mit dem gleichen Gesichtsausdruck wie die herumlungernden jungen Soldaten anstierte, und es verlangte Phoebe eine gehörige Portion Mut ab, ihre Frage zu stellen.

»Verzeihung, mein Herr«, sagte sie, »ich bin auf der Suche nach dem Etablissement von Fannie Dawkins. Soviel ich weiß, ist sie hier in der Gegend gut bekannt.«

»Fannie Dawkins?« Er runzelte die Stirn. »Der Nachname sagt mir gar nichts, aber wenn Sie Fannie meinen, die das ›Red Light‹ besitzt, die kennt hier, schätze ich, jeder.«

Phoebe schenkte ihm aus Dankbarkeit ein Lächeln, nachdem der Polizist ihr den Weg zum ›Red Light‹ genau erklärt hatte, und machte sich auf die Suche. Sie kam in einen etwas heruntergekommenen Stadtteil, in dem es allerdings recht anspruchsvolle Restaurants gab. Die Leute waren nicht durch die Unbilden des

Krieges in diese Stadt getrieben worden, denn Gesindel war nicht anzutreffen. Sie trugen ohne Ausnahme adrette Kleider und legten angenehme Freundlichkeit an den Tag. Mit so etwas hatte Phoebe nicht im entferntesten gerechnet.

Das ›Red Light‹ hatte seinen Namen aufgrund der riesigen, rot angemalten Lampe, die neben einer Doppeltür befestigt, welche in ein dreistöckiges Haus führte, dem seitlich ein mit Blumen und Sträuchern angelegter, großer Innenraum vorgelagert war.

Phoebe feuchtete sich die Lippen an, faßte das, was von ihrem Mut noch übriggeblieben war, zusammen, und versuchte, die Tür zu öffnen. Sie war abgesperrt. Sie zog am Messingring neben der Tür, und ein Mädchen mit rötlich-brauner Haut, das eine Dienstuniform anhatte, schaute heraus.

»Gibt keine Jobs mehr hier«, sagte sie. »Wir sin voll.«

»Ich möchte Fannie Dawkins sprechen«, sagte Phoebe.

»Sagte Ihnen doch, 's hat keinen Sinn. Hab'n kein Zimmer mehr für Sie frei. Fannie sagt, ihr kommt kein Mädchen mehr rein.«

»Bringen Sie mich jetzt zu Fannie, oder soll ich mit Gewalt zu ihr vordringen?«

Das Mädchen wollte die Tür wieder schließen, doch Phoebe war viel zu schnell für sie. Sie stieß das Mädchen zurück, warf die Tür auf und lief in das Haus. Das Mädchen begann zu schreien, so laut es konnte. Phoebe schloß leise die Türe und lief langsam durch die mit Plüsch ausstaffierte Empfangsdiele, die der einer Familie mit Besitz und Bedeutung gerecht wurde.

Wegen der Schreie stürzten Mädchen aus ihren Zimmern und insbesondere aus dem Gesellschaftszimmer, das Phoebe soeben betrat. Zwei schwarze Männer in schwarzen Anzügen und weißen Hemden kamen in drohender Haltung auf sie zu.

»Was, zum Teufel, geht hier vor?« Eine schneidende Stimme übertönte das Schreien des Mädchens.

Phoebe drehte sich um. Die Frau, die wie eine Gebieterin auf sie zuschritt, war groß und trug ihr schwarzes glattes Haar geschlossen zu einem Knoten. So schlank wie Phoebe, war sie eine hübsche Frau mit fast goldgelber Haut. Die zwei Männer ergriffen Phoebes Arme und hielten sie fest.

»Sind Sie Fannie Dawkins?« fragte Phoebe die Frau.

»Ich weiß nicht, wer dich geschickt hat«, sagte Fannie, »aber du hast einen Fehler gemacht, meine Kleine. Du schaust sicherlich nicht schlecht aus, und ich wünschte, ich könnte dich anstellen, aber es ist kein Platz mehr. Du kannst ja deinen Namen hinterlassen. Laßt sie gehen, Jungs. Die stellt nichts an.«

»Ich möchte privat mit Ihnen sprechen«, sagte Phoebe. »Es ist wichtig. Ich suche keine Arbeit bei Ihnen.«

Fannie kam näher und beäugte sie argwöhnisch. »Bist du jemand, den ich kenne?«

»Ja«, sagte Phoebe. »Ja, Sie kannten mich früher einmal. Aber nur für kurze Zeit, auf Valcour.«

»Komm mit mir«, sagte Fannie. »Alle anderen gehen wieder an ihre Arbeit zurück.«

Sie ging voraus in ein geräumiges, prunkvolles Büro. Die beherrschende Farbe war rot, doch dies wäre von den Wänden allein nur schwer zu erraten gewesen, weil jede mit allen Arten von Gemälden bedeckt war, die so nahe aufeinander hingen, daß die Tapete fast nicht zu sehen war. Darin standen zwei mit Plüsch überzogene Sofas, über die farbenprächtige Schals geworfen waren. Die Stühle waren tief gepolstert. Der dunkelrote Teppich schien teuer und gab unter den Füßen weich nach. Fannie besaß einen Schreibtisch aus Teakholz, der Lederintarsien aufwies. Dahinter setzte sie sich auf einem Lederstuhl mit hoher Lehne nieder.

»Wer hat dich geschickt?« fragte sie.

»Ich bin aus eigenem Antrieb hierhergekommen«, sagte Phoebe.

»Was willst du?«

»Ich bin deine Tochter. Ich wollte dich endlich mal sehen. Um zu wissen, wie du bist.«

»Du hast bestimmt schon genug von mir, oder?«

»Ich bin nicht hier, um dich zu kritisieren.«

»Nun, warum, zum Teufel, bist du dann überhaupt gekommen?«

»Kannst du mich denn nicht auf andere Art begrüßen? Ich habe viel geopfert, um hierherzukommen. Ich habe es nicht nur aus Neugierde gemacht. Du bist meine Mutter.«

»Das bin ich allerdings. Du siehst mir auch ganz ähnlich. Ich war zwar hübscher in deinem Alter, aber du bist auch nicht übel. Du kommst nach deinem Papa, wenigstens ein bißchen.«

»Dessen bin ich mir bewußt.«

»Was ist der Familie widerfahren? Ich weiß, daß Valcour vor langer Zeit vom Norden besetzt wurde. Ich fragte mich, ob sie deinen Vater wohl in ein Gefängnis stecken.«

»Wir verließen die Insel. Jeder ist von ihr geflohen. Vor etwa einem Jahr wurde Papa eingezogen und in eine der Waffenfabriken von Selma geschickt. Als Sherman dort wüstete, kam Papa um.«

»Er hatte sich immer gewünscht, so zu sterben. Er war ein stolzer Mann. Es muß ihm nahegegangen sein, den Süden diesen verrückten Krieg verlieren zu sehen.«

»Das kann ich mir lebhaft vorstellen.«

»Laß mich mal nachdenken – da war Serina ... nein ... Lenore, die Frau von James.«

»Sie lebt noch. Wenn du dich erinnern kannst, da ist noch Nanine, doch sie ist sehr krank. Martin, ihr Bruder, ist General in der konföderierten Armee. Wir haben schon lange nichts mehr von ihm gehört. Wir befürchten, daß er tot sein könnte.«

»Wann hast du das mit uns herausgefunden?«

»Noch vor dem Krieg. Ich arbeitete als Virginias privates Dienstmädchen. Wir wurden zusammen erzogen, und Papa ließ mir dieselbe Erziehung wie Virginia angedeihen. Doch wir sahen uns so zum Verwechseln ähnlich, daß Virginia die Wahrheit erriet und er es zugab.«

»Mir kommt es wie ein Wunder vor, daß sie sich nicht einen Grund ausdachten, um dich zu Tode zu peitschen.«

»Das war nicht ihre Art. Sie erzogen mich. Virginia und ich waren Freunde, bis sie erfuhr, daß ich eine Sklavin war. Dann machte sie sich einen Spaß daraus, mich bei jeder sich bietenden Gelegenheit zu erniedrigen, doch Nanine machte sich für mich stark und Papa bestand darauf, daß man mich gut behandeln möge. Virginia und ich sind jetzt Freunde.«

»Weiß Lenore, wer dein Vater ist?«

»Nein.«

»Wie ist sein Sohn?«

»Martin? Er hätte mich wahrscheinlich belästigt, doch als er herausfand, daß ich seine Halbschwester war, akzeptierte er mich voll, und wir kamen prima miteinander aus. Ich liebte das Leben auf Valcour. Ich wäre zufrieden damit gewesen, den Rest meines Lebens dort zu verbringen, selbst als Sklavin. Auch du mußt die Insel geliebt haben.«

»Mir gefiel es nicht, eine Sklavin zu sein«, sagte Fannie. »Als dein Vater zu mir kam, ließ ich mich mit ihm ein, weil ich dachte, das könne vielleicht zu meiner Freiheit führen. Doch damals war ich noch jung und verliebte mich in ihn.«

Phoebe und Fannie unterhielten sich über vergangene Zeiten. Zuerst unterrichtete Fannie ihre Tochter über ihre eigene Zeit auf Valcour und die Beziehungen, die sie mit James Hammond hatte. Die Geschichte mit dem Aufbau ihres Geschäfts war schnell erzählt, denn den Grundstein dazu hatte James gelegt. Danach schilderte Phoebe eingehend bis in alle Einzelheiten das Familienschicksal der Hammonds, das auch sie zu teilen hatte. In den schillerndsten Farben beschrieb sie die Odyssee, die sie nach all den Irrungen wieder auf die Festlandplantage geführt hatte, wo sie zusammen mit Virginia, Nanine und Lenore in den Ruinen hauste. Sie brachte Fannie ein Bild völliger Entbehrung und Entsagung nahe. Zum Schluß ihres umfassenden Berichtes deutete sie mit Nachdruck darauf hin, daß ihre finanziellen Mittel so gut wie erschöpft waren und Nanine dringend ärztliche Hilfe benötigen würde, da sie sonst dem sicheren Tod entgegenginge, denn sie litte an einer Blutkrankheit, die ständige Kontrolle durch einen Doktor verlangte. Sie unterließ es bewußt, auf Fannies Wohlhabenheit hinzuweisen, die sie durch ihr Etablissement erlangt hatte.

Fannie wurde immer klarer, worauf ihre Tochter hinauswollte. Sie ging durch ein Wechselbad der Gefühle. Auf der einen Seite war da der Haß gegen die Sklavenhalterei der Konföderation, und ihre Vergangenheit auf Valcour saß ihr noch wie ein tiefer Stachel unter der Haut. Auf der anderen Seite hatte sie James geliebt und liebte Phoebe heiß und innig. Sie erwägte ernsthaft, als sie ihren Worten folgte, sie einer schweren Probe zu unterziehen. Fannie entdeckte in dem gefälligen Redefluß ihres Kindes Stolz und Entschlossenheit. Diese Eigenschaften gedachte sie zu testen. Würde sie tatsächlich in ihrem Bordell arbeiten wollen, wie sie es vorgab? Oder täuschte sie etwa nur vor, durch redliche Arbeit das zum Überleben für sich und die Familie notwendige Geld verdienen zu wollen? Würde ihre stolze schwarze Tochter ihren Körper für andere hergeben? Sollte sie ihr ein Zimmer geben und ihren Lebenspartner Sam zu ihr schicken? Fannie verwarf diesen Gedanken alsbald als absurd. Sie wußte, daß Phoebe das Äußerste für sich und ihre Mitmenschen tun würde. Schließlich war dieses junge, hübsche Mädchen aus ihr hervorgegangen. Sie wollte ihr diese Schmach ersparen...

Phoebe war am Ende ihrer Darstellung angelangt und sammelte tapfer den Mut, die letzte Frage zu stellen: »Mama, sag, wirst du uns helfen?«

Fannie lachte zynisch. »Mama! Wer hätte je gedacht, daß man mich einmal so nennt.« Vor Spannung war es so ruhig, daß man eine Stecknadel auf den Boden hätte fallen hören. Plötzlich brach Fannie das Schweigen. »Ja, ich werde euch helfen. Ich ... ich gebe euch tausend Golddollar. Wird euch das für eine Weile reichen?«

»Du bist sehr großzügig zu mir. Ja, das reicht uns vorerst.«

»Wirst du ihnen sagen, wohin du gegangen bist? Wirst du meinen Namen erwähnen?«

»Das wird mich mit Stolz erfüllen.«

»Ich hatte nie geglaubt, daß ich so weichherzig sein könnte, aber das wird man wohl mit zunehmendem Alter.«

»Du kannst nie hart gewesen sein. Das weiß ich jetzt. Wenn das so wäre, hätte dich James nie so geliebt, wie er mir gestand. Mama, wieviel weißes Blut steckt in uns? Es ist mir zwar vollkommen gleichgültig, aber ... Naja, ich würde es gerne wissen.«

Fannie blickte mit neuerlichem Interesse an. »Hat's ein weißer Mann auf dich abgesehen?«

»Nein, das ist es nicht. Da ist schon ein Mann, ein Yankeeoffizier, den ich kennenlernte, als wir uns auf die Insel zurückschlichen. Diese Episode ließ mich ... über ... diverse Dinge nachdenken.«

»Soweit ich informiert bin, bin ich zu einem Viertel Schwarze. Meine Haut ist zwar nicht ganz weiß, aber man erkennt mich schon als Weiße an. In deinem Fall – ich erinnere mich an deine Geburt und an die Zeit, als sich deine Farbe auf der Haut entwickelte. Ich betrachtete dich laufend und stellte mir die Frage, ob du wirklich mein Kind warst. Ich sehe die Sache so, daß du nicht einmal genug von einem Nigger in dir hast, um als solcher gezählt zu werden.«

»Danke schön«, sagte Phebe. »Nicht, daß das eine Rolle spielen würde. Ich bin, was ich bin, und schäme mich dessen nicht.«

Fannie zog eine Schublade des Schreibtisches heraus und holte einen Umschlag hervor, der das versprochene Geld enthielt. »Ich hoffe, sie kriegen das Herrschaftshaus wieder in ihren Besitz. Mir hat es lange, lange Zeit gefehlt. Ich war nämlich die Hauswirtschafterin. Ich wohnte im Haus.«

Phoebe steckte den Umschlag in ihre Handtasche. »Ich bin dir so dankbar«, sagte sie. »Und so lange, wie ich lebe, werde ich mich weder deiner noch meines Vaters schämen. Ich liebte ihn und ich liebe dich.«

»Wir liebten einander. Es zerbrach sein Herz, mich fortzuschikken. Mich machte es so rasend, daß es mir nie aus dem Kopf ging. Aber, was soll's, es gehört der Vergangenheit an.«

»Es ist gut zu wissen, daß man noch jemanden hat, den man liebt.«

Fannie senkte den Blick und starrte auf das Ende des Schreibtisches. »Mach, daß du hier rauskommst, Phoebe!«

»Ja, ich gehe schon. Ich will nicht. Nur zu gern würde ich bei dir bleiben, doch sie sind die Familie, zu der ich gehöre. Die einzige Familie, die ich je kennengelernt habe. Zudem liebe ich sie alle.«

»Ich sagte, mach, daß du hier rauskommst!«

23

Als erstes mietete sich Phoebe in Charleston eine Kutsche und fuhr damit kreuz und quer durch die Stadt, um jedem aus der Familie ein Kleid zu kaufen und das Fahrzeug mit den besten Lebensmitteln zu beladen, die sie auftreiben konnte. Dann gab sie dem Kutscher die Order, sie auf die alte Plantage zu fahren.

Virginia kam aus dem Haus gerannt, als die Kutsche anhielt. Als Phoebe ausstieg, legte Virginia ihre Arme um sie, küßte sie und rief ihrer Mutter und Nanine zu, daß Phoebe zurück sei.

»Willst du mich nicht fragen, wo ich gewesen bin?« sagte Phoebe.

»Hauptsache, du bist wieder da! Mir ist egal, wo du warst. Ach, Phoebe warum hast du uns so unvorbereitet verlassen?«

»Ich habe dir viel zu erzählen«, sagte sie. »Außer dem Ort, wo ich war, berichte ich dir alles. Bitte, stelle mir in der Hinsicht keine Fragen. Nicht jetzt.«

»Ich frage schon nichts. Ich bin nur so froh, daß du wieder bei uns bist.«

»Ich habe sehr viel Geld. Wir können auf die Insel zurückgehen.«

»Phoebe, wo in aller Welt...?«

Phoebe legte sachte einen Finger auf Virginias Lippen.

»Es tut mir leid, ich habe nicht mehr daran gedacht«, entschuldigte sich Virginia.

»Aber wir haben da ein Problem«, sagte Phoebe. »Wie erklären wir deiner Mutter dieses Geld?«

»Weiß ich nicht. Du bist zurück, das allein zählt. Dir wird schon etwas einfallen.«

»Bist du nicht glücklich, daß wir auf Valcour zurückgehen können – wenn sie es uns erlauben.«

»Natürlich bin ich das, aber das ist nichts im Vergleich zu der Erleichterung, die ich verspüre über die Tatsache, daß du unversehrt bist und wieder unter uns ... Ich dachte, du hättest uns für immer verlassen.«

Phoebe und Virginia luden die Kutsche ab, und Phoebe gab dem Fahrer sein Geld.

»Wie geht es Nan?« fragte sie.

»Nicht gut. Aber sie war felsenfest davon überzeugt, daß du zurückkommen würdest.«

»Wie ist es um deine Mama bestellt?«

»Sie weint immer dann um Papa, wenn sie glaubt, wir könnten sie nicht hören.«

»Ich habe meine Meinung geändert. Ich muß dir sagen, wo ich gewesen bin. Ich brauche deine Unterstützung, um eine Erklärung dafür zu finden, wo das Geld herkommt.«

»Du warst bei deiner Mama, richtig?«

»Ja. Ich werde dir davon erzählen, ehe wir deiner Mama eröffnen, daß wir keine Armen mehr sind. Laß uns aber erst einen Spaziergang machen.«

»Schau, Nan kommt gerade aus dem Haus. Die letzten zwei Tage lag sie nur im Bett, aber sie ist genauso glücklich, dich zu sehen, wie ich.«

Phoebe ging auf Nanine zu, wobei sie sich befleißigte, ihre Besorgnis über die Verschlechterung in Nanines Aussehen nicht zum Ausdruck zu bringen. Sie schien noch dünner und blasser geworden zu sein, obwohl nur wenige Tage verstrichen waren, seit Phoebe sie das letztemal gesehen hatte.

»Ich wußte, daß du zurückkommst«, sagte Nanine. Sie umarmte Phoebe. »Wer bezweifelte jemals, daß du zurückkehren würdest? Ach, Phoebe, ich bin froh, dich wiederzusehen. Willkommen zu Hause.«

In dem provisorischen Heim grüßte Lenore Phoebe genauso herzlich wie ihre Töchter. »Du hast uns so gefehlt, meine Liebe. Und ich entschloß mich, wenn du zurückkommen würdest, daß ich dich nicht zu fragen wagte, warum du uns verlassen hast oder wohin du gegangen bist.«

»Ich danke dir«, sagte Phoebe. »Macht jetzt bitte die Pakete auf!

Während ihr damit beschäftigt seid, bereite ich euch damit etwas zu essen, was ich auftreiben konnte. Lebensmittel sind knapp, aber mit Geld läßt sich da schon etwas machen.«

Phoebe hätte sich am liebsten die Zunge abgebissen. Sie hatte die Absicht, vor Lenore Geld nicht zu erwähnen. Jetzt mußte Lenore natürlich fragen, wo denn das Geld für die Lebensmittel und für die Kleider herkam.

Virginia hielt ebenfalls ihren Atem an. Lenore geriet ins Schwärmen, als sie die Kleider für sich, Nanine und Virginia begutachtete. Phoebe widmete ihre gesamte Aufmerksamkeit dem Zubereiten des Essens über dem offenen Kamin, in dem eine solide Unterlage glühender Kohle brannte. Sie briet vier kleine Steaks, was sie sich seit Monaten nicht mehr zu Gemüte hatten führen können. Dazu gab es frisches Gemüse und sogar ein paar Feingebäckstücke, die Phoebe in einer der wenigen noch geöffneten Konditoreien in Charleston erstanden hatte. Es war ein Festmahl, zu dem sie sich voller Freude niederließen.

Phoebe war immer noch in tiefer Sorge über die etwaige Reaktion Lenores und über ihre eigene Erklärung, wie all dies sein könnte. Lenore aß langsam und genoß jeden einzelnen Bissen. Es wurde nicht viel gesprochen, denn das für alle wichtigste Thema bestand darin, wie dieser Segen zu erklären war; keiner jedoch wagte, darauf zu sprechen zu kommen.

Schließlich war Lenore mit dem Essen fertig und trank schlückchenweise von dem guten echten Bohnenkaffee, den Phoebe entdeckt hatte. Sie warf flüchtige Blicke über den notbehelfsmäßigen Tisch und lächelte.

»Sag mal, Phoebe, fandest du New Orleans aufregend?«

Phoebe holte laut hörbar Luft, atmete dann aus und lachte. »Wie konnte ich eigentlich denken, daß ich dich zum Narren halten könnte?«

»Mama«, sagte Virginia, »woher wußtest du, wohin sie gegangen ist?«

Lenore sagte: »Sie ist mit Geld zurückgekommen. Sie konnte es nur von einer Person erhalten haben.«

»Du wußtest von... Fannie?« fragte Phoebe.

»Natürlich wußte ich das. James erzählte mir alles, ehe er in den Krieg zog. Vielleicht hatte er eine Vorahnung, getötet zu werden. Ich wußte jedoch schon seit Jahren davon, wenn ich es ihm auch nie verriet. Fannie konnte ihre Schwangerschaft nicht verbergen, und als du, viel weißer als Fannie, geboren wurdest, wußte ich, was geschehen war. Meine Gefühle waren verletzt, aber ich wollte einfach keine Kinder mehr. Doch James war nun mal, sagen wir – ein tatkräftiger Mann. Falls du nichts dagegen hast, erzähle doch von deiner Reise.«

Phoebe sagte: »Ich danke dir für dein Verständnis. Ich mußte gehen. Ich konnte den Gedanken nicht ertragen, daß ihr Armut erleiden müßtet.«

An diesem Abend wurde bis spät in die Nacht erzählt. Aufmerksam lauschte man Phoebes Berichten, die lebhaft und schillernd ausfielen. Dagegen waren die Schilderungen der drei Zurückgebliebenen eher karg und knapp. Die Freude über den unvermutet eingetretenen Reichtum war groß und ließ sie tief schlafen. In den kommenden Tagen gingen sie mit dem Geld jedoch sparsam um. Die Zeit verstrich immer zäher. Sie steckte mitten im Winter, und Phoebe und Virginia verbrachten viel Zeit damit, Feuerholz zu finden. Sie besaßen Lebensmittel und Dekken, weshalb sie es recht gemütlich hatten. In den Abendstunden kam die Unterhaltung immer wieder auf Valcour.

Viele Wochen waren sie wegen des Wetters vollkommen von der Außenwelt abgeschnitten. Im Februar schließlich konnten Phoebe und Virginia zusammen mit Mr. Osgood nach Charleston reisen. Sie saßen hinten auf der Kutsche, eingemummt in Decken und Büffelfelle. Sie hatten es schön warm und konnten hier freier sprechen als zu Hause. Sie waren sich klar darüber, daß es Nanine sehr schlecht ging. Hinzu kam, daß der Doktor aus Charleston sich nicht sehr engagiert um sie kümmerte und nur das Geld sah, daß er damit verdienen könnte. Sie waren einer Meinung, daß wegen Nanine etwas unternommen werden müsse.

»Ich mache mir große Sorgen um sie. Wenn wir zu lange warten, dann …«, sagte Virginia.

»Ich frage mich schon die ganze Zeit über, ob die Yankees auf der Insel möglicherweise einen Doktor haben. Immerhin sind viele Soldaten und Sklaven dort. Auch von denen müßte sich doch der eine oder andere verletzen oder krank werden. Den Yankees steht garantiert ein Doktor zur Verfügung.«

»Du magst recht haben, Phoebe. Wenn du es so willst und Nanine ihre Zustimmung gibt, warum gehen wir dann nicht gleich los? Der alte Doktor taugt nichts und kostet uns nur Geld und Ärger. Nun, auf der Insel muß es einen Yankeedoktor geben, der sich mit Medizin auskennt. Darin liegt Nans einzige Chance.

Ich will nicht, daß sie stirbt. Der Krieg hat uns schon genug Schaden zugefügt.«

Während Mr. Osgood seine Geschäfte erledigte, sicherten sich Phoebe und Virginia unter großzügiger Zuhilfenahme ihrer Golddollar die Benutzung zweier Zimmer im Mills-Hotel. Sie hatten den Plan, Nan und Lenore am folgenden Tag hierherzubringen, sie in dieser etwas angenehmeren Umgebung unterzubringen und dann alles Notwendige für die Reise nach Valcour vorzubereiten.

Sie waren beide erfreut darüber, daß der Zeitpunkt der Abreise immer näher kam. Sie wußten beide, daß sie wegen Nans Krankheit nicht länger warten durften. Doch als sie durch Charleston liefen, um ihre bescheidenen Einkäufe zu erledigen, erfüllte sie Schrecken und Angst beim Anblick der Dampfeisenbahnwaggons, die sich auf der Durchfahrt befanden und mit verwundeten Soldaten vollgestopft waren. Sie wurden nach Norden verfrachtet, vielleicht nach Richmond, was bedeutete, daß man die Lazaretts im Süden ausräumte. Der Feind mußte näherkommen.

Andere Züge, die in die entgegengesetzte Richtung fuhren, hatten Truppen an Bord, die altersgemäß solche Unterschiede aufwiesen, daß jeder, der sie sah, bestürzt stöhnte. Ein Teil bestand aus Jungens, die noch nicht einmal fünfzehn Jahre zählten. Der Rest setzte sich aus alten Männern zusammen, die zielbewußt, unbeugsam und entschlossen waren, ihrer Aufgabe aber längst nicht mehr gewachsen.

Phoebe und Virginia erkannten, daß sie zum Handeln gezwungen waren. Sie schickten Mr. Osgood allein zurück, mieteten sich eine Kutsche und fuhren auf die Plantage zurück. Als sie ihren Plan offenlegten, strahlte Nan über das ganze Gesicht, so daß sie ihre Krankheit und ihre Schmerzen ein wenig vergaß.

Zeitig am nächsten Morgen packten sie alles, was sie mitnehmen wollten, zusammen, und ließen den Rest Mr. Osgood zurück, um sich damit für seine Freundlichkeit erkenntlich zu zeigen. In Decken eingehüllt, überstand Nanine die Reise nach Charleston ohne Schwierigkeiten. Sie machte sogar einen gesünderen Eindruck.

Sobald sie im Hotel waren, wo die Wärme und das Gaslicht ihnen eine ungewohnte Wohligkeit vermittelte, fühlten sie sich besser. Das änderte sich allerdings schlagartig, als die neuesten Zeitungen von den schrill und besorgt schreienden Zeitungsverkäufern verhökert wurden. Columbia war gefallen und Sherman, der jede Stadt, die in seine Hände fiel, dem Erdboden gleichmachte, hatte als nächste Stadt Charleston im Visier.

Das Erscheinen der Zeitungen brachte eine überstürzte Evakuierung in Gang, von der die Verwundeten und die Staatsbeamten betroffen waren. Irgend jemand – niemand wußte, wer – gab den Befehl, daß man die ganze, auf der Battery gelagerte Baumwolle verbrennen möge. Vielleicht legte man den Befehl falsch aus, denn als die Baumwolle angezündet war, entfachte man auch in den Häusern und Geschäften Feuer. Flammen erleuchteten den Himmel und arbeiteten sich immer weiter zum Stadtzentrum und dem Mills-Hotel vor.

Gäste versuchten, Transportmittel zu ergattern. Im Bahnhof kamen keine Züge mehr durch. Die Kutschen, Einspänner und Wagen waren verkauft, vermietet oder in Besitz genommen worden, als das Feuer in der ganzen Stadt zu toben anfing.

Phoebe und Virginia begaben sich in die Eingangshalle, die von Flüchtlingen aus südlichen Landstrichen überfüllt war, zu denen Sherman gekommen war oder denen er sich näherte. Verwirrung und Angst standen ihnen im Gesicht. Phoebe und Virginia gelangten auf die Straße und sahen die Leute ziellos umherirren, die zum Teil vor Angst rasten. Bald erfuhren sie den Grund. Trotz des Lärms, den die vielen Menschen verursachten, konnten sie jetzt den Widerhall der Kanonen hören. Die Yankees arbeiteten sich näher an die Stadt heran. Die Kanonen erleuchteten den Himmel zum Süden hin.

Auf der Battery brannten mit Baumwolle gefüllte Lagerhäuser lichterloh. Die Hitze vertrieb die Menschen, doch Virginia und Phoebe schützten mit den Armen ihre Gesichter ab und rannten durch die Hitze, die Asche und den Rauch bis zum Gehweg auf dem Kai. Sie gingen die Treppe hinunter und suchten nach einem Boot. Es gab unzählige. Sie wählten eines aus, vergewisserten sich, daß Ruder an Bord waren, und merkten sich seinen Standort nahe an der Treppe, der für Nanine sehr hilfreich sein würde.

Auf dem Weg zurück zum Hotel wurden sie oft von der Menschenmenge aufgehalten. Man hatte angefangen zu plündern, als sie in das Geschäftsviertel kamen. Ladenschaufenster wurden mit allem, was griffbereit war, eingeschlagen, und die Leute brandeten in die Geschäftsräume, wobei sich so mancher an dem gebrochenen Glas schnitt. Das aber schien keine Rolle zu spielen. Alles Tragbare wurde gepackt und nach draußen geschleppt. Vieles wurde sofort wieder liegengelassen, als die

Plünderer feststellten, daß sie kaum fliehen konnten, da die Gegenstände sie nur behinderten. Dennoch nahm die Klauerei kein Ende. Immer mehr Fenster gingen zu Bruch. In einer Fleischerei, die nur ein Häuserblock entfernt war, brach ein Feuer aus, das rasch um sich griff.

Virginia und Phoebe vergeudeten keine Zeit oder Anstrengung damit, sich zu unterhalten. Sie benutzten Seitenstraßen, in denen sie gelegentlich rennen konnten. Endlich erreichten sie das Hotel. Der Haupteingang war verstopft, weshalb sie zum Hintereingang eilten und durch die leere Küche liefen, wo Schüsseln mit Essen herrenlos auf Tischen herumstanden und noch dampften. Es war niemand mehr da, der das Essen reichte, geschweige denn jemand, der es aß.

Oben wartete Nanine und Lenore und waren auf alles vorbereitet, nachdem der Mob auf den Straßen sie durch die Ereignisse beunruhigt und geängstigt hatten. Auch sie wußten, daß es keine Zeit zu vergeuden gab.

Sie kamen zu viert die Treppe wieder herunter und trugen diesmal so viel bei sich, wie sie in die Hände nehmen konnten. Sie hatten auch ein Bettlaken dabei, das sich Nanine vom Hotelinventar genommen hatte. Niemand wollte wissen, warum sie sich diese Art von Erinnerungsstück unter den Nagel gerissen hatte.

Sie wurde von den Menschen herumgestoßen, obwohl Virginia und Phoebe alles unternahmen, um sie zu schützen. Lenore, die aus Furcht verstört umherblickte, blieb in ihrer Nähe. Einmal wollte ihnen eine große Menschenmenge nicht ausweichen. Virginia setzte mit aller Kraft ihre Ellbogen ein und schrie, daß sie eine kranke Frau hätten. Augenblicklich täuschte Nanine noch mehr Mattigkeit vor und ließ sich von Phoebe unterstützen. Daß es nicht nur Vorwand war, wußte Phoebe von dem vollen Gewicht, das Nan ihr auflud. Einige der herumirrenden Leute machten Platz, und sie waren schließlich in der Lage, auf die Battery zu gelangen. Hier war der Rauch so dick, daß sie daran würgen mußten und Nanine besondern ernsthaft davon betroffen wurde. Die Hitze war wie eine neuzeitliche Hölle. Sie versengte ihre Gesichter und drohte, ihre Haare in Brand zu setzen. Überall sprühten die Funken.

Einmal sogar schwelte Phoebes Rock, ehe sich Flammen bildeten. Sie erstickte diese Glut im Keim, indem sie mit der flachen Hand auf das Kleidungsstück klopfte. Nanine verließen die Kräfte, als sie die Treppe hinunterliefen, die zu eng war, als daß man sie hätte auf den Seiten abstützen können. Hinter ihr hielt Virginia sie an den Schultern fest, unter ihr erhielt sie von Phoebe wirkungsvolle Hilfe. Unten angelangt, übernahmen Virginia und Lenore die Arbeit, Nanine aufrecht zu halten, während Phoebe weiter vor rannte, um sich zu vergewissern, daß das Boot noch an seiner Stelle war.

Sie stieg an Bord und langte nach oben, um Nanine und dann Lenore beim Einsteigen zu helfen. Virginia sprang in das Boot und stieß es sofort vom Land ab. Sie legte sich zusammen mit Phoebe in die Riemen. Es war ein Fahrzeug, das für zwei Ruderer groß genug war, doch sie hatten es nur teilweise aus diesem Grunde ausgewählt. Zwei Ruderpaare würden da das Boot schneller fortbewegen als eines.

Allmählich kamen sie außer Reichweite der Hitze und der Funken, und Nanine atmete schon tiefer durch und schien wieder an Kraft zu gewinnen. Sie bewegten sich jetzt durch die Dunkelheit und hofften, daß sie einen geraden Kurs zur Insel hielten. Sie hatten dies so oft getan, daß sie das Gefühl hatten, daß sie Valcour nicht verpassen würden. Virginias Hände waren von Blasen übersät, als sie die Hälfte des Wasserweges hinter sich gebracht hatten. Phoebes Schultern schmerzten, ihr ganzer Körper schrie nach einer Ruhepause, doch sie hörte nicht auf zu rudern. Jetzt konnten sie nicht anhalten. Hinter ihnen wüteten die Brände und zum Süden hin konnten sie noch die Kanonenblitze hören, die jetzt näher denn je waren. Und plötzlich tauchte aus dem Wasser vor ihnen die Insel wie ein dunkler Schleier auf.

Die Morgendämmerung eines kalten, windigen Tages hatte bereits eingesetzt. Nanine war schlecht von der Bootsbewegung, hielt sich aber wacker. Lenore hatte es fertiggebracht, eine Zeitlang zu schlummern. Phoebe und Virginia flüsterten miteinander, wägten ihre Chance ab und versuchten sich abzusprechen, wie sie diese Mini-Invasion ausführen könnten.

Ein leichter Nebel hing über dem Wasser und diente dazu, sie vor den Truppen auf der Insel zu verbergen, aber ein Blick in Nanines starres, blasses Gesicht machte ihnen deutlich, daß sie nicht länger warten konnten.

Sie setzten wieder mit dem Rudern ein, und als sie näher an der Küste waren, band Virginia das Bettlaken, das Nanine mit kluger Voraussicht mitgenommen hatte, an ein Ruder und hob es nach oben. Sie stellte sich hin und winkte damit, wobei sie die letzte Energie aus sich herausholte, denn das Ruder war schwer und unhandlich.

Sie befanden sich etwa eine halbe Meile von dem Landungssteg entfernt, den sie früher benutzten, als sie hier lebten. Bis jetzt hatten sie Glück gehabt. Irgend jemand erspähte sie, und sie konnten Stimmen hören, die Alarm schlugen. Schüsse wurde keine abgefeuert. Offensichtlich hatte jemand, der durch einen Feldstecher schaute, die Insassen des Bootes als vier Frauen identifiziert und sie für ungefährlich erklärt.

Als sie näher an die Küste kamen, erfaßten Yankees, die durch das Wasser wateten, das Boot und zogen es an Land. Virginia und Phoebe stiegen aus und halfen Lenore heraus, doch Nanine schaffte es nicht.

Virginia wandte sich den Soldaten zu, die hilflos dabei standen und nicht wußten, was sie tun sollten.

»Ist Major Birch noch da?« fragte Virginia.

»Jawohl, Lady, er ist da«, antwortete einer.

»Bitte bringen Sie ihm eine Nachricht. Wir brauchen Hilfe. Meine Schwester ist sehr krank.«

Jemand stieß die Männer mit den Ellbogen aus dem Weg. Es war der stämmige Feldwebel, der sie zum Boot begleitet hatte, als sie vor Monaten die Insel verließen. Er musterte Nanines Gesicht für einen Augenblick.

»Holt einen Doktor«, befahl er. »Einer von euch – hopp! Bringt ihn so schnell wie möglich zum Befehlsstand!«

Er stieg in das Boot, hob Nanine gefühlvoll auf, bettete sie in seine Arme und lief auf das Haus zu. Lenore, die zwischen Phoebe und Virginia lief, blieb hinter dem Feldwebel und seiner Last zurück.

Major Birch, von seinen Männern alamiert, rannte vom Haus herkommend den sanften Abhang hinunter. Er wurde der Situation schnell gewahr.

»Feldwebel, legen Sie sie in das Bett in meinem Zimmer. Ist schon jemand unterwegs, um den Doktor zu holen?«

»Jawohl, Major. Er müßte eigentlich gleich hier sein.«

»Schicken Sie ihn in das Haus, wenn er kommt. Miß Virginia, ich bin erfreut, Sie wiederzusehen. Und auch Sie, Miß Phoebe.«

»Major Birch, dies hier ist meine Mutter, Mrs. Hammond«, sagte Virginia. »Wir waren vollkommen verzweifelt.«

»Sie sind auch erschöpft. Ich werde so schnell wie möglich Zimmer für Sie bereitstellen.«

Lenore blieb wie festgewurzelt stehen, als sie das Haus wieder zum erstenmal in Augenschein nahm. »Es ist noch immer wundervoll. Major, ich danke Ihnen dafür, daß Sie es so in Ordnung gehalten haben«, sagte sie.

»Danke schön, Mrs. Hammond«, sagte er. »Miß Phoebe, geleiten Sie bitte Mrs. Hammond zum Haus, während ich noch mit Miß Virginia spreche?«

Phoebe nahm Lenore am Arm und lief mit ihr langsam zum Haus. Der Major hielt Virginia an, wartete, bis Lenore außer Hörweite war und blickte Virginia dann streng in die Augen.

»Was haben Sie vor?« Sein Ton entsprach seinem Auftreten.

»Wir sind wieder zu Hause«, sagte Virginia kalt. »Haben Sie da etwas dagegen?«

»Zufälligerweise ja. Rebellen sind hier nicht zugelassen. Sie fallen unter diese Kategorie.«

»Charleston steht in Flammen«, sagte sie. »Sherman scheint auf dem Weg dorthin zu sein. Wir hatten keine andere Wahl, als hierher zurückzukehren. Meine Schwester ist schwer krank. Ich fürchte um ihr Leben. In Charleston gibt es weder Medizin noch Ärzte, außer einem greisen, unfähigen Mann.«

»Ihre Schwester wird hier eine gute Pflege erhalten«, erzählte ihr der Major. »Wir haben einen guten Doktor, der sich in seinem Metier ausgezeichnet auskennt. Aber Sie wissen doch, daß Sie nicht hierbleiben können. Das widerspricht sämtlichen Regeln und Gesetzen.«

»Schicken Sie uns etwa in das Inferno zurück, das Charleston jetzt ist?« fragte sie. »Wir haben in Armut gelebt und sind halb verhungert. Ihr Yankees tragt daran die Schuld. Es gibt fast keine Lebensmittel mehr. Meine Schwester und ich haben den ganzen Winter über nichts anderes getan, als Zweige zusammenzuklauben, um ein Feuer zu unterhalten. Es ist rein nichts mehr da, und ihr Yankees seid schuld.«

»Immer noch die alte Rebellin«, sagte er bärbeißig.

»Daran können Sie auch durch einen Sieg im Krieg nichts ändern, Major. Aber ich appelliere an Sie als Gentleman, uns die Erlaubnis zu gewähren, auf dieser Insel zu bleiben.«

»Offen gestanden, Miß Virginia, ich habe nicht die Vollmacht, Ihnen diese Bitte zu erfüllen.«

Diese Nachricht verwirrte sie. »Sie sind der Kommandant, oder?«

»Was die militärische Besatzung angeht, ja. Doch Washington

hat die Insel auch einer Zivilregierung unterstellt. Man schickte uns einen Mann namens Ben Bowman. Sein offizieller Titel lautet Inspektor; er erzählt den ehemaligen Sklaven hauptsächlich, wie sie sich zu benehmen hätten – und den Missionaren und Lehrern aus dem Norden ebenfalls. Sie sind die ersten Rebellen, und wie er mit Ihnen harmonieren wird, weiß ich nicht.«

»Dann muß ich mich mit diesem Mann treffen, um unsere Probleme zu lösen. Ich gehe davon aus, daß Sie ein Treffen in die Wege leiten werden.«

»Machen Sie sich deswegen keine Sorgen. Er ist ein eigenartiger Mensch, dazu neigend, sich einen sehr offiziellen Anstrich zu geben und ... er mag keine Rebellen.«

»Ich werde ihm auch keine Zuneigung entgegenbringen«, gab Virginia zurück. »Das heißt allerdings nicht, daß ich mit ihm keine Geschäfte machen werde.«

»Hoffe nur, er wird mit Ihnen welche machen. Ich werde für heute nachmittag ein Treffen ansetzen. In der Zwischenzeit lade ich Sie und Ihre Familie zum Mittagessen ein. Bis dahin müßte eigentlich eine Diagnose des Doktors über den Gesundheitszustand Ihrer Schwester vorliegen.«

»Ich danke Ihnen«, sagte Virginia steif. Sie dachte sich, daß er noch genauso ansehnlich und tüchtig war wie damals, als sie sich das erstemal trafen.

»Unterdessen können Sie nicht umherwandern, wie es Ihnen beliebt«, sagte er. »Es ist am besten, wenn Sie sich vorerst auf das Haus beschränken.«

»In das Haus gehören wir auch.«

»Kommen Sie also mit.«

Sie schlenderten gemächlich den sachte ansteigenden Hang zum Herrschaftshaus hinauf. Virginia hing ab von der Freundlichkeit und dem Verständnis eines Mannes, den sie verachtete – und zwar allein aus dem Grund, weil er ein Yankee war. Dennoch schaute sie einige Male verstohlen zu ihm herüber, merkte dann aber, daß sie mit ihm im Gleichschritt lief. Sofort ließ sie sich aus diesem Rhythmus herausfallen, wenngleich sie sich fragte, warum sie das tat.

»Ich verspreche Ihnen, Miß Virginia, daß ich für Sie und Ihre Familie alles in meinen Kräften stehende tun werde. Ich gebe Ihnen keine Garantie auf Erfolg. Ben Bowman und ich haben schon so manche Meinungsverschiedenheit gehabt, und ich versichere Ihnen, daß er mir nicht schmeichelt. Um die Wahrheit zu sagen, er glaubt, daß ich den Erfolg seines Projektes auf der Insel gefährden würde. Er beabsichtigt, daraus ein Paradestück hinsichtlich der Problematik zu machen, Ex-Sklaven als freie Männer und Frauen in Vollbeschäftigung zu halten.«

Als der Major und Virginia auf der Veranda standen und den weiten Ausblick genossen, sahen sie zwei Männer in hohem Tempo auf das Haus zureiten.

»Der Doktor«, sagte der Major. »Und Leutnant Sprague.«

»Wie schön von ihm zu kommen, um sich die Ehre zu geben.« Virginia brachte es fertig, herzlich zu klingen.

»Er hörte monatelang nicht auf, von Ihrer Schwester zu sprechen.«

»Ich bin sicher, meine Schwester kann sich gut an ihn erinnern«, sagte Virginia. In ihrem Herzen wußte sie, daß Phoebe ihn nie vergessen hatte und auch nie vergessen würde. Und das, obwohl nie etwas daraus werden konnte. Das war aber schon gut so. Den Gedanken, daß Phoebe einen Yankee heiraten könnte, vertrug Virginia nicht besonders.

Sprague verbeugte sich vor Virginia und grüßte sie wohlwollend.

Virginia sagte: »Meine Schwester ist oben. Leutnant.«

Er verließ sie auf der Stelle, und sie konnten hören, wie seine Schritte flink die Treppe erklommen. Der Major stellte Virginia Hauptmann Matt Stanton vor, der zu jung für einen erfahrenen Arzt zu sein schien, doch Virginia unterließ es, diesen Verdacht auszudrücken.

»Bevor ich Ihre Schwester besuche«, sagte Stanton, »erzählen Sie mir da bitte, wie lange sie schon krank ist und welche Symptome sich bis jetzt eingestellt haben? Ebenso, welche Behandlungen sie hatte, wenn überhaupt.«

Als Virginia dem jungen Arzt die Krankheitsgeschichte Nanines ausführlich dargelegt hatte, tauchte am Horizont Inspektor Ben Bowman auf.

24

Der Mann, den Major Birch in die Bücherei führte, war mittelgroß, wahrscheinlich nicht älter als fünfundvierzig, mager, mit fliehender Stirn und ungewöhnlich blauen Augen, die so kalt wie ein

Eisberg waren. Sein Mund war dünn, ein unnachgiebig geradliniger Strich unter seiner dünnen Nase. Virginia hatte im *Charleston Mercury*, einer Zeitung, die nicht dazu neigte, dem Norden irgendwelche Komplimente auszustellen und am wenigsten seinen Bürgern, Karikaturen von einem typischen Yankee gesehen. Mr. Ben Bowman konnte für einige dieser wenig schmeichelhaften Zeichnungen Modell gestanden haben.

Er war kein Mann der großen Vorbereitungen. Er setzte sich hinter den Schreibtisch, wobei seine Wirbelsäule die Lehne seines Stuhles nicht berührte. Er sprach so, wie ein wütender Schullehrer seine weniger verantwortungsbewußten Schüler maßregeln würde.

»Sie sind gegen alle geltenden Regeln hierhergekommen. Sie sind ein Mitglied der Südlichen Konföderation, mit der wir uns im Krieg befinden. In einem Krieg, den wir rasch gewinnen. Falls Sie in dieser Sache hinsichtlich des Ausgangs Zweifel hegen sollten, werden Sie sich einer riesigen Enttäuschung gegenübersehen.«

»Mr. Bowman, mir ist klar...«

»Sie sprechen, wenn ich fertig bin«, sagte er scharf. »Ich möchte Ihnen zu verstehen geben, daß ich in diesem Krieg zwei Söhne verlor, die von Leuten Ihrer Sorte getötet wurde. Für Leute wie Sie habe ich keinerlei Sympathie. Genau in diesem Augenblick haben unsere Truppen Charleston eingenommen und über der Stadt das Sternenbanner gehißt. Einfaltspinsel, die vor unseren Truppen davonrannten, steckten die Stadt in Flammen. Wir haben die Feuerherde zum Großteil ausgelöscht, doch es herrscht noch immer große Verwirrung, überall wird geplündert... von euren Leuten, nicht den unseren. Daher schicke ich Sie nicht zurück, bis dieses Chaos nicht behoben ist. Bis dahin können Sie sich als Kriegsgefangene betrachten –«

»Hm, Moment mal, Ben«, unterbrach ihn Major Birch. »Seit wann betrachtet man vier Frauen als Kriegsgefangene?«

»Seit ich so entschieden habe.«

»Mr. Bowman, ich bin hier Militärsbefehlhaber. Es fällt unter meine Zuständigkeit festzusetzen, welchen Status unsere Besucher innehaben. Sie sind nicht im entferntesten Sinne des Wortes Gefangene.«

Virginia konnte ihre Wut nicht länger im Zaum halten. »Mr. Bowman, dieses Büro, in dem wir gerade sitzen, war früher die Bibliothek meines Vaters. Dieses Haus und die Plantagen waren der Besitz meines Vaters und gehören der Familie mehr als drei Generationen lang.«

»Was jetzt nicht mehr der Fall ist«, gab Bowman kurz angebunden zur Antwort.

»Meine Familie und ich bitten nur darum, so lange in diesem Haus oder irgendwo auf der Insel bleiben zu dürfen, bis dieser Krieg vorüber ist und wir unser Leben wieder einigermaßen planen können. Ist das zu viel verlangt?«

»Dies hier ist Eigentum der Vereinigten Staaten, und Sie besitzen hier keinerlei Recht«, antwortete Bowman. »Hier können Sie nirgendwo bleiben. Die anderen Plantagen sind ebenfalls übernommen worden und werden bald zusammen mit dieser verkauft werden.«

»Verkauft an wen?« fragte Virginia

»An jedweden Nordstaatler, der gewillt ist, ein Angebot dafür zu machen. Es wird eine Auktion geben. Ich weiß zwar nicht, wann, aber es wird nicht mehr allzu lange dauern. Sie und Ihre Familie treffen alle Vorbereitungen für die Rückkehr auf das Festland.«

»Meine Schwester ist äußerst krank. Auf dem Festland gibt es keine medizinischen Einrichtungen. Ihr Doktor auf der Insel scheint in der Lage zu sein, sich um sie zu kümmern.«

»Die Krankheit Ihrer Schwester geht mich nichts an, Miß Virginia...«

»Mrs.«, korrigierte Virginia ihn. »Ich bin Mrs. Wade LeGarue. Mein Mann ist Offizier in der Armee der Konföderation.«

»Ein weiterer Grund, Sie von der Insel zu schaffen. Wir schließen keine Freundschaft mit Sympathisanten.«

»Wir warten erst mal ab, was Mr. Stanton zu sagen hat«, unterbrach Major Birch erneut die Unterhaltung. »Wir sind nicht so rachesüchtig, daß wir eine kranke Frau abschieben würden, Mr. Bowman.«

»Wir werden sehen, was sich tun läßt, Major. Mit Ihnen hatte ich in letzter Zeit einfach zu viele Sorgen. Beispielsweise baut diese Plantage bei weitem nicht so viel Baumwolle an, wie es ihrer Kapazität entspräche. Ich werde diese Insel auf eine rentable Grundlage stellen, und davon werden Sie mich nicht abhalten.«

»Mr. Bowman«, lächelte Virginia süß, »sind Sie ein Farmer?«

»Ich wühle nicht im Boden herum. Was geht das überhaupt Sie an?«

»Einiges. Wenn Sie nichts vom Boden und dem Baumwollanbau verstehen, wie erwarten Sie dann, daß Sie eine erfolgreiche Plantage leiten können, Mr. Bowman? Baumwolle anzubauen ist kein einfaches Unterfangen. Dazu benötigt man Geschick und Erfahrung.«

»Ich habe Erfahrung mit Baumwolle.«

»Gesammelt in einer Baumwollspinnerei in New England«, sagte Major Birch. »Als Buchhalter.«

Virginia kam zu Sinnen und stand unvermittelt auf. »Sie vergeudete nur ihre Zeit. Ich habe nichts mehr zu sagen, Mr. Bowman. Ich muß jetzt den Doktor wegen meiner Schwester sprechen.«

»Sie und Ihre Angehörigen tun besser daran, morgen von hier verschwunden zu sein. Für Sie ist hier kein Platz.«

Virginias Hoffnung sank rapide. Mit diesem Tyrannen konnte man nicht verhandeln. Sein Haß auf den Süden war ausgeprägter als ihrer auf den Norden. Sie stellte dies fest und stufte ihn sogleich als einen Feind ein, den sie auf die eine oder andere Weise niederringen würde. Nur auf welche Weise, wußte sie nicht – noch nicht. Aber sie war entschlossen, diese Insel nicht zu verlassen, außer dieser Mann würde sie gewaltsam dazu zwingen.

Bowman lief zur Tür. »Bis morgen, Mrs.... Dingsda. Morgen, keinen Tag länger.«

Beim Hinausgehen knallte er die Türe zu. Major Birch sah auf die Tür, dann lenkte er seinen Blick auf Virginia.

»Ich sagte Ihnen doch, daß er ein Leuteschinder ist.«

»Ich habe die Absicht, diesbezüglich nach Washington zu schreiben«, sagte sie steif.

»Das würde ich nicht tun. Ihr Brief ging ohnehin nur in dem Durcheinander der Kriegsdokumente verloren oder – irgend so ein Bürokrat würde sich querstellen und am Ende Bowmans Befehl bestätigen. Ich habe da eine bessere Idee. Natürlich können Sie nicht in dem Haus wohnen. Es ist schließlich als militärische Einrichtung ausersehen worden. Aber etwa eine Viertelmeile jenseits der Ställe steht eine Hütte...«

»Die alte Aufseherhütte«, sagte Virginia.

»Dazu hat sie also früher gedient. Seit wir die Insel besetzt halten, lebt niemand mehr dort. Wahrscheinlich befindet sie sich nicht in bestem Zustand und gibt es dort kaum Möbel. Die Schwarzen plünderten sie genauso wie das Haus, als wir ankamen. Wir könnten dieses Problem jedoch lösen, glaube ich. Sie ziehen jetzt einfach dort ein. Ihre kranke Schwester natürlich nicht. Sie bleibt hier. Machen Sie es sich in dieser Hütte gemütlich, und ich werde Bowman davon überzeugen, daß er Sie diese Hütte bewohnen lassen muß – sagen wir mal, bis Kriegsende. Oder wenn er sich darauf nicht einläßt, dann wenigstens, bis es Ihrer Schwester wieder besser geht.«

Virginia drückte dem Major ihren Dank dafür aus, daß er sich für ihre Familie so stark einsetze. Sie wies noch darauf hin, daß sie Mr. Bowman für abscheulich halte und daß sie genug Geld für eine etwa anfallende Miete habe. Dann lief sie aus der Bibliothek in das Gesellschaftszimmer, wo sie einige qualvolle Momente dastand, an die hier abgehaltenen Bälle dachte und sich an die Musik, das Tanzen und die Flirts erinnerte. Sie schüttelte ein Gefühl von Mutlosigkeit von sich ab und ging die Treppe hinauf.

Dr. Stanton hatte die Untersuchung gerade abgeschlossen und schien recht erfreut. »Kommen Sie herein«, sagte er. »Was ich Ihnen zu erzählen habe, wird auch Ihre Schwester gefallen. Ihre Schwester leidet an einer Blutkrankheit, die dadurch verursacht wird, daß irgendein für den Körper notwendiger Stoff nur mangelhaft vorhanden ist. Wir nehmen an, daß es sich um einen Mineralstoff handelt. Diesem Mangel muß mit einer Diät begegnet werden, die reich an Fleischgerichten, vor allem Leber, sein sollte. Ich kann mit Bestimmtheit vorhersagen, daß sie diese Krankheit verbannen könnte, wenn sie in der Lage ist, diese Art von Nahrung zu sich zu nehmen, um die Krankheit zu bekämpfen.«

»Ist das nicht wunderbar?« fragte Nanine und lächelte Virginia an.

»Ich kenne Fälle wie Ihren, Miß Hammond«, sagte der Doktor. »Bei vielen hatte diese Behandlung Erfolg. Es gibt keine medikamentöse Behandlung, die Ihnen helfen könnte, nur diese Diät.«

»Ich gebe meiner Schwester natürlich recht, nachdem sie Ihre Stellungnahme abgegeben haben«, antwortete Virginia. »Allerdings muß ich hinzufügen, daß wir seit Jahren kein Stück Leber mehr gesehen haben. Auch anderes Fleisch haben wir nur spärlich gegessen. Aber wenn es hier in der Gegend welches gibt, werde ich es kriegen. Danke schön, Doktor.«

Virginia verließ kurze Zeit später das Haus und eilte zur Aufseherhütte. Sie war voll mit zerbrochenen Möbelstücken und einer Menge Staub und Schutt. Aber die Hütte selbst war noch im tadellosem Zustand, die Fenster waren im Schuß, das Gebäude unbeschädigt. Als sie sich dessen vergewissert hatte, lief sie quer über das weitausgedehnte Rasenstück zu den Sklavenquartieren hinüber.

Zwischen den Hütten sah sie Männer in der Sonne herumlungern und dösen. Wie früher spielten überall Kinder. Ein paar Frauen waren damit beschäftigt, kleine Gärten zu bestellen oder Wäsche aufzuhängen. Niemand beachtete sie.

Sie betrat die Hütte von Belle und Moses fast ohne Vorankündigung, kam aber noch rechtzeitig darauf, statt dessen zu klopfen. Sie paßte sich dem neuen Lebensstil allmählich an, und gegen diese Neuerung hatte sie wahrlich nichts einzuwenden.

Belle begrüßte Virginia nicht eben mit offenen Armen. Es lag ihr vor allem daran, Virginia klarzumachen, daß sie sich auf Feindesland aufhalte und hier nichts mehr zu sagen habe. Belles Gehässigkeit legte sich erst, als Moses zum Mittagessen nach Hause kam. Er freute sich unmäßig, Virginia wiederzusehen, und herrschte Belle an, sie solle nicht so unverschämt zu Virginia sein, nachdem Belle allen Ernstes versucht hatte, sie aus der Hütte zu werfen. Als Moses von der Blutkrankheit Nanines und der bitter notwendigen Diät aus Leber und Fleisch erfuhr, konnte er Virginia freudig mitteilen, daß er den Schlachter gut kenne und sicher Fleisch besorgen könne. Allein die Bezahlung sei ein Problem. Da Virginia dies kategorisch verneinte, weil sie genügend Geld besaß, war das Problem mit dem Fleisch aus der Welt geschafft.

Nachdem sie sich noch ein wenig unterhalten hatten, begab sich Virginia zum Herrschaftshaus zurück. Ein an der Eingangstür diensttuender Wachtposten ließ sie ohne ein Wort durch. Offensichtlich hatte Major Birch seinen Männern Anweisungen gegeben.

Er saß in der Bibliothek und stand sofort auf, als er Virginia erblickte. »Was halten Sie von der Hütte?« fragte er.

»Sie wird ihren Dienst schon erfüllen. Wenn Sie nur diesen schrecklichen Menschen überreden können, uns bleiben zu lassen.«

»Ich werde mich heute nachmittag darum künnern. Inzwischen können Sie einziehen. Ich habe eine Abteilung nach drüben geschickt, die die Hütte aufräumt. Ohne viel Aufhebens holen wir aus der Mansarde dieses Hauses Möbel. Wir lagerten alles, was nach der Plünderei noch übrig war, und ich bin sicher, daß genügend vorhanden ist, um es Ihnen zu dritt gemütlich zu machen. Haben Sie Geld für die Miete? Falls nicht, sehe ich, was sich machen läßt.«

»Ich besitze mehrere hundert Golddollar«, sagte sie. »Sie werden es nicht nötig haben, Mr. Bowmans Hände mit Schienbeinschützern zu beschmutzen.«

»Prima. Ich hatte befürchtet, daß das die Währung war, auf die Sie sich bezogen. Ich habe zu Ohren bekommen, daß der Doktor sehr große Hoffnungen hegt, was die Heilung Ihrer Schwester angeht.«

»Und ob! Es ist die erste Ermutigung, die wir jemals erhalten haben, ob nun gute oder schlechte Zeiten herrschten.«

»Übrigens, Miß Phoebe ist bereits in der Hütte und hilft beim Saubermachen. Leutnant Sprague ist bei ihr. Sie würden ihn nicht einmal von ihr wegbringen, wenn Sie ihm mit dem Kriegsgericht drohten.«

»Danke schön, ich gehe gleich hin.«

Auf dem Weg zur Hütte begegnete sie einem halben Dutzend Yankees, die ausnahmslos freundlich zu ihr waren. Sie benahmen sich geradezu höflich und zeigten keine Spur von Feindseligkeit.

Der Wandel, der sich in der Hütte vollzogen hatte, war erstaunlich. Soldaten hatten bereits den Schutt, der sich in vier Jahren angesammelt hatte, aufgeräumt und Möbel, sogar einen großen Teppich und einen ziemlich neuwertigen Kochofen hereingebracht. Von irgendwo waren Töpfe und Pfannen aufgetaucht, Bettzeug kam zum Vorschein, das unzweifelhaft aus dem Herrschaftshaus geklaut worden war.

Leutnant Sprague verbeugte sich vor Virginia. »Ich hatte nicht die Möglichkeit, sie geziemend zu begrüßen«, sagte er. »Ich bin glücklich darüber, daß Sie wieder da sind.«

»Danke schön, Leutnant. Phoebe, kennst du schon die gute Nachricht wegen Nan?«

»Ja«, sagte Phoebe. Ihre Augen strahlten und wandten sich nur höchst selten vom Leutnant ab. »Meine Gebete wurden erhört. Dadurch sah ich mich gezwungen, mich zu fragen, ob die Yankee-Doktoren besser als die Rebellen-Doktoren sind«, neckte sie.

Virginia war nicht zu Scherzen aufgelegt. »Wie kann man nur so etwas sagen! Unsere guten Doktoren befinden sich in der Armee.«

»Mr. Stanton auch, Virgie. Zufälligerweise weiß er aber mehr als einige unserer Ärzte. Die werden aber auch dazulernen, sobald der Krieg vorüber ist.«

»Wir diskutieren hier nicht über Unterschiede zwischen dem

Norden und dem Süden«, sagte Virginia. »Wenn du recht hast, bin ich froh, daß Nanine davon profitiert. Die einzige negative Erscheinung ist zur Zeit Mr. Bowman. Was für eine erbärmliche Kreatur er ist!«

»Bowman tut alles, um gute Arbeit zu leisten«, sagte der Leutnant abwehrend. »Das Problem ist nur, daß er nicht weiß, was er tut. Sein Temperament vermasselt ihm alles, was er anpackt. Ich habe erfahren, daß die Ex-Sklaven ihn für schlimmer halten, als je ein Massa zuvor war.«

»Ungeachtet seiner Person werden wir dableiben«, gab Virginia ihm zu verstehen. »Leutnant, werden Sie den Major treffen?«

»Ich gehe jetzt in das Herrschaftshaus, Miß Virginia.«

»Würden Sie ihm bitte sagen, daß ich erfreut sein werde, heute abend mit ihm zu speisen?«

»Gut. Ich habe bereits Miß Phoebe dazu eingeladen.«

Er machte sich auf den Weg, um Major Birch Bescheid zu sagen. Phoebe setzte sich in einen der gepolsterten Stühle.

»Du mußt müde sein«, sagte Virginia. »Ich weiß, daß ich es bin.«

»Ich bin nicht müde, wirklich nicht. Es kostete nicht viel Mühe, das Haus in Ordnung zu bringen. Die Soldaten verrichteten all die schwere Arbeit. Wir haben allerdings Glück, daß es hier zwei Schlafzimmer gibt. Du kannst das eine haben, deine Mama das andere. Ich schlafe auf dem Sofa.«

In diesem Punkt ließ sich Virginia auf eine Diskussion ein. »Du und ich, wir teilen uns ein Schlafzimmer. Mama kann das andere haben. Nanine bleibt im Herrschaftshaus, was wir der Großzügigkeit des Majors Birch zu verdanken haben.« Sie legte eine Pause ein, dann sagte sie: »Leutnant Sprague ist ja sehr angetan von dir.«

»Er ist sicherlich sehr höflich zu mir. Das beunruhigt mich. Ich bin dabei, mich in ihn zu verlieben.«

Trotz ihrer Müdigkeit war Virginia gut gelaunt. »Ich würde sagen, daß du dich schon in ihn verliebt hast. Ich wünschte mir nur, er wäre kein Yankee.«

»Ich wünschte, ich wäre keine Schwarze. Ich sollte mich eigentlich schämen, das zu sagen, aber irgendwie schäme ich mich doch. Bislang mußte ich aber gegen meine Gefühle für ihn ankämpfen.«

»Phoebe, ich weiß zwar nicht, warum ich das sage – vielleicht liegt es daran, wie er dich anschaut –, aber ich glaube nicht, daß das auch nur den geringsten Unterschied für ihn macht.«

»Ich weiß, daß es etwas ausmacht. Ich muß es ihm dennoch sagen. Ich muß es sagen, ehe die Sache außer Kontrolle gerät. Und trotzdem fühle ich mich so wohl, wenn ich mit ihm zusammen bin, daß ich es kaum ertragen kann, wenn er von mir weggeht. Das wird er ja bestimmt eines Tages für immer tun.«

»Das vermutest du nur. Ich glaube nicht daran. Warum genießt du nicht in der Zwischenzeit seine Gesellschaft? Es ist so lange her, seit wir das letztemal glücklich waren. Jetzt haben wir ein Recht darauf, wieder einmal glücklich zu sein.«

»Eben das habe ich auch vor. Ich –« Sie verstummte mit einem Male. »Ein schwarzer Mann hat durch das Fenster geschaut!«

Virginia stürzte zur Tür hin, doch diese öffnete sich, ehe sie sie erreicht hatte. Ein schwarzer Soldat, der eine etwas ungepflegte Uniform trug, grinste sie beide unverhohlen an.

»Was wollen Sie?« fragte Virginia.

»Missy, ich will gar nix. Wenigstens jetzt noch nich. Phoebe, du schaust verdammt gut aus.«

Phoebe ging auf ihn zu. »Ich weiß, wer du bist. Mir fällt zwar der Name...«

»Heiß' Lyden, Phoebe. Moses is froh, daß ihr wieder hier seid.«

»Was willst du?« fragte Phoebe. Virginia ging ein paar Schritte zurück. Dieser Mann machte ihr Angst. Sie konnte sich an irgendeinen Vorfall mit ihm erinnern, aber sie wußte nicht genau, was das war.

»Will nix. Kann ein Nigger wie ich denn nich einfach mal vorbeikommen und sagen, er is froh, daß ihr zurück auf der Insel seid? Sonst nichts.«

»Dann kannst du jetzt auch wieder Leine ziehen«, sagte Phoebe. »Wir haben zu tun.«

»Phoebe, nimm dich in acht, was du sagst. Ich bin jetzt ein Soldat der Vereinigten Staaten, und ihr gebt mir keine Befehle mehr. Die geb' jetzt ich, nicht ihr. Will gar nix. Noch nicht.« Er schaute über Phoebe hinweg direkt auf Virginia. »Vielleicht komm' ich später mal zurück, und dann seid ihr zwei garantiert geselliger. Sag euch dann, was ich will.«

In dem Augenblick noch, in dem er aus der Tür trat, knallte Phoebe sie zu und schob den Riegel vor. Virginia spürte, wie die aufgestaute Angst allmählich abflaute.

»Hast du gesehen, wie er mich ansah? Ich habe Angst vor ihm.«

»Lyden... Jetzt erinnere ich mich. Er rannte davon, dein Vater ließ ihn auspeitschen und gab ihm dann Geld und Papiere, damit er auf das Festland gehen konnte. Er ist ein übler Bursche, Virgie.«

»Er sagte, daß er zurückkommen werde. Ich weiß genau, was er haben will. Er will mich, aber eher sterbe ich. Ich könnte es Major Birch sagen, aber ich befürchte, daß Mr. Bowman das herausfinden und mich wegen meiner Ängste vor einem schwarzen Soldaten verurteilen wird.«

»Ich habe eine Pistole«, sagte Phoebe. »Ich zeige dir, wo sie ist, wenn ich meine Sachen ausgepackt habe.«

»Phoebe, ich kann doch keinen Yankee-Soldaten erschießen, und genau das ist er, wenn er sich die Uniform anzieht.«

»Vielleicht wäre es am besten, wenn du dich mit Moses über ihn unterhältst. Möglicherweise weiß er, wie man sich verhalten sollte. Laß uns unterdessen an die Arbeit zurückgehen, damit wir zum Abendessen mit allem fertig sind. Wir bringen Mama heute abend noch nicht hierher zurück. Sie ist so glücklich, wieder in ihren eigenen Zimmern zu sein. Ich bin sicher, daß der Major nichts dagegen einzuwenden haben wird.«

»Moses versucht, die geeignete Nahrung für Nan zu besorgen. Er ist ein guter Freund, während Belle im Moment dazu neigt, ein bißchen überheblich zu wirken. Moses kommt mit ihr schon zurecht, garantiert. Ich erzähle dir alles, während wir die Arbeit verrichten.«

Die Erwartung auf einen Abend in Gesellschaft ließ Virginia ihre Müdigkeit vergessen. Phoebe hatte einen großen Metalleimer auf den Ofen gestellt, um Wasser darin heiß zu machen. In einem runden Eimer, der auf dem Küchenboden stand, würde man sich angenehm waschen können.

Phoebe sagte: »Falls Lyden kommen sollte, während ich nicht da bin, mußt du wissen, wo die Pistole, die ich schon lange besitze, versteckt ist. Ich zeige dir mein Versteck.« Sie führte Virginia in das Schlafzimmer, das sie sich teilten, zog eine tiefer gelegene Schublade aus der Kommode und holte eine recht große, plumpe Pistole hervor, die unter einer kleinen Decke und ein wenig Bettzeug verborgen war.

»Ich weiß, wie man damit umgeht.« Virginia hielt sie vorsichtig in der Hand. »Zuerst mußt du den Hahn nach hinten ziehen. Aber ich meine, wir sollten sie nicht in dieser zum Schießen bereiten Stellung weglegen.«

»Alles, was du mit diesem großen alten Ding machen mußt, ist, es auf jemanden zu richten«, sagte Phoebe und erinnerte sich daran, wie sie damit den Gatten Virginias auf Distanz hielt, »denn das allein erschreckt ihn halb zu Tode.«

»Hoffen wir, daß die Pistole funktioniert, wenn eine von uns beiden sie jemals benutzen muß. Jetzt dürfte es aber das beste sein, daran zu denken, rechtzeitig für Major Birchs Abendessen fertig zu sein.«

25

Nanine saß aufrecht im Bett. Ihr Gesicht glühte vor Freude, als Phoebe und Virginia das Zimmer betraten. Nachdem sie ihnen ihre Komplimente zu ihrem entzückenden Aussehen ausgesprochen hatte, teilte sie ihnen mit, daß sie gut geschlafen habe. Zwar hatte sie tiefe Ringe unter den Augen, doch sie war wesentlich lebhafter als die ganze Zeit zuvor.

»Das rührt von der guten Nachricht her«, sagte sie. »Der Doktor erklärte alles, so daß ich ihn verstehen konnte. Er sagt, ich hätte irgendeine Mangelerscheinung in meinem Blut. Deswegen bin ich immer so müde und schwach. Er sagt, man habe sich sehr eingehend damit beschäftigt und sei zu dem Ergebnis gekommen, daß mehr Fleisch und viel Leber hilfreich seien. Man hat mir gesagt, daß die Küche schon Leber von einem frisch geschlachteten Kalb erhalten habe. Das erstemal in meinem Leben glaube ich daran, daß ich wirklich wieder gesund werde.«

»Wir wissen, daß du wieder ganz gesund wirst«, sagte Virginia mit warmer Stimme. »Wir haben uns in der Aufseherhütte niedergelassen. Mama wird dort mit uns wohnen, aber du sollst für das erste hierbleiben. Auf Anweisung des Doktors – bis du wieder besser bei Kräften bist.«

»Diese Yankees scheinen keine Hörner und Schwänze zu haben, wie man es uns auf die Nase binden wollte«, sagte Nanine verhalten lachend.

»Darüber wollen wir jetzt nicht sprechen«, sagte Virginia. »Wollen wir uns einfach über das Glück freuen, das uns nach all den Jahren der schweren Schicksalsschläge schließlich ereilt hat. Wir werden nach dem Abendessen noch einmal reinschauen.«

»Bitte, sagt dem Major, wie dankbar ich ihm für alles bin, das er für mich getan hat.«

»Ich verspreche es dir.« Virginia schüttelte Nanines Kopfkissen auf. »Lege dich nun hin und ruhe dich aus.«

Auf dem Flur im ersten Stock trafen sie Belle, die mitten im Gang stand und ihre Hände in die fülligen Hüften gerammt hatte.

»Guten Abend, Belle«, sagte Virginia, mit Erfolg ihre Überraschung verbergend.

»Du«, deutete Belle auf Phoebe, »hau ab. Möchte allein mit Miß Virginia sprechen.«

Phoebe lag eine bissige Widerrede auf der Zunge, doch sie verhielt sich ruhig, ging weiter und stieg die Treppe hinunter.

»Was ist los?« fragte Virginia, wobei sie ganz beiläufig tat.

»Moses hat Fleisch und viel Leber für Ihre Schwester.«

»Ich weiß. Nanine hat es uns bereits erzählt.«

»Kostet viel Geld. Muß den Jungen bezahlen, der das Kalb umbringt, und muß den Koch zahlen, der es zum Essen zubereitet. Un sagen Sie nichts davon.«

»Alles klar. Wie hoch sind denn die Ausgaben?«

»Einhundert Dollar, Golddollar. Das Geld der Föderation is nix wert.«

»Einhundert Dollar! Das scheint mir aber doch unverhältnismäßig viel Geld zu sein, Belle.«

»Ihre Schwester muß es kriegen und anders kommt sie nich ran. Es gibt nur diese Möglichkeit. Möcht' jetzt gleich hundert Dollar.«

»Ich trage nicht so viel Geld mit mir herum. Wenn du morgen zu der Aufseherhütte kommst...«

»Ich warte nicht mehr auf Sie, die Zeiten sind vorbei. Ich bin keine Sklavin mehr. Wenn Sie mich sehen wollen, dann kommen Sie gefälligst zu mir! Jetzt herrschen andere Sitten! Wird nie mehr so sein wie früher. Behandeln Sie mich gut, dann behandel' ich Sie gut, aber bringen Sie das Geld.«

Virginia nickte. »Ich werde es vorbeibringen. Gute Nacht.«

»Werden Sie nicht hochnäsig«, warnte sie Belle.

»Gute Nacht«, wiederholte Virginia, als sie auf die Treppe zulief. Am unteren Fußabsatz wartete schon Major Birch auf sie. Sie ärgerte sich über Belle, doch sie konnte ihren Zorn verstecken, als sie den Major am Arm nahm.

»Sie sind eine Pracht«, sagte er zu ihr. »Viel Zeit ist verstrichen, seit ich eine Frau in Galakleidung bestaunen konnte. Ich bin überwältigt. Phoebe sieht ebenfalls unbändig bezaubernd aus.«

»Danke schön, Major. Ich weiß Ihre Komplimente besonders zu schätzen, weil während der ganzen Jahre, in denen Sie keine

Dame in Abendkleid gesehen haben, ich niemanden um mich hatte, der mir schmeichelte. Ich bete zum Himmel, daß für uns alle bald schöne Tage sich einstellen werden.«

»Dem schließe ich mich voll und ganz an«, sagte Major Birch.

Phoebe und Leutnant Sprague standen schon neben dem Tisch und warteten auf die beiden. Major Birch bot Virginia mit der Höflichkeit, die sie Jahre zuvor gewohnt gewesen war, einen Platz an.

Ein Dienstmädchen reichte ihnen das Essen, das zwar recht normalen Maßstäben entsprach, für Virginia und Phoebe aber so zufriedenstellend ausfiel, daß sie es als ein Bankett ansahen. Das Rindfleisch war zart, die Kartoffeln mehlig, und das grüne Gemüse schien die von ihnen gewohnte Hausmannskost zu überflügeln. Als Nachtisch gab es einen Kokosnußkuchen mit drei Lagen, der zu der lebhaften und freundlichen Unterhaltung seinen nicht unerheblichen Teil beitrug.

»Major«, fragte Phoebe, »gibt es eine Möglichkeit, daß die Familie das Haus und das Grundstück zurückerhalten kann?«

Major Birch' Lächeln fiel eher entschuldigend aus. »Das Grundstück ist bereits unter einigen Ex-Sklaven aufgeteilt worden. Die Häuser auf dieser Insel wurden als Entschädigung genommen und werden zur Zeit verkauft. Ich bin mir sicher, daß ich Ihnen das erzählte. Auf kaum einer der Inseln sind noch welche zu haben, denn sie wurden für ein Butterbrot verkauft. Ich schäme mich nachgerade, es zu sagen, aber wir Nordstaatler lassen uns derartige Geschäfte nicht durch die Lappen gehen. Es gibt eine Auktion, die das Ende dieses Grundstücks besiegeln wird.«

»Aber ist es denn für die vorherigen Besitzer nicht möglich, das Haus zurückzukaufen? Und sei es für einen höheren Preis? Vielleicht träume ich«, fügte Virginia hinzu, »aber sind nicht ein paar Häuser zurückgefordert worden?«

»Drei Stück, glaube ich. Kleine Häuser, die nicht auf dieser Insel lagen. Der Preis für einen Rebell liegt sehr hoch. Zum tatsächlichen Marktwert werden nämlich die Steuern und Zinsen, die während der Kriegsjahre aufgelaufen sind, hinzugerechnet. Es gibt nicht viele ehemalige Besitzer, die es wagen können, daran zu denken, ihr Eigentum wiederzuerlangen.«

»Dieses spezielle Haus und ein Teil des Grundstücks«, erklärte Leutnant Sprague, »sind noch nicht verkauft, weil sie eine militärische Einrichtung darstellen.«

»Unglücklicherweise«, sagte Major Birch, »hält dieser Zustand lediglich bis Kriegsende an. Dann kommt es wie die anderen unter den Hammer. Ich versichere Ihnen, daß es eine spannende Versteigerung geben wird, denn sehr viele Leute haben ein Auge darauf geworfen.«

»Das sind zwar schlechte Nachrichten«, sagte Virginia, »aber mein Abendessen lasse ich mir trotzdem nicht verderben. Es war sowieso unsinnig, auch nur einen Gedanken daran zu verschwenden.«

»Wenn sich mir eine Chance bietet, es zu retten, so verspreche ich, mein Bestes zu geben.«

»Danke schön, Major«, sagte Virginia taktvoll.

Nach dem Mahl tranken sie Kaffee, nippten an Branntwein und unterhielten sich bis tief in die Nacht hinein. Schließlich schlug Leutnant Sprague einen Spaziergang vor. Phoebe war diesem Vorschlag zugänglich, doch der Major entschied, daß er lieber vor dem Kamin sitzen bleibe, falls Virginia das auch lieber tun wolle. Möglicherweise war alles bis ins einzelne vorbereitet worden, dachte Virginia, doch sie war glücklich für Phoebe.

Das Feuer bestand jetzt nur noch aus Glut. Die Tischlampen leuchteten, doch das riesige Zimmer war nichtsdestotrotz düster. Virginia lächelte und hatte nichts dagegen einzuwenden, daß er aufstand, sein Glas auf das Tablett stellte und sich neben sie auf das Sofa setzte.

Er veränderte seine Sitzhaltung, damit er sie anschauen konnte. »Virginia, Sie, hm ... du bist heute viel liebenswürdiger gewesen als sonst. Mag sein, daß es am Wein lag, doch ich würde gerne davon ausgehen, daß zum Teil ich der Grund war. Du mußt es gemerkt haben.«

»Mir war nicht bewußt –«, hob sie an.

»Daß ich meine Augen nicht von dir abwenden konnte. Merkst du denn nicht, daß ich verliebt in dich bin? Ich denke nur noch an dich, seit du auf die Insel kamst, um das Familiensilber zu stehlen.«

»Major, bitte ...«

»Unterbreche mich jetzt nicht. Ich werde nicht ein zweites Mal den Nerv haben, all dies so offen auszusprechen. Als ich am ersten Tag der Invasion dein Zimmer betrat – damals wußte ich natürlich nicht, daß es deine waren –, roch ich ständig das von dir benutzte Parfüm. Weil ich als Soldat eine einsame Arbeit verrichtete, begann ich, meine eigenen Träume von einem wunderschönen Mädchen zu haben, das hier gelebt hatte und in diesem

Zimmer schlief. Dann kamst du in mein Leben und aus den Träumen wurde Wirklichkeit. Du warst genau das Mädchen, von dem ich geträumt hatte. Nachdem ihr mit dem Silber weg wart, konnte ich dich nicht mehr vergessen. Ich entschloß mich, dich so lange zu suchen, bis ich dich finden würde. Ich spürte den Zwang, es tun zu müssen, oder mein Leben würde allzeit unvollständig sein. Niemals hatte ich ein so starkes Verlangen, jemanden zu sehen, wie bei dir. Jetzt bin ich zu Ende. Wenn ich dir zu nahe getreten bin, bitte ich um Entschuldigung, aber ich mußte meine Gefühle für dich einfach beichten.«

»Major«, sagte sie freundlich, »ich bin eine verheiratete Frau.«

»Ja, das kommt auch noch hinzu und läßt meinen Charakter auch nicht in besonders günstigem Licht erscheinen.«

»Nicht notwendig, daß du dich deswegen verdammst. Mein Gatte hat mich nie geliebt. Deswegen darf ich ihn nicht verdammen, weil auch ich ihn nie liebte.«

»Erzähle bitte weiter«, sagte Elias fast ehrfürchtig.

»Als ich meinen Mann heiratete, kannte ich ihn kaum. Ich war jung und naiv. Diese Eigenschaften besaß jedes Mädchen im Süden, das im Luxus aufgezogen wurde. Wir jungen Mädchen waren romantische Schwärmer und liebten es, zu flirten und unsere Tage und Abende nur damit zu verbringen. Ich ehelichte Wade, ohne ihn zu kennen.« Virginia zuckte die Achseln. »Einsamkeit, der Krieg, die Langeweile, ich handelte sehr unüberlegt.«

»Ich sehe. Aber du bist mit ihm verheiratet und willst mir klarmachen, daß es keine Chance gebe...«

»Major, es ist nicht möglich, aber nicht aus dem Grund, den du dir vorstellst. Tatsache ist, daß er uns das Silber stahl, das wir unter so großem Risiko zurückgeholt hatten. Er ließ uns vollkommen mittellos zurück. Seitdem habe ich nichts mehr von ihm gehört und will auch nichts mehr von ihm hören. Mit ihm möchte ich gar nichts mehr zu tun haben.«

»Es tut mir leid. Ganz ehrlich. Jeder Mann, der so viel Glück hat, dich zur Frau zu haben, und so etwas tut wie dein Gatte, sollte eigentlich geteert und gefedert werden.«

»Ich trage auch eine gehörige Portion an Schuld, Elias. Eine Menge Dinge sind da in meinem Leben zusammengekommen. Vor allem ist da mein Egoismus. Papa fiel im Krieg, mein Bruder scheint verschwunden zu sein, ich nehme an, daß er tot ist. Ich versuche gerade zu lernen, mit Unglück fertig zu werden.«

»Dein Bruder. Du sagtest, er sei ein Truppenoffizier, nicht wahr?«

»Ein Brigadegeneral. Ich erfuhr von meinem Ehemann, daß er noch einmal befördert wurde.«

»Falls ein Mann von seinem Dienstrang getötet worden wäre, hätte man euch davon in Kenntnis gesetzt. Ich denke, du kannst getrost davon ausgehen, daß dein Bruder noch am Leben ist.«

»Danke für diese Worte. Letzten Endes ändert es nichts an der Tatsache, daß ich wie die meisten Rebellen dem Norden die Schuld gebe und du für mich den Norden und alles, was mir verhaßt ist, repräsentierst. Darüber bin ich noch nicht hinweg.«

»Das mußt du aber rechtzeitig sein. Alle von uns müssen darüber hinwegkommen, sonst wird unser Land keinen Schuß Pulver wert sein. Virginia, ich kann warten. Nimm mir nur nicht alle Hoffnungen weg, die ich mir jetzt aufbauen kann. Ich bin kein reicher Mann, aber meine Familie ist ehrbar und liebevoll. Ich war noch nie verliebt und werde es bestimt nie mehr wieder sein. Das weiß ich.«

Sie betrachtete ihn nüchtern. »Für das Gute in dir, für die schönen Dinge, die du für mich und meine Angehörigen getan hast...« Sie beugte sich nach vorne und küßte ihn auf die Lippen. »Das ist das einzige, was ich tun kann.«

Seine Arme schlangen sich um sie herum. Er drückte sie an sich und küßte sie stärker und entschlossener. Er ließ erst von ihr ab, als er merkte, daß sie ihre Arme, die sich automatisch um seinen Hals gelegt hatten, von ihm löste.

Er wich zurück, hielt sie jedoch immer noch fest. »Ich hätte das nicht tun dürfen«, sagte er.

»Ich verführte dich dazu«, antwortete sie. »Aber mir tut es nicht leid, und ich bin auch nicht böse. Es darf sich allerdings nicht wiederholen.«

»Natürlich nicht. Ich habe dir jetzt gesagt, daß ich dich liebe. Ich werde es nie mehr wieder zu dir sagen, ohne daß du mich dazu ermutigst. Dabei bleibt es unumstößlich. Laß uns jetzt über euer Verbleiben auf der Insel nach dem Krieg reden. Bowman wird auf seiner Meinung beharren, daß dies unmöglich sei und daß diese Insel von Yankees besiedelt werden sollte. Und unter allen Yankees ist er derjenige, den er am meisten in Betracht zieht. Kurz, er will dieses Haus.«

Virginia schüttelte verzweifelt den Kopf. »Glaubst du, daß er es bekommen wird?«

»Ich sehe keine Möglichkeit, ihn davon abzuhalten. Und er wird es für vielleicht zweitausend Dollar erstehen. Natürlich wird er es verkaufen. Er wartet erst ab und verkauft es später mit einigen tausend Dollar Gewinn. Das passiert auf allen Inseln. Die Plantage selbst wird zukünftig ausschließlich den Ex-Sklaven gehören, denen das Eigentumsrecht schon gewährt worden ist.«

»Ich habe bei Gott nicht die Absicht, noch einmal etwas mit Baumwollanbau zu tun zu haben, Elias. Das wäre wie eine Rückkehr in die Vergangenheit. Eine Vergangenheit, die eigentlich nie hätte stattfinden dürfen. Doch das Haus und das es umgebende Grundstück gehörten Generation um Generation meiner Familie. Ich leistete den Eid, daß ich sie zurückholen würde. Das ist auch jetzt noch meine Absicht. Es muß eine Möglichkeit geben.«

»Es tut mir leid, Virginia, aber eine solche Möglichkeit gibt es nicht. Außer daß du einen großen Haufen Geld aufbringen kannst. Golddollars ... in bar. Sonst hilft dir nichts. Es behagt mir nicht, dir das sagen zu müssen, aber ich habe keine andere Wahl. Gib die Schuld dem Krieg, den Yankees oder auch mir, wenn du willst, aber die bittere Wahrheit ist nun einmal, daß ihr all euren hiesigen Besitz verloren habt.«

»Ich schätze alles, was du getan hast, sehr hoch ein.« Sie legte eine Hand leicht auf eine seiner Hände. »Ich wünschte ... ich wünschte ... ach, verdammt noch mal, Elias, warum konnten wir uns nicht unter anderen Umständen treffen? Bitte ... sage nichts. Ich gehe nach Hause. Ich halte das heute abend nicht mehr aus. Bitte vergib mir.«

»Darf ich dich zu der Hütte zurückbegleiten?« fragte er.

»Ich wäre dankbar dafür. Ich ... fühle mich ... nicht besonders wohl.«

Seine Hände ruhten sanft auf ihren Schultern. »Hat dich irgend jemand belästigt? Die Soldaten – oder ein ehemaliger Sklave?«

»Nein ... aber du kannst dir nicht vorstellen, wie es früher war und jetzt ist. Schon allein das Aufwachen am frühen Morgen. Früher war alles geplant. Jetzt muß ich mich fragen, wie wir unseren Verstand benutzen können, um den Tag heil zu überstehen. Es ist furchtbar, wenn man erfinderisch sein muß und voraus denken soll.«

»Im Augenblick«, sagte Elias, »hast du diese Sorgen nicht.«

Auf der Veranda entdeckten sie Phoebe und Leutnant Sprague, die in eng zusammengeschobenen Schaukelstühlen saßen. Sprague stand schnell auf. Phoebe ebenfalls.

Sie sagte: »Ich wollte dem Leutnant gerade sagen, daß wir jetzt zurückgehen würden.«

Darauf erwiderte Virginia: »Da du hier bist, braucht mich Elias nicht zu begleiten.«

Wahre Enttäuschung sprach aus Major Birchs Worten. »Nun, dieses Vorrecht sollte mir entrissen werden. Gute Nacht, Virginia! Gute Nacht, Phoebe! Ich danke euch für den herrlichen Abend. Kommt unverzüglich hierher, sollten sich irgendwelche Probleme ergeben. Ach«, fügte er nachträglich hinzu, »ich sagte eurer Mutter, sie könne hier im Haus bleiben, bis es Nanine besser gehe.«

Sie bedankten sich bei ihm dafür und liefen schweigend in die Nacht, da sie beide ihren eigenen Gedanken nachgingen. Sie hatten die Hälfte des Weges zur Hütte zurückgelegt, als Phoebe das Wort ergriff.

»Wie grausam doch das Leben zu uns ist.«

»Du meinst, daß du schwarz bist und dein Leutnant weiß.« Damit traf Virginia eine Feststellung.

»Ja«, sagte Phoebe betrübt.

»Hast du es ihm noch nicht gesagt?«

»Ich wage es nicht zu riskieren. Ich schäme mich, so feige zu sein. Es ist, als würde ich meine eigene Mutter verleugnen – in Wahrheit tue ich das auch. Sie verleugnete mich nicht, als ich zu ihr ging und um Hilfe ersuchte.«

Virginia seufzte. »Wir sind hierhergekommen, um alle Sorgen hinter uns zu lassen. Jetzt haben wir noch mehr Sorgen als vorher, wenn auch von anderer Natur.«

Ben Bowman kam sehr früh am nächsten Morgen, gerade als sie ihr Frühstück beendet hatten. Er nahm in dem winzigen Wohnzimmer Platz. Seine ernste Miene verriet, daß sich bei ihm noch kein Sinneswandel vollzogen hatte.

»Ich besitze keine Vollmachten über alles, was hier geschieht. Noch nicht«, kündigte er an. »Also können Sie fürs erste hier verweilen.«

»Danke schön, Mr. Bowman«, sagte Virginia mit dem gebotenen Maß an Demut. »Wir werden Ihnen keine Unannehmlichkeiten bereiten und uns um dieses Haus kümmern, das Sie uns so großzügigerweise zur Verfügung gestellt haben.«

»Werden Sie bloß nicht schnippisch!« sagte er. »Sie zahlen fünfundzwanzig Dollar Miete im Monat an mich. Ich übertrage dieses Geld auf das Vermögen, das wir aus dem Baumwollverkauf als Gewinn übrig haben. Die Löhne sind fällig.«

»Bitte, entschuldigen Sie mich. Ich hole es.«

»Ist die Ernte gut ausgefallen, hat sie Gewinne gebracht?« Phoebe füllte die schreckliche Stille mit Worten an, während Virginia das Geld für die Miete holte.

»Sie erzielte genauso gute Ergebnisse, wie ihr Rebellen sie je erreicht habt. Und die Arbeit wird von freien Männern und Frauen verrichtet – die obendrein bezahlt werden dafür.«

»Arbeiten die Neger ebenso hart wie zu der Zeit, als sie Sklaven waren?«

»Da können Sie Gift darauf nehmen, Miß. Sie werden auch nicht ausgepeitscht und können zu arbeiten aufhören, wann sie wollen.«

Virginia kam zurück und legte die Golddollars in Bowmans Hand. »Das deckt den ganzen Monat ab«, sagte sie.

Er nickte und stopfte das Geld in seine Tasche, nachdem er es sorgfältig gezählt hatte. Ohne noch ein Wort zu verlieren, machte er sich aus dem Staube.

Virginia sprach, als sie die Tür zumachte. »Ich wette, daß er bitter enttäuscht ist. Ich glaube nicht, daß er sich vorstellen konnte, wir könnten die Miete berappen.«

»Ich hoffe, wir haben genug, um durchzuhalten«, sagte Phoebe besorgt. »Falls Belle weiterhin bei jeder sich bietenden Möglichkeit hundert Dollar verlangt, haben wir bald nichts mehr zum Beißen.«

»Das erinnert mich daran, daß wir das Militärlager finden müssen, wo sie die Vorräte gelagert haben. Es wäre das beste, wir würden uns mit einem angemessenen Bestand an Lebensmitteln eindecken. Ich frage mich, ob sie das Kühlhaus in Betrieb haben?«

»Es ist ein schöner Morgen«, sagte Phoebe. »Wir können hingehen und nachsehen – dann deine Mutter besuchen und Nan. Hernach zeigen wir deiner Mutter die Hütte.«

Nanine lag noch im Bett, als sie im Herrschaftshaus ankamen, während Lenore mit dem Major frühstückte und ihm von der vergangenen Zeit auf der Plantage berichtete. Virginia und Phoebe nahmen die Einladung des Majors an, eine Tasse Kaffee zu trinken. Echter Bohnenkaffee bedeutete für sie jetzt Luxus, nachdem sie jahrelang nur wenig davon bekommen hatten.

»Mr. Bowman machte uns seine Aufwartung und sammelte fünfundzwanzig Dollar Miete für diesen Monat ein«, gab Virginia bekannt. »Wir freuten uns sehr, sie zahlen zu können.«

»Gut. Was ihr jetzt braucht, ist Zeit. Wenn ihr euch erst einmal niedergelassen habt, wird ihm die Mühe zu groß sein, sich euch vom Halse zu schaffen.« Er hatte ein Lächeln auf den Lippen. »Ich kann mich noch an meine erste Begegnung mit euch erinnern.«

»Wird Mr. Bowman nach Kriegsende auf dieser Insel das Kommando führen?« fragte Virginia, die sich noch zu sehr mit ihrer unverändert heiklen Situation auseinandersetzte, um das Lächeln zu erwidern.

»Das steht zu befürchten. Ich weiß natürlich nicht, wie lange es dauern wird, bis wir fortgeschickt werden oder gar aus dem Dienst entlassen werden. In dieser Hinsicht müssen wir uns gänzlich unserem Glück und General Grant anvertrauen.«

Virginia runzelte die Stirn. »Wurde Charleston genauso wie die anderen Städte dem Erdboden gleichgemacht, denen General Sherman einen Besuch abstattete?«

»Ihre Worte klingen wieder verbittert«, erinnerte sie Elias. »Es verhält sich tatsächlich so, daß der Schaden, den die Stadt hinnehmen mußte, durch ihre eigenen Bürger entstanden ist. Sie versuchten auf ihrem Beutezug alles zu zerstören, doch unsere Truppen kamen rechtzeitig, um den Großteil der Feuer in Windeseile auszulöschen. Es wurde Schaden angerichtet, aber nicht in dem Maße, wie es andere Städte zu erleiden hatten.«

»Das stimmt mich froh.«

»Mich ebenfalls«, sagte Lenore. »Was die Feuer angeht – Virgie, du weißt, daß sie schon brannten, als wir die Flucht ergriffen.«

»Ja«, gab Virginia widerwillig zu und wechselte dann das Thema. »Major, wo erhalten wir Lebensmittel und andere Bedarfsgüter?«

»Hinter der Kirche ist ein Marketenderladen. Seid darauf vorbereitet, daß ihr eure Wünsche teuer bezahlen müßt. Marketender haben nicht eben den Ruf, besonders großzügig zu sein, und der Yankee, der den Laden führt, weiß bereits, daß ihr Rebellen seid.«

»Besucht der Doktor heute morgen Nan?« fragte Phoebe.

»Er sagte, er werde es tun.«

»Danke schön, Major«, sagte Phoebe.

»Miß Phoebe ist sehr höflich«, lachte der Major vergnügt, seine Worte an Lenore richtend.

»So ist sie erzogen worden«, sagte Lenore. »So sind die, denen wir gewogen waren, von uns unterrichtet worden, was den Anstand anbelangte, obwohl sie eigentlich –«

»Hast du gut geschlafen, Mama?« fuhr Virginia dazwischen.

»Aber ja, jaja«, lächelte Lenore glücklich. »Nan ebenfalls. Und warum auch nicht? Wir sind hier zu Hause.«

Virginia lächelte mit einer nur nach außen hin gezeigten Fröhlichkeit und fragte sich, wie wohl ihre Mutter reagieren würde, falls sie dazu gezwungen wären, die Insel zu verlassen. Sie sprach Phoebe an. »Laß uns Nan besuchen.«

Sie eilten die Treppe hinauf. Dort hielt Phoebe inne, um ihr Gesicht gegen die Flurwand zu drücken. »Als deine Mutter knapp davorstand, die Tatsache zu erwähnen, daß ich eine Sklavin bin, verließ mich meine ganze Kraft.«

»Mama redet, ohne nachzudenken.«

»Jedem, der mich kennt, könnte dasselbe passieren. Ich schäme mich meiner Feigheit.«

Virginia umarmte sie. »Wir haben heute noch zu viel zu tun, um uns deswegen Sorgen zu machen.«

Phoebe trocknete ihre Augen. »Du hast recht. Sollten wir Nan überhaupt stören. Bettruhe ist sehr wichtig.«

»Wir schauen nur mal eben hinein.«

Nanine schlief noch immer friedlich. Virginia und Phoebe tauschten ein zufriedenes Lächeln aus.

Zuerst liefen sie zu den alten Sklavenquartieren hinüber. Als sie an ihnen vorbeiliefen, waren sie beide nicht unbedingt davon begeistert, daß so viele Sklaven faulenzten, obschon sie feststellten, daß sie bessere Kleidung trugen. Sie grüßten Virginia und Phoebe mit einem freundlichen Lächeln. Einige, dachte Virginia bei sich, freuten sich, sie wieder zu sehen.

»Wir sin wirklich froh, Sie wiederzusehen, Missy«, sagte ein Mann. »Bringen sicher die alten Zeiten zurück.«

»Red nich so daher«, schrie eine Frau. »Wird nie mehr sein, wie es war. Das heißt nicht, daß wir uns nich freuen, Sie Missy, und dich, Phoebe, wiederzusehen.«

Sie nahmen sich die Zeit, andere Schwarze zu grüßen und mit ihnen zu plaudern, ehe sie weiter zu Belles Hütte gingen. Sie saß auf einem Küchenstuhl, der gegen die Außenwand der Hütte gelehnt war und auf dem sie sich in der warmen Morgensonne aalte. Sie stand nicht auf, ließ sich nicht im geringsten aus der Ruhe bringen, außer daß sie ihre Augen öffnete.

»Bringt ihr 's Geld?« fragte sie. »Das würde ich euch raten.«

»Ja«, sagte Virginia, »aber das ist das letztemal. Wenn das Spezialessen eingestellt wird, werden wir mit dem Major einmal über deine Geschäftsmethoden beratschlagen.«

»Du bist ein habgieriges altes Weib«, legte Phoebe weitaus weniger Taktgefühl an den Tag. »Und obendrein bis du faul. Du hast dein Leben lang nur gebummelt.«

Bevor Belle etwas sagen konnte, gab Virginia ihr das Geld und waren sie verschwunden.

Phoebe sagte: »Wenn wir Moses das erzählen würden, unternähme er was.«

»Das habe ich mir auch schon überlegt. Vielleicht müssen wir es tun. Sie macht uns das Leben so schwer wie möglich, solange wir hier sind. Im Moment aber halten wir davon Abstand.«

Sie schlenderten zu der Kirche hinunter, die nach der Besetzung neu errichtet worden war. Sie war größer, hatte einen Holzboden, Bankreihen aus unbearbeiteten Bohlen und ein erhöhtes Podest, das als Kanzel diente. Während ihres ersten Aufenthalts hatten sie gehört, daß sie immer bis auf den letzten Platz besetzt war.

Sie trafen weitere Ex-Sklaven, unter anderem Elvira, ein nettes Mädchen in ihrem Alter, das einst im oberen Stockwerk als Dienstmädchen arbeitete.

»Gibt keine Arbeit mehr für mich im großen Haus«, beklagte sie sich. »Rackere jetzt auf dem Feld, weil ich Geld haben will. Früher gefiel es mir besser, Missy. Habe gern für Sie und Ihre Leute gearbeitet.«

»Falls wir jemals zurückkehren, darfst du wieder für uns arbeiten«, sagte Virginia. »Und wirst dafür bezahlt.«

»Hoffe wirklich, daß Sie wieder zurückkommen. War gar nicht so schlecht früher. Weißt du noch, als du an jenem Abend den Shout mit uns getanzt hast, als ob dich der Teufel geritten hätte, Phoebe?«

»Kann mich noch gut daran erinnern«, sagte Virginia, wobei sie Phoebe mit ihrem Blick streifte.

Phoebe sagte: »Das ist eines der Dinge, die ich gerne vergessen würde.«

»Sie sagen, wir können den Shout nich mehr tanzen«, vertraute Elvira ihnen an. »Sagen, das sei eine Sünde. Heute abend wird er getanzt, um jeden Preis. Es ist nich gut, wenn die Yankees sagen, wir dürfen den Shout nich tanzen, wenn wir wollen. Sie sagen immer, wir sind keine Sklaven mehr, aber behandeln tun sie uns nicht viel besser als Sie, Missy, vor dem Krieg.«

»Das ist doch das Verrückteste, was mir je zu Ohren gekommen ist«, sagte Virginia lebhaft. »Der Shout ist kein gottloser Tanz. Er macht einfach nur viel Spaß.«

Phoebe sagte: »Es hört sich an, als würdest du an alte Zeiten anknüpfen.«

Virginia Augen funkelten. »Ich bin wütend. Laß uns heute abend hierhergehen und sehen, was passiert. Ich will sehen, was sie unternehmen. Elvira, wer sagt, daß es eine Sünde sei, den Shout zu tanzen?«

»Leute, die man Gideoniten nennt, Missy. Sie schleppen die Bibel mit sich herum und erlauben nicht einmal mehr unserem Prediger hierherzukommen. Sie predigen und sagen uns nichts anderes, als daß wir alle ohne Ausnahme in die Hölle kommen.«

»Wir sind heute abend da«, sagte Virginia dem Mädchen. »Vielleicht könne wir etwas tun. Wenigstens werden wir es probieren.«

Auf ihrem Weg zurück zu dem Herrschaftshaus sagte Phoebe: »Du weißt, daß wir nichts ausrichten können. Möglicherweise schmeißt man uns deswegen von der Insel. Warum sollten wir nicht mit dem Major darüber sprechen?«

»Nein. Dies ist etwas, das den überkommenen Lebensstil dieser Leute betrifft. Sie haben ein Recht darauf, ihre eigenen Formen von Unterhaltung und Verehrung wie bisher zu überliefern. Wir gehen lediglich hinunter und beobachten, was geschieht. Was auch immer wir tun, tun wir später, aber das kann ich unmöglich so einfach durchgehen lassen. Die Yankees mögen den Krieg gewinnen, aber sie werden nicht so mir nichts, dir nichts über unsere Köpfe hinweg entscheiden.«

Sie trafen Nanine wach an. Sie war glücklich, da der Doktor sie soeben untersucht hatte. »Er sagt, er könne von meinem Aussehen erkennen, daß es mir besser gehe, auch wenn erst kurze Zeit vergangen sei.«

Weder Virginia noch Phoebe konnten eine Veränderung feststellen, doch Nanine hatte so viel neuen Mut geschöpft, daß auch sie glücklich waren. Sie erzählten ihr, daß sie die Aufseherhütte gemietet hätten.

»Wenn wir nur dieses Haus zurückbekommen könnten«, sagte Nanine versonnen. »Dann würde ich alles vergessen, was wir durchgemacht haben. Major Birch ist sehr freundlich zu mir gewesen. Heute morgen sagte ich ihm, daß ich ihm sogar verzeihe, ein Yankee zu sein.«

Virginia sagte: »Ich wünschte, ich wäre dazu in der Lage.«

»Ich wünschte, wir wüßten, ob Marty in Sicherheit ist – oder wenigstens am Leben.«

»Ich hoffe, daß wir bald etwas erfahren«, sagte Virginia. »Von Wade würde ich lieber nichts mehr hören. Habt ihr gemerkt, daß Mama sich hier häuslich einrichtet, als sei es wieder ihr eigenes Haus, in dem sie wohne?«

Nanine lächelte. »Sie strahlt vor Freude. Papa wäre hocherfreut.«

»Ja«, sagte Phoebe mit einem Anflug von Traurigkeit. »Er wäre auch erfreut, daß du unter ärztlicher Aufsicht stehst.«

»Ich hoffe, ich kann bald mit euch in der Hütte wohnen. Es ist zwar schön hier, fast wie zu Hause, aber ich will mit euch zusammen sein.«

»Das liegt am Doktor«, sagte ihr Virginia. »Im Moment bist du hier am besten aufgehoben. Der Doktor hat mit dieser Entscheidung vollkommen recht, glaube mir.«

Sie verließen das Haus, ohne Major Birch oder den Leutnant zu treffen.

26

An jenem Abend hatten Virginia und Phoebe ihre erste Begegnung mit den sogenannten Gideoniten. Sie waren ein seltsames Häufchen junger Leute, in dem die Männer Vollbärte und lange Haare trugen, die Mädchen langweilige graue Kleider, die weit geschnitten waren, bis zu den Knöcheln oder gar noch weiter reichten und die Phoebe als »Puritanische Mode« bezeichnete. Ihre nach hinten gebundenen Haare vereinigten sich im Genick zu einem straffen Knoten. Ihre Mienen waren ernst, die Münder fest zusammengepreßt, und ihre Augen zeugten von scharfer Kritikfähigkeit. Kiepenhüte bedeckten ihre Köpfe.

Sie hielten soeben ein religiöses Treffen ab, das augenscheinlich schon einige Zeit gedauert hatte, denn die versammelte Kirchengemeinde schien unruhig. Ein Prediger nach dem anderen schritt auf die schmucklose Kanzel und verdammte einen jeden zu den lodernden Flammen der Hölle.

Mehrere Soldaten aus der schwarzen Brigade wohnten dem Gottesdienst bei, doch sie benahmen sich laut und wenig ehrerbietig. Offensichtlich hatten sie getrunken, und ihre Stimmung paßte viel eher zu einer Tanzveranstaltung denn dazu, den Missionaren zuzuhören.

»Ist das dort Lyden?« fragte Phoebe, durch das Halbdunkel blinzelnd.

»Das kann ich nicht sagen«, sagte Virginia, »aber er gehört zweifellos hierher. Dieser Mensch hat Religion bitter nötig.«

»Er flößt mir Angst ein. Ich glaube, er hat vor, dir etwas anzutun, falls sich ihm dazu eine Chance bietet. Denke stets daran, wo ich die Pistole hingelegt habe.«

»Das vergesse ich schon nicht. Laß uns nach draußen gehen. Ich halte es hier nicht mehr aus.« Virginia sprach leise, als sie mit dem Finger deutete: »Sieh nur – sie holen ihre Kastagnetten und ihre kürbisförmigen Banjos heraus. Trotz aller Warnungen durch die Gideoniten wollen sie ihren Shout tanzen.«

»Da wird es Streit geben«, sagte Phoebe. »Die Schwarzen sind zu ruhig. Sie hören zu viel von einer Religion, die nicht mit ihrer eigenen übereinstimmt. Sie können sich nicht ausschreien, nicht singen, und erfahren nur von Höllenfeuern und Verdammnis.«

Obwohl noch Missionare predigten, stahl sich die Kirchengemeinde langsam nach draußen. Feuer wurden entzündet, Fackeln loderten, und die Nacht wurde von einem schwachen Leuchten erhellt, da immer neue Lichtquellen hinzukamen.

Eine magere, streng aussehende Frau hob die Arme zum Himmel und brach in schrillen Gesang aus. Er hatte einen Rhythmus an sich, der direkt aus dem Dschungel kam. Ein unwiderstehlicher Takt. Ehe die ganze Menschenmenge zu singen begann oder die Kastagnetten und die behelfsmäßig zusammengebauten Banjos spielten, erweckte die Stimme dieser Frau in der Menge das Verlangen, mit den Füßen zu scharren, und erstes, leises Stöhnen war zu vernehmen.

Die Kirche war mittlerweile leer. Die Missionare kamen heraus und zeigten sich zuerst sichtlich zu überrascht, als daß sie dem Tanz Einhalt gebieten können, das allmählich in Fahrt kam. Eine andere, diesmal eine jüngere Frau entfernte sich von der Masse und drang in den jetzt schon geformten Kreis ein. Sie sang nicht. Ihre Spezialität war das Tanzen, wobei sie barfuß auf der festen Erde trommelte.

Sie hob den Kopf und schrie. Ihr Schreien wurde umgehend

vom größten Teil der Menge aufgenommen. Die Fiedler begannen zu spielen, während die Kastagnetten den Rhythmus bewahrten, den die ältere Frau zu Beginn angegeben hatte.

Virginia ertappte sich dabei, wie sie selbst mit einem Fuß auf die Erde stampfte, und schaute fasziniert zu. Dies war der größte Shout, dem sie je beigewohnt hatte. Die Tänzerinnen und Tänzer, die jetzt tun durften, was sie nur wollten, schienen mit jedem Muskelstrang und mit jeder Nervenfaser in ihrem Körper herumzuwirbeln. Die Wirkung, die dieser Tanz auf sie hatte, war ihnen vom Gesicht abzulesen.

Das Schreien erreichte solch große Ausmaße, daß es wie ein lang anhaltendes, großartiges Fest der Stimme und des Gesangs klang. Das Hämmern der Füße gab dem Schreien seine Vollendung. Die Gideoniten, die schließlich ihre fünf Sinne wieder beisammen hatten, versuchten verzweifelt, diesen frevlerischen Umtrieben ein Ende zu setzen, doch sie wurden unverzüglich mit den Ellbogen aus dem Weg gestoßen.

Der Anführer der Missionare, ein älterer Mann mit silberweißem Haar, drängelte sich jedoch in die Mitte des Kreises, erhob die Arme und kämpfte mit seiner Stimme um Gehör. In dem Getöse schien er die Worte mit seinem Mund nur anzudeuten, nicht aber auszusprechen, denn man konnte ihn wohl nicht einmal in einem halben Meter Abstand verstehen. Der Tanz war nun in vollem Gang. Körper krümmten sich in seinem Glanz, viele Frauen befanden sich gerade in dem Teil des Tanzes, in dem sie sich vorwiegend zuckend bewegten und ihre Körper offen Erotik andeuteten. Männer gesellten sich hinzu. Virginia wußte, daß dies ein Abend werden sollte, den man auf der Insel nicht so schnell vergaß.

Plötzlich merkte sie, daß jemand unmittelbar hinter ihr stand. Sie wirbelte entsetzt herum, weil sie an Lyden dachte, doch es war Major Birch. Er schenkte ihr ein Lächeln. Leutnant Sprague war auch zugegen. Er stand auf Phoebes Seite.

Komischerweise widmete sie ihm nur wenig Aufmerksamkeit und nickte ihm lediglich oberflächlich zu. Der Tanz wirkte auf sie und rüttelte tief in ihr etwas wach. Sie begann, sich langsam und sinnlich zu bewegen. Im ersten Augenblick dachte Sprague, sie wollte ihn damit necken, doch bald begriff er, daß Phoebes aufkommende leidenschaftliche Stimmung mit der der Tänzer gleichzusetzen war. Er verhielt sich ruhig und ließ sich seine Beobachtung nicht anmerken.

»So etwas habe ich noch nie gesehen«, sagte Major Birch mit lauter Stimme, um gehört zu werden.

»Es ist der Shout. Und der Name ist nur zu berechtigt«, erklärte Virginia. »Dies ist ein alter Tanz, den es seit alters her gibt und der, so glaube ich, von Generation zu Generation überliefert wird. Er setzt Spannung frei, unter denen die Sklaven oft zu leben hatten.«

»Es wäre furchtbar, wenn meine Tante Margaret Augenzeuge davon sein würde«, sagte er lachend. »Sie machte schon einen Aufstand, als sie einen Bauchtanz miterlebte. Und das hier... nun ja... ist sicherlich interessant, aber nicht gerade dazu geeignet, jemanden zu beruhigen.«

»Es ist ein Tanz, der die Gefühle anspricht«, sagte Virginia. »Ich vernahm das Gerücht, daß die Weißen ihn billigten und die Festlichkeiten mit Bier und Rum versorgten, weil einige Monate nach einem derartigen Tanz eine Reihe von nagelneuen Sklaven das Licht der Welt erblickte und im Geburtshaus rege Geschäftigkeit herrschte.«

»Hat es auf dich eine solche Auswirkung, Virginia?« fragte er.

»Bestimmt nicht«, antwortete sie fast überstürzt.

»Wie schade«, sagte er. »Aber du bist ja auch weiß.«

Sie dachte an Phoebe und beäugte ihn scharf. »Was willst du damit sagen?«

»Nichts, meine Liebe. Gar nichts.« Er beobachtete Phoebe, die jetzt völlig von der Sinnlichkeit des Tanzes gefangen war.

Mit der Absicht, seine Aufmerksamkeit auf etwas anderes zu richten, deutete sie mit dem Finger auf den Kreis. »Diese Missionare sind verrückt. Sie versuchen, den Tanz aufzulösen. Sie sollten eigentlich verständiger sein.«

Elias betrachtete Virginia besonnen und lenkte dann seine Aufmerksamkeit wieder auf den Kreis der Tänzer und auf die Missionare, die ihr hoffnungsloses Unterfangen noch nicht aufgegeben hatten, die Festlichkeit zu beenden. Einige wurden zurückgetrieben, andere in die Luft gehoben und gewaltsam aus dem Kreis befördert. Das Tanzen jedoch nahm kein Ende und war immer durchdringender.

Ein Schuß fiel. Das Tanzen und das Schreien stoppten, wie von Zauberhand abrupt abgebrochen. Eine Gruppe von Soldaten schritt ein, die Gewehre zum Himmel gerichtet, doch hinter ihnen kamen noch mehr Soldaten, die allesamt weiß waren und ihre Gewehre im Anschlag hatten.

»Was zur Hölle führen denn die im Schilde?« fragte Major Birch. »Wer hat sie überhaupt herbeigerufen?«

»Schauen Sie doch etwas genauer hin, mein lieber Major! Dann siehst du, daß unser gemeinsamer Freund Ben Bowman diese militärische Operation leitet. Einige Gideoniten müssen bei ihm um Hilfe ersucht haben.«

Phoebe, die sich nach hinten gebeugt hatte, streckte sich und stieß plötzlich einen Schrei aus. Sie bückte sich, um ihre Schuhe auszuziehen, und rannte dann zum Kreis hinunter, der noch nicht auseinandergebrochen war. Sie lief an den Soldaten vorbei, erreichte die Mitte des Kreises und forderte laut schreiend Musik und Händeklatschen.

Mit neuer Energie begann das Tanzen wieder. Diesmal führte Phoebe es an. Leutnant Sprague beobachtete das alles mit leicht geöffnetem Mund. Was er jetzt sah, wußte Virginia, war die Seite Phoebe, die aus der fernen Vergangenheit stammte. Aus den Wäldern und den Dschungeln. Sie wand sich und schrie, schüttelte sich und stampfte mit den Füßen. Das Klatschen und Schreien wurde wieder lauter. Die Soldaten warteten auf Befehle, weil sie nicht wußten, was sie tun sollten. Bowman eilte zu ihnen. In diesem Moment fluchte Elias Birch lauthals und lief zu Bowman hinunter, der die widerwilligen Soldaten zum Schießen drängte.

Was Elias auch immer Bowman erzählt haben mochte, der Mann schlich sich jedenfalls fort, wobei er Obszönitäten vom Stapel ließ, und besaß keine Befugnis mehr über die Soldaten, die auf Befehle des Majors hin unverzüglich ihre Gewehre streckten, dastanden und selig dem Treiben zuschauten. Ein paar von ihnen begannen sogar zu schreien und mit den Händen zu klatschen. Weise machte sich die Missionare davon, die kläglichst daran gescheitert waren, diesen Tanz zu beenden.

Leutnant Sprague ging näher an Virginia heran. »So etwas habe ich in meinem Leben noch nicht gesehen.«

»Gefällt es dir?«, fragte sie.

»Es ist großartig! Wunderbar! Schau Phoebe an! Sie hat die ganze Sache im Griff. Sieh nur, wie sie tanzt!«

Virginia schaute in sein Gesicht, auf dem ein Lächeln lag, während sein Körper sich zu dem Rhythmus des Tanzes bewegte, der dem Höhepunkt entgegentrieb. Sie fragte sich, wann er merken würde, daß kein Weißer den Tanz nachmachen konnte, den Phoebe soeben leitete. Es war ein Tanz des schwarzen

Mannes, primitiv, begeisternd und dazu bestimmt, die Leidenschaft in Mann und Frau zu erregen.

»So langsam wird mir klar, daß ich in ein sehr begabtes Mädchen verliebt bin«, äußerte sich Sprague. »Was wäre sie für ein Renner auf einer Bühne in New York! Sieh, welchen Anmut sie hat! Wie sie vollständige Kontrolle über ihren Körper hat! Sie ist ausgezeichnet.«

Ausgezeichnet, ja, das stimmte, gestand Virginia sich selbst ein. Und schwarz. Wie konnte er nach all dem nicht Bescheid wissen? Phoebe hatte die Gewalt über sich verloren, weil sie erbost darüber war, daß man versucht hatte, den Tanz zu verbieten. Gleichzeitig erfüllten sie der Rhythmus und die sinnliche Anziehungskraft des Tanzes so sehr, daß sie außerstande war, sich zurückzuhalten. Ob sie sich jetzt um Sprague Sorgen machte, war nicht zu erkennen. Ihr ganzes Taktgefühl und ihre Körperkraft gab sie diesem Tanz hin. Jetzt war die Hölle los, man schrie und stampfte mit den Füßen. Hin und wieder kam das Quietschen der dickbauchigen Banjos durch. Die Kastagnetten hielten den Rhythmus aufrecht, obwohl bezweifelt werden mußte, daß sie noch irgend jemand hörte. Das war auch nicht notwendig.

»Wie lange geht das so weiter?« fragte Sprague.

»Bis sie vor Erschöpfung zusammensacken«, sagte Virginia.

»Nach dem Aussehen Phoebes wird das noch eine Weile dauern. Ich bin froh, daß Elias nach unten ging und diese Soldaten zurückhielt. Sie haben genauso viel Spaß wie die Tänzer. Jetzt habe ich auf jeden Fall ein Thema, über das ich in meinem nächsten Brief berichten kann, den ich nach Hause schicke.«

Er wußte nicht einmal halbwegs Bescheid, dachte Virginia. Sie fragte sich, wie Phoebe mit der Situation fertig werden würde, sobald sie sich von der Leidenschaft und dem Elan des Tanzes erholt hatte.

Phoebe hob beide Arme nach oben, machte schlangenartige Bewegungen, dann zitterte sie am ganzen Körper. Ihre Glieder schüttelten sich in sinnlicher Hingabe. Diese begann in den nach oben gehaltenen Fingerspitzen und setzte sich nach unten zu ihrem Körper fort, der in wallende Bewegungen verfiel, die offenbar den Zweck hatten, das sexuelle Verlangen zu einem äußersten Punkt zu bringen.

Dann war alles vorbei. Phoebe ließ sich auf ihre Knie fallen, ihr Kopf hing nach unten, ihr Körper hatte endlich seine Ruhe gefunden.

»Ist sie verletzt?« fragte Sprague besorgt.

»Verbraucht ist der beste Ausdruck dafür, Leutnant.«

»Ich gehe zu ihr.«

»Nein! Bleibe weg von ihr! Sie wird zu dir kommen.«

Er nickte, als ob er verstünde, obwohl er nicht die leiseste Ahnung davon hatte, was Virginia sagen wollte. Allmählich löste sich die Menschenmenge jetzt auf. Phoebe stand auf. Keiner half ihr. Einige Momente stand sie da, als wollte sie ihre fünf Sinne sammeln und sich innerlich wieder in den Griff bekommen. Dann lief sie langsam zu Virginia und Sprague hinüber. Als sie zu ihnen kam, sagte sie nichts, sondern zog in Ruhe ihre Schuhe an, erfaßte wortlos Spragues Arm und führte ihn fort. Virginia betrachtete sie, als sie in die Nacht verschwanden. Dann kam Elias zu ihr.

»Was in aller Welt ist denn in Phoebe gefahren?« fragte er. »Es fiel mir nie auf, daß sie ... nun ... Ich weiß auch nicht, wie man das nennt, was sie da abgegeben hat.«

»Es liegt einzig und allein an ihr zu erklären, was sie da abgegeben hat«, sagte Virginia. »Und ich glaube, das erklärt sie in genau diesem Augenblick dem Leutnant.«

»Sie«, sagte Elias langsam, »bewegte sich und tanzte, als ob ... Ach, was rede ich da! Es ist Unsinn. Ich bringe dich jetzt nach Hause, Virginia.«

»Danke schön. Da wäre ich dir sehr dankbar. Einige Männer haben dem Alkohol gefrönt, und durch diesen Tanz sind sie erregt. Es ist für die Sicherheit einer Frau nicht gerade ratsam, nach einer dieser Feiern allein durch die Nacht zu spazieren.«

»Ich glaube, ich weiß, was du meinst.«

Unvermittelt blieb Virginia stehen, wandte sich ihm zu, hob die Arme und legte sie um seinen Hals. Er zog sie zu sich heran, bis er sie fest an sich gedrückt hielt. Sie küßten sich mit inniger Leidenschaft. Als sie den Kuß beendet hatten, waren sie beide außer Atem und zitterten vor Verlangen.

»Laß uns wohin gehen.« Seine Stimme war ungleichmäßig.

»Nein, Elias. Ich möchte – genauso wie du –, aber ich bin eine verheiratete Frau.«

»Du schuldest ihm keine Treue. Nicht nach dem, was er angestellt hat.«

»Willst du mich deswegen haben?«

»Nein, verflixt noch mal. Ich werde noch wahnsinnig davon, daß ich dich so nahe bei mir habe und du trotzdem so unberührbar bist. Ich liebe dich. Ich liebe dich, seit du das erstemal hier warst und dich wie ein verzogener Fratz benahmst – obwohl die einzige Welt, die dir bekannt war, nicht mehr existierte.«

»Mit gefällt das immer noch nicht, aber ich gewöhne mich langsam daran. Ich weiß, daß es nie wieder wie früher sein wird. Irgendwie tut es mir schon gar nicht mehr weh. Ich brauche dich, Elias. Mein Körper sehnt sich nach dir. Ich bin so hungrig nach Liebe wie du. Nach wahrer Liebe. Wade liebte mich nie. Ich liebte ihn genausowenig. Deswegen kann ich ihm wegen seiner Tat keinen Haß entgegenbringen. Ich war einsam, wütend über den Krieg und selbstsüchtig. Ja, sehr selbstsüchtig und sehr verzogen. Ich gebe mir alle Mühe, erwachsen zu werden.«

»Das bist du schon«, versicherte ihr Elias.

»Noch nicht ganz«, sagte sie. »Aber mein Herz hämmert und ist so berauscht, daß ich glaube, es birst im nächsten Moment.«

»Willst du meine Frau werden?« fragte er. »Ich weiß, ich bin nur ein verdammter Yankee. Das sagtest du zu mir, als du das erstemal auf die Insel kamst. Aber dieser verdammte Yankee wird den Rest seines Lebens damit zubringen, alles zu tun, daß er dich glücklich machen kann.«

»Ich wußte gar nicht, daß Gentlemen aus dem Norden so galant sein könnten«, sagte sie und brachte ein Lächeln über die Lippen.

»Das bin ich nicht, mein Liebling.« Ihre Hände legten sich um ihr Gesicht, und sie begab sich auf die Zehenspitzen, um ihn sanft auf die Lippen zu küssen. Aber als er Anstalten machte, sie an sich zu ziehen, und seine Leidenschaft von neuem erwachte, schlüpfte sie aus seinen Armen.

»Nicht jetzt«, sagte sie. »Dies alles ist so wunderschön. Wir müssen Geduld beweisen. Bitte bringe mich zur Hütte zurück.«

»Das werde ich tun, wenn du mir versprichst, langsam zu laufen. Ich möchte meinen Arm um deine Taille legen. Ich verspreche dafür, mich zu benehmen.«

»Ich liebe dich«, sagte Virginia, wobei ihre Stimme weich und gefühlvoll klang. Ihr Kopf ruhte an seiner Schulter. Sie liefen langsam auf den Pfad zu, der zur Hütte führte.

Schweigend liefen Phoebe und Leutnant Sprague auf dem Weg, der sie zum Herrschaftshaus brachte. Plötzlich blieb sie stehen, was so abrupt geschah, daß er ein oder zwei Schritte weiterging. Er drehte sich um und schaute sie an.

»Ich muß dir etwas sagen«, sagte sie.

»Ich höre dich an, Phoebe, aber laß mich zuerst etwas erzählen.«

»Mir wäre es lieber, du würdest erst reden, wenn ich mit meinem Anliegen fertig bin.«

»Ich fasse mich kurz. Ich liebe dich. Jetzt fange du an – erzähle.«

Sie schritt nach vorne und legte ihren Kopf gegen seine Schulter. Sie spürte, daß sie ihn nicht anschauen und seinen Gesichtsausdruck ertragen konnte, während sie ihm sagte, was sie auf dem Herzen hatte.

»Hat es dir Spaß gemacht, mir beim Tanzen zuzuschauen?« fragte sie.

»Einen Mordsspaß. Jedem hat es gefallen. Es war faszinierend. Und weitaus mehr als das.«

»Es war primitiv. Ist dir das klargeworden?«

»Natürlich.«

»Es war ein Negertanz, ein Tanz der Sklaven. Sonst war es nichts.«

»Ich fand Gefallen daran.«

»Ich tanzte mit, weil ich etwas unternehmen mußte, als man versuchte, die Schwarzen davon abzuhalten. Weißt du, warum?«

»Die Iren tanzen ihre Gigue, die Österreicher bevorzugen den Walzer. Neger mögen den Shout. Was ist daran so komisch?«

»Was daran so komisch ist? Begreifst du nicht, was ich dir sagen will?«

»Ich dachte, ich hätte mich klar genug ausgedrückt. Das Natürliche in dir, der uralte Trieb kam zu Vorschein, du mußtest einfach tanzen. Ich finde, du hast bewiesen, wie mutig du bist – es war schön anzuschauen, daß muß ich hinzufügen.«

»Was hast du da gesagt?« Phoebe ging nach hinten, um ihn anzusehen. »Das Natürliche, der Trieb zu tanzen...«

»Steckten in deinem Blut.«

»Tom, ich bin zum Teil...«

»Negerin? Na und?«

»Ich... verstehe nicht... Du wußtest Bescheid? Die ganze Zeit hast du Bescheid gewußt?«

»Da ich mich überhaupt nicht überrascht zeige, ist es offenbar, daß ich es wußte.«

»Du konntest es nicht gewußt haben. Das ist ein Ding der Unmöglichkeit.«

»Ich erfuhr es, unmittelbar nachdem du und Virginia die Insel mit dem Silber verlassen hattet. Wir wollten wissen, wo ihr es versteckt hattet und wer euch geholfen hatte. Wir befragten einen Mann namens Moses und seine Frau. Sie legte Gewicht darauf, mir gerade das zu erzählen. Bitte, laß dadurch zwischen uns nichts anders werden.«

»Weißt du eigentlich, was du da sagst?« Sie begab sich bereitwillig in seine Arme. »Erfaßt du die Tragweite der Tatsache, daß ich als Negerin betrachtet werde?«

Er lächelte geduldig. »Ja. Eine ganz besonders hübsche Negerin.«

»Weißt du, wer mein Vater ist?«

»Das laß ich mir von dir sagen.«

»Ich bin eine Halbschwester von Virginia und Nanine.«

»Haben die etwas dagegen?«

»Nein.«

»Grollst du ihnen?«

»Grollen? Tom, du siehst die Sache falsch herum. Ich bin eine Negerin. Ich habe weiße Schwestern und einen weißen Bruder und einen weißen Vater. Meine Mutter ist schwarz. Wie kann ich grollen ...?«

»Phoebe, ich liebe dich. Es hat keinen Zweck, alles noch komplizierter zu machen. Ich will dich heiraten, und für uns ist das viel einfacher als für Elias und Virginia.«

»Meine Mutter lebt in New Orleans und führt dort – um es geschmacklos zu formulieren – ein Freudenhaus.«

»Nach meinen Informationen ist das ein lukratives Geschäft.«

»Gelingt es mir nicht, dich zu überraschen, dich wütend zu machen? Dich dazu zu bringen, daß du dir wünscht, mich nie getroffen zu haben?«

»Wohl kaum, oder was meinst du?«

Phoebe schüttelte mit dem Kopf. »Darauf war ich nicht vorbereitet. Ich weiß nicht, was ich sagen soll.«

»Sag einfach, daß du mich liebst. Sage, daß du mich heiraten wirst. Auf – sage es.«

»Ich liebe dich. Ich werde dich heiraten.« Sie stieß einen leisen Seufzer der Freude aus. »Das erscheint mir alles so unwirklich.«

»Es ist wirklich. Laß es uns amtlich machen.«

Sie hob ihr Gesicht, damit er sie küßte. Er streckte sich nach ihr und legte ihre Arme um seinen Hals. Ihre Lippen trafen sich zu einem stürmischen Kuß, der ihren Kopf in ein heilloses Durcheinander stürzte.

»Ach Tom, mein Liebster, sage es noch einmal.«

»Was?«

»Daß du mich liebst.«

»Erst du.«

»Ich liebe dich, mein Schatz.«

»Ich liebe dich auch.«

»Du weißt, ich war eine Sklavin.«

»Ich war kein Sklave, aber ich bin bereit, von nun an dein Sklave zu sein.«

»Du machst Scherze.«

»Nein, das meine ich todernst, meine allerliebste Phoebe. Falls ich dir wie ein Narr vorkomme, dann liegt das daran, daß ich vor Freude fast wahnsinnig bin.«

Einen Augenblick lang sagten sie nichts. Phoebe konnte den heftigen Herzschlag Toms hören, der sich von ihrem eigenen abhob. Trotz des wundervollen Momentes spürte sie, daß ein plötzliches Fröstelgefühl sie erfaßte.

»Was ist los?« fragte Tom. In seiner Stimme steckte Besorgnis.

»Wie ist es mit Kindern?«

»Noch haben wir keine«, antwortete er und küßte ihre Braue. »Warum machst du dir deshalb Sorgen? Du kannst sicher sein, daß ich sie lieben werde. Schließlich werden sie ein Teil von dir sein.«

»Und von dir«, erwiderte sie. Erleichterung durchfloß sie.

»Damit haben wir dieses Thema abschließend behandelt, mein Liebling. Jetzt bringe ich dich zurück. Ich kann dich nicht länger in meinen Armen halten und meine Gefühle kontrollieren. Nicht, nachdem ich dir beim Tanzen zusah.«

»Ich werde den Shout nie mehr wieder tanzen«, sagte Phoebe.

»Doch, das wirst du. Aber nur für mich.«

»Ja, nur für dich, mein Liebling«, erwiderte sie. »Ich kann es noch immer nicht glauben. Heute nacht werde ich nicht einschlafen können.«

»Ich auch nicht«, gab Tom zur Antwort, dessen Stimme sich lieblich und sanft anhörte.

Als sie zur Hütte kamen, war Major Birch schon gegangen. Phoebe küßte Tom nochmals und ging dann in die Hütte, wo Virginia sie bereits erwartete.

Virginia schaute einmal kurz in Phoebes Gesicht, lächelte dann und sagte: »Ah!«

»Er wußte es die ganze Zeit«, sagte Phoebe und wurde rot. »Belle erzählte es ihm, nachdem wir die Insel verlassen hatten. Tom wußte Bescheid, aber es machte ihm nichts aus. Virginia, ich bin so glücklich, und trotzdem habe ich Angst.«

»Um Himmels willen, warum denn?« fragte Virginia.

»Ich spüre, daß etwas Schreckliches passieren wird. So kann es ja nicht weitergehen. Dieses schöne, wunderbare Gefühl, einem Mann zu gehören, der mich liebt und den ich liebe.«

»Ich bin so glücklich wie du. Ich habe es aufgegeben, mit Elias auf Kriegsfuß zu stehen. Ich bin in Elias verliebt, und das habe ich ihm erzählt.«

»Wenn wir jetzt nur die Plantage zurückbekommen könnten! Unsere Männer haben keine blasse Ahnung vom Baumwollanbau, aber wir könnten sie gewiß darin unterrichten.«

»Das wird nicht klappen. Das Land ist unter den Sklaven aufgeteilt worden. Aber wir könnten mit ihnen eine Art Arbeitsvereinbarung treffen. Und zwar – ach, wovon fasele ich hier bloß? Sobald der Krieg vorbei ist und Elias entlassen oder auf das Festland geschickt wird, kommt das Haus unter den Hammer. Gerade dieser Bowman will es kaufen. Nicht etwa, um darin zu wohnen, sondern um es mit großem Gewinn an einen Nordstaatler weiterzuverkaufen.«

»Es tut mir leid, Virgie. Ich weiß, wie gut es dir hier gefällt.«

»Eines wünsche ich mir mehr als alles andere, und zwar, daß wir zwei zusammenbleiben.«

»Nichts anderes käme mir in den Sinn, Virgie. Immerhin braucht Nan uns, und auch deine Mutter benötigt uns beide. Ach, Virgie, es gibt so viel zu besprechen, so viel zu tun. Doch ich bin müde.«

»Nach diesem Tanz überrascht mich das nicht. Du warst nämlich sehr gut. Ich habe noch nie gesehen, daß jemand den Shout besser getanzt hat.«

»Dieses eine Mal in meinem Leben konnte ich nicht anders handeln«, gestand Phoebe. »Es war ein verrücktes Unterfangen, aber zum Schluß erwies es sich als richtig. Es ließ mir keine andere Wahl, als Tom die Wahrheit zu sagen – dabei wußte er es schon die ganze Zeit. Obwohl ich müde bin, weiß ich, daß ich nicht werde schlafen können. Ich bin zu glücklich und zu erregt.«

»Ich auch«, sagte Virginia. »Ich werde wach liegen und beten, daß sich mein Traum von einem Leben mit Elias erfüllen möge.«

27

Lyden hockte hinter dem spärlichen Gebüsch in der Nähe der Hütte und sah, daß die Fensterblenden zugezogen waren. Er raste vor Verlangen. Der Tanz hatte ihn bis zu einem Punkt aufgekratzt, an dem er gewillt war, jedes Risiko auf sich zu nehmen.

Heimlich pirschte er sich vorsichtig an die Hüttentür heran. Das Schloß war locker, alt und in schlechtem Zustand. Er hatte das schon lange Zeit vorher festgestellt, als der Aufseher sogar noch hier wohnte, denn Lyden hatte hier bereits zweimal eingebrochen. In die Hütte zu kommen, war kein Problem. Er mußte nur leichten Druck auf die Tür ausüben, und dann würde das Schloß nachgeben, ohne viel Lärm zu verursachen.

Er wartete, während er sich in die dunkelsten Schatten zurückzog, die Schritte des Wachsoldaten ab. Der Soldat würde für mehr als eine Stunde nicht zurückkommen. Da blieb viel Zeit für das, was Lyden im Sinn hatte.

Er drückte mit einer Schulter gegen die Tür, stieß dagegen, und das dürftige Schloß sprang auf. Er ging nach drinnen und lief auf Zehenspitzen durch das Wohnzimmer auf die Schlafzimmer zu. Er wußte, in welchem Virginia schlief. Seine Hand schloß sich um den Türgriff, und er drehte ihn gefühlvoll. Er drang in das Zimmer ein, stand da und lauschte. Er vermochte sie ruhig und regelmäßig atmen zu hören: Sie schlief. Das Fenster in der Nähe des Bettes war geöffnet, und die Vorhänge flatterten schwach in der leichten Brise der Nacht. Als er näherkam, trat er auf Virginias Hausschuhe. Er verlor einen Augenblick lang das Gleichgewicht, wodurch ein Laut entstand, der Virginia aufweckte.

Sie setzte sich auf, sah die düstere Gestalt und schrie. Lyden erstickte mit der Hand jeden Ton, als er sich auf sie warf. Er riß die Bettdecke zur Seite und betatschte sie mit einer großen Hand, während die andere noch immer gegen ihren Mund drückte.

Nach einem Augenblick des Gelähmtseins wehrte sich Virginia. Eine Hand erreichte das Gesicht Lydens. Ihre Finger gruben sich in der Nähe seiner Augen tief in das Fleisch ein. Er schrie vor Schmerzen auf und lockerte seinen Griff. Sie schlängelte sich unter ihm heraus und sprang zu der Schublade des Toilettentisches, in dem die Pistole lag.

Doch Lyden stand zwischen ihr und der Kommode. Es gab keine Möglichkeit, an die Pistole heranzukommen, ohne direkt in seine Arme zu laufen. Mit dem Rücken zur Wand, saß sie in der Falle und konnte nur an Phoebe in ihrem Schlafzimmer denken. Sie war am nächsten.

Virginia öffnete ihren Mund und schrie von neuem. Lyden bewegte sich auf sie zu, ohne an die Folgen zu denken. Der in ihm steckende tierische Instinkt war stark genug, jede Furcht zu überlagern.

»Man wird dich hängen«, sagte Virginia. »Ich weiß, wer du bist. Man wird dich hängen.«

»Erst müssen sie mich kriegen«, sagte Lyden. »Aber ich bring dich um, wenn du dich nicht hinlegst für mich, Missy. Sei jetzt vorsichtig und ärger mich nich mehr!«

Langsam näherte er sich ihr. Über seine Schulter hinweg erkannte sie unter Phoebes Schlafzimmertür Licht. Sie betete, daß Phoebe um Hilfe rennen würde.

Die Türe öffnete sich, und Phoebe tauchte auf. Sie trug eine Lampe – und sie war nackt.

»Lyden, was willst du mit dem weißen Mädchen? Heut' abend hast du mich tanzen gesehen. Ich weiß es, weil ich dich gesehen hab'. Komm zu mir, Lyden. Komm zu mir!«

Sie streckte einen Arm aus und hob eine Lampe höher nach oben, damit er einen vollen Überblick über ihren nackten Körper hatte. Lyden atmete hörbar aus, drehte sich um und lief auf sie zu, wobei seine heraustretenden Augen ihren Körper nie verließen. Im Augenblick war Virginia in Vergessenheit.

Sie schlich langsam und vorsichtig zur Kommode zurück. Sie zog die Schublade auf, und die Pistole lag vor ihr. Sie nahm sie heraus und drückte mit dem Finger gegen den Abzug.

»Lyden«, sagte sie. »Lyden, ist dies die Nacht, in der du sterben sollst?«

Seine Hände, die nach Phoebe langten, fielen seitlich herunter. Er wandte sich um und starrte auf die Waffe.

»Scher dich raus hier, Lyden«, sagte Virginia. »Verschwinde, oder ich schieße.«

Er machte einen zaghaften Schritt auf sie zu, und die Pistole richtete sich auf ihr Ziel. Er blieb stehen.

»Du kannst mich nich erschießen«, sagte er. »Ich bin 'n Soldat der Vereinigten Staaten. Die hängen dich, wenn du 'nen Soldaten erschießt.«

»Aber nicht, wenn ich einen von deiner Sorte erschieße. Ich warne dich – komme mir nicht näher. Mach jetzt, daß du hier rauskommst.«

»Du bist ja wirklich sehr in Fahrt. Aber du bist zu sehr eine Dame, um zu schießen. Du könntest mich nicht erschießen. Dazu hast du nich den Nerv.«

»Wenn du mich auf die Probe stellen willst, bist du ein toter Mann.«

»Ich bin 'n Soldat. Du kannst einen Soldaten nich erschießen...«

Er warf sich auf den Revolver. Es war eine schlechte Entscheidung. Die Pistole ging los. Lyden, von der schweren Kugel zurückgerissen, fiel auf den Boden, ohne ein Geräusch von sich zu geben. Blut spritzte auf den Teppich.

Innerhalb weniger Minuten war die Hütte mit Soldaten überfüllt, die der gleiche Feldwebel unter seinem Kommando hatte, mit dem Virginia und Phoebe bereits zu tun hatten. Er hob die Pistole auf und roch an der Mündung.

»Welche Dame von Ihnen hat dies getan?« fragte er. »Ich muß nicht nach dem Grund fragen. Ich will nur wissen, wer die Tat beging.«

»Ich habe ihn erschossen«, sagte Virginia. »Ich hatte keine andere Wahl.«

»Kannten Sie ihn, Miß?« fragte der Feldwebel.

»Er war früher ein Sklave, der für meinen Vater auf dieser Plantage arbeitete«, gab Virginia zur Antwort.

»Nun, ich ließ den Major rufen. Warten wir ab.« Er drehte sich um und sprach zu den Soldaten, die in das Wohnzimmer drängten. »In Ordnung, Männer, es ist schon alles vorbei. Geht zurück in eure Baracken! Es gibt hier nichts mehr für euch zu tun.«

Major Birch, in einem Hemd, mit Hosenträgern über den Schultern und ohne Uniform, erkannte auf den ersten Blick, was geschehen war. Er ging zurück zu Virginia, die jedoch noch immer regungslos dastand. Wenngleich seine Augen Besorgtheit verrieten, blieb er nach außen hin höflich und sachlich.

»Diese Damen hier«, berichtete der Feldwebel, »erschossen diesen Soldaten, weil er hier einbrach, um sie zu vergewaltigen. Er zerriß das Bettzeug zum Teil, der Dame zerfetzte er das Nachthemd. Sie können es dort im Zimmer auf dem Boden liegen sehen. Ich habe keine Ahnung, wie sie ihm zuvorkamen, aber sie haben ihm mitten ins Herz eine Kugel verpaßt.«

»Ist es so passiert?« fragte Elias Virginia.

»Ja, Major. Er gelangte irgendwie in die Hütte. Das Schloß ist nicht sehr widerstandsfähig. Er weckte mich auf und stürzte sich auf mich. Ich wehrte mich gegen ihn, kratzte ihm fast die Augen aus, und daraufhin ließ er für einen Moment von mir ab. Meine Schwester hörte die Unruhe und kam aus ihrem Zimmer. Er sah sie und wollte auch sie haben. Das eröffnete mir die Möglichkeit, die Pistole herauszuholen, die ich in meiner Kommodenschublade aufbewahrte. Ich warnte ihn davor, näherzukommen, doch er machte einen Satz nach vorne, um mir die Pistole aus der Hand zu nehmen. Ich ... schoß.«

»Feldwebel«, sagte der Major, »holen Sie sich zwei Mann, um die Leiche hier rauszuschaffen, und einen weiteren, der dieses Durcheinander aufräumt. Ich wäre Ihnen dankbar, wenn Sie beide, meine Damen, sich anziehen würden und in mein Büro kommen. Ich benötige Ihre Stellungnahme.«

In der Bibliothek saßen Virginia und Phoebe auf den übergroßen Stühlen, die Virginias Vater bevorzugt hatte und die irgendwie die Plünderzüge überlebt hatten, vielleicht weil sie so groß und so schwer waren.

»Virginia, ich möchte, daß du dich an den Schreibtisch setzst.« Elias stand auf und bot ihr den Stuhl hinter dem Schreibtisch an. »Schreibe alles auf, was passiert ist. Wenn du fertig bist, will ich, daß Phoebe dasselbe macht. Nun, eigentlich sollte es deswegen keinen Ärger geben. Bowman hat jedoch davon erfahren und ist auf dem Weg hierher. Er ist bestrebt, euch so viele Schwierigkeiten wie möglich zu bereiten. Verändert eure Geschichte nicht im kleinsten Detail. Wir müssen nur beweisen, was das für ein Soldat war und warum ihr ihn erschießen mußtet. Ich werde die Empfehlung geben, daß man kein Verfahren gegen euch einleiten soll.«

Bowman kam an, ehe Virginia ihren Bericht über den Vorfall zu Ende geschrieben hatte. Sie hörte auf zu schreiben, wartete, daß er zu sprechen begann.

»Sie tragen die Verantwortung dafür, Major«, sagte Bowman. »Sie hätten es nie erlauben dürfen, daß diese ... weiblichen Personen auf der Insel bleiben. Sie mußten ja für Unruhe sorgen, und jetzt ist ein patriotischer Neger-Soldat getötet worden.«

»Verdientermaßen, Mr. Bowman«, sagte Major Birch. »Die Beweisaufnahme deutet darauf hin.«

»Ich habe noch keinen Beweis gesehen. Ich sehe nur zwei Frauen, zwei ehemalige Sklavenbesitzer, die einen Soldaten der Vereinigten Staaten ermordet haben. Warum haben Sie ihn erschossen?« wollte er von Virginia wissen. »Weil er ein Nigger war, oder weil er ein Yankee-Soldat war?«

»Hören Sie auf damit!« sagte Major Birch bissig. »Das geht Sie überhaupt nichts an. Ich befehlige diese Insel. Der Soldat war einer meiner Männer, nicht einer von Ihnen. Halten Sie sich gefälligst raus aus dieser Sache, Bowman!«

»O ja, das werde ich tun. Jawohl, ich werde mich raushalten, aber ich habe bereits ein Telegramm zur Nachbarinsel geschickt, die unter dem Kommando Oberst Meaders steht. Er wird so schnell wie möglich hier sein, und dann wollen wir mal sehen, was für eine Macht Sie hier in den Händen halten, daß Sie zwei Mörderinnen laufen lassen können.«

»Sie können jetzt gehen«, sagte der Major. »Außer daß Sie es vorziehen, von mir hochkant rausgeschmissen zu werden. Ich habe Sie satt und bin Ihrer überdrüssig, Sir. Sie mit Ihrem scheinheiligen Getue, wo Sie doch in Ihrem Herzen ein habgieriger und skrupelloser Mann sind, der ausschließlich an seinen eigenen Vorteil denkt.«

»Wir werden ja sehen«, sagte Bowman, doch er zog sich schon zur Tür zurück. Der Major folgte ihm, rief einen Wachtposten und befahl ihm, vor der Tür zu stehen und niemandem Einlaß zu gewähren.

Er nahm dann Platz und gab Virginia ein Zeichen, an ihrer Geschichte weiterzuschreiben. Als sie fertig damit war, verfaßte Phoebe einen kurzen Bericht, der alles enthielt, was sie gesehen und gehört hatte. Der Major verstaute beide Blätter in der Schublade seines Schreibtisches. Er lehnte sich in dem großen Stuhl mit der hohen Lehne zurück.

»Bowman macht uns so viele Probleme, wie er kann«, sagte er. »Der Oberst wird die Sache in die Hand nehmen. Ich weiß nicht viel über ihn. Er ist erst seit kurzem da. Aber ich kann nichts sehen, das man euch vorwerfen könnte. Ihr habt eure Ehre verteidigt. Warten wir also ab.«

Oberst Meader kam in das Haus, als sie mit dem Frühstück fertig waren. Bowman begleitete ihn und er betrachtete mißbilligend den Frühstückstisch, an dem offensichtlich Virginia und

Phoebe gemeinsam mit Sprague und dem Major das Essen eingenommen hatten.

Die zwei Offiziere standen auf und grüßten. Der Oberst zog sich einen Stuhl unter dem Tisch hervor und setzte sich darauf. »Kaffee riecht nicht übel. Wie wäre es mit einer Tasse für mich?«

Man ließ die Kanne mit dem Kaffee bringen. Der Oberst rührte den Zucker in seiner Tasse um. »Nun, was ist hier eigentlich los? Mr. Bowman denkt anscheinend, daß hier auf Ihrer Insel eine Revolte stattgefunden hat, Major.«

Elias erstattete langsam und mit aller Bedachtsamkeit einen detaillierten Bericht über das, was sich ereignet hatte. Leutnant Sprague führte die zerrissenen Bettücher und das zerfetzte Nachthemd vor, an dem auch die Knöpfe fehlten. Virginia und Phoebe gaben danach ihre Stellungnahme ab.

»Es besteht kein Zweifel«, sagte Bowman, »daß sie einen Mann in der Uniform der Armee der Vereinigten Staaten ermordet haben. Einen Mann, der früher Sklave auf diesem Grundstück war, Sir. Sie wissen, wie diese Rebellen ihre Sklaven haßten, als sie ihre Freiheit erlangten. Deswegen töteten sie ihn. Sie könnten die Bettlaken nachträglich zerrissen und das Nachthemd zerfetzt haben.«

»Schon möglich«, gestand der Oberst ein. »Aber erzählen Sie mir doch bitte, was, zum Teufel, dieser Nigger zu dieser späten Nachtstunde in der Hütte der beiden Damen verloren hatte?«

»Nur er selbst könnte Ihnen diese Frage beantworten, Sir«, sagte Bowman. »Doch er ist tot, und diese beiden Damen sind für seinen Tod verantwortlich. Um die Wahrheit zu sagen, eine der beiden ... diese da«, erdeutete auf Phoebe, »nahm gestern abend an einem Niggertanz teil, der moralisch verwerflich war. Eine Gotteslästerung ..., wie sie mir noch nie untergekommen ist.«

»Was hat der Tanz mit dem Mord zu tun, Mr. Bowman?«

»Es ist leicht einzusehen, daß sie den Mann erregt hat ... ihn heiß gemacht hat ...«

»Wenn wir ihn zu uns wegen einer unmoralischen Absicht einluden, warum sollte er dann jetzt tot sein?« fragte Phoebe.

»Mr. Bowman«, sagte der Oberst, »Sie machen da einige verdammt voreilige Feststellungen. Was haben Sie vorzubringen, um sie zu untermauern?«

»Sie behaupten, der tote Mann war ein Frauenschänder, ein übler Bursche. Haben sie diesbezüglich irgendwelche Beweise? Die zerrissenen Bettlaken und das zerfetzte Nachthemd könnten ihr Werk sein. Ich glaube, daß sie den Soldaten in ihre Unterkunft baten, sich dann fürchteten und ihn töteten, damit er nicht in der Lage sein würde, die tatsächlichen Ereignisse wiederzugeben. Und trotz ihrer und auch meiner eigenen Aussagen war er ein Soldat der Vereinigten Staaten, der in der Erfüllung seiner Pflicht starb.«

»Sie haben eine falsche Vorstellung davon, woraus die Pflicht eines Soldaten besteht«, sagte ihm Virginia. »Wir haben die Wahrheit erzählt.«

»Lassen Sie uns doch Beweise dafür sehen, daß dieser Mann ein typischer Frauenschänder war. Versuchen Sie es zumindest«, lockte Bowman sie aus der Reserve.

»Wir können beweisen, daß er ein Unruhestifter war«, sagte Phoebe.

»Wann? Etwa vor dem Krieg? Welche Unruhe konnte ein einziger Sklave schon stiften? Das ist alles Lüge. Diese zwei Rebellinnen haßten befreite Sklaven. Sie sahen eine Möglichkeit, dieses zu töten, und ließen sie sich nicht entgehen.«

»Sir.« Phoebe stand auf, als ihr plötzlich etwas einfiel. »Auf dieser Insel ist der Aufseher, der dazu auserwählt ist, die Arbeit auf den Feldern zu überwachen, ein Mann, der Moses heißt. Damals, als die Familie die Plantage führte, war er das, was wir einen Antreiber nannten. Er kannte jeden Sklaven sehr gut. Wenn es für diese Nachforschung irgend etwas Bedeutungsvolles über den toten Sklaven gibt, dann weiß das nur Moses.«

»Das stimmt«, sagte Virginia. »Moses trug die volle Verantwortung für die Feldarbeit.«

»Leutnant«, sagte Oberst Meader, »lassen Sie diesen Mann holen.«

Sprague eilte aus dem Zimmer, um den Befehl auszuführen. Als Moses, ängstlich und den Hut in der Hand haltend, in das Zimmer geführt wurde, begab er sich an das Kopfende des Tisches und wartete darauf, Fragen gestellt zu bekommen.

Der recht umgängliche Oberst sagte: »Haben Sie vor dem Krieg auf dieser Plantage Sklaven befehligt, Moses?«

»Aber sicher, Sir.«

»Wissen Sie, was in der vergangenen Nacht vorgefallen ist?«

»Hörte, ein Soldat wurde getötet.«

»Du weißt weder, warum der Mord geschah, noch, wer dieser Soldat war?«

»Nein, Sir. Stell' keine Fragen. Nie.«

»Eine gute Methode, Problemen aus dem Wege zu gehen. Kennen Sie diese jungen Damen?«

»Sie sin die Töchter von Master Hammond, Sir, der früher diese Plantage hier besaß. Kenn' sie seit ihrer Geburt, Sir.«

»In Ordnung. Der Name des toten Soldaten ist Lyden. Sagt Ihnen dieser Name etwas?«

»Sir, er war ein Nigger, der nichts taugte. Schätze, daß er klaute, und er belästigte die hübschen Mädchen. Lief mehr als einmal davon. Er hätte schon vor Jahren aufgeknüpft werden müssen. Peitschen hatte bei ihm keinen Zweck. Glaube, nichts hätt' ihn ändern können.«

»Würden Sie es für möglich halten, daß er in der Lage war, in die Hütte, in der diese jungen Damen sich aufhielten, mit der Absicht einzubrechen, sie zu vergewaltigen?«

Bangen Blickes schaute Moses Phoebe und Virginia in das Gesicht. »Ist das wahr?« fragte er.

»Ich erschoß ihn, Moses«, sagte Virginia. »Ich mußte es tun.«

Moses wandte sich wieder dem Obersten zu und sprach zu ihm: »Sir, vor Jahren, noch vor dem Krieg, wurde dieser Taugenichts-Nigger krank, und sie schnitten ihn auf. Missy Virginia holte einen Wagen und ließ Lysen zur Krankenhütte bringen und holte den Doktor. Und während ich bei Lyden blieb, bis sie ihn holten, sagte er, eines Tages wird er dieses Mädchen schon noch kriegen. Damit meinte er Missy Virginia. Er sagte, er wird sie garantiert vergewaltigen, wenn er die Chance hat.«

Der Oberst sagte: »Danke schön, Moses. Sie können gehen. Mr. Bowman, haben Sie irgendwelche Kommentare?«

»Ich nehme an, daß dieser Nigger-Vorarbeiter gut behandelt wurde, als er ein Sklave war, und daß er jetzt versucht, sich dankbar dafür zu erweisen...«

»Mr. Bowman«, sagte der Oberst, »verschwinden Sie auf der Stelle von hier und nehmen Sie ihre schmutzigen Verdächtigungen gleich mit. Hiermit ist der Fall abgeschlossen. Dieser Soldat hatte sein Schicksal verdient. Wäre ihm mit seiner Absicht Erfolg beschieden gewesen, hätte ich befohlen, ihn aufzuhängen. Damit wäre alles erledigt.«

28

Am ersten Tag im April zog der Frühling auf der Insel ein. In der linden Luft duftete es nach frischem Laub. Virginia und Phoebe lebten in der Hütte ein Leben, das annehmbar behaglich, wenn auch ein wenig spartanisch ausfiel. Lenore wohnte weiterhin im Herrschaftshaus, obwohl Nanine mit jedem Tag an Kraft gewann.

Ihre Geldmittel befanden sich jedoch auf einem prekären Tiefpunkt. Sowohl Elias als auch Sprague hatten das Wenige zur Verfügung gestellt, was ihnen ihr Sold in der Armee zuließ. Ihr Angebot war ausgeschlagen worden. Virginia formulierte es so, daß Elias ihnen Zuflucht gewährt habe. Es liege jetzt an ihnen zu beweisen, daß sie für sich selber sorgen könnten.

Doch die Tage und Wochen waren kostspielig gewesen. Sie mußten beim Marketender kaufen, der unverschämte Preise verlangte von diesen »Rebellen, die herkamen, um von uns ernährt zu werden«, und Bowman verlangte seine Miete. Erneut geriet die Hammond-Familie allmählich gefährlich nahe an die Grenze zur Armut.

Sonntag abends kamen Elias und Tom regelmäßig zum Abendessen zur Hütte. Sie konnten ein wenig Lebensmittel von der Küche des Herrschaftshauses hinüberschicken, die von den Militärvorräten gut versorgt war. Den Rest vermochten Virginia und Phoebe beim Marketender zu erstehen. Danach schlenderten Virginia und Elias die Küste entlang und gingen dort spazieren, wo man die kleinen Strände überqueren konnte. An manchen Abenden konnten sie die Lichter von Charleston sehen. Sie leuchteten so hell wie eh und je, und von der Insel aus war kein Anzeichen vom Krieg zu erkennen, der immer noch tobte, obschon er in seinen letzten Zügen lag.

»Es ist so frustrierend«, sagte sie zu Elias, als sie einen der Strände entlangliefen, engumschlugen und glücklich darüber, zusammenzusein.

»Was beunruhigt dich?« fragte Elias. »Der Krieg? Bowman? Die Ungewißheit unserer Zukunft? Oder ist es dein Gatte?«

»Von all dem, was du gerade genannt hast, ein bißchen. Natürlich ist es hauptsächlich Wade. Ich weiß, daß er um mich kämpfen wird, wenn er erfährt, daß ich die Ehe beenden will, obgleich sie ihm nicht viel bedeutet. Und er ist ein Offizier, der vermutlich auf eine blendende militärische Karriere verweisen kann, obwohl er ein Dieb ist. Was werden wir tun, wenn er mir

Schwierigkeiten macht? Dann bin ich die verachtenswerte Frau, die nicht darauf warten konnte, daß ihr Ehemann aus dem Krieg zurückkam. Und, was die ganze Sache noch verschlimmert, ich will einen Yankee heiraten, wenn ich wieder frei bin.«

»Virginia, mit diesen Problemen setzen wir uns auseinander, wenn die Zeit reif dazu ist. Mittlerweile werden wir es genießen zusammenzusein. Nach Kriegsende widme ich mich wieder meinem alten Beruf als Lehrer. Ich kann leicht für uns sorgen.«

»Ich will hier bleiben, Elias ... das heißt, wenn auch du bleiben würdest.«

»Wie sollte das möglich sein, Virginia? Bowman ist bereit, das Haus zu kaufen, sobald es keine militärische Einrichtung mehr ist. Bei einer Versteigerung können wir nicht mithalten, obwohl diese Anwesen für ein paar Pfennige verschachert werden.«

»Stimmt«, gab Virginia seufzend zu. »Ich werde von hier vertrieben.«

»Falls wir das Haus nicht haben können, würdest du dann trotzdem hierbleiben wollen?«

»Nein. Ich könnte es nicht ertragen. Vielleicht ist es das beste so. Von hier vertrieben zu werden, meine ich. Ich weiß, daß ich bei dir sein will. Wo immer du hingehst, ich werde bei dir sein, doch alles ist noch so ungewiß.«

»Denke immer an eines«, sagte er und brachte sie zum Stehen. Er legte seine Hände auf ihre Schultern und schaute ihr schnurstracks in die Augen. »Ich liebe dich. Weder das Kriegsende noch der Verlust des Hauses, nicht einmal dein Gatte kann daran etwas ändern. Solange wir uns lieben, können wir uns allem entgegenstellen, das uns im Wege steht.«

Sie lehnte ihren Kopf an seinen Brustkorb. »Ich weiß, mein lieber Elias.«

»Dann höre auf, dir Sorgen zu machen«, sagte er und zog sie näher an sich heran.

Im selben Augenblick sprachen auch Tom und Phoebe über die Zukunft. Sie waren am Essenstisch verweilt, als Virginia und Elias sich auf ihren abendlichen Spaziergang begaben.

»Ich habe folgenden Plan«, sagte Tom und zog seinen Stuhl näher an Phoebes heran. »Zuerst schreibe ich meiner Familie, daß ich die wundervollste Frau in der Welt gefunden habe und daß ich ein verheirateter Mann sein werde, wenn ich nach Hause komme.«

»Wirst du ihnen sagen, daß ich früher eine Sklavin war?«

»Ja, wenn du nichts dagegen hast.«

»Das wird uns zerstören. Das weiß ich genau. Ich weiß, wie die Leute denken werden. Das Ende der Sklaverei ist nicht gleichbedeutend damit, daß wir Neger respektiert werden. Man wird dich aus der Gesellschaft ausstoßen, weil du eine Niggerin geheiratet hast.«

»Dann schlagen wir uns eben ganz allein durch. Ich versichere dir auf jeden Fall, daß wir verheiratet sind, sobald dieser verdammte Krieg vorbei ist. Von diesem Zeitpunkt an können wir planen. Wir können wenigstens heiraten. Hast du etwas dagegen, die Insel zu verlasen? Du verbrachtest den größten Teil deines Lebens hier.«

»Ich bin sehr gerne hier, aber die Insel wird mich nicht hindern zu gehen. Du gehst dorthin, wo deine Zukunft liegt. Da auch meine Zukunft dort liegen wird, werde ich mit dir kommen.«

»Ich habe viel darüber nachgedacht. Ich bin froh, daß du dieser Ansicht bist. Ich hoffe, dir wird es in New York gefallen –«

Er schwieg mit einem Male. Der Lärm entfernter Schüsse erschreckte auch Phoebe. Die Schüsse fielen nur vereinzelt, aber sie waren laut genug, um auf eine Schlacht auf dem Festland hinzudeuten.

»Ich dachte, die gesamte Küste von Carolina sei sicher«, sagte Tom. »Ich sehe lieber mal nach, was da los ist.«

Bevor er das Haus verlassen konnte, hatte das Schießen bereits die Insel erreicht. Phoebe schrie auf vor Angst und Schrecken, doch plötzlich brach Tom in ein Lächeln aus, umarmte sie und ließ Küsse auf sie niederhageln, bis sie nach Luft schnappte.

»Es ist eine Feier!« schrie er vor lauter Glück. »Der Krieg muß vorbei sein. Genau das bedeutet es, Phoebe. Der Krieg ist vorbei!«

Sie trafen Elias und Virginia einige Augenblicke später, und was Tom vermutet hatte, stellte sich als Tatsache heraus. General Lee hatte General Grant getroffen und mit seinen Truppen kapituliert.

Die Feier dauerte die ganze Nacht hindurch und weit bis in den nächsten Tag. Für Tom und Elias stand viel Arbeit an. Virginia und Phoebe gingen zu Nanine und Lenore, um ihnen die Nachricht zu überbringen.

Lenore starrte aus dem Fenster auf die Blitze, die die Schüsse verursachten, die überschwengliche Soldaten mit ihren Gewehren in die Luft feuerten. »Jetzt können wir endlich wieder zu einer zivilisierten Lebensweise zurückkehren.«

»Wir werden unser Bestes dafür tun«, sagte Virginia ruhig. Sie freute sich, daß das Massensterben ein Ende gefunden hatte, fragte sich aber, wie die Zukunft ihrer Familie aussehen werde. »Es ist an der Zeit, Pläne zu schmieden und Entscheidungen zu treffen. Ich weiß nicht, was wir tun können. Wir haben nicht einmal dreihundert Dollar übrig. Das wird uns auf dem Festland sicherlich nicht lange über Wasser halten.«

Nanine schien außerordentlich nachdenklich zu sein. »Ich hatte viel Zeit zum Überlegen, seit wir zurück auf die Insel kamen. Zuerst jedoch möchte ich euch eine Frage stellen. Fandet ihr irgend etwas Wertvolles, nachdem Papa in den Krieg gezogen oder gestorben war?«

»Nichts. Die Insel, die Plantage, das ganze Geld war verloren.«

»Papa investierte für die Sache der Konförderation fünfzigtausend Dollar, als der Krieg begann...«, sagte Nanine versonnen.

»Nanine«, erwiderte Virginia mit sanfter Stimme. »Dieses Geld gab Vater für eine Sache aus, der er von Anfang an keine Chance einräumte. Das ist schon lange her.«

»Nan, was geht dir durch den Kopf?« fragte Phoebe. »Ich überlege auch schon die ganze Zeit, aber ich komme einfach nicht weiter. Für mich war das eigentlich reine Neugier. Dennoch war Papa ein Mann, für den die Familie an allererster Stelle stand.«

»Worüber sprecht ihr beiden?« fragte Virginia.

»Ich besorgte Papas Buchführung«, sagte Nanina. »Ich inventarisierte die Baumwolle, zahlte manchmal das Geld bei der Bank ein und hielt mich über jeden Dollar auf dem laufenden. Papa hatte mehr Geld als die fünfzigtausend Dollar, die er in die Sache des Krieges steckte.«

»Na, er hätte es uns aber doch erzählt, wenn Geld auf die Seite gelegt worden wäre. Als er in den Krieg zog, wußte er doch, daß die Möglichkeit bestand, getötet zu werden...«

»Nein, ich glaube nicht, daß er das in Betracht zog. Ich bin der Meinung, er wollte nach dem Krieg dieses Haus wieder zurückverlangen.«

»Mit Geld, das er irgendwo versteckte?« fragte Virginia.

Nanine sagte: »Ich weiß, daß Papa zu Kriegsbeginn bedeutend mehr als einhunderttausend Dollar besaß. Eine Menge davon ist nicht belegt.« Zögernd fuhr sie fort: »Ich glaube, er hat es vergraben, denn kein anderes Versteck hätte die gleiche Sicherheit geboten. Die Yankees plünderten und verbrannten alles. Die freigelassenen Sklaven taten dasselbe. Es muß vergraben worden sein und es muß irgendwo hier auf der Insel liegen.«

»Ja, irgendwo«, sagte Phoebe, hoffnungslos die Achseln zukkend. »Jaja... irgendwo.«

»Dann können wir es genausogut vergessen«, sagte Virginia. »Man wird es nie finden.«

»Deswegen wagte ich es kaum, darüber nachzudenken«, bekannte Nanine. »Wir können nicht die ganze Plantage umgraben.«

»Im Haus dürfte es nicht sein«, sagte Phoebe langsam. »Er hätte befürchtet, daß es niedergebrannt würde. Es liegt mit Sicherheit nicht auf dem Festland, denn er hatte zu wenig Zeit, dort ein Versteck zu finden. Papa war einige Zeit auf der Insel, bevor die Yankees kamen. Es bot sich ihm keine Gelegenheit, es womöglich auf der großen Plantage zu verstecken.«

»Wenn es irgendwo ist, dann ist es hier«, sagte Nanine. »Und eben dieser Gedanke quält einen genauso, als hätte es das Geld nie gegeben.«

Phoebe und Virginia liefen, ohne ein Wort zu reden, zur Hütte zurück und versuchten, sich eine Stelle auszumalen, wo denn nun ein kleines Vermögen auf sie wartete, wenn sie nur die Gedanken eines Mannes lesen könnten, der schon mehr als ein Jahr tot war.

Sie zogen sich bald zurück, denn der Kopf war ihnen müde und ihre Anstrengungen schienen aussichtslos. Auf der Insel herrschte währenddessen noch viel Aufregung, weil jetzt feststand, daß der Krieg vorüber war.

Es war kurz vor Tagesanbruch, als Phoebe von jemandem aus einem unruhigen Schlaf gerissen wurde, der an der Seite ihres Bettes saß. Sie öffnete die Augen und wollte schon schreien. Es war Virginia, die sie sogleich zur Ruhe mahnte. Erst jetzt erkannte Phoebe, daß Virginia eine Lampe angezündet hatte, die auf kleine Flamme gedreht war, ehe sie sie aufgeweckt hatte.

»Was gibt es?« fragte Phoebe verwirrt. »Nan? Mama?«

»Das Geld«, sagte Virginia. »Papas Geld.«

»Weißt du, wo es liegt?«

»Nicht genau. Ich brauche deine Hilfe, um es eventuell herauszufinden. Kurze Zeit bevor wir von den Yankees von der Insel fliehen mußten, war ich in einer Nacht wach und hielt mich im Gesellschaftszimmer auf. Es war schon spät. Ich weiß nicht mehr, warum ich mich dort befand und nicht im Bett, wo ich eigentlich hingehört hätte. Ich hörte jedoch jemanden das Haus verlassen. Es war sehr spät, ich glaube, mitten in der Nacht. Jedenfalls konnte ich nicht sehen, wer es war, aber dieser gewisse Jemand verließ das Haus durch den Haupteingang. Und es handelte sich um einen Mann, weshalb ich annahm, es müsse Papa sein. Wenn er um diese späte Stunde aus dem Haus ging, geschah es aus einem wichtigen Grund. Ich erinnere mich, daß er etwas bei sich trug. Ich konnte nicht ausmachen, was es war, doch es schien unter seinem Arm zu stecken. Wie auch immer, ich blieb auf und wartete. Nach ungefähr einer halben Stunde kam er zurück und trug, stell dir vor, auf der Schulter...«

»Virgie, das muß die Lösung sein!«

»Ich erinnere mich auch, daß er die Schaufel auf den Boden warf. Ein metallischer Klang war zu hören, als sie einen Stein oder etwas Hartes traf. Papa ging in das Haus und legte sich zu Bett. In der Diele aber stellte ich fest, daß er mit seinen Schuhen Dreckspuren hinterlassen hatte, die von weicher Erde herrührten, die ich ebenfalls an der Schaufel wiederentdeckte. Es bereitete mir Kopfzerbrechen, doch weil nie etwas darauf hindeutete, vergaß ich die ganze Angelegenheit.«

»Wie ist dir das jetzt nur wieder eingefallen?«

Kurz berichtete Virginia, daß sie nicht einschlafen konnte und wach im Bett lag. Sie dachte an die vergangenen Tage, und mit einem Schlage sei es ihr wie Schuppen von den Augen gefallen. Phoebe schlug vor, daß sie die neue Sachlage sogleich mit Nanine beratschlagen müßten, denn ihnen verbliebe nicht mehr viel Zeit.

Behutsam und mit der größtmöglichen Genauigkeit erzählte Virginia, was ihre Erinnerung an den Tag gebracht hatte. Nanine hörte aufmerksam zu, machte keine Zwischenbemerkungen und stellte keine Fragen. Als Virginia zu Ende war, schob Nanine die Kopfkissen zurück und setzte sich auf.

»Frische, weiche Erde, feucht, als wenn sie erst kurze Zeit vorher aufgegraben worden wäre. Papa benötigte für seine Arbeit nicht mehr als ein paar Minuten...«

»Nicht mehr als eine halbe Stunde«, erklärte Virginia.

»Also grub er irgendwo, wo es einfach ging, wo die Erde vom Umgraben noch locker war. Du sagst, die Gärten kommen nicht in Frage, weil dort monatelang nicht mehr umgegraben worden war.«

»Ja«, sagte Virginia, »doch an mehr kann ich mich nicht erinnern.«

»Wie hast du dich daran erinnern können?« fragte Phoebe.

»Ich weiß auch nicht... Halt, doch, ich weiß es. Irgendwie dachte ich, Lyden hätte etwas damit zutun. Er schien einen Teil jenes Tages ausgemacht zu haben.«

»Moses hatte den Befehl, Lyden auszupeitschen, weil er versucht hatte davonzurennen«, sagte Phoebe lebhaft. »Das weiß ich noch. Es war... Ich glaube, ich tanzte an jenem Abend. Es handelte sich um einen der wenigen Anlässe, zu denen ich den Shout tanzte.«

»Da war noch etwas«, sagte Virginia. »Mir tut der Kopf schon vom Nachdenken weh...«

»Ein Tanz. Abends«, sagte Nanine nachdenklich. »Gewöhnlich wurde nach einer Beerdigung ein Tanz abgehalten... der alte Mann! An jenem Abend hatten wir einen alten Mann beerdigt.«

»Also gab es ein frisches Grab«, sagte Virginia begeistert. »Nan, ein frisches Grab! Leicht zu graben! Dort war die Erde weich – es war ein guter Ort, Geld zu verstecken, weil niemand daran denken würde, ein Grab auszuheben.«

»Uns bleibt noch ein bißchen Zeit, ehe der Morgen graut«, sagte Phoebe. »Laß uns jetzt zu dem alten Friedhof gehen. Die Soldaten schlafen. Die haben fest gefeiert, und heute nacht sind keine Wachtposten unterwegs. Wir müssen sofort an die Arbeit.«

Phoebe und Virginia schlichen aus dem Haus, fanden den Geräteschuppen und entdeckten eine alte, verrostete Schaufel. So schnell die Dunkelheit es ihnen erlaubte, liefen sie zu der alten Kirche hinunter, wo die Tänze stattgefunden hatten und die Sklaven beerdigt worden waren.

Es befanden sich viele Gräber dort, einige waren eingefallen, andere vom Zahn der Zeit angenagt und verschwunden, wieder andere von Gras und Pflanzen überwuchert. Sie stolperten über Gegenstände, die man nach altem Brauch auf jedem Grab zurückgelassen hatte.

Plötzlich blieb Phoebe stehen. »Ich erinnere mich. Es war etwas ganz Verrücktes. Der alte Mann wurde begraben. Immer legte man etwas aus dem Privatbesitz des Verstorbenen auf das Grab. Irgendein Erinnerungsstück, doch der alte Sklave besaß nichts. Nicht einmal einen Teller oder eine Pfanne... nur... einen Stuhl. Man legte einen alten Küchenstuhl auf das Grab.«

Binnen fünf Minuten entdeckten sie die Überreste des Stuhls.

Abgerundete hölzerne Stuhlbeine und einen Teil der Lehne. Virginia machte sich mit der Schaufel an der Erde zu schaffen. Atemlos wartete Phoebe, bis Virginia ermüdete, und nahm dann die Schaufel in die Hände. In einer Stunde würde es Tag sein. Sie arbeiteten ungestüm.

Die Schaufel stieß auf etwas Hartes. Zuerst dachten sie, es sei vielleicht ein Stein, doch als sie die Erde beiseitescharrten, kam Metall zum Vorschein. Nach weiteren fünf Minuten hatten sie die Kassette ausgegraben.

Triumphierend umarmten sie sich.

»Laß sie uns in Nans Zimmer öffnen«, schlug Virginia vor.

Sie nahmen die Beine unter die Arme und spurteten zum Haus zurück. In Nanines Zimmer machten sie noch eine Lampe an.

»Haltet den Atem an«, sagte Virginia. »Die Kassette ist nicht abgeschlossen, doch das Schließband ist rostig.« Sie versuchte, es zu öffnen, was ihr jedoch mißlang. Phoebe schritt schnell zu Nanines Kommode, auf der ein schwerer Brieföffner lag. Virginia benutzte diesen, suchte damit das Schloß zu erforschen, bewegte es schließlich und öffnete die Kassette, indem sie langsam den Deckel hochhob.

Nanine neigte den Kopf und sprach ein Dankgebet. Phoebe starrte auf die Golddollar, die in festes Papier eingewickelt worden waren und sich in gutem Zustand befanden. Virginia nahm das Geld heraus und betrachtete es ungläubig.

»Danke schön, Papa.« Sie murmelte die Worte wie ein Gebet, dann fing sie an, das Geld zu zählen.

Am nächsten Tag kam die offizielle Bestätigung, daß die Regierung der Konföderierten Staaten aus Richmond geflohen war und die Niederlage eingestanden hatte. Der Krieg war vorbei. Phoebe und Virginia erfuhren dies von einem jubilierenden Tom Sprague, der zu der Hütte herüberkam. Es dauerte eine Weile, bis Virginia und Phoebe wach genug waren, um den Augenblick hochleben zu lassen. Sie hatten von der vorhergehenden Nacht noch Muskelkater und wenig Schlaf gehabt.

»Die Nachricht ist schon per Telegraph herübergekommen«, erklärte er. »General Grant hat den Befehl erlassen, daß alle konföderierten Soldaten und Offiziere ihre Gewehre behalten könnten, sich ein Maultier halten und die Freiheit besäßen, nach Hause zu gehen und zu tun, was sie wollten. Alle Gefängnisse wurden geöffnet und die gefangenen Soldaten freigelassen.«

»Wo ist Elias?« fragte Virginia.

»Er darf seinen Schreibtisch nicht verlassen. Laufend kommen neue Meldungen herein. Es wird ein anstrengender Tag. Ich bin sicher, daß er dich so bald wie möglich besuchen wird. Ich muß auch zurück, aber ich wollte euch nur schnell die gute Nachricht wissen lassen.«

Er küßte Phoebe, bevor er zum Herrschaftshaus zurücklief. Phoebe und Virginia bereiteten sich das Frühstück. Sie waren noch schlaftrunken, doch dies war kein Tag, an dem man sich wieder ins Bett legte.

»Endlich ist es vorbei«, sagte Virginia.

»Liebe Virgie«, sagte Phoebe ruhig. »Für uns – ist es ein neuer Anfang.«

29

Zehn Tage später standen Major Birch und Leutnant Sprague in Hab-acht-Stellung, als sie die Besatzungstruppen auf der Insel Valcour zum letztenmal vorbeidefilieren ließen. Am frühen Nachmittag waren die Soldaten und ihre Ausrüstung auf Schaufelraddampfern untergebracht. Buchstäblich in ihrem Kielwasser kamen Abenteurer und habgierige Spekulanten, die die politische Situation wirtschaftlich ausbeuten wollten, und auch weitere Gideoniten. Sie waren fast so zahlreich wie die Soldaten vorher.

Innerhalb von vierundzwanzig Stunden fielen diese Leute in Schwärmen über die Insel her, weil sie Geschäfte machen wollten. Valcour war schon immer als besondere Insel mit teuren und sehr großzügigen Grundstücken bekannt. Diese Schmuckstücke zogen die finanzkräftigen Spekulanten an, die einen großen Gewinn herausschlugen, indem sie die Häuser wiederverkauften. Ein Großteil davon war bereits versteigert worden, doch noch mindestens ein Dutzend standen zum Verkauf.

In Zivilkleidung begleitete Elias und Tom Virginia und Phoebe, die den Auktionen beiwohnten und zusehen mußten, wie die stattlichen Häuser für selten mehr als zweitausend Dollar an den Mann gingen, die früher weit über zwanzig- oder dreißigtausend Dollar gekostet hatten, und wie die Liegenschaften in die Hände der gierigen Nordstaatler übergingen.

»Was wird aus der Insel nur werden?« sagte Virginia traurig.

»Wenn sich diese Leute entscheiden hierzubleiben, wird dieser Fleck Erde für immer ruiniert sein. Und wenn wohlhabende Nordstaatler diese Grundstücke kaufen, wie können sie denn dann die Plantage weiterführen? Ohne sie kann sich die Insel nicht am Leben erhalten. Und obendrein besitzen jetzt ehemalige Sklaven die Plantagen.«

»Die ehemaligen Sklaven«, sagte Phoebe, »können auf diesen kleinen Stückchen Land nicht genug verdienen. Auf die Dauer wird es ihnen schlechter gehen als zu der Zeit, wo sie Sklaven waren.«

»Nein«, konterte Elias diesen Gedankengang. »Dasselbe hat sich schon an drei anderen Orten weiter nördlich auf der Insel und an anderen Punkten dieser Inselkette abgespielt. Die neuen Besitzer, darunter einige Südstaatler, die in der Lage waren, die Spekulanten zu überbieten und in ihre alte Heime zurückzukehren, passen sich bereits den neuen Bedingungen an. Die gleichen Veränderungen werden auf fast allen der alten Plantagen vor sich gehen. Mit der finanziellen Unterstützung der Grundstücksbesitzer werden die Ex-Sklaven ihre Ländereien bestellen und wie zuvor Baumwolle anbauen, allerdings auf der Grundlage von Kapitalbeteiligungen. Auf diese Weise wird jeder seinen Profit und sein gutes Auskommen haben.«

Es gab jetzt wieder Pferde auf der Insel, und Elias und Tom hatten ihre Reichtümer zusammengelegt, um sich zwei geeignete Pferde zu kaufen. In den Scheunen standen Kutschen, die nach fünf Jahren zwar nicht gerade in bestem Zustand waren, von Elias und Tom aber schnell dienstbar gemacht wurden.

Als sie zurückritten, zeigte sich Virginia wegen des Hauses zutiefst beunruhigt. Bowman befand sich noch immer auf der Insel und hatte jetzt alles unter sich, seit das Militär abgezogen war. Elias und Tom besaßen keinerlei Macht mehr, was Bowman mit Sicherheit nicht verborgen blieb.

»Wir haben Papas Golddollar«, sagte Virginia. »Mehr als dreißigtausend Dollar. Aber selbst wenn wir sie bei der Versteigerung des Hauses überbieten, dürfen wir es dann überhaupt in unseren Besitz übernehmen? Schließlich sind wir Rebellen.«

»Bowman wird nicht mehr lange warten«, warnte Elias. »Und die Versteigerung wird so überraschend abgehalten werden, daß wir vielleicht nicht einmal zugegen sein können, wenn sie stattfindet. Ich schlage vor, daß von jetzt an keiner von uns die nähere Umgebung des Hauses verläßt. Tom und ich bewohnen es noch immer. Bis zur Auktion bleiben wir darin.«

Einen Tag nachdem Lenore und Nanine auf das Festland gefahren waren, um Lenores Lieblings-Silberbesteck zurückzukaufen, für das sie während des Krieges dreihundert Golddollar erhalten hatte, weckte Elias Virginia und Phoebe, indem er laut schrie und gegen die Hüttentür schlug. Als sie auf ihn reagierten, sahen sie, daß eine primitive Plattform aus Kisten und altem Bauholz aufgebaut worden war und ein Auktionator, von einem Fremden begleitet, die Plattform bestieg, um sogleich die Versteigerung zu beginnen. Der Tag war kaum angebrochen. Tom stand am Fuße des Podiums und verwickelte den Auktionator und den Fremden in ein Gespräch, um das Verfahren zu verzögern.

Virginia und Phoebe kamen zu der Plattform, wo sich ungefähr ein Dutzend Leute, vorwiegend Spekulanten, versammelt hatten und auf den Beginn des Verkaufs warteten. Der Auktionator, ein alter Hase in seinem Metier, sprach als erster.

»Dieser Gentleman neben mir ist Mister Older. Er kommt aus dem Norden und leitet all die Inseln als Repräsentant der Regierung in Washington, vor der wir dieser Tage unseren Kopf verneigen. Dieses Haus hier steht zum Verkauf, ein recht hübsches Grundstück, wie ich meine. Es gehörte früher James Hammond und war das größte Gut auf Valcour. Hiermit eröffnete ich den Verkauf dieses Hauses und warte auf Gebote.«

»Eintausend«, sagte Bowman sofort.

»Zwei«, meldete sich ein anderer Möchtegernspekulant.

»Fünf«, schrie Virginia laut.

Die Gruppe wandte sich um, schaute sie verdutzt und mit großem Mißtrauen an. Bowman ging mit großen Schritten auf sie zu.

»Sie haben gar nicht soviel Geld, außer es ist in eurer Schienbeinschützerwährung.«

»Ich habe fünftausend Golddollar geboten«, schrie Virginia abermals, »Wenn es keine weiteren Gebote gibt...«

»Sechstausend!« rief Bowman.

»Acht!« bot Virginia

»Wir Nordstaatler besitzen eine bevorzugte Stellung bei diesen Verkäufen!« grölte Bowman. »Wir verbeugen uns nicht vor Rebellen. Als sie mit diesem Krieg anfingen, verwirkten sie jeden Anspruch auf das, was sie besaßen.«

»Niemand leugnet das!« brüllte Virginia zurück. »Aber dieses Haus steht zum Verkauf, und ich habe ein Gebot gemacht.«

Mr. Older wägte das Problem einen Augenblick lang ab. Natürlich wußte er von Tom, daß Virginia eine Rebellin war und das Haus ihres Vaters zurückkaufen wollte. Auch Bowman war ihm von der Schilderung Toms her kein Unbekannter mehr. »Sie müssen wissen, junge Dame, daß ein Rebell außer dem Gebotspreis auch Steuern für die fünf Jahre nachbezahlen muß, seit denen das Grundstück als Reparationszahlung für den Krieg in den Besitz des Nordens übergegangen ist. Das beläuft sich auf eine ganz erkleckliche Summe – ungefähr zweitausend ? samt Zinsen. Ein Nordstaatler muß das nicht bezahlen, ein Rebell hingegen schon.«

»Ich bin bereit, alles zu bezahlen, was ich zahlen muß«, sagte Virginia.

»Jetzt mal langsam!« erklärte Bowman. »Rebellen können nur die Grundstücke haben, die kein Nordstaatler will. Das ist eine Regel. Wenn sie dieses Grundstück kaufen will, muß sie es mir abkaufen, sobald ich es in meinen Besitz genommen habe.«

Mr. Older sagte: »Das ist nur zu wahr. Wir hatten keine Zeit, Gesetze zu machen, seit der Krieg aus ist, also müssen wir uns an Regelungen halten. Diese Regel hat uns schon des öfteren nützliche Dienste erwiesen.«

»Virgie«, sagte Phoebe bestürzt, »was können wir unternehmen?«

»Ich weiß nicht. Gesetze sollen normalerweise Übergewicht über einfache Regelungen haben, aber wir leben nicht in normalen Zeiten, fürchte ich...«

Elias sagte: »Schon gut. Laßt die Versteigerung wieder beginnen.«

»Das ist auch besser so«, sagte Bowman. »Wie vorhin, zweitausend.«

»Wie vorhin«, schrie Elias aus, »fünftausend!«

»Was, zum Teufel, ist in Sie gefahren?« fuhr Bowman ihn an. »Sie haben keine fünftausend.«

»Mrs. LeGarue sagt, daß ich sie hätte.«

»Ja.« Virginia eilte an die Seite Elias'. »Ja, ich gebe dir das ganze Geld.«

»Nun, was haben Sie nun einzuwenden?« wandte sich Mr. Older fragend an Bowman.

»Ich habe eine ganze Menge einzuwenden. Der da und diese

Frau sind nicht verheiratet, aber sie benehmen sich durchaus so. Wenn Sie wissen, was ich meine. Was wir hier vor uns haben, ist ein Yankee-Major, der eine Rebellenfrau und ihre ganze Familie unterstützt. Und das tut er sicherlich nicht umsonst.«

Elias sagte: »Mein Gebot zählt. Wegen des anderen Punktes diskutiere ich mit Ihnen später, Mr. Bowman, falls Sie den Nerv besitzen, auf mich zu warten. Fünftausend.«

»Sechs«, sagte Bowman so zögernd, daß er offensichtlich nicht in der Lage war, mehr aufs Spiel zu setzen.

»Sieben«, gab Elias postwendend zurück.

In offener Verachtung warf Bowman den Kopf zurück. »Hat verdammt keinen Sinn, so etwas fortzusetzen. Zehntausend.«

»Wenn Sie das Geld sofort auf den Tisch legen können«, sagte Elias, »dürfen Sie das Haus haben. Falls dem nicht so ist, bestehe ich darauf, daß der Verkauf abgeschlossen ist, und behaupte, daß dieser Mann mich um dieses Haus betrügen will. Zeigen Sie das Geld, Bowman. Dies hier ist ein Geschäft, das mit Bargeld abgeschlossen wird.«

Bowman schaute um sich, als würde er nach Unterstützung von Gleichgesinnten suchen, doch keiner schien von ihm beeindruckt zu sein.

»Mr. Bowman«, rief Mr. Older aus. »Sie haben gehört, was der Mann gesagt hat. Zeigen Sie die zehntausend Dollar.«

»Wollte dieses gottverdammte Grundstück sowieso nicht.« Bowman ging ein paar Schritte zurück, blickte flüchtig auf Elias und machte sich dann rennend aus dem Staube.

»Major«, sagte Older, »jetzt sind Sie an der Reihe, das Geld vorzulegen.«

»Ich muß es noch von Mrs. LeGarue erhalten«, sagte Elias.

»Mir ist es egal, wo Sie es herkriegen, solange Sie es haben«, sagte der Auktionator.

In einer halben Stunde war der Geschäftsabschluß getätigt. Virginia näherte sich gemächlich dem Hause, ging die Verandatreppe hinauf und setzte sich in einen der Rohrschaukelstühle, die schon immer zum festen Inventar auf der Veranda gehört hatten. Sie blickte hinaus auf Elias, Tom und Phoebe.

»Endlich ist es soweit«, sagte sie. »Es gehört uns. Ich würde sagen, daß dies der glücklichste Tag in meinem Leben ist, wenn es da nicht noch etwas gäbe.«

Alle wußten, was sie meinte. Die Freude über den Besitz erhielt einen kräftigen Dämpfer.

»Komm, Phoebe«, sagte sie. »Wir haben viel zu tun und müssen erst einmal planen. Elias, du und Tom könnt helfen, wenn ihr wollt.«

»Wir setzen uns auf die Veranda und unterhalten uns«, sagte Elias.

»Wir müssen ebenfalls eine Menge Pläne schmieden«, fügte Tom hinzu. »Wenn ihr Hilfe braucht, sagt uns Bescheid.«

Zuerst ging Virginia in die Bibliothek ihres Vaters und nahm hinter dem Schreibtisch Platz. »Trotz all meiner Träumereien in den letzten fünf Jahren«, sagte sie, »glaubte ich nie, das sie sich bewahrheiten würden. Phoebe, wir sind wieder zurück. Dies ist unser Haus, dies ist die Insel, die wir liebten und... Ich werde allein hier leben müssen. Ich kann nicht mit Elias hier wohnen, denn eines Tages wird Wade auftauchen. Ich werde ihm verbieten hierzubleiben. Vielleicht muß ich Geld aufbringen, um meine Freiheit wiederzuerlangen. Ich nehme an, daß er das Geld nehmen wird, dann alles leugnet und darauf besteht, daß er mein Gatte ist und ich meinen Treueschwur der Ehe einhalten muß. Treueschwur! Daß ich nicht lache! Er ist wie ein Tier.«

»Vielleicht hast du recht«, sagte Phoebe. »Er berichtete uns, daß seine Familie alles verloren habe, und wenn er spitzkriegt, was du hast...«

»Was *wir* haben«, verbesserte Virginia sie.

»Nein, Virgie. Tom und ich werden bald von hier verschwunden sein. Sein Platz ist in New York, und meiner auch. Doch wir müssen uns ein Mittel einfallen lassen, Wade zu überlisten, wenn er zurückkommt.«

»Bislang waren all unsere Planungen erfolgreich«, sagte Virginia. »Vielleicht fällt uns etwas ein.«

»Wir können es ja versuchen«, sagte Phoebe.

Auf der Veranda sah Elias den Prahm, der auf die Anlegestelle zumachte, und lenkte Toms Aufmerksamkeit darauf. Mit dem Schatten ihrer Hände schützten sie die Augen gegen das Sonnenlicht.

»Es sind Mrs. Hammond und Nanine«, sagte Tom. »Ein Mann befindet sich in ihrer Begleitung.«

Elias stöhnte laut. »Es mußte ja jetzt passieren. Wir gehen am besten runter und schauen, was wir mit ihm machen können.«

»Ihr Ehemann!« sagte Tom. »Oh, verdammt noch mal, Elias. Gerade jetzt, wo alles so gut über die Bühne ging.«

»Ich muß mich dieser Sache stellen«, sagte Elias. »Ich möchte mit ihm reden, ehe es Virgie tut. Ich bin froh, daß er hier ist.«

Sie liefen geschwind den Pfad zu der Anlegestelle hinunter, wo der Prahm gerade festgemacht wurde. Elias half Lenore aus dem Boot, während Nanine den Arm des bärtigen Mannes nahm, der sie begleitet hatte.

Lenore sagte: »Major Birch, Leutnant Sprague, ich möchte Ihnen meinen Sohn Martin vorstellen. General Martin Hammond, wenn es Ihnen beliebt.«

Elias ergriff Martys Hand und schüttelte sie mit unverhohlener Freude. Tom schloß sich ihm an.

»General, das ist ja großartig. Heute ist ein großartiger Tag.«

»Auch für mich, Major«, sagte Martin erfreut.

»Das Haus, Mrs. Hammond«, erklärte Tom, »gehört Ihnen. Es wurde auf legale Weise gekauft und bezahlt.«

»Gott sei Dank!« rief sie laut.

Martin sagte: »Wenigstens haben wir nicht alles verloren.«

Elias sagte: »Da müssen Sie sich bei Ihren Schwestern bedanken.«

Lenore sagte: »Marty, bitte entschuldige mich. Ich kann nicht länger warten... Ich muß jetzt einfach hingehen.«

Sie eilte den Pfad hinauf. Elias wollte ihr folgen, doch Nanine rief ihn zurück.

»Elias, ich habe meinem Bruder über dich erzählt – und über Virgie. Er hat dir etwas zu sagen. Tom, wirst du mich zum Haus führen?«

»Aber mit Vergnügen, Nan«, bot Tom ihr seinen Arm an.

Marty sagte: »Ich möchte Ihnen versichern, daß ich voll und ganz dafür bin, daß Virgie sich entschieden hat, Sie zu heiraten. Ich mag ein Rebell sein, doch ich habe genug gesunden Menschenverstand, um zu erkennen, daß der Krieg aus ist und daß der Zwiespalt, den es gegeben hat, überwunden werden muß. In Washington hatten wir einen Mann, der dieser Aufgabe gewachsen wäre. Die Kugel eines Attentäters beraubte uns seiner Weisheit, denn er bewies in den wenigen Tagen zwischen Kriegsende und seinem Tod, welch ein mitfühlender und kluger Mann er war. An diesem üblen Geschäft finde ich nur einen Umstand befriedigend. Es war kein Rebell, der ihn umbrachte.«

Elias bickte nachdenklich, als sie auf das Haus zuzulaufen begannen.

»Da ist ein Hindernis...«, hob Elias an.

»Beziehen Sie sich auf Wade?«

»Ja.«

»Vergessen Sie ihn«, sagte Marty. »Ich erfuhr, was er meiner Schwester antat. Vor wenigen Wochen kam er unter mein Kommando. Wir standen Sheridans Fronttruppen in der Nähe von Appomattox gegenüber. Es war notwendig, eine Einheit von Sheridans Kavallerie in ein Scharmützel zu verstricken. Ich gab Wade den Befehl, den Angriff auszuführen, andernfalls – bekomme er eine Kugel in den Rücken. Er kannte den Grund. Ich muß sagen, daß er vielleicht sogar Erfolg gehabt hätte, wenn Sheridans Infanterie nicht hinter einem Hügel versteckt gewesen wäre. Wade attackierte Einheiten, gegen die er keine Chance hatte. Er ist tot. Ich werde Virgie sagen, daß er tapfer starb, aber ich wollte, daß Sie die Wahrheit wissen.«

»Ich bin Ihnen zu ewigem Dank verpflichtet, Marty.«

»Gehen Sie«, sagte Marty grinsend, »mit einem Schwager keine Verpflichtungen ein. Das führt oft zu Schwierigkeiten.«

Als sie die Hälfte des Weges zum Haus zurückgelegt hatten, kam Virginia ihnen im Laufschritt entgegen. Sie lief in Martys Arme. Sie nickte ruhig, machte jedoch keine Äußerung, als er ihr von Wades Schicksal berichtete. Die Nachricht war für sie zu unerwartet.

Marty lief weiter auf das Haus zu, wo Phoebe auf der Veranda wartete. Er erwiderte ihr Lächeln, stieg die Treppe hinauf und umarmte sie. Ihre Augen glänzten wegen der Tränen, die sie aus Dankbarkeit weinte, als er sie auf die Wange küßte.

»Willkommen zu Hause, Marty«, sagte sie ruhig.

»Danke schön, Schwester. Und danke, daß du auf die anderen aufgepaßt hast. Ich traf Papa, kurz bevor er fiel. Er sagte mir, du hättest versprochen, nach ihnen zu sehen. Er wäre sehr stolz darauf, daß ihr alles das so überstanden habt.«

Virginia und Elias waren am Strand geblieben. Er sagte: »Ich bin froh, daß dein Bruder mich akzeptiert hat.«

»Er weiß, daß alles vorbei ist und wir einen neuen Anfang machen können.«

»Du hast es möglich gemacht«, sagte Elias.

»Nein«, widersprach Virginia. »Papa hat es möglich gemacht. Gott sei Dank, daß ich ihn in jener Nacht sah, als er davon zurückkam, das Geld zu vergraben.«

»Wir können jetzt Heiratspläne machen und an unsere Zukunft denken, wenn du deine Meinung nicht geändert hast.«

»Das werde ich nie tun«, antwortete sie ihm, wobei sie ihn anlächelte. »Aber da ist etwas, das ich mir nie zugetraut hätte.«

»Was, zum Teufel, könnte das denn sein?« fragte er.

»Daß ich mich einmal in einen verdammten Yankee verlieben würde«, sagte sie glücklich. Ihr Lachen erfüllte die Luft, als sie zum Haus zurückliefen. Sie befanden sich auf dem Wege nach Hause.